# 赘婿

⑥

## 豪雨倾城

愤怒的香蕉 著

青岛出版集团 | 青岛出版社

**图书在版编目（CIP）数据**

赘婿.6,豪雨倾城/愤怒的香蕉著.—青岛:青岛出版社,2023.6
ISBN 978-7-5736-1143-7

Ⅰ.①赘… Ⅱ.①愤… Ⅲ.①长篇历史小说－中国－当代 Ⅳ.①I247.5

中国国家版本馆CIP数据核字（2023）第082478号

ZHUIXU 6 HAOYU QINGCHENG

| | |
|---|---|
| **书　名** | **赘婿6　豪雨倾城** |
| **著　者** | 愤怒的香蕉 |
| **出版发行** | 青岛出版社（青岛市崂山区海尔路182号） |
| **本社网址** | http://www.qdpub.com |
| **邮购电话** | 18613853563 |
| **责任编辑** | 李文峰 |
| **特约编辑** | 孙小淋 |
| **校　对** | 李晓晓 |
| **装帧设计** | 千　千 |
| **照　排** | 梁　霞 |
| **印　刷** | 三河市良远印务有限公司 |
| **出版日期** | 2023年6月第1版　2024年4月第2次印刷 |
| **开　本** | 16开（710mm×980mm） |
| **印　张** | 17 |
| **字　数** | 332千 |
| **书　号** | ISBN 978-7-5736-1143-7 |
| **定　价** | 39.80元 |

**编校印装质量、盗版监督服务电话 4006532017　0532-68068050**

# 目 录

# 第一章

# 听教诲君武立大志　遭报复百刀盟被灭

阳春三月，莺飞草长，江宁城中正是春意盎然。

清明已过，谷雨未至，冬日里的寒冷此时已全然散去。百花盛放的季节里，秦淮河的水也暖了起来，正是踏青的好时节，白鹭洲头一带，每天都有许多出门春游、聚会的人家，迁客骚人的宴会也是不断。这是春节、元夕过后最适合聚会出游的一段时间，就算天公不作美，绵绵春雨中，人们也总能寻着一些风景优美的园子，吟诗，交友，看明澈的春雨落在那翠绿残红间，感受着诗情画意，如果在心仪的女子面前好好表现，不经意间就会传出一段段感情佳话。

这段时日也是江宁诸多烟花之地最为热闹的时节，秦淮风貌，金粉十里，严冬过后，万物复苏，这是最能带动口碑的一段时间。以夫子庙、乌衣巷一带为首，一家家秦楼楚馆正是江宁各种活动的中心，文人聚会，商贾宴客，官员迎送，离不了这十丈软红，也将江宁的风貌衬托得越发诱人。

南面，童贯收回杭州之后，原本因方腊作乱而受到影响的江南经济再度回暖。江宁之前受到的影响相对隐性。杭州一带被收回后，虽说掌管杭州一带乃至江南一带经济体系的高层变化不多，但一些世家、巨商在这次乱局中受到了极大冲击，百废待兴中，更多人有了出头的机会，新旧的更替为原本的经济体系注入了更多活力，至少在江宁一带，南北来往的客商行人因此多起来了。

不过，宁毅并没有再参与到这些事情里。

一家人自杭州回来之后，最重要的事情还是苏檀儿安胎养胎。杭州出事之后，家中的诸多乱局，此时在大房的人看来，就如同跳梁小丑一般，宁毅、苏檀儿回来了，大房这边就已经收复了“失地”。当然，二房、三房中仍旧会有“大家是一家人，你能拿我怎么样”的想法存在，不过这类人落在苏愈手上，恐怕不会有多少好果子吃。

对于这些事情，宁毅夫妇回家后的头几天里，首先是苏伯庸动了起来，随后老太公苏愈找来家中一帮老人谈话，整个苏家的局势由暗流涌动转向鸡飞狗跳，已经初步形成了后世宅斗文中的环境基础。不过苏檀儿并不参与其中，因为她已经有九个月的身孕了，在最后一个月的安胎时间里，她就算想要多管多想，宁毅也是不许的。

至于宁毅，现在他自然再不参与到这类小事里，许多过来想要拜访苏檀儿的人也被他直接拦住打发了。他这一年间在杭州做的诸多事情，有苏文定、苏文方的渲染，也有这次他带回家的诸多关系做证，在许多人眼中，分量已经难以估计了。

多数人是一年多以前就知道他“十步一算”的名声的。乌家折在他手上，生生去了一半家当，在旁人眼中就是乌家挑衅苏檀儿才逼得他出面打断了乌家的两条腿，此时又听说他在杭州直面方腊等人，连方七佛、石宝等人也在他手上吃了大亏……桩桩件件，真正亲见的人不多，但现在也没什么人敢怀疑了。

不过二十二岁的年轻人，此时在旁人眼中，已经有了一种不怒而威的气势，他的不管事配上那些名声，正合了“善守者藏于九地之下，善攻者动于九天之上”的说法。这种评价，或许连苏愈、苏伯庸都不一定有。苏家目前没人闲得蛋疼探他的虚实，大家都明白后果恐怕没人受得了。

当然，无论宁毅如今给人的印象如何，只要苏伯庸有余力，都不可能让他出面收拾残局。他毕竟是入赘苏家，尽管如今在苏家的位置显得微妙，但既然他本人没有刻意去改变现状，那么入赘的身份最好还是保持下去。事实上，在家天下的时代，虽说如今大家都觉得他很厉害，但真要讲起来，在自己家里，二房、三房的人并没有畏惧他到避之唯恐不及的程度。

历史上，多少当大官的心狠手辣，对政敌残忍，却往往被自己家的泼皮折腾得没有办法。譬如你当了官，亲戚过来投靠，你就必须养着他们，给他们吃，给他们一条出路；家中有人过来要钱，你就一定要给，给少了都不行，大家回去一宣扬，你就被万人唾弃了，官也当不了了。

也有许多想当清官的，自己两袖清风，但因为顾不了家乡人，家乡人就觉得他小气、忘恩负义，于是他自己的日子还过得紧巴巴，却前面被政敌攻讦，后面被家人出卖……

儒学在发展，家天下也发展了上千年，就成了这副样子，人们总是很难摆脱各种关系、各种牵扯。当了大官的人都不可能自由，宁毅厉害是厉害，但也没人信他敢对家里人动刀子，只要大家别把他逼急了，赘婿还是赘婿。

即便如此，宁毅夫妇回来，也不啻给了依附苏家的众多商户一针强心剂。薛家、乌家的动作也终于停了下来。他们已然占了便宜，这时候自然是想要探一探宁毅等人的虚实。薛进也好，乌启隆也好，稍微能攀上关系的，都以种种名目往苏家递了好些帖子，邀请宁毅参加宴会、诗会，濮阳逸等人也借着绮兰的名头几次相邀，宁毅通通拒绝了。

他这种谁的面子都不给的态度倒是让苏伯庸觉得有些可惜，对苏檀儿说要不濮阳逸这些人的邀约还是赴一赴，在苏伯庸看来，薛家、乌家或许不用去理，但濮阳家的面子还是得给的。苏檀儿却不愿理会，只道："爹爹，女儿在安胎呢，如果说这些话给相公听，他会生气的。"

"但是……"女儿明明强势，迎了个入赘的夫婿，现在却变得怕起夫君来，这种模样让苏伯庸也有些无奈。

回家第二天，宁毅与苏檀儿便宣布了小婵正式过门的消息，这是对小婵在苏家地位的正式宣告。宁毅作为赘婿，纳了小婵为小妾，是有些奇怪的，但几乎没人提出异议。在大房的院子里，小婵也颇为低调，与两个姐妹的关系仍旧很好，平日里做的事情也没有变太多，反正她们以往就是管事的丫鬟，现在顶多是月例银子加了，在外面能狐假虎威一点儿，但小婵反倒不在外面多管事了——她不想给宁毅添麻烦。

宁毅刻意不让这种妻妾制度、差别在自家院子里体现太多。当然，苏檀儿、小婵心中是有规矩的，他不可能将这种规矩打破，但至少在最近这段时间里，他对待小婵，许多时候更像是对妹妹而不像是对小妾。这类情形有些微妙，苏檀儿会觉得奇怪，暗暗揣摩夫君的心思，小婵也会感到情况复杂。不过现在毕竟是三人的磨合期，最后情况会变成怎样难说。

绝大部分时间，宁毅在家里陪着苏檀儿，聊天说话，行走散步，有时给她削些水果，或是陪她下上一两局五子棋。她快要生孩子了，脑力、体力都不好消耗太多，宁毅有时也给她讲些故事，或是和她一起躺在床上，拿着话本小说念给她听，有时还会轻轻哼上一两首歌。

他是有着现代思想的人，对这类事情并不觉得有什么问题，但在武朝，又有几个男人会这样子陪在怀孕的妻子身边？更不要说为自家娘子唱曲儿，那是极为放荡不羁本身又喜欢戏剧的男人才会做的事情。即便做了，心中相信男尊女卑的人与压根儿没有这类念头的人给人的感觉也有着根本上的不同。有一次宁毅出门拿东西，进来时看见一向坚强的苏檀儿在抹眼泪，然后对着他笑，宁毅便撇撇嘴。

"这是干什么啊？"

“我在想……有几个男人会为他的娘子做到这种地步……”

“我懒得出门，你也不想应酬，都是些小事……你这种情况，不该让心情大起大落的……”他拿了毛巾给苏檀儿擦脸，苏檀儿拉着他的手放在自己心口上：“又暖又热，一直都是，没有大起大落。”

宁毅比较固定的出门时间是在每天凌晨，去秦淮河的小楼那边跑上一圈，与聂云竹、元锦儿稍稍聊聊。许久未有这样清闲的日子，倒让他觉得久违了。二人已经知道了苏檀儿有身孕的消息，聂云竹没有说什么，元锦儿只是偶尔抨击宁毅一番，却并没有将这事当成与宁毅斗嘴的突破口，这一点很是奇怪。

锻炼的本质当然没有变，陆红提离开时给了他许多提高武艺技巧的建议和参考，宁毅也认真地练了起来，不过才开始了几天，还没有什么明显的效果，但若是持之以恒，宁毅未必不能变成一代小侠。对陆红提，宁毅还是有信心的，甚至将这些东西抄了一份给常常嚷着想当女侠的元锦儿。

闲暇之时，苏檀儿想着给孩子起名字，比较热衷的一个想法是将来生了男孩叫苏宁。宁毅对此严肃地表示了拒绝：“不能叫这个，绝对不能叫。要是儿子叫这个，生个女儿不是要叫苏泊尔？”

他不想让两个人的姓氏放在一起让苏檀儿很是受伤，免不了胡思乱想：“相公莫非不愿意……将‘宁’字……呃……”

她觉得宁毅不愿意将“宁”放在“苏”后面，是因为“苏宁”这名字坐实了宁毅入赘的身份，甚至做了强调。宁毅只好解释了一番，表示跟这个无关，他有自己的理由，随后表示可以取更好听的名字，他反正已经取好了：苏轼、苏辙、苏洵、苏颂、苏小小、苏东坡什么的，都比苏宁好听……

事实上，对于名字，宁毅觉得都没差，之所以反对叫苏宁，仅仅是因为觉得太恶搞了，他会想笑。当然，他这些天认真地想了一些好点儿的名字，但离给孩子正式定名还有很长一段时间，现在是不必太着急的。

他悠闲地想着起名字的事，苏檀儿看起来则是在认真地考虑这事。

三月初六这天中午，小婵陪着苏檀儿出门散步，宁毅看了会儿书，出去寻找二人，在苏家转了半圈，等转到苏伯庸居住的院子附近时，隐约听到了妻子的声音，然后是苏伯庸的声音在说：“岂有此理，怎能如此？！”

宁毅的内力已经有了基础，听力强了不少，加上苏伯庸的声音也提高了，他隐约听到这位老丈人说话的内容。宁毅知道自家娘子与这老丈人的关系其实算不得温情脉脉，此时大概是因为什么事情产生了分歧。

只是自从檀儿证明了自己的能力之后，在家中的地位等各方面其实已经凌驾于老丈人之上了，苏伯庸又怎么会忽然对女儿有意见？宁毅心中好奇，翻过院墙，从侧面靠了过去，随后听清了苏檀儿的话。

“第一个男孩姓宁又能怎么样？爹爹，他是要继承相公的衣钵，但也是在苏家长大的，凡事总会记着苏家……相公于这些事情其实是不在意的，他已然跟我说了，就算姓苏又如何，他的孩子，他会把该教的都教给他。爹，相公待女儿怎样，你们都是清楚的，这事我想了好些天了，前天才托娘跟你说……”

她在认认真真地想着苏姓名字的过程里，还想着让第一个孩子姓宁，宁毅听了一阵，站在窗外笑了笑，有些感动。

从记事开始就模仿男孩子的处事方法，一步步走过来，苏檀儿的努力，苏家很多人是看得到的。一位女子努力成这样，大多数人却说她不安分。甚至有人说她是妄想做武则天，但从苏檀儿开始掌家，桩桩件件的事情再加上皇商事件带来的巨大威势，如今在苏家，已经没有多少人真敢不将苏檀儿当一回事。

这次回来之后，她在苏家没有就任何一件重要的事情说话，但是影响力隐隐已经不在父亲苏伯庸之下。十年后，二十年后，整个苏家就是由她来掌局，这是大家都看得出的情况。

一些隐性的东西，例如宁毅做到的那些事情及其涉及的层次，这是大家无法触及的，但如果说几年以后他忽然要翻身做主人，把苏檀儿手上的权力弄到自己手上来，大家也不是没有想过这种可能，但没有人会对这种事情喜闻乐见。当然，如果在压在苏檀儿头顶的权威长辈都死光以前，她的长子就已经长大，并且有着出众的能力，家里人还是愿意看到她的长子上位的。不过，即便有这样的可能，苏檀儿那不容任何人忽视的能力也足以让她当许多年垂帘听政的苏家太后。

可以说，现在，至少在各种外事的处理上，苏檀儿已经有苏家掌门人的地位了。即便如此，这个时代有许多事情仍旧是她无法触及和撼动的。苏家的族长仍旧是苏愈，之后也只可能是苏伯庸、苏仲堪等人，修族谱，入祠堂，维护苏氏血统……这些事情，即便再积累三十年的威信，由于女子的身份，她也不可能对其指手画脚，这恐怕是她一辈子也不可能越过的一条线。

也是因为她如今有了这样的地位，才能够在父亲面前将姓氏问题提出来，而且有娘亲的转告作为缓冲，即便如此，这时候她仍旧遭到了拒绝。

“托你娘跟我说，那是因为你知道你娘不懂轻重缓急……你在说些什么你自己不清楚？咱们忙碌一世为的什么？为的就是这个苏家！你觉得你相公好，没关系，我也觉得他好，可有些东西，你不要想着去碰。第一个孩子姓宁，家里人会怎么看你？外人会怎么看咱们？一个入赘的骑到我们头上来了？我知道立恒很有本事，可他入赘了就是入赘了。让小婵跟了他别人已经在议论了，说你根本压不住他。我答应了第二个孩子跟他姓还不好吗？赘婿就是赘婿，一辈子进不得祠堂的，你有什么办法？我也没有办法……你成何体统？！”

自从双腿残疾之后，苏伯庸的脾气日趋暴躁，虽然跟女儿说话一贯还是平和的，但这时宁毅隐约能听出他话语中压抑的怒气。苏檀儿沉默了片刻才开口：“那些人说那种话，不就是想让我与相公互相猜忌吗？可惜这次我没动手，否则看他们以后还有哪个敢嚼这种舌根！”

即便没有看到，宁毅也能想象出苏檀儿此时冷厉的模样，但对于父亲说的其他事情，她也是没法多讲的。

“你还能让别人不说话不成？！”

“他们没一个争气的，就别怪我站在他们头上！”

“总之第一个孩子姓宁的事情你别提了，要是让你爷爷听见，不被你气死？！他老人家对立恒有多好你也知道，但这种事情你要是说出去，让他怎么想？你提也别去提！”

苏伯庸是个明白人，知道这事真想实现，最终是要苏愈首肯的，女儿跑来跟自己说，也是存着先说服自己，再一层层报上去的心思。于是他压住怒气，试图先打消苏檀儿的这个念头。苏檀儿沉默了半晌，道：“知道了，我再想想。”

“别多想了，你有孕在身……其实早几天你爷爷也跟几个叔伯商量过他的事情了。倒不是为了孩子姓什么，那个没什么好说的，是说祭祖的事情，往后该不该让他入祠堂。可是他入赘时又没有改‘苏’姓，祠堂终究是入不了了，几位老人家也没把这个当回事……你这相公确实是有本事的人，但你待他已经够好了，谁也挑不出什么错来，他……应该也不会多想的。”他如此说着。

其实，随着宁毅地位的提高，旁人早对他有了新的定位，自然不能以往日对赘婿的态度对待。早几天老太公与族中几个老人在一起时就说起过这事，讨论要不要破格让他进祠堂，这倒也不算什么烦恼，他们随口提起，又随口否决了。他在外面有些关系又怎么样？虽然现在说起来对家里的帮助确实很大，但他就算认识皇太子，在族规面前也得规规矩矩的。

这倒不是一帮老人自大，而是实情。宁毅对这些事情本来就不在乎，何况在乎不在乎他都懒得去想。房间里的人随后开始闲话家常，宁毅听了一阵，翻墙出去了。

“家庭伦理剧……”他喃喃自语一句，笑着回去了。这年月里，能够作为消遣的东西确实是太少了，以至这种听墙脚的事情自己也干得津津有味。

苏檀儿回来之后自然未向他提起这些事情。事情在定下之前，夫妻俩不动声色。只是这天晚上上床之后，苏檀儿有些好笑地说起前两天那帮老人家谈起宁毅的事情：“看起来，相公让他们伤脑筋了呢。”

“随口说说而已……这算好事还是坏事？”

“名声有了，算好事？”

宁毅笑着看看躺在身边的妻子，伸手去刮了刮她的鼻梁，将另一只手枕在脑袋下面：“呵，别那么多小心思了。名字呢，我是不打算改了，苏毅没有宁毅好听，听起来很奇怪。我也不至于为了不相干的人太生气。若旁人心中真有芥蒂，那些老人家难道以为我进了苏家祠堂就不会被人看不起了？都一样……你不觉得这些事情看起来很有意思吗？”

“有意思？”苏檀儿眨眨眼睛，有些迟疑地问道。

“三姑六婆，家长里短，这些人的说法，那些人的说法，一开始就讨厌、看不起我也好，前倨后恭也好，这些人心思的变化、话语的变化、态度的变化，很有意思，我就像是在看一场大戏一样。一个人的心思、一群人的心思，看起来天马行空，汇集到一起后你会发现其实是有迹可循的，有时候他骂你是因为厌恶你，有时候骂你是因为怕你，有时候骂你……甚至是因为他自己讨厌自己。这些东西中蕴藏的道理跟做生意的道理没什么区别……”

“那……妾身也一样？都是这样被相公看着？”

“看到最后……知道你喜欢我。”宁毅握了握她的手。

苏檀儿看着蚊帐顶，脸上微微发烫起来。纵然两个人可以算是老夫老妻，“喜欢”这样的表达方式于她而言终究还是有些陌生，因此过了许久，她才轻声说话。

“你是我相公。”

长子姓氏的事情此后一段时间里不知道苏檀儿还有没有在运作。陪着家人的时间里，宁毅也去了书院一次，但并没有授课。小七等人倒是来小院找过他几次，缠着他说杭州的故事，但那些故事太过少儿不宜了，最后宁毅只是将《白蛇传》结合镇江、杭州一带的风貌给讲了一遍。过得不久，小郡主周佩上门来拜访了。

自从宁毅离开江宁，周佩、周君武这对姐弟虽然仍在豫山书院挂了名字，但并不到这边来上课了，更何况周佩已然及笄，接下来需要考虑的是择郡马谈婚嫁之类的事情，跑到书院听课这种事就被禁止了。此时是孩子成长最为迅速的年纪，虽然只是一年未见，但小郡主看起来已然变得亭亭玉立，是个已经到了嫁人年纪的少女了。虽然在宁毅眼中，她仍旧是个刚刚成熟的黄毛丫头，但在精心打扮之后，她真是有了一份截然不同的郡主气势。

周佩是为了弟弟的事情过来找他的，至少表面上是因为这个。

去年宁毅离开江宁时，周君武就已经迷上了格物学，只是少年人的兴趣能持续多长时间，当时谁也没有个底。其实在宁毅看来，学习物理、化学大部分时间还是相当枯燥无味的，周君武当然也经历了这样一段时间，不过，随着宁毅在杭州的事迹不断传来，对眼下的小王爷来说，这无疑是一针又一针的强心剂。师父这么厉害，说的东西当然也不会错，而且他在太平巷用火药阵御敌，让石宝、刘西瓜等人铩羽而归，这等事迹，实在令周君武憧憬不已。

于是最近半年时间里，他都在研究火药，最近还差点儿把自己的脸给炸了。

身为一个小王爷，一辈子或许就是吃喝拉撒，外加没事出去做点儿欺压良善的坏事——这也不算什么，他老爹基本上就是这样为儿子做打算的。但周佩希望自家弟弟将来能有一番出息，为国为民做一番大事，谁知道自家小弟变成了一个科学宅男，这就让她很不爽了。

最近差点儿被炸到脸的事件虽然没有让小王爷破相，但导致他被烧掉了一撮头发。身体发肤，受之父母，这下子康王终于发怒了，将周君武禁足在王府之中。

来自姐姐和父亲两边的压力让小王爷很不好过，但周佩对弟弟是真的关心，害怕他心情郁闷，弄出什么毛病来，又知道解铃还须系铃人，因此登门拜访，希望宁毅出面解开弟弟的心结。

这事合情合理。前来拜访的少女容止可观，令宁毅惊叹。只是在说完弟弟的事情之后，周佩询问起他不久准备上京的事情，好像热心了一些。不过这一想法当时只是在宁毅的心头掠过，转瞬即逝……

在周君武后来的记忆中，武朝景翰十年这个春天过得很不顺遂：对格物之学刚刚生出浓厚的热情便遭了当头一棒——火药的研究没什么进展，还爆炸了；一向不怎么管他的父亲将他禁足在王府；一帮老师整日里“叽叽呱呱”地斥责师父的格物之道是何等卑微的匠人之术，是奇巧淫技的卑贱学问；驸马爷爷这次也没有站在他这边；至于那个整日里被家里烦着嫁人心中却又有着诸多不切实际的幻想的姐姐，更加不可能成为他的盟友。

年仅十三岁的小王爷第一次在人生中找到想要奋斗一下的方向，就这样被周围的世界无情地泼了一盆冷水，对他的打击也是蛮大的。

他真是很累，感觉不会再爱了……

好在少年周君武的这场烦恼并没有持续太久。不过，这个春天对他的影响，即便扩大到他的一生来看，也是相当之大。春末，师父从杭州回来了，他因为被禁足，无法出去拜访，但不久，三月中旬，师父来了王府一次，虽然并未与父王见面详谈，但由于驸马爷爷的关系，他暂时得以出门，禁足令也就得以解除。

此时的文人，对于师长的称呼其实是相当讲究的。王府当中教授周君武学业的多是江宁一带的大儒，周君武对这些人始终以“老师”相称；而对宁毅，在喜欢上格物学后，他则称之为“师父”。两者之间的区别甚大，虽然由于宁毅很长一段时间都不在江宁，这类称呼他不会随时挂在嘴上，但对两方的各种差异在细枝末节上明显能看出来。

王府之中的这些客卿皆是有身份地位之人，屈居康贤之下那没什么可说的，康贤不光有驸马这一身份，而且本身的学问极渊博，没有功名也不是他本身的问题，但宁毅不过二十出头的青年人一个，就算思维敏捷，天赋惊人，能够拿下“江宁第一才子”之名，那也只是在诗词小道上，要说实打实的学问，没人会认为自己不如宁毅。

因为这事，去年年初，王府中的张瑞、李桐两名客卿就曾找过宁毅。谁知那次正好遇上刺客刺杀秦嗣源，宁毅的辣手将这二人吓了一跳，二人也就偃旗息鼓了。然而在宁毅离开江宁之后，小王爷日益喜欢那些工匠之术，王府客卿的各种愤然之情又膨胀起来，每每在讲学授课之时劝说小王爷悬崖勒马，读书要读圣贤之道，但周君武哪里肯听？

不过，小王爷的脾气挺好，在老师面前都是唯唯诺诺点头受教，只是转过头又继续忙自己的事情。他尊重的只是老师的身份，并非对方本人。一帮老师也曾向康王谏言，但周雍一辈子当的都是富贵闲王，又知道自家儿子就算学成康贤那样也没什么意义，若是学问真的高了，想要干一番大事，却报国无门，反倒会心头抑郁，便不去管他。若非出了火药的事情，周雍倒是乐得自家儿子有些低俗无聊的恶趣味，总比像女儿那样胸怀大志好。

这次宁毅回来，由于周佩、周君武这边的一些异动，王府中一干客卿也得到了风声，商量好待宁毅上门之时与他比试经籍学问，以此让王爷与小王爷都看清楚这年轻人的不可靠。虽然事到如今，众人不可能真看轻宁毅，但即便宁毅身负武艺，当初在大街之上诛杀了刺客，现在又九死一生地从杭州回来了，个人勇武在这些读书人看来仍旧是小道而已，一帮中老年学究自信在诗文经典上干翻宁毅问题还是不大的。

他们做好了这方面的准备，周君武听说之后也是颇为期待，但宁毅在接受周佩的委托后，只是通过康贤将周君武叫出门，一帮客卿连下战帖的机会都没有。此后几天，师徒在江宁城内闲逛了几圈，周佩也趁机出门跟着两个人转悠。她原本期待宁毅说服君武不要再做那些危险的事情，但宁毅领着君武去转的，尽是码头、作坊之类的地方，还跟他讲水车，讲织布机的发展，讲各种机械的精巧之处……宁毅往日里就跟周君武说过这些，眼下不过是说得更为细致了。

这样逛了三天，第三天傍晚，宁毅把这对姐弟送回去，周佩进了王府后又偷偷地跑出来，将宁毅拉到王府旁边的巷子里开始抱怨：“先生答应过我要让君武远离那些危险的事情奋发向上的，现在怎么又跟他说这些？”

宁毅笑了起来：“我当然有我的用意。”

“可是，先生这样只会让君武他更加喜欢格物学啊，说不定过几天他又开始弄火药了，先生你怎么能这样呢？君武要是……”

少女着急得不行，绷着脸皱着眉说了一大通。她平素的气质还算高雅雍容，但这时候看起来，若单论形象，脑袋有点儿大，下巴尖尖的，身子则有些单薄，像是一只自顾自拼命说话的小母鸡。宁毅偏着头看了她好一阵，“啪”地一指弹在她的额头上，少女“咻”地愣住了，眨了眨眼，不说话了。

“我有办法的，郡主看着就行了，不要质疑专业人士。”

宁毅挥了挥手，转身从巷子里出去了。事实上，不同于周君武的听话，往日里周佩对宁毅便不是绝对信服的态度。当然，这只是表象，小郡主是极有主见之人，即便心中已经认可了宁毅的本领，平日里该说的、该问的、该质疑的还是会第一时间说出来。宁毅对这样的态度其实是很赞赏的——为上位者不能唯师唯上，小郡主在这方面比君武做得要好。

当然，往日里周佩若是拉不下面子开始胡搅蛮缠，宁毅也会不客气地拿东西拍拍她的头，但那时候周佩还算是小女孩，一年未见，她现在已是少女了，宁毅这动作便显得有些暧昧。周佩在巷子里红了一会儿脸，最终还是跺跺脚，回去了。这一年来，她已经停了学业，在家中更多的是面对婚姻的压力，虽然一直在拖，但各种婚前教育已经成了每日里的主要功课，头上被敲了一下，让她免不了回房托着下巴胡思乱想了一阵。

第二天下起小雨，宁毅与周君武、周佩在忆蓝居坐了一上午。宁毅挑了个窗户边的位置，拿来笔墨纸砚，一面听着雨声，一面让周君武将他的一些想法说出来。丫鬟和随从在周围闲散地坐着，周佩很淑女地戴了块面纱，一边在面纱下小口小口地啃着糕点，一边骨碌碌地转着眼珠偷看其他地方的动静。忆蓝居的摆设其实已经类似后世的茶餐厅，每个位置之间都由屏风、花草隔开，哪一处的视野都不广，但私密性很好，丝竹之声传来时，很有种一大群人游园林的感觉，将雅致与俗气很好地结合在了一起。

“其实，想要飞上天，思路有好几种，从现在已经有的东西的基础上开始想呢，大致可以分成三种：风筝，二踢脚，孔明灯。我们都可以画出来……”

宁毅与自家小弟在旁边写写画画的内容自然是她最为关心的事。他们在那儿聊怎么样才能飞上天，对这件事，周佩是有些无奈的。她知道君武学格物之后最期待的就是有一天能飞上天去，但自家小弟这样空想就算了，今天宁毅这当老师的还煞有介事地与小弟讨论起来，她心中就觉得两个人都有些不着调。

然而，情况的发展颇为诡异。外面下着雨，在酒楼内隐约的歌声中，宁先生居然真的画了好些东西出来，还陆陆续续从构造和原理方面讲述了它们飞上天的可能性。飞天？哪里有这样的可能？又不是神仙。但在宁毅详细又浅白的述说之下，周佩看了那些图形后，心中竟隐约觉得这样真有可能飞起来。

最有可能飞起来的，是一盏大号的悬挂了篮子的孔明灯。另一个有两对翅膀的东西更加复杂，不过它是从风筝演化出来的，基本的原理周佩竟也能听懂一些。大大小小的风筝都可以飞上天，那么这个……是不是也有可能呢？

这样的念头只是从周佩的心头一掠而过。最让她郁闷的是，小弟听了这些之后，恐怕要更加迷恋那格物学，更想要当一名工匠了。这宁立恒……宁先生……不讲信用！

然后，她听见宁毅开始跟君武说其他的东西。

“这几日里带你去看织布机，看码头上的吊轮，看水车，看印刷，这些东西一直在发展。织布机如今有一千六百多个零件，效率比起两百年前增加了五倍有余，比起千年前最原始的织布机，效率更是高了数十倍不止。水车的效率增加了两到三倍，也更加耐用了。印书的作坊里，雕版印刷术已经做得越来越好，师傅们也越来越熟练。如今的活字印刷术还有很大问题，但这也说明有发展的余地，只要找到更加耐用的活字材料就行，关键在于什么时候能找到。其实，技术如果能继续这样发展下去，找到更好的材料只是时间问题……”

周佩在面纱后嘟起嘴，周君武则拼命地点头。宁毅笑了笑：“但是……两百多年的时间，你知道有多少人在做这个吗？”他顿了顿，“江南一带靠织造业吃饭的至少有几十万人，两百多年来不知换了多少代人。大家都以织布为生，能够多织一点儿，就能多赚钱，而作坊兴起之后，类似苏家这样的大户，都要养几个帮忙改良织布机的匠人。然而，这么多年，这么多人，效率才增加了五倍，有的人一辈子也只能稍稍改良织布机上的一个小零件……”

周君武迷惘地皱起眉头时，宁毅叹了口气：“其实，研究和改良织布机的，都是些笨人；真正的聪明人，只要有些门路，就去读书了。毕竟‘万般皆下品，唯有读书高’，有机会念书的，谁还愿意当个工匠呢？但投身这一行的，就算是笨人，我们假设有一千个吧……君武，你觉得自己一个人比一千个人厉害吗？”

周君武迟疑了一下，摇了摇头。

“以前你年纪还小，现在你十三岁了，就算不能成家，也可以开始立志，这些东西，可以深入地跟你说一下了。”宁毅将身边一张画着热气球的纸放在周君武面前，“这是我们现在定下的最简单的办法，但有几个方面的问题需要你解决：用什么样的绳索，用什么样的燃料，怎样最稳定地控制火的大小。火必须足够大，但用来烧的燃料又不能太重，制作这个热气球上面部分的布料必须能密封，而且能够扛住火的热量，不能破，一旦破了，哪怕是一个小孔，上面的人就全都没命了。每一个问题的解决都需要其他行当的辅助，光是造出这种好用的布料来，你可能就得在织造业里忙乎一辈子。上面用的绳索，你也知道了，光是码头上吊轮用的麻绳的编法，就关系到吊轮的效率，是很讲究的……这个热气球还要能控制飞的方向，你一个人，一辈子的时间，能办到吗？”

“那……那怎么办啊？”周君武的脸皱了起来。一旁的周佩却是愣了半晌，望着宁毅，眨了眨眼睛，隐约猜到宁毅要说什么了。

宁毅偏了偏头，看着眼前的孩子，露出一个笑容：“你还小，一开始你喜欢格物，也只是觉得有趣，不过世上没有一直开开心心顺手就能做成的事情。接下来我要告诉你的，你可以用几年的时间想一想，因为我可能就要去京城，没有时间再教你这些了……

“你姐姐一直希望你将来能成为一个大人物，为天地立心，为万世开太平，然而没有可能。你虽然小，但是其实也知道这一点，康王殿下也明白，所以他从来不管你。但是格物学——工匠之学你将来可以去做，一点儿问题都没有。你将来可以有钱、有权，你可以笼络一大批聪明人，你可以让他们有目的地去做各种各样的事情，只要你能总揽大局，把握住方向，这些东西诞生的时间就可以十倍百倍地缩短。那么首先，你得学着当个聪明的王爷，学着怎么让更多人跟你做一样的事情。你很聪明，如果你真感兴趣，王府里有很多人可以教你这件事……”

宁毅说到将要去京城时，俨然有一种托孤的凝重感。几乎是在当时，小君武就心潮澎湃地做了决定，不过，真正的类似使命感的东西，是在此后几个月乃至数年间，才随着一桩桩一件件事情逐渐在他心头形成：有些事，或许师父都做不了，但我是可以去做的。

这是后话了，而在当时，一旁的小郡主周佩则更加钦佩宁毅的舌灿莲花。

这天算是暂时解决了周君武的事情，下午宁毅回到苏家，听杏儿说，上午有几名儒生联袂上门拜访，都是江宁一地颇有名气的文人，其中一名还是王府的客卿，他们邀请宁毅去参加两日后的一个文会。这个文会与让一般年轻人崭露头角的诗会不同，与会之人皆是有深厚功底的儒生，谈诗词，论文章，叙时事。几人等了宁毅半个上午，见他始终没回来，便将请柬留下了。

“不去。”

宁毅看了请柬一眼，见没有“你一定要来，否则杀你全家”之类的字眼，便将之扔到一边，抛诸脑后了。

“为什么不去呢？”

“懒得去。”

“姑爷好久没有在江宁写诗了，这次不去，那些人又要说怪话了。”

“说怪话就说怪话，反正这些人跟三姑六婆差不多，整天除了说怪话也没什么人生追求。”

“听说都是很有学问的人呢，有几次也叫了年轻人去，坐而论道什么的，然后这些年轻人就出名了。跟姑爷很熟的李频李公子就去过，还有以前的顾燕桢，听说啊，在这些人面前大放异彩，后来就被认为是江宁有数的大才子了，再后来上京，听说金榜题名了。”

“再后来就死翘翘了……”

“相公说什么？”

“没有……你们几个女人，就知道贪慕虚荣。想一想啊，参加这种文会的，都是三四十岁以上的人了，学问好是没错，但他们要是真的厉害，早就当官的当官，出仕的出仕了，不就是没有这种门路才拼命读书吗？什么县太爷的师爷，知府的幕僚，王府的客卿。没有前途的人才拼命地钻研学问，然后考一考年轻人，年轻人上去了，就显得他们很厉害。你家姑爷我反正也没打算当官，干吗要给他们考？连美女都没有……”

“但是县太爷的师爷、王府的客卿也很厉害了……”

“厉害吗？”

“是。”

“呃……要与时俱进，不要用以前的眼光来看待这些人，现在咱们家看见县太爷的师爷已经可以不用搭理了。一帮四五十岁的人，跟我这种年轻人有代沟，又没有什么美女助兴……”

“有啊。”

“你们非得跟我唱反调是吧？”

“……”

“姑爷我错了。”

“不敢了……”

“这还差不多——都有些什么美女啊？”

“潘朵颐！陈小夏！”

“绮兰姑娘应该也会去……”

“骆渺渺……”

“到底谁是男人？你们怎么比我还清楚？”

“嘻——”

三月间春光如画，风吹着花瓣飞过城市上空时，苏家的小院子里一片笑语之声。庭院中，一家人正一面做着孔明灯，一面闲聊。黄纸、糨糊、笔墨、砚台连同一些制作灯罩框架的竹枝散落在周围。怀胎近十月的苏檀儿也在凑热闹，在要裱糊到灯罩上的纸张上画着图画。她此时心境平和，自有一股雍容的气质，但毕竟也只是二十岁出头的女子，将长发用缎带在脑后束起，参与婵儿、娟儿等人的讨论时仍旧清丽慧黠。

这个时代毕竟比后世要单纯得多，纵然这几年参与的都是钩心斗角的事情，一旦涤净心神，怀胎近十月时，她依然显得比后世二十岁左右的女子要年轻和单纯许多。她此时的心思多已放在孩子与宁毅身上，心境又成熟了一些，沉淀出了另一种特殊的引人气质，偶尔与宁毅目光交会，她的眼睛仿佛是在笑着说话。

从杭州回来已经快半个月了，外界的诗词文会、风流气息与当初离开江宁时相比并没有多少变化，依然时不时便能听见这类消息，让宁毅增加了身处这样一个时代的实感。昨天送来的那张帖子，至少对江宁而言，应该是一个蛮重要的聚会。如果说中秋诗会、元夕诗会这种盛大的场合是整个上流社会的狂欢，那么这类宴会大概类似后世门萨俱乐部的宴请，相对私密，但也颇有影响力。

这类聚会上，大家拿来开心的就不只是诗词了，对与会者在经义、论、策这些方面的要求更高。平日里这种聚会当然不含考校的意味，一帮皓首穷经的儒生互相交流经验而已，但若是有宁毅这类崭露头角比较快的被邀请，往往就会有一轮考校，一旦能过，就证明此人有跟大儒们谈论经史子集的能力，这无疑是对其学问的一大肯定。

对宁毅来说，这类东西当然是避之则吉。这倒不是到时他能否抄袭或有没有借鉴模板的问题，而是如果说儒学对人生真有指导作用，那么宁毅本身的人生经验已经超出了那个范畴，只是大家的表达方式不同，他不至于看不起这些人，但也没必要怀着敬仰的心情向这些人请教和证明什么。

如果从后往前看，文会、诗会似乎是这个时代的主流，人们好像就这样生活，实际上这些也不过是旁枝末节而已。不管外面谁又出了名，青楼中哪位美人又与哪位才子好上了，更多人还是按照自己的步调在过日子。

前几日宁毅为了开导周君武，说了些飞机、热气球之类的事情，回到家中对妻妾丫鬟们说起，大家觉得有趣，今天便弄了个制作孔明灯的大赛：大家各自做上一盏，晚上在院子里放飞，比试一下谁做的更好、更有趣。

“孔明灯这个东西呢，虽然看起来小，做起来简单，实际上是很有学问的。一般来说，火的温度比较固定，孔明灯的重量只要高于……呃，我记得是二十三点五六克，也就是半两左右，就怎么都飞不起来了，所以呢……杏儿你的框做得太大了，不重做就飞不起来了，哈哈——”

小院之中气氛融洽，这段时间，宁毅的心情还算放松，此时一面小心地糊着自己的灯罩，一面煞有介事地指出众人的不足。实际上他的这类动手能力也不是很好，但反正是大伙儿坐在一块儿消遣，可以慢慢来。苏檀儿倒是问道：“若是半两以上就飞不起来，你教给周家小王爷的办法不是没用了吗？”

“要更高的温度、更好的材料，气球中充的东西也可以变，可以用的办法还是很多的……”

聊一会儿气球，大家又说一会儿最近的文会。宁毅给自己的孔明灯灯罩上加上苏檀儿等人的卡通头像，又加了点儿花花草草，弄得颇为精美。他原本还想加首诗，但写了两句，纸破了，这一面就只好拆掉重做。由于“自家姑爷什么都懂”，婵儿、娟儿、杏儿不时过来让他评价自己的灯做得怎么样，他也笑着评点一番。

到得这天晚上放飞时，其余几人的孔明灯都在院子里慢慢地飞了起来，就连苏檀儿那盏裱糊得并不好的孔明灯都摇摇晃晃地飞上了天空，只有宁毅那盏在小架子上没有反应。小婵扶着苏檀儿站在一边，娟儿、杏儿站在另一边，都表情诡异，没有说话，明显在忍笑。

宁毅站在那里眨了好一会儿眼睛，手指揉了揉额头：“谁敢笑出来，扣光这个月的银子。”

苏檀儿扶着肚子看了看他，轻声道：“相公好像说今天是孔明灯比赛？”

“我有说过吗？”宁毅瞪了她一眼，然后死盯着一旁看起来要笑出来的小婵。小婵连忙摆手：“姑爷，我没笑。”

“没说你笑了。娟儿、杏儿表现不错，现在都还没出声，这个月每人扣一两银子。小婵你的没有了……还有你，要笑就笑出来吧，憋这么久对孩子不好……我们进去……”

他扶着苏檀儿转身往房间里走去，后方的笑声之中，夹杂着娟儿与杏儿的抗议声。不过宁毅的性子大家都清楚——关键时刻威严大气，平素跟家里人却是极为随意的，说了扣俸银，实际上不会实行的。苏檀儿倚在他肩上小声地笑。待回到房间里，二人坐在窗前，宁毅替她揉着肚子，让她平复情绪。小婵端来茶水，躲在宁毅身后抿嘴轻笑，宁毅便回头看她一眼，眯了眯眼睛：“待会儿跟你算账。”

小婵的妾室身份如今已经定下，但院子里还没有专门给她安排丫鬟，只是在衣服上跟娟儿、杏儿稍稍做了区别，不过并不明显：干净简洁的江南女子打扮，和赵灵儿一般的“心”字罗衣，偶尔裙装，偶尔绸裤。此时，在宁毅将她拉过去左拥右抱之前，她就跑掉了。

窗外四盏孔明灯冉冉升上夜空，娟儿、杏儿在院子的一侧仰着头，一边看，一边跳啊跳的。小婵到院子里左瞧右看检查宁毅那盏孔明灯，后来发现是墨汁将孔明灯的一侧浸出了一条细缝，于是她小心地将那细缝裱糊起来，再点燃时，这盏孤孤单单的孔明灯终于飞了起来。夜风吹来时，灯被刮得有点儿偏，随后被院子角落的一根树枝给挡住了，浮在那树枝下方飞不上去，夜色当中，像是在院落一侧的树上挂了盏小灯笼。

宁毅与妻子在窗前看着那边小婵等人在树下挠头，随后又找来木棍、竹竿往树上戳，但那树有些高，三名少女忙碌许久也没有结果，到得最后，还是夜风吹来，孔明灯晃了晃，摆脱了那根枝条，朝着天空飞走了。

四方静谧，孔明灯升上天空，与星辰融在了一起，装点着幽静而迷人的晚春夜晚。

一个月有半数夜晚，宁毅是与小婵睡在一起的。

对大户人家来说，正妻有了身孕之后，小妾侍寝才是最正常的，妾室往往也是在这些时间里才有争宠的机会。在宁毅这里，情况自然颇有不同。先前在杭州，环境是那样紧张，回到江宁，苏檀儿才真正有机会认真安排这些事情。她的身孕已经九个多月，宁毅是觉得她的状况更重要，对此苏檀儿自然是感动的，但是多数时间她还是坚持宁毅应该陪陪小婵。

小婵给人的感觉则颇为奇特。当初在杭州单独相处的那段时间里，宁毅就已经察觉了这种奇特，不过最近这些感觉更为明晰。房事方面，只要觉得是宁毅喜欢的，她几乎做任何事情都不在话下，另一方面，她却又是个纯洁到极点的小姑娘，做这类事情的时候从来都是不出声、不说话，紧张的时候拼命咬嘴唇，发出一点儿声音都会脸红。

单纯情欲方面的需求，宁毅并不是很强烈。他上一世没爱过什么人，但经历过顶端的生活之后，这类事情于他而言并非什么禁区。虽然因为自制力不至于滥交，但在女人方面，只要有需要，他其实什么事情都见过、经历过、感受过了。

他与小婵发生关系已经半年多了。当初在杭州的时候，宁毅觉得可能是在极端的环境下，小姑娘拼命地想要抚慰他，才什么都由着他，后来才渐渐发现，这只是一部分原因。虽然苏檀儿当初逃婚了，但大户人家该受的婚前教育小婵都是接受过的，她大概觉得自己是丫鬟和妾室，什么事情都是自己该做的。不过，她的本性还是极其单纯的。二人脱光光了，宁毅让她看着自己，她还是会脸红，然后就是闭眼咬嘴唇。有几次宁毅轻声跟她说了几句话，让她也说话，少女眼神迷离，说话还结巴："说……说什么啊……"当时她的脑子里一片混乱，根本什么都说不了。

两个人在做这种事，对方什么都肯做，很积极，很配合，很听话，心中却只顾着害羞，有时候宁毅不禁会生出挫败感来：自己做得应该不算太差啊。

"其实……是觉得……很舒服的。"等到宁毅真的问起来，小婵避不过了，才红着脸跟蚊子一样回答一句，然后又关心地问，"姑爷觉得舒服吗？"

"呃……舒服……"他这样一回答，两个人俨然成了两个第一次接吻的学生。对于这等奇妙的感觉，宁毅也只能叹一口气，但平心而论，他心中是喜欢的。

天气已经不冷了，穿着单薄兜肚、绸裤的小婵习惯侧着身子抱着他的一条手臂睡觉，并不介意宁毅碰到她的什么地方。有时候宁毅偏过头去，在微微的光亮中能看见她嘴角蕴着笑容，很满足、很幸福的感觉，像个蜷在他身边的孩子……蜷在他身边的小女孩子。

对小婵来说，或许这才是她真正喜欢的事情。

第二天，宁毅没有去那场文会。此后几天，“宁毅浪得虚名”“宁毅不敢赴约”之类的说法开始在江宁的文人群体中蔓延。由于是有心人在推动，出现这类事情并不出奇，倒是苏家受到了一些影响，因为这事，书院的山长苏崇华还特意过来对宁毅说教了一番，宁毅只是用奇怪的眼光看着他，最终他也只好悻悻地走了。

宁毅此时想的，已经不再是江宁城内这些无关痛痒的事情。南方一带，方腊仍旧在负隅顽抗，算算时间，刘西瓜的部队可能已经进山，童贯那边则开始考虑收兵北上，宁毅也正式考虑起自己去到京城又能做些什么。这段时间里，康贤找了他一次，问他要不要挂名到成国公主名下的密侦司里管理一部分事务，这倒是出乎宁毅的意料。

“原本便是一个拼拼凑凑的小衙门，事情多，又什么都插手，很缺人。阿贵在里面帮忙，闻人不二又对你极为推崇。他乃秦公门下弟子，最近也要上京，你们正好互相配合、互相呼应……另一方面，接下来的一段时间，你可能要跟绿林人士打些交道，正好熟悉一下情况。你在江湖上又有‘血手人屠’的大名，闻者伤心，见者落泪，喀喀……不妨过来入个伙、帮个忙，如何？南方的局势已经大概定下，北伐不能再被拖住后腿了，接下来可能要盯一盯梁山泊这类地方，你杀过他们的人，也算与他们有旧，有兴趣的话，何妨‘假公济私’一下……？”

春雨在窗外“淅淅沥沥”地下着，三月间，秦淮河水渐渐涨了起来。这场雨来得急，一只水鸭子在河面上扑棱着翅膀，有些狼狈。丫鬟扣儿在外面收衣服。元锦儿站在临河的露台边，用一根树枝戳来戳去，然后扭头看从河面上驶过的花船。

花船的窗口敞开着，里面是酒宴笙歌，被大雨惊动的姑娘和才子们跑到窗口瞧来瞧去，也有互相调笑搂搂抱抱的。元锦儿背靠栏杆看着这一幕，过了片刻，聂云竹也出来看雨了，风吹动露台上两名女子的头发，船上也有才子的目光被吸引，朝这边望过来，这让二人也迎来几名女子带着敌意的注视。

元锦儿压住头发，撇嘴轻哼了一声，拉着聂云竹回房间里去了，只开了侧面的窗户看雨。

这是聂云竹的房间，床上摆放着针线与一些衣物，显然方才出门之前，聂云竹正在这里缝缝补补。这是那些被收养的孩子的旧衣物，有几件破了，聂云竹无事，便拿回来补一下。元锦儿在针线活上是没什么造诣的，倒不是性格问题，而是没怎么学过。青楼女子要学的是曲艺舞蹈和各种逢迎男子的技巧，晚上若是给客人缝补衣服则是赎身嫁人的趋势了，妈妈们倒也不禁止学，但也不会刻意去教。聂云竹会，是因为当官家小姐时学过这项手艺。

“本来还想去青苑那边看看的，居然下雨了，真无聊。”

元锦儿跪趴在椅子上，无聊地晃来晃去。

“无聊就来跟我一起补衣服啊。”

“不会。”

元锦儿头一仰，笑道，有点儿厚脸皮的感觉。聂云竹笑了笑，倚在床边拿起针线。她衣着素雅，身形曼妙，倚在床边仿佛是一幅仕女图。元锦儿看了一会儿，觉得有些无聊，喝茶、打滚、蹦蹦跳跳一阵后，将古筝搬过来拨弄了几下，却不太熟练，随后抱了琵琶过来，坐在窗户边，手指轻动。

“滚滚长江东逝水，浪花淘尽英雄，是非——成败——转头空——青山依旧在，几度夕阳红——”

虽然曲艺是聂云竹更擅长，但随意唱起来时，元锦儿的歌声也是婉转悠扬又不失清新的。聂云竹挑眉看了她一眼，元锦儿自顾自地唱了半阕，唱到“白发渔樵”时停了下来，后面就变成更加随意的哼哼了。哼完，她抱着琵琶看了聂云竹一眼：“云竹姐，你不觉得无聊啊？”

“什么无聊？”聂云竹咬断丝线，换了一件衣服继续补。

“整天安安静静的就很无聊啊，云竹姐你总是这么自得其乐的……”

“你觉得无聊我们来打双陆啊，把扣儿叫进来也行。”聂云竹笑道。

“整天玩那个也没什么意思嘛。”元锦儿摇了摇头，将琵琶放下，走到床边，替聂云竹整理了那件缝补好的衣服，随后张开双手躺在床上，片刻后又问道，“云竹姐，你当初当官家小姐时是怎样的啊？”

“读《女训》，做女红，跟人打双陆，玩捉迷藏什么的。”聂云竹停了停，“其实跟现在差不多，不过那时候还小呢，干什么都觉得有趣。”

“有没有想嫁人？”

“那时候我才几岁？”聂云竹白了她一眼，“不过后来有。虽然不知道是什么意思，但大概懂是像爹娘一样，跟一个人……一起过一辈子。不过男孩子很无聊，那时候我就想，成亲，也许就是找一个男孩子，成天说话也觉得很有趣吧。”

“就成天说话？”

“就是说话啊。”聂云竹笑了起来，随后垂下眼帘，“后来就……希望有一个人能救我出去。谁知道嫁人是怎么回事呢？只是听人说，嫁人是很让人开心的事情。那时候希望有个人能帮我赎身，嫁给他，所以拼命地学琴唱曲，但见到的事情多了以后，反倒不觉得这些事情有什么开心了……不管是什么时候想的事情，现在看起来，其实都是那几件，所以我不觉得现在无聊啊。”

“呃……”元锦儿枕着手臂，苦恼地望着头顶的蚊帐。聂云竹却是笑了笑：“你就是想去青苑看那些才子说些什么吧，平时没见你这么无聊。”

“嘿嘿。”元锦儿露齿一笑。

二人说的是昨天在青苑发生的一件事。聂云竹与元锦儿当时在那边，无意间撞上一群才子学人互相吹捧，互写诗词。这是常事了，然而吹捧到一定程度时，说起宁毅来，他们道那宁立恒只会当缩头乌龟，并无真材实料，又说他最近都没什么新词问世，江郎才尽了，哪里比得上某某、某某云云。于是他们在这边作词，怀古咏今时，聂云竹便到隔壁的院子里弹琴，唱了一曲《临江仙·滚滚长江东逝水》。

这自然是好词，不过宁毅往日里并未拿到众人眼前去，只是以唱歌的形式告诉了聂云竹。她这样做自然是有意让隔壁的人听到。唱完一曲，那边果真鸦雀无声了，等一帮才子打听这是谁的新作时，聂云竹便叫青苑中的人告诉他们这是宁毅的词作，然后拉着元锦儿便走。

她平日里并不是爱现的性子，只有关系到宁毅时，偶尔才有这等反应。元锦儿倒是想偷偷躲在一边看这帮才子脸上的表情，抱着柱子不肯走，但最终还是被聂云竹拉着跑掉了。

元锦儿本身就是爱玩爱闹爱起哄的性格，昨天没享受到扮猪吃老虎的快感，今天早上准备待宁毅过来后跟他说这事，但宁毅大概有事，早上没来。她就想着白天去青苑，看这件事情有没有传开，结果又下起了大雨，这就让她郁闷了。

笑完，元锦儿眨了眨眼睛：“云竹姐，你说，他今天早上没来，是不是他家里那位生了？”

“呀——”聂云竹不小心一针扎在了手指上，把手指放在嘴里吮了一吮，随后没好气地打了正饶有兴致望过来的元锦儿一下。

“云竹姐，你也在意的。”

“当然会在意。”聂云竹轻声回答了一句。

“男人真烦。”元锦儿将目光转向蚊帐顶，慢条斯理地说完这句，“他连娶你过门都没说，你干吗还喜欢他啊……”最后一句不是问句，类似的事情，二人早说了好几次。她们也不是什么女权主义者，都知道宁毅要娶聂云竹过门是真的有难度，但她心中总会有些期待。

聂云竹安静了好一会儿才道：“锦儿，你知道立恒他干什么都很厉害吧？”

“嗯，这个我承认啊。”

“但他在这方面一点儿都不厉害。”

元锦儿瞪大了眼睛，陡然翻过身子，趴在那儿，双手绞在一起，望着聂云竹：

“云竹姐，你们那个啦？”

聂云竹双唇一抿，轻轻踢了她一下：“我哪里是说这个！我是说……养个女人在外面，对那些你我认识的才子来说，根本就不是问题吧？”

“嘿嘿，嗯。”

“他很烦，一副不知道该怎么办的样子，心里面也过不去，虽然面上看不出来……”

“呃……好像有一点点。”元锦儿想了想，嘲笑道，“嘁，大男人，真没用。”

“我很喜欢。”过得半晌，聂云竹停下针线活，低着头笑了笑，轻声道，“他自己恐怕都没有意识到，可是我很喜欢。他在其他事情上表现得再厉害，我都只觉得是应当的，当然，就算不厉害也没什么，但就是对他表现得一点儿也不厉害的这件事，锦儿，我真的很喜欢。”

她眨了眨眼睛：“立恒什么时候都从从容容的，可是……也许真的是在金风楼里待久了吧，只有这件事，我一早就看出来了，也许他自己也看出来了，可就算看出来了，他也一点儿办法都没有。我想啊，能看到他这副样子，别说我如今是从良后的聂云竹，哪怕我还是以前的官家小姐，接下来不管怎么样，我都认了……”

她说完这些，继续低头缝补衣服。雨还在下，元锦儿趴在那儿看了她半晌，终于叹了口气：“你啊……”

春雨将这栋小楼、将整座江宁城淹没在一片水雾里。

苏宅。

宁毅夫妇居住的小院子刚经历了半个上午的忙乱。苏檀儿早上腹痛，还以为是要生了，派人将产婆接过来之后，才发现是虚惊一场，但真正的分娩恐怕也就在这一两天，于是苏家挽留产婆在府中住下。宁毅正在房间里安抚妻子的情绪。同一时间，一则诡异的流言正在苏家二房、三房几名特定的人物间口耳相传。这是关于宁毅与一位从良的名妓有染的消息，消息来源则暂时未知。

“属实吗？”

“不知道啊……”

“若这事是真的……”

“可大可小啊，你们想清楚……”

“最后的破局机会了吧……”

黑暗中的小范围传言暂时并未惊动宁毅以及大房众人，而也是在这个下午，越来越大的雨中，江宁城的一端，一场厮杀正借着雨势的掩盖，在城中几座院子里发生着。

哪里有人，哪里就有江湖。这几间院落属于江宁城一个规模颇大的帮派，帮派的头领名叫程烈，而这个帮派的名字与天南武林曾经红极一时的霸刀盟仅有一字之差，名叫“百刀盟”。

不过，百刀盟的实力显然要弱上许多。

如今百刀盟的院落间已是一片尸身与鲜血。杀进来的是十几名身披黑色蓑衣的男子，有的还背着包袱，看起来是旅人打扮。程烈手下的大将在方才的一番厮杀中都已死光，如今他半身是血，拿着已经被劈断的长刀，倚着正厅的柱子，看着不断逼近手持一双板斧的壮汉：“你……你们是谁……”

“嘿，死了也要记得爷爷的名字……爷爷叫李逵！敢动我兄弟的，偿命吧！”

巨斧轰然劈下！

门外的街边，“啪”的一声，有“百刀盟”三个字的牌匾在雨中跌落地面。同样身披蓑衣的席君煜回头看了一眼，扭头跟旁边的一名男子闲聊了几句，再回头时，一辆马车从街道那边过来，又是几个人下了车，也都穿着既避雨又能掩藏自身特征的黑蓑衣。当先一人身材高大，戴着斗笠，背后背了一杆长枪，虽然斗笠下的面容颇为俊逸，但看起来总有一份愁容隐藏其间。

席君煜拱了拱手：“几位兄弟也到了。林大哥，您是东京出来的，不知道觉得江宁如何啊？这地方我熟，待会儿小弟找间好馆子，给几位哥哥接风洗尘。”

几人拱了拱手，当先那男子则是点头“嗯”了一声，转头望向旁边的院子。虽然院门关着，又下着大雨，但那里面在发生什么事情，他仍能够听出来。

“席兄弟，这次咱们来江宁是为了正事，你私人寻仇我也没什么可说的，切记勿要误了正事。”

“自然自然，谢林大哥教诲。”

“没事。”对方伸出手来，拍了拍他的肩膀，随后从他身边走过去。

席君煜轻轻地舒了一口气。虽然这段时日以来大伙儿都以兄弟相称了，但他对某些人仍旧有着莫名的敬畏感，例如军师，又例如眼前这位曾经的——

八十万禁军教头！

## 第二章

# 走投无路被迫招安　忍无可忍教训家贼

妻子即将分娩，家中各种事情说多倒也不多，听说百刀盟盟主程烈被灭门的消息时，宁毅正在揣摩方才看见的苏文兴等人的古怪眼神，然后愣了一愣。

作为在江宁一带规模还算大的帮派，百刀盟算是苏家背后的一支打手队伍，最主要的是在苏家大房背后。虽然经历过杭州的江湖阵势之后，宁毅对于百刀盟这种盘踞一地勾结商户豪绅收收保护费的门派已经没有多大感觉，但毕竟身边还是得有一支这样的打手队伍，百刀盟一倒，苏家就得另外找一批了。

不过，宁毅的想法也仅止于此。对于百刀盟和那程盟主，宁毅与他们毕竟并没有多少来往，顶多是见过两面，做过几次比较恬不知耻的自我介绍，江湖仇杀时时刻刻都在发生，宁毅也不会觉得程烈的死与自己有多少关系，心中默哀一番，叹一口气，也就是了。

家中与程烈关系比较好的应该是岳父苏伯庸，苏檀儿身边接触这类事情较多的则是平素看起来相对沉默安静的丫鬟娟儿以及与程烈有私交的耿护卫等人。听说了噩耗后，娟儿的情绪便明显有些低落，宁毅安慰了几句，状况还算稳定的苏檀儿对宁毅说道："相公，爹爹大概已经赶过去了，你也带着娟儿过去一趟吧，家里这么多人，我没事的。若是宝宝有什么事，我让人去找你们，你们尽快赶回来就是了。"

毕竟是灭门的惨剧，宁毅点点头，答应下来，随后又安慰娟儿道："虽然江湖仇杀不算奇怪，最近又局势动荡，但江宁的治安一贯还不错，这事闹太大了，官府不会坐视的，我也托人帮忙查查。"

这件事情太大，苏文兴等人方才目光中的些许诡异，宁毅便抛诸脑后了，反正最近一段时间，二房、三房的日子都不怎么好过。苏文兴是苏仲堪的儿子，宁毅与苏檀儿不在的时候，二房、三房的少壮派就是以他为首。如今苏檀儿与宁毅回来了，苏愈开始发飙，二房、三房吃进肚子的一些东西就得吐出来。虽然比起苏檀儿与宁毅离开之前，二房、三房还是赚了，但吃进肚子的东西再拿出来一部分总会让某些人觉得不爽，更何况也折了面子。

这天傍晚，宁毅与娟儿一道去看了百刀盟被灭门的现场，顺道约了已经抵达江宁的闻人不二，托密侦司帮忙查一下到底是江湖上哪号人动的手。

“另外……最近感觉有人在跟踪我……”宁毅说道。

“没有吧，外面有眼线的，你过来的时候……应该没有尾巴了才对，而且这儿是江宁……”

“可能是我搞错了。在杭州的时候警惕成习惯了，现在还没放松下来。就算在杭州时被人记恨了，这个时候方腊自身难保，也不至于过来找我动手……啧，需要一个心理医生了……”

“什么医生？”

“没什么。”

“呵呵，真正在杭州被你得罪得狠了的，无非就是霸刀营的那位刘姑娘，你都已经摆平了，哪里还会有人盯上你？”闻人不二是清楚宁毅与刘西瓜之间的故事的，这时候语气有些促狭，随后却是想起了什么，皱了皱眉，“不过你这样一说，最近确实有一批跟方腊有关的人经过这里……不过不归我们管……”

“什么？”宁毅皱了皱眉。

“破城的时候，还有一路上，抓了好些人，其中有一些中小头目，也是在绿林中有些名声的，要押解往京城，第一批人明天就到这儿。立恒你这样一说，会不会有摩尼教的余孽准备劫下他们，顺便盯上了你？”

宁毅想了片刻，道：“做个预防吧。”

“嗯，我回去告诉驸马爷，让那边插一插手。”

“呵呵，我才不管那些事情，重要的是我家。”

宁毅拍拍他的肩膀，二人都笑了起来。等宁毅把保护苏家的大致方案交代完毕，闻人不二轻声说道：“另外，你之前交代的一些事情……”他将事情说完，“最后，你决定到我们这边帮帮忙吗？”

“有些想法，不过等檀儿生了孩子以后再做决定吧。不管干什么，以后我们之间恐怕都少不了联系的。”

闻人不二点了点头，随后肃容拱手：“虽然在下虚长几岁，但立恒你在运筹布局上的手段，我是佩服至极的，将来少不了仰仗立恒。”

这些事情说完，宁毅方才与闻人不二分开，去百刀盟那边领了娟儿回去。

第二天是农历三月二十七，接近正午的时候，苏檀儿诞下一名男婴，母子均安。苏家一片隆重庆祝的热烈气氛，张灯结彩，锣鼓、鞭炮齐鸣。只是该起个什么名字，因为苏檀儿极度疲惫，一时间还没什么人提起，也没有人来打扰一直在房间里陪伴妻子的宁毅。

孩子既然出世，接下来便有人要上门道贺了。二十八这天过来的基本上是苏伯庸的平辈朋友，倒也不至于过来打扰苏檀儿。宁毅则写了几封帖子，出门准备送往驸马府。他原本不打算孩子出世第二天就出门的，但是担心是不是有方腊的人盯上了自己，这事攸关全家性命，虽然可能性不大，但也马虎不得，早去早回便是。

宁毅先送了给康贤的帖子，也跟陆阿贵打了招呼，随后去找闻人不二。闻人不二如今住在江宁城中的客栈里，距离驸马府不算远。见面之后，闻人不二先是道了恭喜，宁毅问起到底是不是方腊那边的人在跟踪自己，闻人不二说还未能确定，随后说起另外一件事——差不多是宁毅在半年前交代的，此时终于有了结果。

“他们如今便在客栈之中，你去见上一见？”

“我还没打算入你们的伙，这样不好吧？”

“你也说了，迟早会有来往。你跟他们也不算是生人了，老实说，你露个面，也能吓一吓他们，让他们知道咱们这边不是什么酒囊饭袋。拜托了，宁兄弟。”

宁毅想了想，点了点头。

同一时刻，客栈一楼的房间里，齐新勇、齐新义正在擦枪，齐新翰倒了茶水给两位兄长递过去：“二哥、三哥，这事真就这样决定了？”

“要想报仇，也只能这样了。”齐新勇说道。

“找刘西瓜？”

“不找她还找谁？”

“我想杀的是方腊。”齐新翰蹙了蹙眉。

齐新勇、齐新义、齐新翰这三兄弟，是方腊麾下前参知政事齐元康的第二、第三、第五子，齐元康叛乱时，老大与老四死了，他们打不过刘西瓜，只能逃走。齐家索魂枪技艺惊人，但三人流落江湖，一时间也不知道该如何是好。随后闻人不二安排人找上他们，在几个月的时间里很有诚意地为他们摆平了一些麻烦，同时劝他们加入密侦司，无论是为父报仇，还是报效国家顺便洗白从前，都可以。

齐新义手中的钢枪脱成三截，在他手上晃了晃，如同三节棍一般，在房间里呼啸舞动几下，随后“啪”地组成一杆直枪。他之前一直保持着沉默，这时方道：“‘圣公’被围成那样，败亡只是时间问题，我们怕是杀不了了。”

“加入他们也好，加入之后，让他们将我们安排在南面的军队里吧。”齐新翰道。

齐新勇眯了眯眼睛：“杀方腊，杀刘西瓜，都是报父仇，可就算这样了，当初毕竟一起反过，在战场上杀我们以前的那些人，你下得了手啊？要能做到，我们何必辗转这半年，还不如出城就投了朝廷。”

他这话说完，外面有脚步声停下，有人敲了敲门，然后推门进来：“说得有道理。”

这句话语气平缓，门被推开后，进来的是个年轻书生，闻人不二在一旁跟着。那书生目光平静，三人隐约觉得有些眼熟，到得第二句话时，齐新义握紧了手中的索魂枪，另外二人也陡然站了起来。

“桃李春风一杯酒，江湖夜雨十年灯……不用起来，三位齐兄，坐吧。”

这诗句是他们伏击刘西瓜那一晚刘西瓜说的，腔调、语气他们都记得清清楚楚。在这之后，眼前这书生便如主人家一般走了进来，笑着拱了拱手。几人对望片刻，书生笑着走向一边的茶几，给自己斟了一杯茶：“正式认识一下，在下‘血手人屠’宁立恒，好久不见了。”

当初在那长街之上，宁毅陡然出手之后，名字还没有报完，齐家几人就已经飞也似的跑掉了，对于那段时间自己的拉风外号一直被人鄙视的状况，宁毅还是有点儿耿耿于怀的。他略略满足了自己的恶趣味之后，接下来无非就是一番故作高深莫测的闲谈，闻人不二再适当地在旁边添油加醋，说出他当初在霸刀营卧底，彻底搞翻了霸刀营的事情，齐家三兄弟自然也就没法对宁毅产生太大的仇恨，反倒是留下了宁毅这人不好惹的印象。

眼下的见面，为的就是这个效果。介绍完宁毅的事情之后，便有闻人不二的一名手下过来，悄悄地跟闻人不二说了些什么。不久，二人离开齐家三兄弟的房间，闻人不二说道：“查清楚了，人也抓住了，跟踪你的不是什么方腊余孽。”他表情精彩，微微蹙了蹙眉，“是你家的下人。”

“嗯？”

“他说……”闻人不二一脸神秘，随后笑了出来，“说你与一位从良的名妓有染，他是受了你家几位少爷的命令跟踪你的。要查清楚这件事情，你待会儿自己问问吧。呵，这种事情……看来你家二房、三房那些少爷真被你们夫妻俩给逼急了。”

闻人不二毕竟是情报系统的人，要拉宁毅入伙，自然也查了他家中的情况。他话没说完，宁毅的眉头已经蹙了起来，在那儿站了片刻：“我不问了，把人放了吧，我先回家。”

"嗯，有需要就说一声，不过这种小事……"闻人不二摆了摆手，"反正，虚惊一场。不是方腊的人最好，我差点儿让驸马爷知会那边加强警卫。你知道，不是一个衙门的，这边就不好插手，人家会说你咸吃萝卜淡操心……"

大概是为了活跃一下气氛，闻人不二也有些絮絮叨叨的。当然，在他而言，这种事情既然提前知道了，也就不算什么问题。不过，就在宁毅准备回去的时候，苏府当中，正有一名下人几乎是带着哭腔在苏文兴等人面前报告不久前发生的事："小四被抓了，我亲眼看见的，马上就回来报告了。五少，听说那宁姑爷在官府也有很多关系……"

"他在官府有关系还真能对自己家里人用不成？"苏文兴目光阴郁，陡然站了起来，"你下去吧，我知道了！"

待那人退下了，他才回头对房中几人说道："现在他知道了，你们说怎么办。"

"是啊，怎么办啊？"

"等着他回来弄我们吗？"

"能怎么样？现在他知道了，你斗得过他吗？"

"早就说了，事情查清楚，咱们放放流言就行了，他能知道是谁啊……结果现在人被抓了……你们选的什么人啊？！肯定会把我们供出来！"

"那现在能怎么样？"苏文兴吼了一句，"都已经这样了！"

"要不然咱们先去告诉二堂姐？"

"她刚刚生了孩子，你这个时候跑去告这种状，不管她反应怎么样，爷爷都能打死咱们！"

"本来不是要选在这个时候的啊……"

"要不然，文兴，告诉你爹？"

"这种事情把我爹拉下水有什么用？"

争论之中，外面又有鞭炮声响了起来，仍是庆祝苏檀儿生了孩子的，大概又有人过来拜访了。苏文兴想了想，陡然拧起了眉头。

"现在这事只有这样了：要么等着宁毅回来弄我们，要么……把你们家里的七大姑八大姨，能叫上的，主要是能跟咱们站在一块儿的女人，全叫上！二姐的孩子才刚生出来，咱们忍不了这样的事情，姓宁的欺负到我们苏家人头上来了，二姐现在听不得这样的事情，咱们家里人得替她出头！好了……"他吸了一口气，然后看看众人，猛地一跺脚，"你们……还……还愣着干什么？还不快点儿去叫人？"

听娟儿说起那件事情时，小婵正在给家中新出生的孩子整理小衣服，看见娟儿的神情，她有些被吓到。

娟儿知道，事情暂时只能跟小婵说，跟杏儿姐说没什么用，也不能报到小姐那边去。小婵是不相信的，一时间脑子有点儿蒙，但娟儿一向不说没把握的话，就算暂时根本无法考虑如何解决问题，二人也下意识地做出了反应：一路朝苏府侧门而去，试图去寻宁毅回来。

小婵是知道宁毅的去处的，但这个时候她也不知道是该到路上看看还是套辆马车出去。走在路上时，小婵都快哭出来了。

一回来，宁毅便看到了两名准备出门的少女。

小婵一看见他便愣住了，一副想哭的样子，回头走了一步又转过来。娟儿低着头站在一边。情况有些诡异，宁毅眨眨眼睛，站在了那里。他已经明白过来昨天苏文兴等人望着他时的眼神的含义，但才将跟踪者抓住，估计也不会出什么事情，所以不明白小婵与娟儿为什么会这样。过得好一会儿，娟儿才偷偷儿地拉了拉小婵的衣袖。宁毅开口道："怎么了？"

小婵双手握成拳头，低着头站在那儿，片刻后才看着宁毅的腰带道："姑爷，他们说……他们说……"她说了个开头就说不下去了。娟儿伸手戳了戳她的腰肢，小婵看了娟儿一眼，才又道："他们说，姑爷在外面养了个女人，是个……是个叫作聂云竹的从良……妓女，姑爷……"

她抬起头看着宁毅，眼中有询问与探究，眼看着就要流出眼泪来。宁毅倒是沉默下来，看了看她，再看了看娟儿，过了一会儿才追问道："然后呢？"

"他们叫了二房、三房的一些堂嫂、表姑娘，反正是……那些女人……出去找那个聂姑娘的麻烦了……"大概明白小婵心情复杂，一直低着头的娟儿抬了抬头，只是也有些怯生生的，补充道，"倒是没有去打扰小姐。"

"倒是难得地做了几件聪明的事情。"宁毅听完这些，不由得笑了出来，但那笑容转瞬即逝，他拍了拍小婵的肩膀，单手将她抱了抱，此时尚在宅院的侧门，小婵的脸顿时红了，宁毅平静地道，"你们先回去吧，我知道了。"

他回到苏府，牵了一匹马，朝着秦淮河那边去了。门口的小婵与娟儿互相看了看，到得现在，她们依然不清楚事情会变成什么样子……

对聂云竹与元锦儿来说，事情也是突如其来的。这天中午，她们才从竹记那边回来。二人的日子过得一向清净，这个时候家中也没有别的人——元锦儿的丫鬟扣儿，聂云竹的丫鬟胡桃及其相公二牛，加起来也不过五个人。平素二牛在这边帮工，做些粗活，结束后便会与妻子回到不远处的家里，这天他虽然没有回去，然而当二十多人陡然打上门来时，五个人的些许抵抗其实是无济于事的。

除了二房、三房的一帮女子外，跟随而来的还有好几名苏家的家丁、护院。当人群忽然冲进来时，正在厨房那边劈柴的二牛放下柴刀，拿起一根木棒就要反击，但随即就被打倒在血泊中。女子的尖叫与哭声响起来时，聂云竹与元锦儿瞬间就蒙了。

正妻家的女子寻男人养在外面的女人的麻烦，在这个年代有着天然的正义性，哪怕摆在公堂之上，也没什么衙门老爷会在这样的家务事上倾向于聂云竹、元锦儿这类女人，顶多说这男人真是愚蠢，本是一件风流之事，却摆不平首尾。对聂云竹来说，这种事情她一早就有过心理准备，也看见过类似的事情，当置身其中时，一开始自然是茫然无措，但眼看着那些凶神恶煞的女人拥了进来，骂骂咧咧，推推搡搡，她心中很快就明白了是什么事情，只是脑海中还是一片空白，不知道该怎么办。

她记得自己叫了一声“锦儿”，锦儿也叫了一声“你们干什么？！”，随后脑袋里就近乎一片混沌，无数声音一直在耳边响，有人过来揪她的头发，有人要打她，脸上好像挨了两下，但她也记不清楚了，身上都没什么感觉了，甚至感觉到有人要扯她的衣服，她也只能紧紧地抱住自己。她想要寻找锦儿，但锦儿被隔开了。

元锦儿也仅仅是挣扎了片刻就被声音淹没了，没有宁毅那样的心性，泼辣的性格在这种群体的暴力前意义根本不大，最主要的还是因为她心中也不觉得自己这边具有正义性。那些女人冲过来时，她第一时间还想发狠拼一拼，但随后就没了办法，看见聂云竹受伤时试图把人撞进水里溺死的狠劲在四五个骂骂咧咧的妇人面前失去了意义，双拳难敌四手，随后头发被揪乱了，身上被打了，七八只手同时伸过来，她一个人不管怎么努力厮打都没有效果。当感觉到有人在脸上抓了一下，被抓的地方火辣辣地疼的时候，她心想自己破相了，随后就哭了出来。

吵吵嚷嚷的声音一时间在小楼边这条街道上成了景观。白日里，这边的行人本来不算多，但不久，看热闹的人越聚越多——发生的事情经过口耳相传，越传越广——随后就看见两名女子被揪了出来，一群妇人对二人谩骂厮打，也有人在跟围观者进一步解释发生的事。

“我家里堂妹刚刚生了孩子，今天就听说有这件事……”

“太过分了！”

“昨天才生了孩子，身体本就不好……这事会闹成什么样子啊……”

“狐媚子不要脸！”

“实在是气不过了！”

…………

一番添油加醋之后，周围的人也都愤慨起来。

“发生这种事，怎么容得了她俩？！”

“浸猪笼！”

“划花她们的脸，看她们以后还敢不敢随便勾引男人！”

“先拿屎尿淋淋她们……”

“长得倒是好看，不想却是这样的人……”

“就是这种女人才到处勾引男人……”

“那男人在哪里？他也该被抓过来！”

周围的言语也传入了聂云竹与元锦儿的耳朵里。元锦儿好不容易抱着了聂云竹，已经哭了有一会儿了，聂云竹紧紧地搂着她，也抱着自己的身体，咬紧牙关，紧抿双唇，尽量不让自己哭出来。有人又要过来撕她的衣服时，她才用力打了一下，随即引来更加高声的谩骂，脸上又被打了一下。那些女子拳打脚踢，随即听得“刺”的一声，聂云竹的外裳被撕开了一道口子，她在挣扎中倒在地上。元锦儿“啊——”地哭叫了一声，但也没什么用。

“撕了她的衣服给大伙儿看看！”

“浸猪笼！”

“把那个男人也叫过来……”

周围的人开始起哄，声音越来越大，但聂云竹似乎什么都听不到了。混乱之中，有那么一瞬，她恍惚听到了马蹄声，周围的声音好像歇了一下，实际上，她的目力所及还是无数人的手脚、衣裙，她与锦儿被包围在中间……

宁毅从奔跑的马上跳下来的时候，厮打的人群确实是安静了一下，因为有人看到了他，几个领头的妇人交换了眼神。周围的人倒是不知道发生了什么，还在起哄。几名苏家护院迎了上去，试图拦住有些粗暴地推开人群过来的宁毅。

其中一名妇人高声喊了起来：“宁姑爷，这件事情你插不了手！你还是想想自己怎么交代吧！”

其余的女子也起哄道：

“是啊。”

“对啊。”

“瞧你做出的好事！”

“檀儿刚刚生了孩子……”

“我们气不过，是来替她出头的！”

众人这才明白过来那边挤进来的书生正是男主角，其中一人便要从后面拉他。与此同时，一名中年护院也过来了。这名护院在苏家的地位还算高，有些武艺，水准与耿护院差不多，看起来沉稳凶悍。他伸手挡在宁毅面前，蒲扇大的手掌按住宁毅的肩膀：“姑爷。”

这中年护院已经三四十岁，身材魁梧犹如一堵墙。宁毅却看起来文弱，又穿着书生袍，这也是后方的旁观者敢乱管闲事的原因。那护院倒也不想伤了宁毅，脚步一沉，只想将宁毅堵在这里，但宁毅步伐未停，随着跨步前行，反手一巴掌就抽了出去。

“啪”的一声响起，随着鲜血与牙齿飞起，那护院踉踉跄跄地朝着侧后方退了出去，摔进了一旁的秦淮河里。后面拉着宁毅左手的那个男人仓促间被拉得随着宁毅前行了好几步，宁毅反手一抓，一甩，这人“啊”的一声，身体在空中转了几个圈后砸在地上。这一切只发生在片刻间，宁毅步伐甚快，另一名冲过来的护院被他单手抓住脖子，钳着向前走了几步，才被扔到一边，那人捂着脖子，在地上拼命咳嗽。

转眼间，宁毅就与那些妇人拉近了距离，也看到了在她们的包围中间正努力想挡住衣服上被撕裂出的破口的聂云竹，还有抱着聂云竹跪趴在那儿“哇哇”大哭的元锦儿。

声浪随即又飙升起来：

“宁姑爷你还敢这样！”

“你做错事情你还打人！”

“你对得起檀儿吗？”

“狗男女！打死他们这对狗男女！”

“你一介入赘之人，无法无天了！”

一般遇上这样的事情，不管多大的官员、多高身份的人都得忍气吞声，所以她们心中认为宁毅是不敢乱来的。只是纵然这样子想，但宁毅毕竟是杀到眼前来了，说她们完全不害怕那也是假的。不过宁毅在杭州的事情虽然已经传了好一阵，但他对家人颇好，这才是让她们觉得宁毅不敢太过分的主要原因，觉得他陡然冲来也是虚张声势。声浪之中，一名妇人提了一个马桶，分开人群冲过来：“来了，来了……”

这是苏文兴的一名表嫂，长得五大三粗的，在苏家为人极为泼辣。方才她跑出去寻东西羞辱聂云竹与元锦儿，这时候回来，看见宁毅过来了，虽然愣了一愣，但随即便冷哼道：“宁姑爷，你就算过来也救不了她们！”

宁毅面色冷峻，已经走过聂云竹跟元锦儿，直接朝她逼近。几名妇人试图拉住他，却只能随着他往那边走。

“放下！”

一面走，宁毅一面说了一句。其中一名妇人伸手拉紧了他的衣服，宁毅只是反手一巴掌，就将那妇人打得踉跄退开。如果说他方才打几名护院还只是让众人有些意外，这一巴掌就真的把周围的人都给打蒙了：哪有这样不讲道理的男人？他若是屠夫打扮也就罢了，偏偏是一身书生袍……

有人大叫起来：“你敢！”

那提着便桶的表嫂也愣了愣，一时间直跳脚：“这还了得！宁毅你……”

“放下！”

宁毅已经逼到她面前。

“啊——”

“啪”的一巴掌，随之而来的还有“哗”的一声——那妇人将马桶直接泼了过来，随即，一记耳光扇在她脸上，将她打倒在地。恶臭四溢，马桶“哐哐哐”地乱滚，宁毅被泼了半身，周围的人也被波及，但这一下，周围完全安静下来，就连在那边“哇哇”大哭的元锦儿都保持着哭的姿态愣住了。

宁毅站在那儿，对身上的恶臭犹如未觉。地上的妇人牙齿被打掉了几颗——宁毅实际上还是收了手的。那妇人吐出鲜血和牙齿，“哇”地哭起来，口中透风却不停地大骂，周围的人也开始叫嚷。宁毅一脚踢在那妇人的肚子上，将她的哭声踢了回去。

这一下更是群情激奋，周围的人都喊了起来。随后，但见火光闪了闪，宁毅扬起手，“轰”的一声震彻全场，几米外的树上，枝叶被打得掉落下来，砸在围观者的头上。身上虽然被淋了那些东西，但火铳放在袍子里，没有被淋湿。他开了这一枪，见那妇人缓过神来还要哭喊，便走过去，将枪口抵在她头上。枪里其实没有火药跟子弹了，但还带着开枪后的余温。

“再闹我就打死你。”他一字一顿地说道，“你信不信？”

不管信与不信，一时间都没人敢再闹了，旁观的人群中纵然还有说话的，片刻间也没什么人敢高声大骂了，大概是将宁毅当成了疯子。过了片刻，宁毅站起来，转身朝聂云竹那边过去：“回去告诉苏文兴，我待会儿去找他算账。”

说完话，他走到聂云竹、元锦儿前方不远处，略尴尬地指了指身上，随后露出一个笑容：“有地方洗一下吗？”

下午，宁毅还未回来，苏家已经吵吵嚷嚷地闹开，陷入一片混乱与激愤的狂热中。

“居然会出这种事情，那还了得！”

虽然之前苏文兴说过这事不好闹到他父亲那边去，然而当一群妇人哭哭啼啼地回来，首先被惊动的，还是苏仲堪这些家中长辈。倒不是他们消息灵通，而是苏文兴并非没有脑子，一看到众人被打成那副样子，又听了事情的经过以及她们带回来的话，他就知道，这件事情自己是扛不下去了。

宁毅会不管不顾地出这样的重手是出乎所有人意料的事情，但既然已经出了，就代表了他的决心。他在杭州可是杀过人，跟方腊那些匪人打过擂台的，真发飙了，现在能够压住他的，只有苏家的家法了。

这事儿先是一群妇人哭闹到苏仲堪、苏云方那边，然后人群拥到前方的正厅当中，被惊动的还有族中两位老人。苏仲堪是知道自家儿子的脾性的，先让人将苏文兴揪了过来，声色俱厉地问起他事情的来龙去脉，苏文兴便将事情交代了。

“这件事情真不关我的事，谁知道姐夫为什么要扣在我头上啊？是哪里首先传出来的我也不清楚，可我们听了当然心里有气啊，他在外面养了女人，二姐刚刚生了孩子……这关我什么事啊？表嫂被他打成那样了，都快死了，爹你也看到了……爹，你们得想想办法啊，二姐夫这人有多厉害家里人都知道，他现在把这事扣在我头上了，我怎么办啊？”

“你不要叫他二姐夫！”听了苏文兴的一番哭诉，苏仲堪的脾气也上来了，“他还能吃了你不成？！”

十几个妇人哭哭啼啼地回来，已经足够将这件事闹得举家皆知，不到片刻，正厅附近就挤满了人。在家中一贯受到优待却是入赘身份的宁毅出了这种事，旁观众人多少是有幸灾乐祸的心态的，所以，随后声讨、起哄的人就更多了。

苏仲堪根本不相信儿子没有参与其中，但在这件事上，他认为过分的是宁毅——在外面养小的，被发现以后竟还丧心病狂地打家里人，一个大男人把一个妇人打得半死，这样的赘婿，根本就是在打全家人的脸。至于小细节上有什么出入，对这一“事实”毫无影响。片刻之间，他已经咆哮着召集了家丁、护院，同时将事情通知了苏伯庸，只有如何应对苏檀儿让他有几分犹豫。

“檀儿那边……她刚生了孩子，你们就不要去惊动她了，这件事等大哥来了，再考虑怎样告诉她吧……还有你们，给我安静些！待那畜生回来了，让他立刻过来！”

苏伯庸暂时没有出现，但气氛已经肃杀起来，护院一批被安排在正厅，一批被安排在各个门口。苏仲堪仔细询问了整件事情，关于宁毅包养名妓以及今天打人的细节也就更加丰富，众人议论着，商量着，更加义愤填膺……

“好了，差不多了。”

秦淮河边的小楼之中，冲了个澡的宁毅换好了衣服，将头发在脑后束好。聂云竹过来，低着头给他系好了腰带。

“乱七八糟……事情还真是凑到一块儿去了。元宝儿你还好吧？”

之前那场打闹幸好被及时制止了，虽然被弄得非常狼狈，但聂云竹也好，元锦儿也好，都没有受伤或破相，算是不幸中的万幸。此时二人换了衣服，整理了一下，大致恢复了平时的样子，但精神上受到的冲击终究还是在的。那边元锦儿的脸上还有些红痕，坐在那儿，绷着张脸，一言不发地生着气，看起来竟有些楚楚可怜的样子。倒是聂云竹，换了衣裙之后看起来比平时憔悴单薄许多，脸上有着些许焦虑。

“你这样子……打人……回去以后怎么办啊……你太冲动了……”她担心的是宁毅回家后如何交代，那边元锦儿已经偏过头来：“哪里算冲动？她们……她们……哼……”她恨恨地看了看宁毅，随后又将脑袋偏了过去。

此时元锦儿自己恐怕都不知道是在恨些什么，或许是那些女人，或许是这一切的根源宁毅，或许是自己在先前那场混乱中被打得那么惨，竟然还哭了，又或许是自己平日里想得好，关键时刻却没能保护好云竹姐，等等。

宁毅摇了摇头。

“没事的，我会处理好，不会再有下一次了，相信我就行，虽然这次确实有点儿措手不及……”他过去拍了拍元锦儿的肩膀，“是我的错好了吧。我先走了，你……陪着云竹。”

“滚。”

“呵。”

“你别为我们……做得太过啊，我们没事的。”聂云竹认真地叮嘱道。

“嗯，我有分寸。”

小楼之中其实还是一片狼藉，但眼下宁毅也不可能留在这里替她们整理了，好在被打伤的二牛没什么大碍，扣儿她们在混乱中只受了点儿伤。宁毅稍微看了看其他几个人，转身出了门。闻人不二也过来了：“闹这么大？”事情确实有点儿出乎他的意料。

“这里麻烦找两个人帮忙看一看，不要再出这种事了。”

“这个没问题。你现在要回去？”

“总不至于留下吧。”宁毅笑了笑，“这种事情，也得早点儿处理一下啊。”

“要不要……驸马府那边派人陪你过去？”

宁毅摇了摇头：“不用，家事还是尽量自己处理吧，其他的关系……压人是可以的，我也会用，但没必要真的拿出来，真的拿出来，事情就复杂了。”

“你知道这件事可大可小，你回去怎么交代？”

“呵，苏家难道比楼家还厉害？”

“可你毕竟是入赘的。”

宁毅笑了起来：“大家都觉得入赘就得怎么怎么样，说句实在话，我从来没放在心里过。或许是因为淡化了跟他们的关系，所以之前没遇上这次的事情吧……没关系，世上的事情，理所当然从来都是形势比人强，他们以为入赘就是我的形势，我也该认认真真地告诉他们一次什么是他们的形势了……本来以为这次我们回来，老爷子把家里整完了，他们就该死心了，没想到还是得走到这一步……”

宁毅说着，叹了口气，也有几分感慨。苏家二房、三房的几次躁动，他与苏檀儿回家之后原本该平息下来，苏文兴这些人也该认命了，想不到会出这样的枝节。

说话间，闻人不二的手下牵着马过来了。

闻人不二皱了皱眉："你到底想干些什么啊？"

"要是死了人或者死的人太多，压不住了，再找你。"宁毅道，随后摇头，上马，"不过应该不会到这一步。"

"喂！"

"麻烦你了。"

申时将尽，太阳也渐渐垂落，傍晚将至，却也是一日之中最为明亮美丽的时刻，天际像是被烧红的琥珀，有一种清澈的美感。

苏家正厅当中，谈话还在继续，气氛森严犹如三堂会审。苏文兴说完，苏家的长辈召来其他人询问，又问了今天参与事件的那些妇人，但老实说，众人有几分气馁，因为时间有些久了。他们原本以为宁毅会第一时间回来受死，但看来他还真是留在外面洗澡了，又或者是被吓到了，不敢回来。苏伯庸那边没有动静，至于苏檀儿，暂时没有人敢去惊动她，而且据说在她的小院门口，小婵与娟儿如同门神一般挡在那儿，不管是谁过去，二人都会挡驾。

苏伯庸不出现或许体现了其老谋深算的一面：情况完全一边倒的时候，他也没办法出来硬挺宁毅，而且这种事情，情理上，他也不愿意挺宁毅，不如看宁毅有什么办法翻盘或者说出其他的隐情来。假如宁毅真的不回来，大伙儿或许就会一鼓作气，再而衰，三而竭，但这也是苏文兴期待的，因为那样就基本坐实宁毅的罪名了，不管他什么时候回来，局势都不会再改变。

然而，宁毅还是回来了。

申、酉交替之时，宁毅牵着马，出现在苏府正门外的街道上。他已经换了一身衣服，并不是先前穿出去的有些保守低调也正派的书生袍，此时身上的白色长衫让他俊逸了许多，是时下武朝相对流行的款式，与其说是书生装，不如说有几分像侠士装扮。正厅门口的护院第一时间就被惊动了——有人赶忙过来报信。守在大门口的几名护院还在忐忑怎么将他弄到正厅那边去时，他已经将马交给了旁边的人。过来负责押人的护院与管事自然是二房那边的人，原本想要声色俱厉不给他这个入赘之人好脸色，却被这股从容的气势给压倒了。

如果是跟随宁毅去了杭州的大房中的几名护院，恐怕不敢在这个时候这样子面对他。

宁毅倒也直接："五少在哪里？我有事找他。"旁边的管事下意识地说："他也在正厅那边……"随后他几乎要打自己的嘴巴：为什么要说这个"也"字？宁毅点了点头："那我们过去吧。"

大门到正厅的距离并不远，宁毅远远地就看到那边聚集的众人了。这个时候，人群之中有些高声的议论已经变成了窃窃私语，苏仲堪等人在厅堂里恶狠狠地看向宁毅。宁毅没什么凶狠的表情，只是从容前行，走过人群，看见苏文定、苏文方时，还微笑着向他们点了点头。跨过门槛时，他伸手理了理衣袖。

"你这畜生，你终于……"

"文兴呢？"

苏仲堪终究是经历过许多事的，虽然不明白宁毅为什么如此做派，但也能看出他此时的气势压住了众人——这是他长久以来在苏家做的那些事情积累下来的威慑力——当下想要首先开口，然而宁毅已经出声了，根本就没有看他，而是在整理衣袖。

"今日众多亲朋长辈在此，岂容你如此撒野！"

"苏文兴？"

在走过的第一把椅子前停了下来，宁毅笑着环顾四周，又问了一句。这一次，苏文兴出现了："我……我就在这里，你想在这么多叔伯长辈面前撒野不成？"虽然有些色厉内荏，但第一句话，苏文兴还是能稳住情绪的。宁毅点了点头："这就好。你过来。"他伸手握住旁边椅子的靠背，将它往厅堂中央拖了一下。

"我不过去又怎么样？你这疯子……"

"宁毅你到底要干什么？这等地方，你给我跪下！"

"也行，没事。"宁毅手拖着椅子，旁人都以为他要将椅子扔向苏文兴，但这事并没有发生，他将椅子挪了挪，然后"砰"的一声，在厅堂中央放定了。这"砰"的一声响实际上也打断了上方的咆哮，令得厅堂里出现了片刻的安静。椅子是斜放的，并没有正对前方，宁毅手撑着椅背上拍了两下，低着头，一副若有所思的模样，然后开了口。

"去年皇商的事情，乌家中了计，不得不认栽，有人问了我一个很蠢的问题……"

一面说话，他一面缓缓绕着椅子走了半圈，然后坐下了。

遇到这种数十人注视着自己，犹如三堂会审或者是被一大群人围观的局面，一般人是绝不肯在这种情况下选择这样一个位置坐的，而当宁毅开口说起乌家的事时，大家还是竖起了耳朵开始听。毕竟这是苏家近些年来面临的最大、最危险的局面，也是宁毅在苏家有过的——至少是在大家能接触到的范围里——最明显的一次锋芒崭露。

宁毅坐在那儿，像是对峙整个世界一般环顾了四周，目光变得冷峻森然，扫到苏文兴脸上时停了停，片刻后露出一个讽刺的笑来。

“他们问我，要是乌家抱成一团，宁肯冒着全家死光的危险也不给我们苏家占便宜，我怎么办。”

宁毅说出这个问题来，虽然弄得许多人摸不着头脑，但从某种意义上来说，也算得上先声夺人了。生于商贾之家，大伙儿对于经商之事多多少少都有一份兴趣在，当初的皇商事件结束之后，众人也不免将自己代入，幻想自己若处于宁毅的位置会怎样做，或者是幻想自己位于宁毅的对立面会怎样做，反正这样的幻想不需要负责任，想一想也无妨。

甚至在苏家的一些人看来，在当初的情况下，乌家若是能够再撑一段时间，肯定能找到破局的方法，毕竟什么抄家灭族的危险听起来就像是在吓人，概率并不大，乌家后来居然会妥协，只能证明乌家毫无拼搏进取精神。连个入赘的家伙都能孤注一掷拼成这副样子，乌家竟一点儿胆子都没有，让宁毅侥幸翻盘，实在不知道他们是怎么坐到布行行首位置的。

当然，大家也都倾向于宁毅还有诸多后招，这些后招大多狠辣狠毒，对此，众人心中也猜想过许多。因此，当宁毅问出这个问题时，不少人都想要听到答案，或是目光交会，或是交头接耳。苏文兴等人自然不想让他将话题带走，喝道：“宁立恒你不要顾左右而言他！今日说的是你跟那个聂云竹的事情！诸位，二姐才生完孩子……”

苏仲堪也道：“别想插科打诨，我告诉你，今日有家法在此，你在外面再厉害，在此地也撒不了野！”

二房、三房的许多人都吵吵嚷嚷起来。宁毅坐在那儿环顾四周，笑了起来：“你看，他们还真的想了——你们给我闭嘴！”他的语气陡然转厉，片刻后又笑了出来，“都是一回事，二叔，都是一回事……你看，他们还真的去想了，哈哈哈哈，你有没有想过啊？还有文兴，你呢？你想过吗？”

“你们看看自己现在的样子。”周围仍旧嘈杂，虽然有那么一些人想要打断他的话，但他说出来的，大部分人还是听着。宁毅靠在椅背上，舒了一口气，目光却明显带着厌恶，随后一字一顿地说道，“你们看看自己现在的样子！乌家也好，薛家也好，楼家也好，你们也好，都是些什么东西！”

“宁毅你放肆！”

“跟人赌命？就你们这样的人？乌家这样的人？为什么要去想这件事情？你们不是已经把该帮我做的都做完了吗？今天是什么事，你们站在这里的几十上百个人哪一个不是心知肚明？现在是在干什么？鸿门宴？三堂会审？就你们？你们在干些什么恶心龌龊事？对上外人你们就跟鸡一样，只有对上自家人你们像是狼狗。你们毫无开拓进取之念，然而当大房、当像檀儿这样的女人挣回来一块地盘之后，你们就理所当然觉得要分你们一块。你！你、你、你、你，还有你！”宁毅站了起来，目光冷峻，手指几乎是从苏仲堪的脸上点过去，“你们这些人，屎都不如！苏文兴你给我过来！你来说你能干什么！”

“太放肆了！”

“给我抓起来！”

听他说出这种话来，上方两位老人中也有一位坐不住了。苏仲堪大声叱喝着让家丁过来将宁毅抓住的同时，“砰”的一声响起，宁毅拔出战刀插在一旁的茶几上，刀锋进去大半，从桌板下方穿出来。他盯着两名要冲过来的护院，那两名护院一时间竟不敢往前冲。苏仲堪气得手指都在发抖：“你你你你你你要造反了……”

回过身去，宁毅缓缓坐下，一只手按在膝盖上。

“我告诉你们你们能干什么。你们成事不足败事有余，见到有好处就要来分一杯羹，分得少了，你们还心生怨气。当檀儿跟我计划着如何对付薛家、对付乌家的时候，你们在想着怎么对付檀儿。因为你们知道，你们做不成任何事情，但至少可以给自己家里人捣乱，你们不能成事，却能败事，你们就像是蛆虫，就像是办喜宴的时候堵在门口的乞丐，不给你们钱，你们就打烂自己的脑袋，让人家的喜事也办得不痛快，你们就是这种人！”

“苏文兴你为什么不敢走过来？你怕我打你？那你躲在那边算什么？楼近临你知道吧？以前跟苏家有过来往的，方腊造反，他投了方腊，成了当时杭州第一的商家，搜罗绿林人士，豢养家奴。去年快过年的时候，他抓了檀儿，没一个时辰，在他家里，也是这样的地方，我当着他家所有人的面打死了他的大儿子，一枪打爆了他的头！”宁毅伸手“轰”地拍在椅子的扶手上，“他当时站得比你远！”

周围鸦雀无声。宁毅在杭州的事情虽然大家或多或少都知道了，但细节苏檀儿等人透露得不多。当然，他们还是觉得，再凶狠的人，也不至于在自己家里真发狠。大伙儿还只是有些震惊时，宁毅摊了摊手，语气已经转为平缓。

“过来啊。在这种情况下，我不管对你干什么，大家的观感都是对我不利。你们这些人不是自诩才华横溢吗？我要是你，就会不顾一切地挑衅我，让我失去控制，那样一来，你们想干的一切就都光明正大了。你们这些人，有哪一个不是这样的？想要做成事情，连挨一顿揍都怕，却可以大言不惭地谈论跟人死磕。现在回到开头，你们知道他们如果要拼命的话会怎么样了吗？我告诉你们，只要还有一线希望，超过了一百个人，他们就没法拼命，因为你们这样成事不足败事有余的废物在哪家哪户都有，有人要往前冲就一定有你们这样的人拖后腿。我现在说的，大家都听懂了吗？”

他说完这些，众人反倒多少冷静了下来，但自然没有人认同他，周围有人小声地骂骂咧咧。一直在一旁的苏云方看着他，手指晃了晃，一字一顿地道："我们现在说的不是这件事，这跟你在外面养女人有什么关系？"

他冷静地旁观，此时终于将话题扳了回来，似笑非笑地看着宁毅。宁毅也笑了笑："我还以为是一回事呢，三叔。苏文兴，你过来，我告诉你……"

"你有屁就放，谁知道你是不是疯子？"

苏文兴还想挣扎一下，那边苏仲堪喝道："文兴你过去！我倒想看看他到底能干吗！"他也意识到，苏文兴这样畏畏缩缩的毕竟显得弱势，这等场合里，宁毅这样作势，难道还真的敢动手不成？有了父亲的撑腰，苏文兴一咬牙，一挺胸，走了出去："我就看你能……"然后他看见了宁毅的眼睛。

他走出来时，宁毅已经带着笑容、扶着椅子站了起来，但眨眼间，那笑容与冷漠的眼神结合在了一起。下一刻，在所有人都没有反应过来时，宁毅做了所有人都以为他不可能做的事情——

那把椅子呼啸而起，在宁毅用力地挥抡下，朝着苏文兴的头上用力地砸了过去。

轰然巨响过后，无数声音跟着响起。苏文兴仓促地伸手挡了一下，鲜血迸射而出，漫天都是飞散的椅子碎片，苏文兴的身体撞上后方的柱子。两名家丁想要扑上来，两名原本跟在苏文兴身后的同龄男子被吓得踉跄后退。宁毅举步逼近，一名护院伸手，却没能抓住他的衣服，宁毅侧身，照着还未倒下的苏文兴的膝盖一脚踩了下去。

"咔"的一声，苏文兴的腿扭曲变形，骨骼突出来，已经被踩断了。

"你还真的敢过来！"

宁毅拿的那把椅子，还真是用来打苏文兴的。

场面一时间混乱不堪，有人扑上来，有人尖叫，鲜血与苏文兴痛苦的呼喊混在一片嘈杂之中。两名护院已经缠上宁毅，但随即，那插着刀的茶几被宁毅抡起来，狠狠地砸碎在一名护院的背上，将他砸趴在地，场面安静下来时，宁毅已经手握战刀，用刀背将另一名护院打得滚了出去。看他已经是拿刀要杀人的架势，苏家人都不敢上前。宁毅抓起一把椅子在苏文兴身前放下，坐在那儿，持刀看着苏文兴浑身浴血的惨状。苏仲堪等人围在苏文兴后方道："你要干什么？"

更多护院、家丁正聚往屋内，有人喊："杀人啦！杀人啦！"苏云方吼道："你今天是别想走出去了！"

宁毅俯下身子，看着苏文兴，也不知道苏文兴还有多少意识："现在我们可以谈一谈，前些天跟你接触的，到底是薛家的人还是乌家的人了，或者两边都有，你来说还是我来说？"

苏云方道："你从头到尾都在顾左右而言他……"

“如果我没弄错，聂姑娘应该还是处子之身！”

宁毅盯着苏云方，这句话突如其来，但厅堂里的人都听得清清楚楚，一股奇异的安静降临在这里。

“她背后的靠山，有我，有成国公主府，有右相秦嗣源，你们今天做的事情，她真要追究，可以把那帮女人，包括你们，抓进大牢，八次！”宁毅抓起一样东西砸在已经头破血流的苏文兴的脸上，那东西在血泊中滚了几下，是康王府客卿的木牌子。

“不过这一点儿都不重要，我只想跟你们谈谈你们这帮废物到底在做些什么！”

此时发生的所有事情中，对众人冲击最大的，或许还不是宁毅突然发飙，而是他方才说的那句“聂姑娘应该还是处子之身”。这句话一出，所有人心中顿时都有了一种不好的感觉，类似忽然发现被暗算了。

这件事情从一开始就闹得声势浩大，二十多个妇人哭哭啼啼地回来，说宁毅丧心病狂，她们出去打他养在外面的女人，他居然发飙打人。若那女子不是他的女人，他为何要打人呢？此后众人吵吵嚷嚷，苏文兴推波助澜，大伙儿心中想的，都是宁毅回来之后如何对此做出交代，而宁毅回来之后态度强硬，似乎确实恼羞成怒，不断地将话锋往家中矛盾上引，若非那女人的问题不好说，他又何苦这样？

在这里的如果不是宁毅，而是别的苏家子弟，一露出那种强硬的态度，恐怕苏仲堪就会叫护院抓了人先打一顿——此时各家家法如此，在长辈面前咆哮，那还了得。但宁毅在苏家毕竟已经有了莫大的声势，气势出来之后，短时间里，别人也不得不听他说话，何况以护院的武力也拿不下他。直到他说出那句话之后，众人才回过头去仔细考虑了一下：这件事情，难道竟是假的？若是假的，那该怎么办？

判断这类事情，是没有什么官方标准的。

一般人家要是出了这种事，十拿九稳的证据当然是男方手上有着女子的卖身契。这年月里已经没有奴隶这类群体，就算是签了卖身契的家仆，真被弄死了，也是一件很麻烦的事。但如果是青楼女子，发生这类纠纷，即便真被人打死了，官府通常也不会介入，介入也只让犯人赔钱了事。就算没有卖身契，奸情要是被抓了个正着，这也是有伤地方风化之事，妓女被弄死了，问题也不大。但如果脱离这两种情况，对方又不是什么毫无背景任人欺凌的流莺，比的就是双方的背景了。今天出现这种事情——当街打人，撕人家衣服，对方只要有人，就可以直接打上苏家来，哪怕在冲突中打死了苏家人，人家也是占理的。即便闹上官府，甚至闹上金銮殿，只要那位聂姑娘还是完璧之身，舆论顷刻间就会倒向她那边。

至于其他的——宁毅认识那位聂姑娘，甚至自称是她背后的靠山等，才子佳人交际来往，那聂姑娘仰慕他的才学，他尊重对方高洁的心性，竟能发乎情止乎礼，在这年头，这是段佳话啊，文人才子、上流社会讴歌的都是这种东西。所以，事情的重点还是他们有没有身体上的“交流”。最厉害的证据，自然就是聂姑娘仍是完璧之身。

苏文兴那边似乎没有证据否定这一点，宁毅当然也没法让人当场证明他与那聂姑娘没有什么下流关系，所以眼下唯一能讨论的，仍是宁毅当着长辈的面打了家里人——这件事情，苏仲堪顷刻间就反应过来，咬牙说道：“现在固然没有人能证明你与那聂姑娘有染，但你又有何证据证明此事与文兴有关？你竟敢在这么多人面前行凶，以你一介入赘之身，我立刻便能将你送官你知不知道？”

苏仲堪这样一说，周围二房、三房的人顿时都嚷了起来，有的喊“抓他”，有的喊“打他一顿”“家法处置”，等等。宁毅看着这些人，笑了笑：“你们还以为我说的是这个，我刚才说的话，你们一句都没有听懂是不是？”他这句话还没说完，家中的大夫就过来了，正要蹲到苏文兴身边，“砰”的一声轰然响起，震耳欲聋——大夫药箱的肩带被打断了，药箱滚出好远。大夫愣了愣，被吓傻了。与此同时，“啊”的一声惨叫再度响起来，一直在地上哭号的苏文兴被霍然站起的宁毅一脚踢在大腿上，身体转了半个圈。

这声巨响倒是令得厅堂里再度高涨的吵嚷声又息了。宁毅手中的火铳对着那大夫，枪口还在冒青烟。过了片刻，只见宁毅放下枪，这时周围已经安静下来，他的声音倒是不大，只是一字一顿地说道：“死不死我不管，腿一定是断了，你看着办。”

那大夫还愣着，苏仲堪“啊”的一声怒喝，朝后方走出几步，从一名护院手上拔出一把钢刀：“我杀了你！”苏云方推了推那大夫：“快救人啊！”这边宁毅退后一步，坐在椅子上，看着持刀要冲过来的苏仲堪：“二叔，你最好听我说完这些话，到时候要杀要剐，我都奉陪。”苏仲堪哪里肯这样罢休，正要过去，旋即被苏云方拉住。

“这家伙真做得出来你看不出吗？”

他们对宁毅的了解毕竟没有苏檀儿那样深。宁毅表面上虽然温和，但对敌时从来狠辣，现在又不是那种离开苏家就一无所有的人，背景已经很深了，这个时候要是苏仲堪再跟他砍杀起来，不管伤了谁，以后宁毅跟苏家恐怕都是不死不休的局面。苏云方毕竟还有些理智：宁毅只要还是苏家赘婿，许多事情按规矩来还是可以整到他的，他若真的离开了苏家，虽然一时会被谴责，但苏家真未必斗得过他。

苏云方这样一阻拦，苏仲堪终究还是没冲过去。大夫手忙脚乱地捡回药箱过来诊治苏文兴，宁毅低头收起火铳，片刻后又收起战刀，想了想，双手一撑，从座位上站了起来：“我对你们这些事情，还真是有些烦了。”他这句话声音不高，像是对自己说的，但随后，他跟周围的人说：“去年上半年摆平了乌家，下半年去杭州，后来杭州兵祸，我跟檀儿回不来的事情一直在传，你们这些人就自以为看到了机会，开始挖大房的生意，占大房的便宜。你们这些事情，所有人都看在眼里，乌家、薛家开始在这件事上推波助澜。虽然苏家的生意少了，但你们都很得意，毕竟到你们手上的东西是多了……”

“宁毅你少……”宁毅还没说完，有人站了出来便要插嘴。宁毅陡然望了过去：“苏文季，你再说话我打断你的腿！”

那苏文季瞪着眼睛与宁毅对望了片刻，终究是不敢说话。宁毅的目光扫过一房间的人：“你们做的这些事情，我那岳父，还有老爷子，都看在眼里，当时没有办法说，是怕我跟檀儿真的死在了杭州。既然我跟檀儿回来了，他们就要开始清算了，你们吃下去的，要开始吐出来。老实说，就算吐出来一部分，比起我跟檀儿从这里离开的时候，你们在生意上还是占便宜了。

“毕竟是一家人，檀儿无心让你们吐出太多来，但就是有人人心不足蛇吞象，反过来以为大房对不起你们，吃了你们的利益。你们也好，薛家、乌家也好，意识到根源在我们夫妻身上，就开始想办法，要从根本上解决问题，就是让我们夫妻自己出问题。很巧，你们找到了办法，就是我跟聂姑娘的事情。正好檀儿又要生孩子，而老爷子那边的清算也开始了，这是你们最后的机会……具体谁牵头，谁做事，你们都能看到……真是群天才……”

“宁毅你要说谁就说清楚，别在这里含沙射影！你要是没有证据……”

“我今天就是没有证据！我就是要含沙射影！因为你们都是参与者，或多或少！我今天不是要跟你们证明这件事！我是要跟你们交代以后会怎么样！”宁毅看着那出来说话的人，手掌拍在茶几上，“所以你最好听我说完。从来都不缺你们这样的人！不敢真刀实枪地从外面拿东西，只敢对着身边人打主意。为什么？因为身边的家人、亲人不会打死你！欺软怕硬欺善怕恶成事不足败事有余！今天，你们这帮废物做的就是这样的事情！别人只能忍气吞声，但我不一样。

“我是入赘的，我知道你们看不上我，我也从来看不起你们。以往我不想参与到这些事情里面来，你们要怎么把这个苏家搞垮，那是你们的事，是因为檀儿生病我才接下皇商一事。我从来不介意你们能力有限，哪家哪户都有平庸之辈。以前家里势力不够，拿下乌家之后，生意会更好做，你们二房、三房也可以借势扩张。觉得自己没法经商，你们可以游山玩水吟诗作对；缺钱，你们可以从家里拿，可以找檀儿要，苏家有钱，你们到外面去抱抱粉头，听听小曲，干什么不行？

“怕的就是你们根本看不清自己没有能力！自诩厉害，钩心斗角，什么坏心眼都使在家里人身上，对上外人却毫无办法，偏偏还总觉得有办法的是自己！我跟檀儿不同，我最恶心的就是这种事情！今天我断他这条腿，不是因为他做了什么事，而是因为他存的这颗心！”

他目光冷峻：“我以往不在乎入赘的身份，那是因为我根本就没期待跟你们打交道，可若你们觉得这样就可以拿捏我，或是逼着我忍气吞声，那你们就搞错了。今天不是你们在等着我，而是我要过来跟你们说清楚，我最讨厌的就是这种事情，家里人背后捅刀子比外人暗算更可恶，再有下次，我保证他一定不只是断一条腿。不久我就要上京，所以今天跟你们说清楚这些，你们可以想想，或者试试。”

一字一顿地说完，等周围没什么声音了，宁毅才道：“至于身份……”他这句话却没能说出口，因为忽然间窃窃私语声响了起来，厅堂的侧门那边似乎有人过来了。随后，那边的众人下意识地让了一条道出来，出现的，却是一手扶着门框、脸色有些苍白的苏檀儿，小婵等人跟在旁边和后面搀着她。苏檀儿偏着头，目光中带着焦急与些许忧愁，环顾着厅堂里的所有人。

宁毅原本是极为冷厉的表情，被她这样看了两眼后，终于垮下肩膀，皱了皱眉头，朝小婵她们说道：“你们怎么……”

苏檀儿缓缓走了进来。产后身体虚弱，加上听说消息后过来得也急，她双唇微张，呼吸颇为用力。过来之后，她也看到了地上的苏文兴，朝他走了几步。旁人以为她想要过去看看堂弟的伤势，但苏檀儿只是在旁边看了片刻，陡然间做出了旁人未能预料的行为。

她伸手将一把椅子朝苏文兴推了过去，那椅子砸在苏文兴的胸口上，随后只见苏檀儿一回头，带着哭腔“哗啦哗啦”将茶盘、茶壶、茶杯、果盘什么的往苏文兴那边砸过去，一边扔这些东西一边还“嘤”地哭了起来。她此时的力气毕竟小，砸得也不准，随后宁毅就将她抱住了，不让她乱动。

“你别出来，我们回去，回去再说……”

苏檀儿已经是这副样子，就没人敢再说什么了。无论是谁，或许对宁毅不怎么待见，但这些时日以来，都已经认同了苏檀儿将是苏家未来的顶梁柱。宁毅扶着苏檀儿往侧门那边走，即将跨出门槛时，拐杖声在另一侧响了起来，众人都开始见礼。

然后是苏愈的声音，有些疲惫，也有几分叹息。

“我一直在外面，看完了这件事……这样也好，立恒说的话，你们好好地想一想吧。檀儿要是倒下了，对你们真有什么好处吗？有些事情，家里也该想一想了。学做事很好，但有些没这个天分没这个心性管事的人，就不用再强求了吧。随便做点儿什么事都比经商好，就算想当个富贵闲人，家里以后也养得起你。”

他说完这话时已经接近厅堂中央，宁毅隐约听到一名老兄弟对他道：“今天这事……终究还是要证据……要不然……”

苏愈看着地上的苏文兴，有些疲累也有些冷漠地摇了摇头：“今天这到底是些什么狗屁倒灶的事……难道谁还看不出来吗……”

他拄着拐杖，说完那话，抬头朝宁毅他们望过去，开口说了一句：“立恒啊，那位聂姑娘，过几日你邀她来家里一趟吧，让家里人给她当面道个歉。”

姜还真是老的辣。宁毅微微愣了愣，片刻后点了点头，扶着贴在他怀里不肯动的苏檀儿离开了。

## 第三章

# 余波未尽人心惶惶　二女相见檀儿落泪

夜风轻响，灯笼在檐下微微摇晃着。春末的夜晚已经没有了凉意，正是最为怡人的温度，宁毅开了房间的窗户，让空气进来，然后盛了一碗汤喂妻子喝。

之前发生的事情才过去片刻，夜色中，苏家各座宅院间传来的骚动都像是方才宁毅引起的。苏檀儿的情绪也明显没有脱离先前的波动，但她没有就这事询问宁毅什么，只是低头喝着汤，或是用那种快要哭出来的眼神望着宁毅，但宁毅也无法明白她心中想的到底是什么。

"那位聂姑娘是很久以前就认识了的，那时候她弄了辆车子在城里卖饼，我和秦老、康驸马都认识她，后来她开店，我们也都出了些主意……"

"嗯。"

夫妻俩的话只说到这里，毕竟这类事情一向是越解释越麻烦。过了一会儿，小婵将孩子抱过来让苏檀儿喂奶时，也拿着复杂的眼神望着宁毅。孩子喝奶喝到一半，或许是感受到房间里几个人的心境，"哇哇"大哭起来。这哭声反倒成了缓冲，三人轮流抱着孩子哄，过了一阵，哭声才渐渐止住。孩子被放在床上，有些皱的小脸在灯光里显出几分红润来。

对宁毅来说，发生的这件事情固然有些让人措手不及，但并不是全无意义。上京也好，留在江宁也罢，始终会有一群毫无能力却足以败事的"家里人"在背后捅刀子，这是他难以忍受的行为。当然，要说他会说翻脸就翻脸，直接跟苏家人决裂，当然是不可能的。不过，迟早要有一次这样的警告，再有这样的事情，他才好真的下手，而这次警告之后，类似的事情还是有变少甚至杜绝的可能。假如他真的参与到高层次的政治斗争里去，背后有这样一群蠢蛋，那根本是在拿自己全家的性命开玩笑。

在这件事里，获益最多的，还是苏愈以及整个苏家。如果将苏家看成一家企业，这个时候已经到了明显的转型期。当初为了选出接班人，老爷子让三房各自为政，做出业绩，但到了眼下，三房的权力再分散甚至互相角力，对苏檀儿就大为不利。老爷子这段时间就是要将家中一些不服苏檀儿的势力打一打，但打一打毕竟治标不治本。

在这件事情上，苏愈未必是满意或者说无条件相信宁毅的，但在当时，他看到了最好的机会。那句“有些没这个天分没这个心性管事的人，就不用再强求了吧”一出，就是要将二房、三房的权力完全收归苏檀儿之手。老人家当时也真是果决，直接做出了决定，几句话轻描淡写，但都是借着宁毅的余波借题发挥，杯酒释兵权，在苏家引起的波动，比宁毅那番警告，其实是大了许多倍的，连宁毅都忍不住想要为之喝彩。

这是老人家管理苏家多年积累出来的政治智慧，每家每户若没有一个这样的人，恐怕也坚持不了多久，更别提可以做大了。有苏愈在，有一点是宁毅可以为之欣慰的，就是他真的上京以后，不至于有人再在他背后捅刀子捅出大娄子来，因为老人家肯定会压住这种会波及全家的危局。当然，他最后给宁毅的那句话，还是向宁毅表现了不满的情绪。

请聂姑娘到家里来，让苏家人当面道歉，宁毅在自称是聂姑娘的背景之后，是很难拒绝的。若是宁毅与聂云竹真的毫无关系，这件事情就算大事化小，苏家不但一点儿事情都没有，还多交了一个有背景的朋友。假如宁毅与聂云竹有染，接受了全家的道歉之后，聂云竹再想入苏家门，情况就会复杂上无数倍。苏家二房、三房都没能做到的事情，老人家只是轻描淡写的一句话，就直接在宁毅面前落子将军。当然，苏愈也想不到的一件事是，至少暂时，宁毅并没有就让聂云竹进门的事情做出正式的考虑。

“现在我就算娶云竹回苏家又能怎么样？”第二天清晨跑到小楼，受到元锦儿的质问时，宁毅也将这事说了出来，“檀儿未必会欺负她，但她在苏家一定会受气，进了门之后……又没办法到处走动，想要散散心或者对那些人眼不见为净都不行……”

“可是……可是……”

“在这里至少有你照顾她。”

“这倒是。”聂云竹已经回房去拿东西了，元锦儿托着下巴，“可是照你这样说起来，你家那位老爷子那么厉害，云竹姐上门的时候会不会被欺负啊？要不然就不去了，要道歉让他们过来……”

“既然……那位老爷爷让我过去，我明天便过去吧。”元锦儿话没说完，聂云竹就从房间里出来了，在二人中间的台阶上坐下。她一袭长裙，容色看起来有几分憔悴，但精神挺好的。虽然昨天下午遇到了那样一番变故，但聂云竹本就是自认理亏，宁毅能够那样子替她出头，她也难以形容心中到底是一种怎样的感受，有震惊，也有温暖，满足感像是要从心里溢出来。

她没有跟元锦儿说起，但整个晚上她都恍恍惚惚的，想着这件事，想着有关宁毅的各种事情，抱着被子睁着眼睛几乎一晚没睡，翻来覆去的。元锦儿还以为她心中委屈，也不知该如何安慰，于是伤感了半晚。

对于聂云竹的从容，宁毅一时间也有些意外，片刻后却道："我再想想。"

元锦儿将下巴搁在膝盖上，朝远处张望了几眼："会不会有人在监视我们啊？"他们的关系已经暴露，也不知道苏家是不是知道了三人每天早上会碰头。晨雾蒙蒙，坐在台阶上的三人犹如被包裹在一片小小的世界当中。

辞别了聂云竹跟元锦儿，回家途中宁毅遇上了闻人不二。苏家家中显然有驸马府安排的眼线，闻人不二一过来，便竖起大拇指："我听说了昨晚的事情，厉害，一下子就把你家那帮人全都给摆平了。被你打的那个苏文兴应该没死吧？"

"一时半会儿估计醒不来。"

"还顺便解决了以后可能有的麻烦……"闻人不二"啧啧"称赞，"虽然看起来什么事情都不管，但你对家里的情况还是掌握得很透嘛，你这样的人，最适合来我们密侦司帮忙探听情报了。"

二人沿着秦淮河畔散步，宁毅扭头询问道："这件事有帮忙查一下吗？"

"查什么？"

"这件事到底是哪些人干的，背后是乌家还是薛家，你们那边有情报吗？"

"你不是都知道吗？"闻人不二愕然。

宁毅摊了摊手："我怎么可能知道？事情来得这么急，我又不是神仙。要不是苏文兴跳出来，我都不知道谁有份……抓住的那个家丁该让你审一审再放的，当时我以为没多大事……"

闻人不二愣了半晌："你什么都不知道，而且被人抓到了把柄，理亏……你却骂了他们一顿，反咬了他们一口，还把人打成那副样子……是这样吧？"

宁毅一边看着他，像是在说"这么幼稚的问题也问，你还是搞情报工作的"，一边翻了翻手掌："还能怎么样？要不是他们心里真的有事，我怎么可能压倒他们？当时就只能这样啊，抢占制高点以后，施展语言暴力而已。"

"我以为你一直很生气。"

"我是很生气啊，因为非常生气，所以我一定要打断苏文兴的腿或者干脆把他打死。生气是动机，但做事的时候当然要冷静。当时那种情况，如果我真的被气晕了头对着那些人大骂一通，今天就别想竖着出来了，我还真能在一群苏家护院面前杀得血流成河不成？”宁毅笑着拍了拍他的肩膀，“不管怎么样，帮忙查一查吧。”

“我还真有些怕你了……”闻人不二“喃喃”说了一句，“不过密侦司在这方面没什么人手，你们这些人的事情，能打听到的早就打听到了，这样子往回查，不一定会有结果，你要有心理准备。”

“嗯，知道，心里有个底罢了。”

对于这件事情，宁毅本身也有方法去查，闻人不二那边就算查不到他也是无所谓的。二人聊完之后，宁毅一路小跑回苏府。也是在这个时候，苏家另一侧道路旁的茶楼里，几个人正坐在楼上望着这边，行人寥寥，晨雾茫茫，有人从楼下上来了。

“林大哥他们决定了，还是明天入夜时动手，那时人最多，城里也最容易乱起来，让咱们这边也准备好。”

“嗯。”席君煜点了点头，随后望向楼中的几位兄弟，“那我们也明天晚上吧，动完手后，扩大混乱，杀出城去。”

“众位哥哥也与其他人说一下……”席君煜站起来，走到栏杆边，双手撑在栏杆上，朝那朦朦胧胧的院子里看，然后举起一只手指了指，“就是这家。”

夏至未至，春末的天气倒有了几分夏日那般善变的气息，上午晴了一阵，没到下午便渐渐转成了阴天。江宁街头，行人的神色紧张起来，主妇们收起了院落里晒着的衣服，在院子里等待着有可能降下的雨滴。

苏家大宅之中也是一片阴霾，表面上虽然看不出来，但一片将要下雨的压抑笼罩在一座又一座院子里。昨日宁毅一番大闹，加上苏愈趁机借题发挥，给这个家里带来了太多变数。这变数从一开始就有许多伏线，但又爆发得出人意料，宁毅的强硬与苏愈的提前收网将苏仲堪、苏云方等人打了个措手不及。二房、三房的权力原本肯定是要交的，苏家许多资源也是要集中到苏檀儿这边去的，但苏愈的决心下得如此之快，这些事情一下子就压到了眼前。

苏家内部的状况原本微妙，并不是什么鼎足三分的局势，当初虽然分了三家，但大部分权力还是没有分散的。生意也好，族产也好，苏仲堪、苏云方这些人并没有分家的实力与气魄，但苏愈打算让他们退出苏家的历史舞台，完全确定大房的主导地位。此后二房、三房固然还有自己的产业，哪怕开枝散叶，也不至于离开核心圈变成完全的旁支，但在眼下这一轮中，他们输掉了最关键的一局。

他们原本想着，或许大房血脉稀薄，苏文兴这帮草包生下的苏家第四代中可能有足以撑起苏家重任的人，但眼下宁毅、苏檀儿都是如此厉害，对他们来说，这希望也变得极为渺茫。

二房、三房试图在最后的时间里让苏愈回心转意，或者争取一些缓冲的时间，但苏愈这些主事人已经在考虑二房、三房中哪些人可以被完全剔除出竞争队列。场面并不热闹，众多事情都潜于严肃的气氛和暗涌下，若是外人，只有那些每日来苏家送菜肉或是收夜香的小商户能够隐约察觉苏府的气氛与往日不同，但偶尔问及，得到的回答也都含含糊糊，皆因大部分苏家下人也看不清楚局势。

除却人心惶惶的二房、三房，在昨日的事件中顺利过关的苏家大房，气氛这时候却也显得有些凝重。不光是苏檀儿这边一片沉默，苏伯庸那边到今日还没有什么大的反应，就连好些属于大房旗下的掌柜和管事，今天谈起的也并非这场胜利，而是暗暗揣摩着作为这件事情起源的另一件事：宁姑爷到底与那位青楼女子有没有暧昧往来。或许应该说：二小姐到底是什么态度。

这件事情在明面上已经过去，二房、三房不可能再提起来了，到得这个时候，大房的众人终于可以将之摆在眼前仔细地看一看，稍做分析。从某种意义上来说，由苏文兴主导的苏家二房、三房的阴谋虽然破产，但这件事的负面影响还是出现了。

苏檀儿毕竟才生了孩子，正是一名女子最为脆弱且最需要自家夫君呵护的时候，自家夫君却传出这种事情，而宁毅也没有对这事做出正面交代——可以说他觉得没有必要，但也可以理解成确有此事，只是事情被宁姑爷用漂亮的手法给遮掩了过去。在宁毅的能力与重要性被众人日益认识到的现在，他跟苏檀儿之间的关系，如何取得彼此的谅解和默契，一时间成了众人最为关心的问题。

在这样的沉默与猜测当中，二人作为当事人，还是在第一时间做出了反应。虽然夫妻俩都不是被动的性格，但苏檀儿陡然做出的决定，某种程度上还是令得宁毅有些意外。

下午，杏儿被叫进房间时，苏檀儿正倚在床上看着一份苏家二房、三房的名单。虽然她刚生完孩子，但毕竟算不得什么伤筋动骨的事情，据说有的农家村妇生了孩子当天就下地干活了，苏檀儿的身体还好，生下孩子也有两天了，稍微动动脑筋也没关系。对二房、三房众人的安排由苏愈主导，她只是随便看看。杏儿进来之后，她还低头看了一阵，但脑子里显然是在想别的事情。

杏儿给她倒了一杯清水，她接过来喝了一口，顿了顿方才问道："相公呢？"她没有下床，声音也有些柔弱。

"好像是……老爷叫他过去了。"

"哦。"苏檀儿点了点头，放下手中那份名单，拿着茶杯想了一阵后方才道，"杏儿你待会儿找娟儿过来。还有，你下午出去，帮我办件事情吧。"

"好的。"

一面想事情一面做决定，杏儿能够看出苏檀儿此时是商场上做应对的一贯态度，但这时候的感觉又颇有些不同——她明显也在犹豫，但终于还是带着不确定的神色笑了笑：“我也不知道这事做得对不对，不过……你待会儿出门去找那位聂姑娘，替我给她带句话，就说……明日有空的话，邀她过府一叙。杏儿你要有礼数……”

杏儿微微迟疑了一下：“那位聂姑娘……”

“就是那位聂云竹聂姑娘。”苏檀儿笑了笑。杏儿看着她的笑容，这才点了点头：“哦，我……我知道了……”

苏檀儿沉默片刻，又补充道：“这是私人邀约，杏儿你安排一下。并不用秘密来，但也不要让府中的人打扰了聂姑娘。道歉什么的，暂时是不必了，那些人居心不良，只会给人难堪。也跟她说，只是我与她见一见，不会有其他人的，也……最好不要让相公知道，你就这样跟她说吧……”

“嗯。”杏儿点了点头，“但是姑爷那边……若是那位聂姑娘来了府里，他终究还是会知道的……”

“一时间不知道就行了……其实知道了也没关系。”苏檀儿神情复杂又柔弱地笑了笑，“相公也猜不到我要做什么。”

杏儿点头，在旁边等了一会儿，见苏檀儿没有更多吩咐，便准备出去叫娟儿过来，走了两步，却又回过头，咬了咬牙，道：“小姐，其实……其实姑爷的性格一向光明磊落，他在那些人面前既然说了……说了那位聂姑娘是处子之身，想必就是的。婢子觉得……婢子觉得……小姐跟姑爷之间的感情一向是很好的，如果听了那些人的话，就……就……”

杏儿与苏檀儿之间情同姐妹，但丫鬟对主人间的事情随意置喙毕竟不好，三个丫鬟中她的脾气相对直率，于是这话脱口而出，但说到这里，又觉得有些不好说了。不过苏檀儿倒不介意，坐在床上，双手摩挲着茶杯，随后回过头来朝她笑了笑，片刻后望向一旁的窗户，幽幽地说道：“我也知道相公的性子，他是不屑对家中那些人说谎的。我叫那位聂姑娘过来，也不是想以大妇的身份质问她什么或者是给她好看……杏儿，我想的不是这些事情啊……”她顿了顿，“往日里我让相公去参加那些诗会、文会，让他去结交那些才子……哪怕是佳人呢，以相公的文采、气度，有人喜欢上他是很正常的事情，咱们江宁的四大花魁，绮兰姑娘她们，相公若是有意，早就被人传了许多遍啦……那也没什么……”

她口中说着没什么，语气却是稍稍低落下来，大概还是有些什么的。随后她又说道：“但相公对她们一点儿都没有乱来……只有在杭州时，那位刘西瓜刘寨主，她是喜欢上相公了，相公对她……可能也是欣赏的，不过那种欣赏，我也理会不了。相公对我，对你们，都是够好的，我很少看到有哪家的男子像他一样了，但也是因为这样，这位聂姑娘，我也不知道自己该怎么想……”

“她跟相公在很早以前就认识了，相公还教了她开店，与她成了朋友。她到底是如何看相公的呢？相公又是如何看她的？”她苦笑了一下，“杏儿，这些事情我不敢去问，我也不想去试探相公。那位聂姑娘……她在青楼那么多年，能够守身如玉又给自己赎了身，或许正是这样的人，才能得到相公的认可吧……”

苏檀儿摇了摇头：“其实……其实现在我自己也不知道对那位聂姑娘有怎样的心情，我也不想对着相公拼命去猜，或许见上一面，我才能知道自己心里到底是怎样想的吧……”

苏檀儿说完这话，不多时，杏儿叫来娟儿，之后她又找知情的管事打听了那聂姑娘的住址，一路找了过去。

天阴，秦淮河边的道路上还留着昨日打闹的痕迹，那栋多处被砸烂的小楼也尚未修补好，门口附近虽然看起来有些守卫之人，但并没有拦她。她过去敲了门，随后见到了那位聂云竹聂姑娘。

先前在家里听小姐说了那些话，她对这位聂姑娘也有些好奇。直到转告了所有的话，被送出小楼，杏儿心中还在想：这聂姑娘怎么会是这样一位恬静淡雅的女子？她心中隐隐约约觉得，明天小姐与聂姑娘见面，未必是一件好事。

不过她只是丫鬟，终究还是无法可想……

让聂云竹去苏家走一趟的事情，聂云竹本人虽然看起来并不在乎，或者说坦然接受并选择了面对，但宁毅仍在考虑。

感情之事与理智的关系不大，宁毅虽然已经在心中做好了决定，但杀伐果断未必就能够很好地处理这件事。作为现代人的道德自觉在某方面还是妨碍了他，况且上辈子的天赋树没长出“情圣”的分枝，面临这件事时，他未免就有些把握不住，一时间找不到最好的解决办法。性格上的这个短板，也是他上一世未真正去付出自己的感情造成的。他自己未必意识到受到现代道德的影响，脑海中只是思考着问题如何解决，但这点聂云竹是看出来了，她觉得这是宁毅可爱且真诚的一面，如果对他说，不知道他会不会无奈地笑出来。不过，杏儿过来找她并且提出了邀约这件事，第二天早上，聂云竹并没有跟宁毅提起。

元锦儿也被聂云竹封了口，这天早上只是一边拿眼睛瞪他，一边想：你家娘子要欺负我们了，你家娘子要欺负我们了……对于云竹姐决定赴约，她心中有几分忐忑，一方面不知道会对上怎样的阵仗，希望宁毅可以觉悟过来，知道她与云竹姐受到了威胁，另一方面又觉得，云竹姐被欺负了也好，以后一旦让宁毅知道，宁毅肯定会觉得他家娘子蛮横无理。

二人的默契毕竟还没到这个程度，她的眼神宁毅无法第一时间领悟，只觉得今天锦儿对他比较不爽。不过这样也好，大概是她终于从前天受到的冲击里恢复了常态，意识到这事归根结底得怪他。

直到这天下午，宁毅才从闻人不二口中得知杏儿昨天曾拜访过聂云竹。他隐约觉得有些问题，连忙折返，到家的时候，聂云竹已经在苏家坐了半个时辰。

天依旧阴着，像是要下雨。长长的巷道、高高的屋檐总给人几分阴森的感觉，偶尔有孩子或下人从前方走过，或高声嬉闹，或低声交谈，才稍稍冲淡了这样的观感。苏家的大宅在江宁城里说大不大说小也不小，住过好些年，住过好些人了，院墙的青砖总有一股古朴的感觉，爬了苔藓与藤蔓，一座座院落由于居住的人温润，也渐渐有了自己的气质。武朝的商人没有地位，但毕竟有钱，苏家早几代买下了宅邸的原型，又一代代扩建，到得现在，终于有了一种享乐的感觉。

她走过长长的道路时，偶尔有一些院子的人朝这边瞧过来，目光审慎，神色各异，有些在说话的，也因为看见她前方那个领路的丫鬟而选择了沉默，眼神也变得古怪起来。

这样的宅子与风光，聂云竹曾经是见过的，那时候爹爹还未犯事，她还是个官家小姐。纵然当官的未必像经商的那般有钱，但她也曾在父母的带领下走过许多这样的路，见过许多这样的风光，也隐约见到过……隐藏在这样深宅大院里的复杂人心。她曾经以为自己再也不会走回这样的深宅大院了，但……如今她的情郎，就住在这样的院子里……如此想想，这种感觉倒也真是奇妙……

曾经的她，十几年前，十年前，哪怕几年前，恐怕都未想过将来会有某一天经历这样的心情吧。时间确实带走和改变了太多东西，从小时候的无忧无虑，到被贬为妓，到那些年的挣扎彷徨，到赎身之后逐渐变得窘迫清贫，到随后而来的这一切，不过有一点是很有趣的：无论在她曾经的憧憬里，将来要交托一生的人是何等模样，恐怕都没有现实中的立恒这般奇特，而她也并未为此感到丝毫不妥。

“聂姑娘，这边……”

意识到客人的脚步逐渐慢了下来，并且朝后看了看，杏儿停了下来，稍稍等了一会儿，待确定后方没有什么特殊的人影后才出声提醒。这位聂姑娘的神情有些奇怪，看她此时的神态、气质，完全不像是一般的青楼姑娘，倒是像个官家小姐，只是不知道在看什么……

杏儿提醒之后，聂云竹点了点头，随着她朝里面走去。

片刻之后，聂云竹在小院的房间里见到了苏檀儿。这位她曾经听过许多次也偷偷猜测幻想许多次的女子由于刚刚生下孩子，仍显得有些憔悴，但已经换上了正式的裙装。聂云竹刚进门，看见的便是她倚靠在床边坐着稍显单薄的身影，然后，她便在丫鬟的搀扶下下了床，带着笑容有些虚弱地朝聂云竹行了一礼。

在聂云竹原本的想象里，这会是一个有能力执掌整个苏家的美丽而又强势的女子，此时看见，才发现她的笑容并不强势，那是善意却也带着些许观察的笑容，其中并没有自己讨厌的东西，聂云竹便连忙还了一礼，然后便听得苏檀儿说起话来。

“眼下将聂姑娘请过来，实在是有些冒昧。最近这段时间，家中一直出大大小小的事情，不足为外人道，聂姑娘是相公的朋友，却也受到波及，这件事情，我先代那些人给聂姑娘赔个不是……”

苏檀儿与聂云竹终于见面的同时，宁毅辞别了闻人不二，正在往回赶。江宁城内阴霾的天空下，除了行人稀少了些，一切都与往日无异。江宁城北府衙附近，一队行商打扮的旅人赶着大车，推着货物，与迎面而来的巡街兵丁擦肩而过后，绕向了后方的街道。

这队旅人的数目三十多的样子，有高有矮有胖有瘦，有的背着大枪、带着长刀。江宁城的客商南来北往的都有，商户也时常会雇请镖师或武人，因此挎刀带枪的装束并不出奇。倒是在绕过府衙之后，看见江宁大狱的轮廓时，他们微微停了停，与迎面走来的一名矮个子碰了面，双方拱了拱手。

“确定了吧？”

“没错了，狗朝廷从南方抓来的那些英雄正是被押解到这里，就停两天，今晚是最后的机会了。”

“那就按原来说好的动手吧。”

“天色有些不好啊，会不会下雨？”

“原本说好趁着城内热闹动手，可以扩大混乱，遇上这贼天气，这样一来，怕是不成了吧。”

“下雨更好，咱们杀他们个措手不及。”

“那就还是老样子，天黑动手，大伙儿切记机灵些……到时候若下雨就更好了。”

夹在屋檐下轻响的风铃声中的，是婴儿的哭声。院落有些安静，小婵匆匆赶过来，抱起摇篮中的孩子，轻声唱歌，轻轻摇晃着孩子的身体哄他。孩子之前已经喂过奶，现在还不至于饿，如此哄一哄，便又渐渐安静下来。抱着孩子时，小婵朝着隔壁院子望了过去，目光之中有些忧虑。

小姐将那位聂姑娘请到家里来了她是知道的，方才还偷偷过去听了听那边的声音。对于小姐的用意，她有些想不通，但据片刻前娟儿过来说的，小姐与那位聂姑娘只是在极为家常地交谈，小姐询问了聂姑娘的家世、以往的经历，那位聂姑娘都自然地说了出来。无论从何种角度看，二人的话语中都没有带着刺或者是想要给对方下马威的感觉，就是简单地了解对方，当然，多数时间还是小姐在询问，那位聂姑娘回答。

小姐当然不会是要对对方展示什么，否则就不会让她将孩子带到这边来避着了。就算尚未确定那位聂姑娘与相公的关系，需要保持礼貌，给她看看孩子也是一种有利无害的事情，但小婵也不知道为什么小姐最后还是坚持不让孩子留在身边。

小婵心中想着事情，轻轻地摇晃着怀中的孩子，转身之间，余光似乎看到一道人影一闪而过，像是相公的身影，但仔细看时，那边院墙的角落间并没有人。大概是看错了吧……再看了几眼，她心想，将再度睡去的孩子放进了摇篮，蹲在旁边照看着……

宁毅翻上二楼房间。

他之所以鬼鬼祟祟，是因为好奇心的驱使。宁毅在这件事上毕竟算不得光明磊落，知道聂云竹的登门此时已经无法改变，也明白这时候杀进去不是什么好的对策，便翻上二楼房间，静静地偷听了好一阵。他的内力已经不错，但由于正上面的一间房间不好开门，他选择了一间偏一点儿的房间，下方的声音隐隐约约地传来，大致还是能够听清楚的。

然后他也感觉到了情况的古怪——两个女人如多年未见的好友般交谈了半天，从妻子的话语中听不出太多情绪波动与心中所想。理智告诉他，这样的情况是最麻烦的，但一时间他又想不到麻烦会以怎样的形式出现。直到某一刻，苏檀儿忽然说道："杏儿、娟儿，你们先出去吧……聂姑娘，麻烦你陪一陪我好吗？我有一件事，想要单独与你谈谈。"

聂云竹没有说话，大概是点头了。杏儿似乎有些犹豫，苏檀儿笑了笑："没事的，我现在这样子，又打不过聂姑娘，聂姑娘也不可能伤害我……出去吧，把门关上。"

杏儿与娟儿出去了，下方变得沉默起来，过了一阵子，宁毅听得聂云竹说了一声："苏小姐。"然后苏檀儿说起话来，声音有些低，他听得不甚清楚……

苏檀儿从床边站了起来，走到聂云竹那边，聂云竹连忙起身，叫了声"苏小姐"，然后过去扶住她。苏檀儿笑了笑，将聂云竹推到床边，让她坐下。

"聂姑娘，这次叫你过来，是因为我有一个请求。这个请求太过分了，我也知道难以启齿。聂姑娘，我说出来后，你……你要拒绝这事，那也是理所应当的，对不起……"

她大概也是觉得那请求很过分，挣扎片刻之后，才低声说了出来。这请求说到一半时，聂云竹的脸色先是绯红，然后陡然间苍白了起来……

隐约间，宁毅听得苏檀儿说要提出什么过分的要求，但她的声音太低，他只断断续续听到一些词语，“听说”“完璧”“相公”“处子之身”“争吵”什么的，让他一时间难以拼凑出完整的轮廓。外面的天色已经黑了下来，也不知有没有到傍晚，然后白光闪了一下，三月春雷乍响，一声轰鸣，便将下方的声音完全掩盖了，接下来他便听不见任何动静了。

他心中不断组织着这些词句，推测可能发生的事情，陡然间，脑海中闪过一个极为荒谬的想法……

小院下方的卧室里，聂云竹一只手几乎是下意识地握着胸前的衣襟，眼睛看着方才被闪电照白的窗棂。她的身材本就高挑，这时候竟显出几分柔弱与单薄。她站在那儿，贝齿无意识地轻咬着下唇，方才听到的要求似乎令她的神色都有些恍惚了。如此想了好一阵，她才将目光收回来，看着前方目光也有些复杂的苏檀儿——她爱着的男人的妻子。

“好……”喉间发出连她自己也无法确定是否发出的失真的声音，咽了咽口水之后，她闭上了眼睛。

手轻轻地拉脱了腰上的系带，黑暗的房间里，女子身上的外袍无声无息地落在了地上……

苏檀儿闭上眼睛，一滴眼泪在黑暗里流了出来，无声地滑落下去……

“不可能吧……”

楼上的房间里，宁毅坐在那儿，抬起头。刚才他想到了一句话，但如果猜对了，就真是太奇怪了。

“我想……看看你还是不是处子之身……就我一个人，我知道这很奇怪……”

这又怎么可能呢？

天色将暗，雨落下来了。

江宁城大狱附近，林冲振了振手中的长枪，身边的人拔出武器，数十道人影朝着大狱的方向无声地蔓延而去……

雨落在檐下，晦暗的光芒从窗口照进来，宁毅在那儿坐了好一阵子，终于还是叹了口气，站起身来。

话是没能听清，但事情他还是看清楚了。对也好，错也罢，最终他恐怕只能做到坦诚，因为到了现在，他只能承认，这件事情已经不在他能掌控的范围内，既然这样，他也只好干干脆脆地投子认负，至少不要让她们再因为自己而受这样的闹剧折腾。

推开门，雨已经变得非常大，江宁的天空浸在一片灰蒙蒙里。宁毅走下楼梯，等在外面的杏儿与娟儿见他竟从楼上下来，都是异常吃惊，他轻轻地摆了摆手，径直推门进去。这样的天色，屋里没有掌灯，客厅显得昏暗。他过去敲响了卧室的门，里面原本还有些细碎的声响，这时忽然安静了下来，宁毅随后又敲了敲。

"我要进来了。"

如此说了一句，他将手按在门把上，单手推了一下，只听"咔"的一声，那门闩便断了，门缓缓打开。宁毅还在原地站了几秒钟，才举步进去，同时朝那边扫了一眼。只见昏暗的光芒里，聂云竹站在床边，有些赧然地将双手抱在胸前，外袍已然合上，但系带并未系上，看起来有种脱光光后还没完全穿好衣服的香艳感。苏檀儿就在她前方不远的地方站着，朝宁毅望来，说了声："相公。"语气之中似乎还有几分轻柔的笑意。

宁毅看了两眼，终于还是别过头，从房间里缓缓地退出去，拉上了门。他进去本就不是想要直接跟二人聊些什么，只是为了证实先前无法确定的话语。

檀儿的思维在某些方面比一般的女子要奇怪，同时也直接得多，这一点从当初她举着火把去烧楼的事情就能看出来了。她邀了云竹过来，绝口不提有关自己、有关孩子、有关私情之类的话题，固然是因为她本身善良，不愿伤人，但眼下提出这样的邀约，目的归根结底与一般的女子没有两样，无非是想要知道她最关心的事情。

宁毅之前会对苏檀儿的行事感到疑惑，也是因为关心则乱，其实是没有必要疑惑的。

他在楼上犹豫了好一阵，楼下的房间里已经有足够的时间发生许多事。他不知道在卧室里聂云竹到底有没有脱掉衣服，或者有没有更加古怪的、乱七八糟的事情发生，不过，在聂云竹解开衣带的那一瞬间，苏檀儿其实就已经得到她想要的所有信息了。

宁毅在客厅里坐了一会儿，让杏儿掌起灯。过了一会儿，聂云竹才扶着苏檀儿从房间里出来。聂云竹神色复杂，偷偷看了宁毅一眼。苏檀儿的神色当中则看不出太多端倪来，只在聂云竹扶她坐下时轻声说了句"谢谢"。

"相公回来得这么早啊……"

苏檀儿轻声说了这句话，接下来便是极为正常的对谈。苏檀儿说了邀聂云竹来家向她道歉的事，又说聂云竹之前的经历令人敬佩云云，这些经历都是宁毅以前便知道的。聂云竹大概心中有事，欲言又止，当苏檀儿留她在家中吃完饭再走，并且请她去看看孩子时，她吞吞吐吐地表示了拒绝："家里……还有些要紧的事情要处理，还有个妹妹等着我回去呢，天又下这么大的雨，我想……改天吧……"

看她的神色，她是真的心里有事。宁毅以往见惯了各种钩心斗角，却并不喜欢身边的人也陷入这样的气氛当中，于是又说了几句，就让杏儿去拿雨伞，他送聂云竹出门。走到屋檐下时，他轻声道："别多想了，明天我找你，就算……就算……"他最终也没能说完自己的心情。聂云竹欲言又止，见他这样说，道："其实……"但她还没说出什么，杏儿便拿了两把雨伞过来了。

接下来自然还是杏儿送聂云竹出去。宁毅返回客厅时，灯火摇曳，苏檀儿双手捧着茶杯，坐在那儿，怔怔地出神。他想了想，过去扶起苏檀儿回卧室，苏檀儿将头靠在他的臂弯上，咕哝了一句："相公，聂姑娘以前是官家小姐呢。"

宁毅"嗯"了一声。

"难怪我觉得她的气质真好，经历了那样的事情之后还能出淤泥而不染，这样的女子，才是讨所有人喜欢的吧。"

不置可否地，宁毅又"嗯"了一句。到了床边，他将苏檀儿放下。脸庞离开臂弯时，苏檀儿亮晶晶的眼睛望着他，轻声道："聂姑娘好喜欢你啊……"

宁毅看着她，苏檀儿的脸上带着复杂又纯真的笑容，贝齿咬了咬下唇，努力地笑着，不让眼泪掉下来。宁毅在床边坐下后，她又吃力地爬了起来，从侧后方抱紧了宁毅，吸了吸鼻子。

"一般来说，出了这些事情，这个时候还愿意单独登门见面的，若不是性格火暴想要将人当面骂一顿，就是那类性格坚强光明磊落也讨厌受委屈的，可是聂姑娘一登门，第一眼，我便看出她不是那样的人啦，她是因为喜欢相公你才登门的。"

宁毅沉默着。在洞察人心、人性方面，苏檀儿纵然不如宁毅这般老辣，也是极为厉害的，聂云竹的行为落在她眼里，没有什么秘密可言，宁毅也无从反驳。苏檀儿紧紧地抱着他的身体，笑了笑，却又吸了吸鼻子。

"聂姑娘也是很懂事的人呢，可能是怕相公你为难，惹上太多麻烦，今天才过来，她心中可能在想，只要她应对得体，别人就不会胡乱猜测相公你了。她没想过的是，我比她可坏多啦，我跟她说，相公你告诉旁人她还是处子之身，我不知道这件事该怎么跟人去说，我想看看……"她的声音微微发抖，顿了一顿，"这么过分的要求，她当时心就乱啦。相公你知道吗？这种旁的女子无论如何都不会答应的事情，她当时想了想，竟然答应了……我当时就明白啦，相公，聂姑娘她真的好喜欢你啊……她这样的女子，心性坚韧到这种程度，把自尊自强看得比什么都重，可是她喜欢你喜欢到竟连自尊都不要啦……她在青楼之中都能守身如玉，宁愿饿死都不低头，可她喜欢相公你喜欢到竟连自尊都不在乎了……"

苏檀儿低声重复着这些话语。宁毅静静地听着，过得片刻，才问了一句：“你……你还真的看了啊？”

“相公你去问聂姑娘啊。”苏檀儿回答完，大概心情酸楚，连声音都因为哽咽而有些变了。她咬牙推开宁毅，在床上躺下去，一面哽咽，一面看着蚊帐顶。过了片刻，宁毅也在旁边并排睡下了。

“我跟聂姑娘……认识有很久了……”

“我心里面还是在意的。”苏檀儿哽咽着说话，打断了宁毅，“我以前觉得，男子不管有没有文采、能力，只要是个读书人，去参加那些文会、宴席，受女孩子青睐，是很正常的事情。像相公这样又有文采又有能力的男子，被那些姑娘家喜欢，就算有什么暧昧的事情，也是理所当然的。以前相公你总是不参与这些，我还在心里感到奇怪，觉得相公你与这些人太疏离，后来我才知道，我心里其实是欢喜得不得了的……”

越说，哽咽就越发严重，她伸手不住地揩掉眼泪：“我是那些日子里每日与相公在阳台上说话，才渐渐认识相公你的，到后来皇商的事情发生，再到后来的杭州之行，我……我……这两天我在想，会不会是因为我先前不能待相公以诚，现在要遭到报应了啊……

“我有时候想呢，我是不会阻着相公这些事情的，小婵啊，杭州那位刘寨主啊。相公是有本事的人，有人喜欢，阻也阻不了，何况男子汉大丈夫，三妻四妾又算得了什么呢？家中的人总以为相公是入赘的就怎样怎样，可经过杭州那些事情之后，甚至在那之前，我就知道，相公只要想做，赘婿这个身份根本就限不住相公。可是……心里想是这样想，我还是会觉得很伤心，不舒服啊，我心里还是很在意的啊。”

她大声哭着：“你是我相公啊，你是我相公啊……可你就是入赘的嘛，你就是入赘的……你为什么要入赘啊？你当初娶我不就行了吗？你为什么要入赘啊？”

宁毅也不知道到底该如何解释。以他而言，这件事情只会让他心中愧疚；以他的立场而言，无论事情发生到哪一步，苏檀儿也好，聂云竹也好，都是没有错的，怎么可能有错呢？如此哭过，发泄了一阵之后，苏檀儿在宁毅怀中恢复了些许理性，只听她哽咽着说道：“相公你喜欢她，我知道的，那就……找个时间娶她进门吧……聂姑娘这样的，还算是……还算是配得上相公你的……”

“我没有想过要娶她回家……”

“呃？”

宁毅的这句话令得苏檀儿微微愣了愣，正要说话，“啊”的一声惨叫撕裂了外面的风声雨幕，远远传来。那惨叫声撕心裂肺，显然是苏府中的人。若是一般人，恐怕只以为是某个地方出了什么意外，有人受伤，但宁毅与苏檀儿才从杭州回来，对这样的叫声颇为敏感，这时候都愣了愣。宁毅抬起头朝窗户望去，苏檀儿泪水未收，心中还想问“为什么”，但片刻后就与宁毅一道听着雨中的动静。

那一声惨叫之后，外面再度平静下来，好长一段时间没有后续反应，但苏家想必还是有许多人被惊动了，再过得一阵，家丁示警的呼声、锣声陡然间在雨里沸腾了起来……

## 第四章

# 遇偷袭苏家被屠杀　战群雄小校露头角

开始死人的时候，苏府中大部分人还被前天傍晚那件事情衍生的余波困扰着。当大雨降下，众人便在自己的房屋、廊院中继续议论这些事情，男子女子，少年老人，难有例外。他们说着二房、三房的对策，猜测着苏愈那边的反应，讲着家中的人情，自然也免不了议论一番宁毅在那件事里的态度。当然，大部分人少不了愤懑和谩骂。也有人知道了苏檀儿今天将那当事女子叫来家中面对面地交涉，或意味深长、或幸灾乐祸地各自猜测她会有的态度。

也有人提出要不要结伴去将那女子折辱一番，譬如名为道歉，实际上说点儿不好听的话，但被人当成笑话否决了——哪怕不算上宁毅的反应，只是苏檀儿发飙，此时也没什么人真受得了。

杀戮便是在这种气氛里悄然袭至的。

这次从梁山泊来江宁的匪人，除了数名头领，其余的皆是梁山兵将中的精锐，对于江湖火并厮杀、打家劫舍向来是极为精通的，而江宁承平百年，大大小小的动乱基本都未波及这边，苏家虽然也有家丁、护院，但仓促间根本来不及反应，梁山的人在席君煜的指点下趁着雨幕掩杀而至，只是片刻时间，苏府一处侧门附近的门房、马夫、家丁、丫鬟就被清扫一空，随后梁山人便突破了外围的防线，往内围杀了过来。

这个时间点本就是饭前，大雨又将人们进一步聚集起来。梁山众兵将以五到七人为一组，先在院墙外看清楚里面的情况，随后陡然间杀入，聚集在一座座院落间的苏家众人还没反应过来，就在目瞪口呆的情况下看着那些黑衣人从暴雨之中冲过来，一刀一个结果了周围人的性命。在这片刻间，他们甚至连发生了什么事情都想不清楚，有的孩子原本在屋檐下追逐打闹，眼看着这些黑衣人气势汹汹地杀过来，便拿着玩具呆呆地站在那儿，有的甚至在黑衣人逼近的时候会下意识地说一声“叔叔”，然后，小小的身体就飞了起来……

直到梁山兵将连续屠掉了三座院子，才有一名家丁大声地喊了出来，苏家才终于有了些许反应。这个时候，被席君煜安排在外围的二十余人已经开始包抄，阻断了苏家众人逃跑的道路。

从听到第一声惨叫声开始，宁毅与苏檀儿就有了警惕，但有心算无心，短时间内他俩也无法采取什么有力的措施，信息上的不对称是最大的问题之一。骚动起来时，宁毅立刻便将刀枪等物带在了身上。虽然在这样的大雨天，火铳极易被淋湿，但一开始可能还是有些用处的。当他们冲出门口时，那边也传来了“强人进城”的喊声。

有什么抢匪会来江宁城里抢劫？这事说出来恐怕没几个人会信，然而那边的厮杀声是不可能作假的，宁毅在杭州待了那么久，对这类事情也有了一定的分辨力。苏家虽然也有不少家丁、护院，但能够参与那种真刀真枪搏命厮杀的不算多，眼下显然已经遭遇了这样的局势，从传来的声音判断，苏家护院们的抵抗在杀来的这股力量前不断溃散，随之而来的还有苏家众人的呼喊奔逃声，听起来简直和杭州当初被破城时的情况一般，但波及的范围显然只有苏府这一片。

宁毅扶着苏檀儿出了房门，耳中听得娟儿在二楼房间上叫：“小婵，小婵，快抱少爷过来……”宁毅听得声音正从另一侧杀过来，叫道：“娟儿，不要让小婵过来，我们过去——你在上面看到什么了吗？”

“没有，看不清楚。”娟儿飞快地从楼上往下面跑，“姑爷，会不会是江湖寻仇？”

“有这样明目张胆的吗？”

宁毅回答了一声，但也并非否定，而是想不出到底是遇上了什么可能，脑海中倒是浮现出前几天跟闻人不二说被跟踪的事情，当时以为是方腊军系的余孽要找自己麻烦，但一直找到江宁来，还用这种大张旗鼓的方式，那该是何等苦大仇深啊，自己似乎还没这么天怒人怨吧？

说话间，娟儿已经跑下来搀住了苏檀儿，又拿了两把雨伞。主仆三人正要往外面走去，院墙另一侧陡然传来“噗噗”两声，两名黑衣人先后翻墙而入。这二人的身形都是结实健硕。一看见檐下的主仆三人，二人陡然加快了脚步，飞奔越过小院中央的凉亭，直朝院门方向奔过去。宁毅将苏檀儿与娟儿主仆护在身后，三人沿着屋檐横向而行，警惕地盯着那二人，那二人也盯着这边，随后放慢了步子，双方平行而走。当先那人面罩之下的目光凶狠，盯死了宁毅。当宁毅这边停下时，他们也停了下来，当先那人脚一踏，浑身的雨滴都“哗”地往外溅了出去，随后，他将脖子“咔”地偏了偏。

后方那黑衣人左右打量着这处院子，然后说了一句什么，前方的黑衣人冷冷地笑了笑：“你们便是宁毅与苏檀儿那对狗男女？”

宁毅的刀枪都还放在袍子里，双手垂在身侧，轻轻地转了转：“你们是什么人？”

那黑衣人却不回答：“既然你们就是，那老子就要大开杀戒了——”他大喝一声，反手拔出一柄金瓜锤，就朝宁毅他们冲了过来。宁毅空手站在那儿，看着那身影轰然冲散雨幕，泥水激射。当距离拉近后，那黑衣汉子霍然发力，整个身形都跃了起来，照准宁毅的上半身，金瓜锤猛挥而下。

“砰”的一下，雨幕当中，那黑衣人的身体像是一只刺毛绽开的刺猬，双腿凌空，背部在空中扭曲地弓了起来，整具身体在由下而上的巨大冲击中凌空停顿了一两秒钟。就在方才那一瞬间，宁毅照着他的腹部全力击出了一拳，硬生生地将他的冲势阻在了空中。鲜血从口中喷出，转眼间就透过面巾涌了出来，那黑衣汉子的身体随后才摔落下来。他的双腿才触到地面，宁毅便抓起他的手臂，来了一记猛烈的过肩摔。

那汉子是从檐外冲过来的，转眼间身体轰然砸在里面房间的窗台上，整扇窗户都爆开了，他的后背撞上窗台的锐角，也不知道有没有被砸断脊椎，整个人就那样头下脚上挂在了被砸破的窗台上。宁毅从地上捡起金瓜锤，照着这黑衣人身上“砰砰砰砰”连续砸了七八下，顺便朝着那人的脑袋上狠狠地踢了一脚，血浆流了满地。他转过身，用锤子指住那边雨中的另一名黑衣人，跨过栏杆，朝着那人走了过去，顺便示意苏檀儿主仆俩准备出去。

“你们是什么人？”

剩下那名黑衣人被吓得退后了两步。他们那边虽然也有宁毅的资料，但自然想不到这书生出手竟如此狠辣凶残。他握紧了长刀，听得远处的杀伐声似乎是逼近了，方才吼道：“我等梁山英雄、诸位大哥今日都已到了，你若识相，就赶快放下兵器，等候发落，或许还能留你夫妻性命……”

他却不知道，宁毅正有火气与愤懑在心，偏偏拿苏檀儿与聂云竹没有办法，这下总算是找到迁怒的对象了。宁毅在大雨中面无表情地向他逼近，沉声道：“席君煜还真混出些名堂来了？”

“席大哥，席大哥他……”

他的话还没说完，宁毅已经走到近前，陡然间朝他扑了过去。那黑衣人反手便是两刀挥斩，只听“噗”的一声，钢刀斩破了牛皮包，石灰粉劈头盖脸地笼罩了他的身体，大雨之中，转眼间便是“刺刺”的响声与升腾的白雾。虽然他穿了衣服戴了面罩，石灰粉片刻间难以烧到他的身体，但只是眼鼻间沾到的些许已经够他受的了。他大声喊着，拼命挥刀，冷不防脑袋上挨了狠狠的一锤。人倒在地上之后，宁毅又是一锤，他便不再动弹了，宁毅又补了一锤，方才将那锤子扔到一边。

“知道是谁了。”宁毅转过头，朝着妻子与丫鬟说了一句。

院门外有不少人呼喊着奔跑过去，都是宁毅夫妻认识的苏家人。宁毅带着苏檀儿出去，只见道路那头，耿护院领着一些能打的护院正在与一众黑衣人厮杀，掩护众人往他俩所在的这边跑，不时有黑衣人想从侧面杀入人群。小婵披了蓑衣，抱着孩子奔出另一头的院落，正在朝这边挥手呼喊。苏文定、苏文方等人也奔了过来。宁毅拔出刀，对苏檀儿道：“你跟着其他人去找爷爷他们，我去帮忙。”

“他就是要杀你，他就是要杀你……”苏檀儿叫着，拉住了宁毅的手，但看见宁毅的表情时，她迟疑了一下，放弃了劝说，“你……你该去找找聂姑娘……她可能还没出去……”

宁毅望了望那头的战斗，吸了一口气：“现在顾不得那么多了。”苏檀儿放开了他的手，他朝着那边全力冲过去。有黑衣人从侧面冲出来，刚打了个照面，就被他一刀杀了。也是在这时，席君煜领着几个人出现在侧前方的一处屋顶上，目光游弋，看到了他，朝这边指过来：“众位哥哥，便是那人……”那帮人便先后跳下屋顶，朝这边冲过来。

眼见这样的情形，宁毅哪里还不明白冲来的可能正是梁山上的一百单八将的成员。他心中暗骂了一句，不想再将战圈拉到本就吃力的耿护院等人身边，转身朝着另一个方向逃了出去……

大雨如注，虽然是春末的雨，但已然有了夏日的感觉，天空中偶尔有闪电划过。黑压压的江宁城中，骚乱首先从江宁大狱以及苏府这两处地方开始，但由于风雨皆大，一时之间还没有引起城内守军太大的反应。

由于武朝南北两面的战事都吃紧，原本驻于江宁附近的武烈军已经拔营南下，以在童贯率禁军北上后配合其余军队继续围剿方腊。武烈军并不专门负责江宁驻防，但它在的时候，江宁一地需要在治安上操的心就少了许多，至少在应付匪人进城这类几十年一遇的事情上并不用费心，它一离开，一直相对太平的江宁的防御力量就陡然空虚起来。

梁山数十精锐同时潜入时，在大狱外围受到的抵抗微乎其微。一来因为江宁大狱的狱卒并无太多应付这类突袭的经验，二来这次前来的都是梁山上的好手。大狱这边参与的大首领便有八个，除了“豹子头”林冲、“黑旋风”李逵，这次来的还有“病关索”杨雄、“圣水将军”单廷珪、“八臂哪吒”项充、“飞天大圣”李衮、“赛仁贵”

郭盛与“云里金刚”宋万。

这八人领着手下精锐一路杀入，就算狱卒中有些好手，猝不及防之下，也经不起林冲、李逵、杨雄这几人的几招几式。再加上李逵本是江州狱卒，对狱中之事都清楚，众人一番袭杀，转眼间便冲入大狱，就连押解囚犯过来的兵丁，也在猝不及防下被冲散、分割开来。

抵抗这个时候方才出现，其实已经晚了。这些押了囚犯过来的士兵虽然刚从前线退下来，还算是颇有战斗力，但分散在牢房各处，已经阻挡不了梁山众兵将释放囚犯。江宁大牢之中关的囚犯不少，一旦被放出去，城里立刻就要乱起来。李逵一双板斧见锁就劈，见人就砍，一路推进。众人打开大牢，狱中已经是混乱一片，直到半数牢门被打开，意外才开始出现。

那是一名负责押运的军中小校，二十来岁的样子，容貌端方，手持一杆铁枪，带了三名士兵从乱处杀将出来。此时李逵等人已经在喊：“梁山好汉来此救人，有不平者便与我等一同杀敌！事了之后上山聚义，大碗喝酒大块吃肉！”这牢狱之中只有少数良善怯弱之人，更多的本就是逞强斗狠或者犯下大案的罪囚，许多人心知眼下就算出了牢门，之后恐怕也会被抓回来，当下拿起各种兵器与梁山众人一同杀起士兵、狱卒来。

那小校出现时，几名亡命之徒杀了狱卒，挥舞着刀枪便冲了上来。那小校双手持枪一记平刺，随后铁枪左右挥舞如狂龙摆尾，那几人手中的刀枪被打得四下激射，几个人“轰轰轰”砸上左右牢房的栅栏，掉下来时鲜血狂涌，身体抽搐，连挣扎的力气都提不起来了。

冲向小校这边的是“病关索”杨雄。他手持一口锯齿大刀，武艺在梁山之上都属前列，这一路冲杀过来，手上不停，路上的狱卒难有能接他三刀的。眼见着小校武艺厉害，杨雄立即冲将过来，将他的攻势接下来。一刀一枪轰鸣碰撞间，火花四溅。那小校武艺极高，跟着的三名士兵却是武艺平常，无法加入战斗，杨雄后方的三名梁山精锐却跟了过来。这三人是杨雄手下的亲信，与杨雄的配合都有过训练，堪堪能够插手进来。眼下讲求的是速战速决，并非江湖放对决斗，转眼间便是四柄武器朝着那年轻小校斩了过去，要将他在第一时间内乱刀分尸。

然而那小校身形微晃，咬紧牙关，却是挺住了，脚下进进退退间仅在一步之内挪动，竟连半寸都不往后移。他的枪法古朴沉稳，一开始的几招就与“病关索”战成平手，随后被四人合击，手中一杆铁枪竟好似越来越沉，枪势竟随着打斗的继续越发冷厉，每一枪既守且攻，在被围攻的情况下竟还一枪枪逼向敌人的要害，看似简单的挥枪中隐含风雷之声。

如此厮杀片刻，只听“轰”的一声，漫天火花，这小校竟将杨雄等人逼退半步，随后又是“轰”的一声，他又将他们逼退了半步。铁枪在他双手上挥砸，看起来竟比四人手中的刀枪的力量更为浑厚。

这自然是错觉，他之所以能将四人逼退，无非还是靠强势凌厉，攻敌所必救，但能在以一敌四的情况下展开这样的反击，眼前小校的厉害也是明摆着的了。又战得片刻，那小校眼神越发凌厉，又将杨雄逼退一步。也在此时，后方传来一个声音：“好高手，给我让开！”杨雄身边的两名精锐都连忙朝一旁跃开。只听破风声疾响，两柄板斧从后方劈来，那小校举枪一架，火光四射，板斧与杨雄的锯齿刀同时劈来，将他劈得“噔噔噔噔”连退了四步，“砰”的一下用枪杆往后一撑才定住身形。

“痛快！”

眼下过来的自然便是“黑旋风”李逵了。他的双斧出尽全力，还是与杨雄联手，才将这小校逼退，他却哈哈大笑了一声：“洒家乃梁山泊宋江宋哥哥麾下‘黑旋风’李逵！看你年纪轻轻，武艺甚是了得。你乃何方英雄，给洒家报上名来！”

他见猎心喜，这样说话已经颇有礼貌，那小校却道：“我大好男儿，尔等不过山匪贼寇之流，莫污了我的名字，受死便是！”

李逵一听，须发皆张，一边口中怒吼，一边挥舞双斧冲上前去。那小校拔起长枪，双手一挥，枪如狂龙一般迎上去，转眼间与李逵、杨雄战成一团。

然而眼下的大狱已经彻底乱了，那小校武艺虽高，毕竟对上的是李逵、杨雄二人，一时间也只是堪堪能够支撑，很快就不断后退，再也阻不了其他梁山中人……

江宁大狱之中乱成一片的同时，苏府也陷入了惶恐与惊悸当中。梁山强匪杀进来时，虽然苏家护院组织起了简单的抵抗，令得部分苏家人得以逃脱、集中，但这样的奔逃其实并没有组织纪律性。大半苏家人已经到了正厅，这里也聚集了最多人手，想要拖延时间等待官兵或者救援到来，但仍有许多人错过了聚集的时间，被分割在一座座院子里，或者躲藏起来，或者漫无目的地奔逃，遇上那些进入府中的黑衣人，便被追上杀了。

若是有人从天空中俯瞰，就能看到屠杀仍旧在苏家大大小小的院落间进行。有的人没有赶上大队，想要结伴从正门或侧门逃出，但甫靠近外围，便被黑衣人遇上杀了。便是有三五个人在一起，遇上一名黑衣人，也兴不起厮杀的念头。席君煜对苏家何等熟悉，哪一条路、哪一个方向要把守，他都清清楚楚。有的老人在院子里来不及逃走，被搜过来的黑衣人顺手杀了。有的院落中，黑衣人杀了男人、小孩，追着奔逃的妇人到大雨里，将人打翻在地，撕了衣服，才又扛着她往房间里去……

宁毅冲过几座院落，跑过苏家的练武场，转了个大弯，才稍稍甩开后方追来的几个人。

冲进苏府的梁山人并不能覆盖苏家的每一个地方，但只要是被看到的苏家人，都会遭了他们的毒手。宁毅奔逃的过程里，已经见到了五六具苏家人的尸体，都是他认识或者有印象的，其中一个孩子还是他当初教过的学生，倒在地上。

若是在平时，有这样的强盗进城，很快，江宁城中的军队就会行动起来，但这次未必能以常理计。席君煜不是傻子，挑了这个时间动手，可见外面肯定发生了什么事情，至少能够拖延救援来到的时间。他就算亲自冲出去，一时半会儿恐怕也找不到救兵，而以苏家现在的情况，就算抱团防守，若是梁山的高手放手猛攻，苏家恐怕也撑不了多久，毕竟护院一旦溃败，接下来苏家面临的就是屠杀。

他奔跑在雨中想着对策，同时也担心着之前离开的聂云竹的安危。雨天，她们走得没这么快，可能还没有走出去……但这样的想法随即被他从脑海中清除。事情结束之前，自己无论多么心急如焚都是没有用的，眼下只能冷静。冲到一扇院门前时，淡淡的血红色随着雨水从院门下方溢出来，一道身影与他打了个照面，随即被他一拳打倒在地。

另一名黑衣人拔刀袭来，在雨幕中挥起长长的水流。宁毅低头躲过，二人在雨中交手几下，那人被宁毅扑倒在地，连续挨了七八拳，被打得半死，晕厥过去。宁毅偏过头看看，只见这院落里躺了三具尸体，是他在苏家应该叫表叔的长辈及其家人。他本想拿刀顺手将二人割了喉咙，但考虑片刻后，还是咬了咬牙关，将两名黑衣人拖到院落偏僻的房间里，以抹布堵住嘴，随后用绳子将人绑好了。

经过下一座院落时，里面隐约有响动传来，他看了看，院落里也有尸体，但里面的房门开着，人的挣扎哭泣声传来。宁毅过去看了看，却见房间里的桌子边，一名黑衣人一手提刀，一手按住桌上身体赤裸哭泣挣扎的妇人。

破风声陡然袭来，如一辆马车驶了过来。桌上的妇人本来正在哭泣，这时“啊”地痛呼一声，偏头看时，泪眼之中，那黑衣人已经不在她身前，而是被重重地推到了几米外的墙壁上，身体被长刀刺穿，直接钉在了墙上，犹在挣扎。他之所以喊不出声音来，是因为站在前方的男子单手捏住他的下颌，颌骨估计已经被捏脱臼了，挣扎中还传来下颌骨骼扭曲裂开的“咔咔”之声。

这个妇人是前几天参与围攻聂云竹的其中一人，乃二房的一位表嫂，待定睛看到忽然冲进来的竟是宁毅时，哭泣中的她也微微呆了呆。宁毅捏碎了那人的下巴，反手扔了一件衣服到妇人身上，然后转身往外走：“今天的事情我没看到过，没有人看到过。”

妇人抱着衣服，陡然间抓起旁边古玩架上的一块石头，冲到墙边，对着那黑衣人的脑袋“砰砰砰”地拼命敲打，一面敲一面哭。那黑衣人其实也只剩下最后一口气了，此时缓缓抽搐着，脑袋已经被敲烂。宁毅才要跨出房门，破风声从头上降下，他猛地退后，一记劈斩“轰”地落在地上。同一时刻，后方传来一声巨响，却是一颗石头穿过侧面的窗户，似乎是打在了那妇人的头上，妇人侧飞出去，倒在地上，头上溢出血来，也不知是昏死过去还是直接死了。

被打破的窗户外显出一道身影来，从上方降下的这人手握着一柄看起来比寻常宝剑厚重的大剑，堵住了门口。宁毅吸了一口气，转身走到墙边，拔出那把钉住尸身腹部的长刀，尸体掉在地上。宁毅举起刀，指着外面拿重剑的那人，认出来这二人是方才陪在席君煜身边的头领，只是不知道他们具体是梁山上的哪位。

不过，随后二人自己做了解答。

“我乃梁山‘神火将军’魏定国，你能逃到哪里去？！”窗外那汉子扬声说道。

“爷爷是‘丧门神’鲍旭，生平爱杀人！”门外持大剑那人也笑了起来，“你跑得倒挺快，不过看你现在还能去哪里。还不束手就擒，速速给爷爷杀了，也好给你个痛快！我告诉你，若落在席兄弟手上，只怕你会生不如死啊，哈哈哈哈——”

窗外雨声如沸，二人一堵门，一堵窗，房间里，赤身妇人的身下开始有鲜血淌出来。宁毅持刀而立，随后偏了偏头，静静听着那雨中传来的躁动声、杀戮声、哭泣声。某一刻，他轻轻地垂下刀锋，朝着堵在门口的那“丧门神”鲍旭举步行去。

风如虎吼，从江宁城的上空吹过。

厮杀声将巨大的骚乱扩张开时，蔓延开来的动乱已经一发不可收拾。

狱卒、劫狱者、押囚士兵、小偷、流氓、匪徒、无辜者、反贼……在大牢内外厮杀未休，一部分人逃了出来，开始在附近作乱。大牢内部武力稍高仍旧有抵抗余力的狱卒、士兵已经被分割成一片一片。梁山众人这次进城主要是为劫狱，对于杀光人不怎么执着，才令得他们能够抵抗至今。倒是一些被梁山人放出来的方腊军系反贼首领，一路上受了这些士兵的折辱，一旦出了牢门，便杀得极为起劲。但他们也不想再被抓住，杀了一阵之后，还是保持着理智，与梁山众人迅速离开了大狱。

在大狱一侧，李逵、杨雄与那年轻小校的战斗已经近乎白热化，别人根本无法进入战圈。那小校一杆铁枪独斗李逵、杨雄二人，每时每刻都似乎会有性命之忧，但就像是一根绷紧到极点的绳索，虽然每时每刻都像是要被压断，却始终没有崩断。铁枪的招式算不得灵动出奇，但每一刺、每一挥、每一格、每一挡都凌厉老辣，铁枪与双斧、锯齿刀碰撞不停，溅出无数火花。

梁山上的众人虽然大多不是良善之辈，但李逵这人性烈，一开始是只想与人单打独斗的，因此刚开始时也是他与那小校交手，杨雄在一旁掠阵。然而一番死斗下来，那小校竟越战越强，与先前一对四时一般，铁枪大开大合、猛挥硬砸间，甚至硬生生将李逵的蛮力给压了下去，杨雄这才加入，二人一同进攻，方才压住那小校的锋芒。

谁知那小校的枪法攻守兼备，走在随时要受伤的悬崖边缘都能不时递出两记杀招，打得二人都是暗暗心惊。梁山之上，二人的武艺都属一线，卢俊义、林冲、武松、鲁智深等人或许勉强高出一线，但真与二人打起来也是战果难料，谁也想不到，眼前这样一位军中小校竟有这般高强的武艺。

不过，李逵、杨雄联手也足以将那小校压在一边，其余的梁山精锐便打断旁边的木栏，进去开了牢门。这边牢房中也关了几名方腊军系的反贼，牢门一打开，他们立刻便走，有的还拿起武器试图到李逵、杨雄二人这边来帮忙。这些人在方腊军中是些中小头目，武艺还是不错的，但那小校的性子也是刚硬，眼见后方的囚犯要逃，口中喝了一声："不许走！"在被两名高手围攻的情况下竟还要以铁枪去挡人。这自然没有成效，反而导致他的手臂被杨雄的锯齿刀划了一下，鲜血顿时溅出。几乎同一时刻，他也凌厉至极地直刺对方面门，在杨雄脸上留下一道血痕来。

这年轻小校终于被挡下来。但此处对梁山众人来说毕竟不是适合持久战的场合，眼见无法拿下那小校，杨雄、李逵二人终于抽身撤走。那小校追将过去，顺手刺死了一名跑在后方的方腊军系头目，眼见着周围一片混乱，他才放弃追击。

梁山众人以及方腊麾下的一干头目大多已经杀出牢狱，大狱中，一些看不清局势或者杀得起劲的匪徒仍在围攻那些苦苦支撑的士兵与狱卒。那小校挥枪上前，一路冲杀，一枪一个将附近的匪徒悉数打倒，转眼间便聚集起十余人的队伍。

梁山众人一走，要解开附近的危局还是相对容易的，待到杀出大狱时，小校身边的人都已经是伤员。骚乱已经在城市里扩大，府衙那边似乎也有了动静，但城内的衙役和巡捕的战斗力估计不高，恐怕照面儿就会被梁山众人冲散。那小校看清局势，拿一块白布裹住手臂的伤口，道："他们还未跑远，此时追杀上去，尚可将他们咬住！"

他虽然剽悍勇猛，但其余的人死里逃生，不愿再跟他去冒险了，有人道："这些梁山强匪有备而来，我们都已受伤，事情交给江宁守军便是……"那小校并非众人的直属上司，而在方才那场乱局中，军官或被冲散或被杀死，现在也找不到可以做主让这些人卖命的长官。小校看了看远处，咬了咬牙，一振长枪，在大雨之中衔尾追去。

这时候仍有不少囚徒在周围生事，或四散奔逃，那小校却是无暇去理会了。却有几人从一旁的道路上冲来，当先一名男子身材颀长，转眼间打倒两个作乱的匪徒。他看看大狱的状况，又看看这名一路冲来的军官，迎了上去："岳校尉，是岳校尉吧？可还记得我？此地到底怎么了？"

那岳姓校尉看了他几眼："闻人长官……"

来人便是此时在江宁的闻人不二。他对这校尉有印象，是因为收复杭州时，这小校勇猛非常，后来他又跟这校尉打过两次交道。小校知道杭州城门打开便是眼前这男子在城内活动的功劳，因此颇为恭敬，向他说了大狱之中发生的事情。原来杭州战局定下之后，宿将辛兴宗安排了一队士兵押囚北上，顺便叫这岳校尉北上送一封信，因此他只是随着押囚队伍过来，并非这些士兵的上司。

事情简单，几句便说完了，众人要顺着梁山众人离开的方向追踪过去时，只见两骑自雨中奔来，其中一骑在前，后面一匹马隔了老远，前面一骑上面坐的竟是个女子，却是过来寻闻人不二的元锦儿。两骑将闻人不二等人截下，随后元锦儿便说了苏家受袭的事情。

原来聂云竹虽然没有让元锦儿与她一同去苏府，但元锦儿不久后偷偷跟了去。她在外面没有等到聂云竹，却看到了苏府内的动乱杀戮。旁人若是看到了，一时半会儿也找不到援兵，但闻人不二安排了人手保护她与聂云竹，她便找了人同行，原本要去驸马府寻康贤或是陆阿贵，想不到途中遇上了闻人不二。

元锦儿担心的，并不只是苏家的变乱，最为严重的是聂云竹仍没有从苏家出来……

一如宁毅说的顾不了那么多了，苏府之中乱起来之后，当然也没什么人再有余力去理会一个由府外进来的女子。大雨之中，苏府正厅那边的几座院落中已经乱成了一片，侥幸会合的众多苏家人聚集于此，孩子哭喊，伤员呻吟，混乱不堪。护院们沿着院墙建立了简单的防御线，也弄来了几把弓弩，能够在近距离对一些梁山强人造成威胁，但仍旧是险象环生，偶尔有黑衣人冲进来，劈翻一二人，又在一些苏家年轻人的联手下退了出去。

苏愈拄着拐杖，在自己的房门口一面吼着，一面驱赶一些胆小的年轻人拿着刀枪上前作战。他虽然确实是老了，但犹有威仪，当然眼神之中也不免流露出几分焦虑。有些人过来了，有许多人还没有过来，他在心中数着，有时候也会拉着人问一问：“云方呢？还有你七叔呢？有没有看到他们跑出来？”

这样子的询问，眼下几座院落间的人到处都有，妇人询问着自家夫婿、孩子的下落，男子寻找着妻儿、父母，偶尔一边也有人忽然站起来，拿着刀枪吼着“跟你们拼了！”，随即与冲进来的黑衣人厮杀。混乱之中，苏愈也看到了站在那边人群里的苏檀儿。她分娩未久，还处于坐月子时期，此时半身都被淋湿，走得踉踉跄跄的。

“看见小婵、娟儿她们了吗？”她拉住的多半是丫鬟、下人，有的能够提供些线索，多数则是摇了摇头。

苏愈过去拉住她，将她拉回屋檐下。看见是苏愈，苏檀儿愣了愣，然后几乎要哭出来：“爷爷……”

苏愈看了她片刻，才问：“立恒呢？”

“他……他被看见了，引开了那些人……然后……然后……我也不知道他在哪儿……”

“被看见了？”苏愈有些不理解，看看周围，问道，“你的孩子呢？”

“小婵抱着他，我们在路上被冲散了，我本来以为她们都过来了……”苏檀儿想了想，终于定下心神，道，“爷爷，是席君煜。”

“什么？”

“是席君煜，带着梁山的匪人过来寻仇。”

“我知道了。”只是迟疑了片刻，苏愈就明白过来，双手握紧拐杖，在地上用力地顿了两下，“檀儿你听好，你要想办法逃出去。待会儿我会叫耿护院他们过来，护着你逃出去。多带几个人，文定、文方他们都行，最重要的是，你跟立恒一定要活着！这是在城里，苏家人他们杀不光的，但他们一定会杀你们，你跟立恒活着，才能带着苏家人报这大仇。你……立恒他的武艺到底怎么样？能不能躲过他们的追杀？有没有什么办法通知他逃走？”

苏檀儿愣了愣：“立恒他……他不会逃的……”

“识时务者为俊杰，这等情况下，他一定能看清楚局势……有没有什么办法……让耿护院他们保护你去找他……他……”

苏愈说到这里，远处传来“砰”的一声枪响，远远听来只像是雨中的一声爆竹响，苏檀儿回过头，怔怔地望着那边：“可是……他不会逃的，我也没办法通知他啊……”

“爷爷也听说过梁山的强匪，他们是造反的，立恒能打得过那些人吗？”

“他打不过，可现在这样，怎么去找他啊？”苏檀儿哽咽着，将手背举起来贴在嘴上。院子已经被四面围攻，其余的地方也有那些黑衣人在肆意杀戮，昏暗的大雨，高高的围墙，在眼下犹如群山阻隔，宁毅在那边也不知陷入了怎样的战斗里，四面八方的杀机浓得像是化不开。

如同爷爷说的，这一瞬间，苏檀儿竟有些期待宁毅一个人逃掉，可心中也知道根本没有可能。那是自家夫君，虽然平日里看起来脾气好，也与世无争，但实际上，一旦遇上真正重视的事物，他不但不会退后或放弃，而且是那种即便处于最大的劣势都要挣扎着杀出血路来的性子。只要有希望，相公就会努力挽回，不喜欢那种全家人死光了再回来报仇的感觉。

这样的人很厉害，很令人敬佩，是自己的夫君，自己心中也非常喜欢他，喜欢得不得了。也是因此，她心中是明白的，形势比人强，在绝对的劣势下，大多数时候挣扎了也不见得有结果，更多的是自己挣扎得血淋淋的，直到送了性命。夫君的武艺不见得非常高，但每一次都是搏命断杀，就算取得了胜利，身体也会受伤，而这一次甚至与杭州那样的危局都不同，席君煜有心算无心，在眼见这么多家里人死去的情况下，她心中真的有些害怕了，希望自家夫君没有执拗地在家中与人厮杀周旋、寻找机会，若是可能，希望他能够逃掉……

她心中闪过这样的念头，眼看着昏暗的雨幕中有闪电陡然划过，厮杀声却似在雷声中变得更加激烈。就在她目力难及的苏府一侧，被黑暗与杀机笼罩的地方，宁毅正以自己一人的力量进行一场搏命的厮杀，以期在黑暗间取得一线希望……

轰响声传来时，薛永手持弯刀奔行在雨幕之中的屋顶上。

这场雨太大，目力难及远方，但方向是可以确定的。这次梁山众好汉来江宁，军师吴用害怕一些人报仇心切误了大事，并没有将当初与这个苏家结梁子的几位兄弟都派来，而是错开了时间，将他们派去执行其他任务。这边的复仇，由于席君煜熟悉苏家的底细，便让他过来安排。

按照席君煜的说法，苏家那位入赘的姑爷武艺是没什么的，但据说好研究各种火器、机关，当初马麟就是在猝不及防之下中了那人手中的突火枪，正中头脸，一枪致命。按照众人的估计，这可能是一个脾性有些古怪，好摆弄各种火器、机关的书生，威胁是不大的，但以防万一，军师吴用还是安排了梁山之上颇通火器的“神火将军”魏定国压阵，以策万全。只是今日暴雨突降，也不知道“神火将军”的火器还能不能发挥出威力，这时那边传来的声音，在薛永听来并不像是魏定国最为擅长的子午掌心雷。不过这声爆响也暴露了那宁毅可能的方向，他便一路追了过去。

他步伐甚快，几个起落，转眼间便奔过了几座院落，下方和远处偶有杀伐，他也懒得参与其中。这薛永外号“病大虫”，往日里在江湖上是以卖膏药为生，从父辈那儿继承了一身武艺，却因为家中得罪了豪绅，令得他空有一身本领，却难以出头，才得了这“病虎”称号。宋江接纳他进入梁山，他在山上的排名虽然不高，但武艺是不错的，也并非好斗好杀之人，不过下方这等厮杀灭门的场景他已司空见惯，心中不至于有什么波动兴起。

一路赶到那座似是枪声响起的院子，才跳下去，他便发现了打斗的痕迹。最为激烈的战场还是正面的房间，薛永提刀过去，警惕地看了看，这才发现房间中已经打得一片狼藉，桌椅木架都已被刀剑劈得破破烂烂。房间昏暗，里面有两具尸体，一具躺在墙边，肚肠、脑袋都破了，穿着黑衣，是自己这边的兄弟；另一名竟恰恰是那“神火将军”魏定国。他三步并作两步冲过去，只见魏定国的胸口被打出了一个大洞，伤口之中满是铁砂、铅粒。

魏定国擅长的便是火器，过来之前大伙儿也曾想过要提防那赘婿的火器，想不到最终竟还是遭了那人的火器的毒手。既然那书生本身没什么武艺，眼下这局面又是如何造成的？薛永心中正疑惑，眼见墙角又有一道身影，他将弯刀一横，再定睛看时，却是一名正抱着衣服的赤身女子，脑袋上受了伤，坐在角落里，神志已经有些恍惚了。

梁山中人虽然也有行事讲究的，但毕竟以无法无天的山匪居多，大块吃肉，大碗喝酒，偶尔出来打家劫舍时，出现奸淫妇女的事情，就连山中相对正气的卢俊义、鲁智深等人也制止不住。薛永一看，哪还不明白这女子身上到底发生了什么事，眼看对方伤重，他不愿再下手，只是细细地看了看周围的打斗痕迹。斩断周围桌椅、木架的兵刃估计是重剑，该是鲍旭鲍兄弟的武器，这样说来，方才应该是鲍兄弟与魏兄弟联手对付那宁立恒了。

薛永江湖经验丰富老到，一番思索，心中下了结论。魏兄弟的武艺固然不算高，但就算雨天无法使用掌心雷等火器，一身暗器飞石的功夫还是不错的。至于鲍兄弟，江湖外号“丧门神”，曾经落草枯树山，在河北、山东一带闯出过赫赫威名，他性喜杀人，在江湖上结仇无数，武艺颇为高强。这样的二人联手，杀一书生等闲事耳，但眼下竟出现这样的状况，意味着这苏家或许还有另一名高手护院压阵，便是那人来到这边，拖住了魏兄弟，这才让他挨了这枪。

他第一时间便望向了角落里那女子，但随即打消了这个念头——再厉害的女性高手也不至于脱光光了迷惑敌人。循着那打斗线索走出房门，陡然间听得不远处雨中传来“啊”的一声暴喝，薛永听出那声音正是“丧门神”鲍旭发出的，语气之中充满了愤怒、疯狂、痛苦之意。

鲍旭为人悍勇，在梁山上是与李逵一般疯狂之人，发出这样的吼声委实令人意外，想必是遇上了难以想象的恶斗。薛永飞快地冲过去，一路上穿过两座小院子，院中的檐下、房屋中都有打斗的痕迹，想必是一路厮杀过去的，看起来鲍旭的一手丧门重剑还是占了上风，路上偶尔能看见血滴。然而跑过第二座院子时，他就看见有一张网子被斩裂在地上。那并非渔网，绳线稍粗，上面挂着各种倒钩，此时网破了，落在地上，上面都是斑斑鲜血。鲍旭不会用这样的东西，那着了道的或许便是他。

想不到眼下还有这样的偏门物件在战局中出现，薛永心中暗暗提防。不过江湖上擅使暗器机关的，武艺便不会太高，自己事先知道了，就无须太过在意。只不过薛永越往那边过去，鲍旭的声音就越发激烈狂乱，薛永听得他喊道：“出来！出来！卑鄙无耻之徒！出来受死——”有时他又喊道，“我看到你了！”似乎敌人躲藏甚好。不过今日天气虽然阴沉，但并非什么也看不见，鲍兄弟只要咬住了对方，怎么会出现找不到的情况？

直到他转过前方房舍的转角，才终于看清楚那边的情况。

只见阴沉的雨幕下，那院子的小天井中，鲍旭正横剑乱舞，半身都是淋漓的鲜血，大概是被那张网给弄的。对鲍旭来说，这种伤势全都是不值一提的皮外伤，但最为严重的，还是他的上半身乃至头脸上的白色痕迹。许多那种白色粉末正在被雨水冲走、稀释，但薛永一看就能看出，那是石灰粉。

那些石灰粉之前应该是用油纸或者牛皮纸包住，朝鲍旭的头脸砸过去，当时就将他的眼睛给烧坏了。他大概还用手抹了几把，脸上给烧烂了许多，进入伤口的石灰更给他带来了巨大的痛苦，以至鲍旭此时不断地挥剑嘶吼，歇斯底里一般。

在他前方，一道身影就在近两丈的距离外静静地站着。这身影穿着书生袍，身上也多处受伤——手上、脚上乃至头上，有的地方在雨里流出血来，又被雨水冲走，模样也是极为惨烈。他右手持刀，就那样静静地站着，如鬼魅一般在那儿看着鲍旭发疯。

“宁立恒！你个卑鄙小人，无耻之徒！给我出来！有种跟爷爷再战三百回合！”鲍旭在雨中嘶吼。

薛永看见这情况，握刀的手却是紧了一紧。鲍旭既然这样喊，就证明并没有第二个人参与战斗，那身着黑衣的兄弟与魏兄弟竟都是被眼前这宁立恒给杀掉的。

这次梁山一行人过来，对江宁大狱的行动看得极重；对来这苏家寻仇，看得却是相当简单。苏家的底细席君煜清楚——干掉百刀盟之后，杀进来轻轻松松。事实上也是如此，眼下在苏家各处进行的杀戮，基本都没有遇到什么大的抵抗，就连正厅那边守着半数苏家人的一些护院恐怕也快要崩溃了，却没有想到在这里遭受了如此之大的损失。

薛永倒不是害怕，只是意外而已。这书生也不知道是凭着怎样的手段翻盘的，但在鲍旭的追杀下，他身上受伤不轻，机巧再多，估计也用尽了，自己只要小心些，便不会有事。眼见着鲍旭舞剑舞得乱无章法，跌跌撞撞，大雨之中那持刀的身影开始缓缓移动脚步，无声又缓慢地靠过去。薛永握紧了弯刀，从这边走了出去。

为了避免他再出诡计，自己一旦出手，须得把握时机，一刀致命……薛永心中想着此事，走到近处时，那书生却陡然警觉，回过头，昏暗之中，薛永看见了一双冷厉至极的眸子。

江湖之中，有这种眼神的人，恰恰是最难对付的一类人。

弯刀带动水光，“唰”地划了出去，那边的人转身、后退，竟也是一刀猛地劈斩过来，兵器交击声顿时在雨幕之中响起，随后“砰砰砰”的声音随着二人的交手连续响个不停。鲍旭听准声音，朝着这边靠了过来。宁毅飞快地后退，面对薛永的进攻，做了一番封挡，但毕竟身上已经负伤，一时间险象环生。

薛永武艺本高，但快刀之下，心中也惊讶于对方能够勉强跟上自己的速度。而且这宁立恒所用的招式虽然还没有娴熟到一流高手的程度，但也是法度森严，精巧无比。小天井中，鲍旭疯狂地挥剑，打斗的二人身形呼啸而动，却是围着他绕了半个圈子。也在此时，薛永陡然在对方那精巧的刀术中看见一处微小的破绽，左拳下意识地挥了出去。这一下打中了地方，宁毅手上的战刀飞出，进而导致中门大开，薛永手中的弯刀“唰”地对着宁毅当胸直斩，这一击正中宁毅胸口。同一时间，宁毅竟不退反进，用胸口压了过来。

糟了……薛永心知不妙。

随后响起的，是金铁相击的“砰”的一声。

他的胸口是铁甲……在薛永意识到这一点的一瞬间，蓄力到极点的一记右拳对着他的脑门轰然袭至，水花在拳锋上爆炸般绽开。

他哪里知道，宁毅自知练武的绝佳时间已过，在许多方面恐怕比不过别人，于是在杭州的那段时间里，时常与陆红提商量如何对敌，如何在各种暗器、各种手法乃至各种招式上尽量留下伏笔。陆红提的武功修为已臻化境，自己固然不屑于这等方式，也觉得宁毅颇为胡闹，但也未推托，二人倒是兴致勃勃地研究了一些东西出来。方才宁毅所用的精巧招式，若遇上那些市井流氓必然无用，只有遇上薛永这类本身武艺已经有一定水准的人才能奏效——薛永看出了这招式的精巧，被带着走之后会下意识地朝着那破绽出招，才会被那原本算普通的铁甲给算计了。

陆红提研究的这些招式皆是为了各种暗器、石灰、火枪的使出，这世上应该不会有第二个宗师级高手胡闹到这种程度了。那些招式正搔中了许多武者的心痒之处，他们一旦被带着走，立即便会陷入连环套中。这等于陆红提以自己的武学见识与薛永等人交手，那鲍旭方才便是因此连中了好几次阴招。眼下那轰向薛永脑门的拳头上，“破六道”的内力已然使到了极致。

只听“砰”的一声，薛永的身体旋转了一圈，随即在雨幕里飞了起来，但他的武艺也是了得，弯刀“唰”一转，在宁毅的肩上带出血光，同一时刻又使出连续两记飞踢，“砰砰”地印在宁毅胸口的铁甲上。两道身影朝不同的方向飞出，摔倒在地，鲍旭手中的长剑也“唰”地斩在了不远处的一根柱子上。

“谁？出来！宁立恒！卑鄙小人出来受死——”

鲍旭仍旧如负伤的猛兽一般吼叫着。薛永吐出一口血，脑袋里“嗡嗡嗡”地不断响，视野模糊、晃动——那一拳打到了太阳穴，极其严重。他想要爬起来，但挣扎了两下没有成功，努力让目光聚焦往前看时，却见不远处，名叫宁立恒的书生努力撑起身体，随后背靠着那边的台阶，摇摇晃晃地站了起来。

他望着这边，站了一阵，然后双手往后撑了撑，坐在那边屋檐下的台阶上，也不说话，只是大口大口地喘着气，如同幽魂一般望着这边发疯的鲍旭、倒在地上吐血的薛永。也是在这一刻，薛永心中忽然明白了什么叫作“一失足成千古恨”。江湖上的许多事情其实就是一步走错满盘皆输。他也多次设想过类似的情况，但这一次忽然发生在他身上的事情实在太过诡异，比他预想过的那些情况诡异百倍，在看起来完全不应该发生这类事情的时候，竟发生得如此迅速，就像眼前这个书生将方才那个近乎乱局的打斗练习了一千次，就等着这天傍晚发生一次一般。

远处的打斗声还在继续，大抵是梁山众人在围攻苏家正厅，也不知还能撑多久。薛永看见那书生偏着头看着那边，听着那声音，神情之中也有几分痛苦、无奈。最终，他咬了咬牙关，浑身都颤抖了一下，然后深吸一口气，站了起来，拾起地上的战刀，一步一步朝着薛永这边走过来。

半途中，他还是将武器换成了一根木棒，走到薛永身边，对着他的头颈，一棒猛地挥了下去，然后又是一棒，再一棒……宁毅的思绪其实也有些乱，闪动的是方才发生的一切：“神火将军”魏定国冲进来时，那位被打倒在地上的表嫂忽然跳起来，没命地将对方抱住；一具具尸体；不知道有没有走掉的云竹，还有檀儿、小婵、刚生下来的婴孩儿……

直到薛永终于被打趴在血泊中，他才转过身，拖着那木棒，摇摇晃晃地走向不远处挥舞大剑吼得声嘶力竭的鲍旭……

自己也许还有机会，总会有机会的……

当头猛地一棒将鲍旭打倒在地，随后他躲开那大剑无力的横挥，又是一棒打过去。

便在此时，有人跑进这边的院落……

当元锦儿在大狱门口找到闻人不二时，聂云竹正在大雨之中的苏府院子里一路奔逃。

一干匪人袭来时，她终究没能走出苏府，与杏儿在一座花园的假山中躲了起来。后来一群人经过时，杏儿大概是认出了其中的某个人，感到了危险，让聂云竹暂时躲在那儿，她出去找姑爷、小姐等人，但出去好长时间都没有回来，却有声音传来，昭示着苏府之中已经乱了。

大雨下个不停，她躲在那儿，看到有些苏家人从花园里跑过，被黑衣人追上杀掉，也有些黑衣人跑来跑去。骚动愈演愈烈，估计杏儿跑不回来了，聂云竹便想自己是不是该逃出去报信。她也不敢打伞，在雨中跑一段躲一段，打算沿着原路出去。前方也有两名苏家人在逃跑，接近外围时，那二人先被杀了，她躲在后面，吓得赶紧逃跑，找了个草丛躲起来。

聂云竹在草丛里淋了好久的雨，身体也瑟瑟发抖，苏府之中变乱之声越盛。间或听得远处传来“砰”的一声响，她听出来这是宁毅的火铳之声，打了个激灵，这才从草丛里钻出来，到了一座院子里。里面有好几具尸体，她到厨房里找了一根擀面杖准备防身，想了想，又换成一把菜刀，然后循着那声音找了过去。

她对苏家的地形毕竟不熟，这样子寻过去又绕了些弯路，躲躲藏藏避过了一些黑衣人，也不知道方向对不对，又或者宁毅还在不在那开枪的地方，但眼下对她来说，能够做到的仅此而已。她前几天才被二十多名女子围攻，受到了不轻的精神刺激，身体也有些虚弱，今天又过来见了苏檀儿，全部的精气神都用在了会面上，此时淋了大雨，身体上下都觉得寒冷刺骨，但心中还有一些话想要跟宁毅说，也不知道他是不是在这样的冲突中受了伤……

如此转过几座院子，陡然听得前方院落间有打斗声传来，有人正在呐喊厮杀，偶有惨呼声传来。聂云竹绕着这边的院子小心地转了转，竟在后方找到了一扇小门。她绕到那院落后方，偷偷地往前方瞧去，只见四名黑衣人正在围攻一群苏家人。这群苏家人中有两名护院，有几名年轻男子正保护着两名女眷，与那四人厮杀，地上已经有两具属于苏家人的尸体。

那四名黑衣人武艺高强，这边的苏家人哪里是对手，已经受了伤，现在也只是苦苦支撑而已，片刻间便又有一人倒下。还有一名黑衣男子未曾加入战圈，却并未用面罩包住头部，聂云竹看了几眼方才认出这男子便是先前杏儿说认识的那人。打得一阵，又有一名护院倒下，那黑衣男子走出来，口中道：“停手。”

四名黑衣人停了手，苏家众人大多受了伤，持着武器艰难地站立着。那黑衣男子手中拿着一把折扇，此时用折扇拍打了一下手心：“想不到我回来了吧！诸位，告诉我你们那废物姑爷在哪里！宁毅他躲哪儿去了？还有苏檀儿呢？她在哪儿？”

他这话说完，只见那边几人中，一名女子“啊”地冲了出来，直冲向这说话的黑衣男子，直到一名黑衣人陡然举起了手中的刀，她才停下，哭道：“席君煜你为什么要这样？！”

聂云竹这才知道那男子叫席君煜。女子她也认识，正是苏檀儿身边那个样貌清秀、性格安静的丫鬟，叫作娟儿。两边显然认识，那席君煜拍了拍折扇，目光变得凶狠起来：“娟儿，好久不见了。你家姑爷和小姐呢？”

“席君煜你为什么要这样做？”那女子哭着站在那儿，重复着这句话。席君煜冷哼一声道：“我为苏家做牛做马，为什么要这样做？有什么好说的？！我告诉你，今天要是找不到苏檀儿跟她那傻姑爷的下落，你们苏家全家都得死！有没有听到？那边，正厅已经快被打下来了，有一半的人都在那边，但我知道宁毅跑了！他到底躲在哪里？你们给我听好……”

他说到这里时，前方的娟儿陡然哭着抬起头，说了一句让所有人都意外的话，甚至连席君煜都愣了愣。只听她哭着喊道："你知不知道我一直都喜欢你？！"

"要是……"席君煜说了两个字，后面的便没能再吼出来，他的手指在空中晃了两下，"呃，你……你休要在这里胡说……"他说是这样说，面上的神色却变得复杂起来，这大概是他之前完全未曾预料到的意外。

"你知不知道我一直都喜欢你？！"娟儿哭着重复了一次。

这边，聂云竹微微愣了愣。这句话听起来寻常又不寻常，配合眼前的场景，她似乎在哪里听到过以某种古怪的方式出现的类似对白……

"'你知不知道我一直都很喜欢你'这句话对付男人最有用了，不管那个男人多凶多恶，突然听到这句话，你都一定会占上风……"

记忆之中，这似乎是前不久有一天宁毅与元锦儿在小楼前方的台阶上聊天时宁毅说的话。当时宁毅从杭州回来不久，元锦儿喜欢听他在杭州的经历，偶尔也会与宁毅一道想些乱七八糟的阴人点子。聂云竹心性淡泊，对这类事情自然只是付诸一笑，但忽然听见这样的话，还是勾起了她这份记忆。

不过，娟儿站在席君煜面前哭喊出这句话时，给人的感觉却是真诚殷切的。席君煜愣了一愣之后，道："你休想……"话还没说完，娟儿又哭着重复了一遍："你知不知道我一直喜欢你？"这时她的声音小了，哭腔却越发凄凉。她只是个丫鬟，这样一喊，后方陡然有人嚷了起来："娟儿你这吃里爬外的东西！"

娟儿不为后方的声音所动，站在那儿哭道："你记不记得，以前你在铺子里的时候，小姐若是有事让你们忙，给你送饭的都是我……那时你还是个伙计呢。你干活勤快又认真，每次我给你送饭，都会在你的碗里多放些菜肉……"

"你……你给我让开！"席君煜迟疑片刻，还是吼了出来，但神色明显复杂而纠结。那时候自己碗里有多些菜肉吗？他已经忘了，但娟儿这样一说，又像是真的。

娟儿站在那儿，哭着拼命摇头。

"后来你当了掌柜，又得到重用，我心里好高兴。后来有一天，你在铺子里做事，我还送过你一块手帕，你记不记得？那时候家里说给小姐招赘，我知道你喜欢小姐，心里一直希望你能成为姑爷，那样我就……我就……可就算没有当成姑爷，你怎么能这样啊……"

娟儿大声哭着。她的性子本就安静，样貌也是清秀可人，这样哭得停不下来，反倒加深了冲击力。席君煜有些为难，旁边的四名黑衣人也迟疑起来：会不会席大哥真跟这小妞有戏？事实上，席君煜当年自视甚高，心中想娶的只有苏檀儿，跟苏檀儿身边几个丫鬟固然有打交道，但心中并没有重视过。他虽然已经不在苏家，但忆及当初，依然觉得当初的自己会被喜欢上也是理所当然的。娟儿若不喜欢自己，还会喜欢谁呢，对不对？

便在这一迟疑间，那边陡然传来“哇”的一声婴儿的哭声，席君煜一个激灵，只见那边一扇房门陡然被打开，小婵抱着一个装了婴儿的篮子冲了出来。事实上，若不是小婵听见孩子哭，心中害怕，立刻开门冲出，席君煜估计还想不到这是宁毅与苏檀儿的孩子。但眼见她出来，席君煜吼了起来：“抓住她抓住她！抓住那孩子！快点儿！”

四名黑衣人立刻动了。那边的屋檐下，几名苏家的年轻人也拿起了兵器，有的喊：“休想过去！”有的喊道：“快逃！”为首的是苏文定、苏文方二人，他们随着宁毅去过杭州，对宁毅的事迹佩服得无以复加，回到江宁后也练过一段时间的身手，因此才能与这些梁山强人厮杀一番，但他们的本领毕竟有限，其中一名黑衣人几乎是直接从他们身边冲了过去。小婵跑过长长的屋檐，冲入雨幕，陡然间脚下一滑，人也好，篮子也好，都朝着前方飞了出去，倒也侥幸避开了那黑衣人的一刀劈砍。

装着婴孩儿的篮子从她手中脱出，飞到空中，席君煜在后方大喊：“抓住她！抓住孩子！”事实上，他也是心中着急和兴奋了，要不然直接说“杀了她抓住孩子”，小婵恐怕当场就会有性命之忧。他一面喊一面要往前走，娟儿迎了上来，他口中喝着：“让开！”几乎是同一时刻，娟儿双手递出，一把匕首直接插进席君煜的小腹。席君煜一脸错愕，怔了一下。下一刻，他狂吼着“贱人！”，一巴掌将娟儿打得飞出去。

不远处的房屋侧面，一道身影从屋后“唰”地冲了出来，抱住那竹篮，没命地奔跑。

忽然从侧面跑出来的便是聂云竹。席君煜中了那匕首，几名黑衣人都瞧向他，但席君煜只是用手按住被匕首刺中的地方，口中道：“抓住她！抓住她！抓住孩子！快啊！”他报仇心切，费了这么多力气，真正能让苏檀儿后悔与伤心欲绝的，自然莫过于当着她的面杀了她的孩子。一面喊，他一面要带着伤追过去，甚至连娟儿都懒得去理会了。

听了他的喊声，几个黑衣人才又追过去，最前方那个抽出刀鞘，用力朝着聂云竹掷了过去，脚上却被小婵用力绊了一下，刀鞘飞得高了些，打在了聂云竹的后脑上。女子踉跄了一下，连滚带爬地起身，抱着篮子继续奔跑。

小婵绊了那一下之后仓皇爬走。四名黑衣人仅仅与苏文定、苏文方等人交手数下便将他们逼退，随即一个人在前，两个人居中，另一人保护受伤的席君煜，五人转出院落，朝着那女子追将过去。

院门外是条长长的廊道，周围院墙颇高，泥水肆流，看起来竟有几分阴森。女子的脚力毕竟不足，距离转眼间便被拉近。奔跑的女子转入旁边一座院落，席君煜等人随即追入。

苏文定、苏文方等人想要救下宁毅的孩子，但毕竟害怕，只是下意识地转出了院门，一时间却不敢追上去，甚至有些想要趁机逃走。也就在此时，看见廊道那边的院门处，席君煜与那几个黑衣人又出来了，他们差点儿掉头就跑。

随即他们才发现情况不太对，席君煜等人只是望着那院子里，闪电划过天空，也不知道席君煜他们看到了什么，竟缓缓后退。苏文定、苏文方等人持着兵器站在这边，样子是有些尿的，但片刻之后，席君煜等人往他们这边看了一眼，竟开始朝着另外一边退走。

这时候，苏文定、苏文方才隐约听到高高的院墙那边传来一些声音。这院墙既高，雨又大，便形成了一定的隔音效果。他们迟疑着朝那边走过去，不久也看到了席君煜他们方才看见的事物。

昏暗的天井里，雨幕中，“病大虫”薛永倒在那边的地上，浑身都是鲜血，而稍远的屋檐下，在梁山之上武艺高强，性子又与李逵一般，残忍好杀方面还有过之而无不及的“丧门神”鲍旭一身狼狈地倒在地上，正在被天井里唯一一个书生模样的人拿着棒子用力殴打。女子跑过去时，书生在那边的阴影里转过身，站在台阶边，朝她望了过去。在他身边，鲍旭的身体还能动，似乎努力想要爬起来，书生扬起手中的棒子，“砰”的一下顺手砸在鲍旭的脑袋上，将他再度打趴下去。

那个书生是宁毅。

虽然不知道事情的经过是怎样，但他竟然一个人就打倒了薛永与鲍旭，席君煜怎么也料不到，不过一年多未见，这个曾经的赘婿竟变得如此可怕。身边暂时没有头领级别的人物，席君煜咽了咽口水，便第一时间选择了暂时退却。

没有关系，正厅那边才是真正的战局所在……他捂着小腹上的伤，如此告诉自己。

## 第五章

# 智勇双全力退梁山　无可挽回正式分家

闪电划破天空，将周围照得煞白了一瞬，随后是轰鸣的雷声。

大雨下在世界的每一处。

看着从院子门口跑进来的那道身影，宁毅用手背贴了贴额头，呆了一呆：这样的大雨与混乱的局势里，不知道云竹是怎样跑到这边来的。

其实有些事情想一想也就明白了，自己这边那声枪响肯定是惊动了一部分人的。也是因此，他才尽量将战局往其他地方拉。云竹恐怕是听了这枪响声才跑过来，但其他人也会因此往这边聚集，在这期间，过来的危险只会成倍地增加。

此时聂云竹浑身湿透，散乱的发丝与憔悴凄惶的神色都诉说着这段时间里她的提心吊胆与经历的杀戮惨状。她没有武艺，对苏家也不熟悉，先前与杏儿出去的方向在苏家的另一边，一路过来时，不知道经历了多少危险，心中不知道有多害怕，但终究，她还是往这边来了。

听见被聂云竹护住的那个篮子里传出婴儿的哭声，宁毅偏了偏头，呆了呆。聂云竹的脚步迟疑了一下，随后才道："立……立恒？"与此同时，院门口又有人影先后奔了进来，其中竟还有席君煜。

他们冲进来，然后又缓缓退了出去，宁毅心中也松了一口气。这样的局势下，要是打起来，自己就真的连退路都没有了。不过既然想通了这点，他也就在瞬间做好了心理准备。倒是席君煜等人见了这等情形，反倒胆怯起来，远远地，宁毅听得席君煜说了一句："你……你……"

他们退出去之后，宁毅握着棒子，一时间只觉得全身都要脱力了一般，甚至眼看着聂云竹抱着那篮子过来，他都难以举步前行。魏定国、鲍旭、薛永这几人对一般人来说何其厉害，宁毅虽然是用尽了机关才占得上风，但也是因为他本身果决，豁得出去，这才令得一些招数奏效，本身也是付出了极大心力的，加上连番战斗之下，“破六道”连使，这时见危机稍去，疲累的感觉立刻上来了。

“你……你没事……”顺着台阶下行了两步，宁毅的声音有些沙哑。聂云竹抱着那篮子小跑过来，仰起脸，脸上带着些笑容，但满脸都是水渍，也不知是雨水还是眼泪。她的全身都已经湿透了，身体微微发抖，上下打量了宁毅的样子，哭泣的鼻音还是陡然间发了出来，随即才止住，想要扶着宁毅往楼梯上走：“你受伤了……”

“没事，没事的……”宁毅安慰了几句，随她上了三四层台阶，到了屋檐下，聂云竹小心地拨开篮子上方盖的一张硬皮，让孩子哭着的脸露出来：“这是……你跟檀儿姑娘的孩子吧？”

她用手轻轻触摸孩子的小脸。宁毅点了点头，陡然间再度转过身去，“唰”地拔刀在手，但这次出现在院门口的并非敌人，传来的是惊喜的声音：“二姐夫！”苏文定、苏文方等人从那边走过来，身上都受了伤，也有人跑回去接婵儿、娟儿过来。聂云竹轻声道：“婵儿姑娘跟娟儿姑娘方才都受伤啦，希望她们没事。我……我一直在找你，想跟你说一句话，跟苏姑娘见完面之后就想要跟你说的，可后来没机会……我怕你……我怕你会……”

或许是一路奔跑过来透支了体力，她的声音有些虚弱。宁毅道：“你没事就好，有什么下次再说，先休息一下。”

聂云竹却笑着摇了摇头：“我……我想早些说给你听啊，待会儿小婵姑娘她们过来了，我就不太好说了。我怕你……我怕你误会了檀儿姑娘，她方才没有对我怎么样。你家娘子是很真心很真心地喜欢你的。她好厉害，一开始我心里总想着不要被她试探出什么来，可是后来她忽然就说……呵，就说要看看我是不是还是处子之身，我……我心里就乱啦。立恒……你不知道，我解开衣服以后，檀儿姑娘就走过来替我把衣服拉上了，那时候我就知道上当啦……可檀儿姑娘哭了起来，她拉着我的衣服一直在哭，我当时都不知道该怎么办。你过来敲门的时候，她拼命地抹眼泪，不想让你看到。后来你把门推开时，她的脸上已经没有眼泪的痕迹了，可那时你隔得远，要是近了，还是能看到的……我想，她真的是很喜欢你……我知道你会误会，所以虽然她叫我不要告诉你，可我出了门就想要对你说了，你别误会苏姑娘……其实啊，看到她哭的那副样子，我就觉得，就算真的被她检查了，那也没什么……我，立恒……我有点儿痛……”

她说着话，将篮子在一边放下，然后才靠在墙上。看见她的身体滑落下去，宁毅立刻冲过去将她抱住，才看见她的头上正在流血。宁毅摇了摇她，口中却发不出声音，不知道该说什么，只是牙关发出“咯咯”的声响，眼眶里浮起血丝。小婵与娟儿也互相搀扶着过来了，看见这一幕，小婵也哭了出来：“姑爷，聂姑娘为了救孩子，可能……可能头上被打了一下……”

那边的天井里，苏文定、苏文方等人却没有注意这些，眼见着倒在地上的薛永、鲍旭，他们都围了上去。这场变乱中，他们的熟人、亲人都有失散或是死去的，有人叫道：“他还没死！”

“宰了他！”苏文定手持钢刀，便要将薛永一刀宰了。宁毅陡然回头，抓起地上那根棒子，甩手就扔了出去。那棒子呼啸着飞过天井，“啪”的一下将苏文定手中的刀打飞出去，苏文定也被吓得退后了两步，耳听得宁毅的声音传来：“住手！”

宁毅的情绪已然有些失控，声音在天井里回荡。苏文定等人朝那边望过去，只见宁毅抱着聂云竹，犹如即将发狂的猛兽。苏文定迟疑着说道：“可是他还没死！”

有人喊道：“我爹爹没能跑出来，可能是被他们杀了……”

“还有我弟弟……”

“为什么不能杀了他们？我一定要杀了他们！”

见苏文方又要动手，宁毅陡然吼道：“你们想死全家吗？！”

苏文方愣了愣，宁毅指着他们：“你们想要死全家吗？！有些人是已经死了，可接下来呢？你们想要苏家全家死光吗？！”

众人怔怔地看着他，宁毅才用双手抱住聂云竹，转过身去。众人看不见他的表情，只是听他说道：“他们一定会死，但今天要活着！今天……一定要让这几个人活着！”他说完这话，抱着聂云竹，陡然想起了什么，再度回头，“搜一下他们身上，把所有的东西都搜出来！快！”

他习武之后虽然也学过一些关于跌打损伤的医治方法，但毕竟不精。聂云竹伤了脑袋，伤情可大可小，宁毅抱着她的身体，感到心跳、脉搏还是正常的。鲍旭这些人行走江湖，肯定随身带着好用的伤药……他这时候也没有了精确的判断力，只能尽着人事，静听天命。他抱着聂云竹，望向正厅那边，看到了同样受了些伤的小婵跟娟儿。他轻轻抱了小婵一下，再拂过娟儿被打得红肿的脸颊，朝她们笑了笑。

他在这世上重视的人和事不多，但并非那种毫无情绪波动的冷血人物，然而眼下这种情况，他只能告诉自己要冷静，一定要冷静，一旦失控，就会真正付出自己承受不了的代价。

他的牙关便在这样的心情下紧紧地咬着，发出声响，口腔里弥漫着血腥气……

江宁城内已经在大雨里乱了起来，从大狱中冲出来的众人加剧了江宁城内的混乱，令其不断扩大，朝着城门的方向延伸，一些没有护院保护的小户人家遭到了洗劫。城内的守军固然已经被惊动，但这类混乱由大狱中原本的罪犯引起，一时半会儿也镇压不下去，倒是梁山众人与被解救出来的方腊麾下头目，趁着这混乱，暂时掩盖了自己冲杀的方向，不知道奔向了哪里。

苏家的混乱在周遭的环境里原本应该是很显眼的一处，此时也被卷入混乱的大局当中，变得不那么起眼。一批罪犯浩浩荡荡地朝苏家奔过去，周围的人家都紧闭了院门，持着刀棒，警惕着这场突如其来的变乱。某一刻，紧闭的苏府侧门“轰”的一声被砸碎。守在这边的几名黑衣人第一时间拥上去，随后倒是罢了刀兵，向着冲杀进来的人行了一礼：“李大哥。”

“铁牛大哥！林大哥！”

梁山之上能被这样称呼的，自然便是李逵等人。破了这院门，一群人快步进去，走在稍后的手持大枪的汉子皱着眉头：“怎么还没打完？”

“好像出了些问题……”

“这有什么问题好出的？”李逵手持板斧，领着众人径直朝正厅那边过去。他虽然不熟悉苏家的地形，但到底哪里在打斗还是能够听出来的。

说话间，众人一直朝正厅那边奔去，一步不停。外间的混乱还在持续，片刻之后，正厅附近的院门被狠狠地砸开，人潮冲入，在李逵等人的带领下，如虎豹般厮杀，转眼间便将抵抗悉数打垮。

“这点儿人也打了这么久，席兄弟，你怎么搞的？”

李逵浑身上下杀得鲜血斑斑点点，见席君煜捂着小腹过来，方才问道：“鲍兄弟他们呢？去干吗了？”

梁山之上，李逵最服宋江，但平日里亲近的却是鲍旭——鲍旭性格暴戾，样子与他也像，几乎等同他的副手和影子。听他问起这个，刚刚包扎了伤口才过来这边的席君煜有些犹豫：“我……我也不清楚……鲍大哥他们去追那宁立恒了，我也不清楚他们为何现在还未回来，可能是……可能是……着了那宁立恒的道儿？”

“开玩笑！鲍兄弟他们何等武艺，岂会在一个毫无武艺的雏儿手上折了！必是那人借着熟悉地形带着他们兜圈子，哼……虽然早晚会把这厮揪出来，可这也太慢了……”

这次从梁山过来，从江宁大狱救人才是正事，到苏府寻仇不过顺手，席君煜不敢说出鲍旭与薛永等人已经折了的事情——虽然山上说起来义气为先，但他这边遭遇了这么大的损失，对他还是会有些影响的。李逵既然替他找出理由来，他当即道：“或是如此。”林冲倒是看了他一眼：“你这伤到底是怎么回事？”林冲颇重义气，平日里与席君煜虽无深交，但对他还是关心的。

“无妨，被一个贱人暗算……劳林大哥关心了……”

他们几人大致交流完毕时，几座院子已经被完全控制起来，随后梁山众人驱赶着苏家众人出了院子，浩浩荡荡地朝着正厅外面的广场上过去。天色昏暗，大雨如注，没过多久，这一百多名苏家成员全都被驱赶到广场上，无论男女老幼，皆被围在大雨之中。周围，黑衣人持着刀兵，把守各处。

“此事速速解决便了。”天空中电闪雷鸣，李逵说着这话，又朝席君煜问了问情况。之后，他手持双斧，站在高处喊道：“宁立恒！你这龟儿子速速给老子出来！否则——你全家人都在这儿，老子便要一个个砍杀过去了——”

他武艺高强，声音洪亮，这声音全力发出，顿时整个苏府上空都是“砍杀过去了”“砍杀过去了”的回声。下方广场上，人群之中响起哭喊之声，却也有不少人认出了上方正厅屋檐下捂着小腹的席君煜。虽然他之前不过是一个掌柜，但当初那场恩怨还是有不少人知道的。人群之中，有人陡然站了出来：“席掌柜……席头领，冤有头债有主，当初与你有怨的是二姐，是大房的人，如今我二姐便在这里，你为何要杀我们啊？”

此时站出来的，是苏家的七少爷，三房的苏文季，他对于席君煜喜欢苏檀儿的事情最为清楚，当初甚至还以此挑唆过席君煜。这时候随着他说话，席君煜朝着人群望了过去，只见人群一隅，苏檀儿裹着一张雨布，被耿护院等少数几人护在中心，站在那边的，还有拄着拐杖的苏愈。

苏檀儿被这样一喊，赫然间成了所有目光注视的焦点。

雨下得大，苏文季站出来时，苏家众人已经被淋得全身都在发抖了。这一次梁山众人陡然杀来，对苏家众人来说，无疑是噩梦一般的打击。一直过着太平日子的人何曾经历过这样肆意的杀戮，眼看着亲人一个个倒下，还有的受了重伤流血呻吟，许多人的精神已经崩溃，而梁山这些人冲杀进来，他们被驱赶而出时，死亡的逼近就更加真切地压在了每一个人的头上。

苏文季说的话并不仅仅代表他一个人的心情，许多人都已经被吓破了胆。苏文季说话之前，就有人抱着孩子，哭着跪地求饶。此时此刻，想要与苏文季说出一样话来的人绝不止他一个，只是苏文季最先说了出来而已，所以，其余人的神色之中都有着附和之意。

这样的事情并不是没有人事先预料到，当得知杀来的是席君煜带领的梁山强匪时，苏愈就第一时间计划着让苏檀儿离开，去找宁毅。他那时就偷偷地将耿护院撤下保护苏檀儿，因此耿护院等几人没有在梁山李逵等人冲进来时被杀掉，可逃出去的机会终究是没有寻到。

当苏文季说出那句话时，众人第一时间便望向了苏檀儿——区区几个护院的保护显然不能让苏檀儿幸免。不过，大家看着苏檀儿的同时，也看着上方席君煜的反应。这个曾经是苏家的掌柜，此时却领着一众强匪杀回来的男人站在那儿，捂着小腹的伤口，隐约有一种高高在上的感觉，他望向苏檀儿那边，一时间没有开口说话。纵然心中已经想过许多次自己此时要怎样出手报复，当一切真的实现时，他心中还是有些犹豫，不知道第一时间该怎样开口。也在此时，苏愈拄着拐杖，朝苏文季那边走了过去。

哪怕是在这个时候，这位老人在苏家仍旧有着主导地位，苏家人几乎是下意识地分开一条道路。梁山众人见席君煜没有发话，也就等待着事态的发展。苏愈走向苏文季，苏文季下意识地感到了恐惧，退后几步，说道："爷爷……爷爷！我又没有说错……"

他退后了好几步，随后强自站住。老人已经全身是水，拄着拐杖的手也微微发抖，闻言却是摇了摇头："不，你说错了。我知道你怕死，孩子……可你也是苏家人，我们苏家虽是商贾，但起码要知道是非对错。今日杀你亲人，杀你杀我的，是这些匪人强盗！你这样子，就算他们能让你活下来……我也会亲手杀了你——"

随着苏愈这句颤抖的低吼，苏文季"啊"的一声惨叫起来，同时血光爆绽。苏愈恐怕一辈子都没有杀过人，但在这一瞬间，他将匕首一把捅进了这个孙儿的肚子，就在苏文季后退的同时，他拔出匕首，又是一刀劈过去，这一刀从苏文季的左肩一直延伸到右腹。苏文季在惨叫中几乎是下意识地用力推开老人，向后方倒去。苏愈也被这一下推得倒退出五六步，倒在地上。

广场上的人都已经呆了，地上的老人用力挣扎着，爬了好几下，撑着拐杖，颤巍巍地站起来，手上仍拿着那把匕首："你们给我记清楚了！檀儿是你们的家人，是你们的姐妹！一直以来她没有做错任何事！我知道你们都怕死，可怕死不是当畜生的理由！欠下血债的，是这些禽兽，是那个姓席的吃里爬外的畜生！文季，你既然如此怕死……爷爷来送你上路！"

老人举着匕首又要冲上去，旁边的人哭着奔过来，将老人拦住，夺下他手上的刀。他们心中未必没有与苏文季一样的想法，但这样的情况下也没法再说了。老人被阻拦之后转了个身，拐杖顿在地上："席君煜，你这畜生，你要报仇，就朝老夫动手吧！"

梁山众兵将也不是没有火气的，被这老头如此挑衅，一名黑衣人便要冲将上去："便结果了你又如何？！"倒是林冲偏了偏头，低声对旁边的"云里金刚"宋万等人道："真是刚烈之人……"

李逵看着下方的局势，喊道："宁立恒，你再不出来，我首先便宰了这老头子！"

这话喊完时，那黑衣人也已经冲到了苏愈身前。苏檀儿大叫一声：“住手！”

她本被耿护院等人护在后面，这时候却扔掉了身上的雨布，几步走了出来：“别杀我爷爷！席君煜，你不是要报仇吗？杀我就是了！”她在雨里仰起头，目光扫过周围的梁山众人，“当初决定杀你的人是我！是不是我死了就放了他们？”

席君煜挥了挥手：“我……我没想过要杀你，但我一定要宁立恒的命！”

“没有可能了，席君煜。”苏檀儿冷笑，摇了摇头，“我夫君一定会来杀了你，杀了你们……”

苏檀儿平日里本就不是那种柔软的女子，表现得柔弱只是出于一种教养，此时她脸上那种带着蔑视、冷笑与几分凄然决绝的神情，令得席君煜不由自主地想起方才在那院子里看见的宁毅回过头时的神情，但他自然不会表现出来，而是大声笑了笑：“你做什么梦！你们成亲本就无人看好！他现在在哪里？我看他早就找个地方躲起来了，正吓得尿裤子呢……呃……”

他话音未落，苏檀儿不再看他，只是说了一句：“随便你……”反手也握住了一把匕首，匕首的刀尖对着胸口，她深吸了一口气，目光扫过去：“我知道你们是梁山的好汉，冤有头债有主，今天是不是我死了，你们就放他们一条活路？”

没有人回答，席君煜也不知道该怎么说。他盼的是苏檀儿有朝一日会痛苦，会后悔，却没想到她的性子到这时还是如此刚烈。苏檀儿凄然地笑了笑，将匕首对准胸口，吸了一口气，闭上眼睛，手尝试着动了一下，又深吸了一口气。附近一名黑衣人笑道：“那你还犹豫什么？要不要我来帮忙啊？”

那黑衣人便要从台阶上下去。苏愈喊了一声：“檀儿你别这样……”耿护院也不知道该不该过去救，其余人则是怔怔地看着这一幕。便在此时，木棒破风而来。

“如果我是你，我就会离得远一点儿。”

声音划过雨幕。那木棒飞过广场，直砸向走向苏檀儿的黑衣人。虽然隔得远了，木棒的力道不够，被黑衣人侧身躲过，但眼下这等情况，出现这样的事情，众人哪还不明白事情的主角已经出现。众人望过去，只见广场一角的路口，浑身是伤只随便包扎了一下的宁毅出现了，正踉踉跄跄地朝这边过来。苏檀儿回过头，哭了出来，将匕首从胸口移开，哭道：“你走啊……你快走啊……”

“呵，傻话……”宁毅走过雨幕，步伐虽然看起来有些虚浮，但他笑了起来，“我为什么要走？梁山的诸位英雄才该走吧。诸位……这次都来了些什么人？我只知道有个‘神火将军’魏定国，他已经被我杀了，你们的‘丧门神’鲍旭鲍兄弟倒还活着。你们叫什么名字？宋江有来吗？卢俊义？武松？哦，对不起，正式认识一下，在下宁立恒，江湖人送匪号‘血手人屠’……”

他一路过来，步伐不算快也并不慢，说话时用手揉了揉额头，对于周围梁山兵将集结的状况竟像是丝毫不惧，倒是他口中说的魏定国与鲍旭的情况令得众人惊了一惊。宁毅朝小广场走过去，一名躲在侧面高处的黑衣人陡然朝着他扑了下去。也在此刻，宁毅猛地一挥手，一把揪住那黑衣人的衣襟，“砰”的一下将他砸在地面上。水花飞溅，两道身影在雨中、水中刹那间交了几次手，翻出丈余距离，那黑衣人只能挣扎着抵挡，陡然间“啊”地痛呼一声。宁毅“咔”地拧断了他的胳膊，随后猛地一刀挥出，刀在他的颈项间“唰”地停住了。那黑衣人的一条胳膊被拧成极度扭曲的样子，就那样跪在雨里，被宁毅拿刀抵住，周围五六名黑衣人都冲了过来。

“你们当我是说假的？！”宁毅回过头，暴喝道。他心头暴怒已盛，此时也只能这样发泄出来。梁山众人连同苏家的一干俘虏见他竟有这样的功夫，心不由得都颤了一颤。

在他动手的这片刻间，一辆大车也缓缓地从广场的角落里驶了出来。大车上并没有棚子，几个人被五花大绑缚在上面，苏文定、苏文方等人手持刀兵，守在那大车周围，随时能砍下去。

车上除了几名黑衣人，还有身受重伤的薛永与鲍旭。李逵等人一看这情形，目眦欲裂。“老子叫李逵，我劈碎了你！”李逵吼着，从屋顶上跳了下来。宁毅冷森森地一笑：“好，我记住了！”他手上一使力，“哗”的一下将被制住的黑衣人推翻在地面上，却仍旧以刀锋指着那人，看着周围，吸了口气。

“什么梁山中人，不过如此！这人受苏家恩惠长大，又在苏家当上掌柜，不过因为苏家没有招赘他为女婿，便心生嫉恨，与外人勾结，吃里爬外。呵……不过没事，你们大抵都是这等无耻之辈，今天的事情，我认栽。”

宁毅说话时，林冲等人皱着眉头朝席君煜看了一眼。事实上，席君煜、欧鹏等人图谋江宁苏家的家产未遂，梁山上的众人也是知道的，但山上的人大多如此，又在这里折了个兄弟，他们自然得来报复，只是事情说出来真的是一点儿都不好听。宁毅却只是笑了笑。

“没什么好说的！你们来到城里，时间也差不多了！今天，苏家的人，你们杀了一半，我们认了！你们的兄弟，活着的都在后面！你们若真重视兄弟之情，人，你们带走！账，我们以后算！可今日若是你们再伤苏家任何一人的性命，我们立刻鱼死网破！这笔账，你们便宜占大了！”他说完这些，脸色铁青地将战刀指向后方的大车，“怎么样？！”

他心狠手辣，梁山众人也都是跑惯江湖的滚刀肉，“八臂哪吒”项充咬牙道：“我便要再杀几个人，就不信你敢鱼死网破！几条命换几条命，江湖规矩！”

“那你就试试我跟不跟你讲江湖规矩！”

宁毅的回答第一时间就压了过去。他丝毫不留情面，对方的神情也就越发凶狠，整拨梁山人一时间都骚动了起来。广场上沉默了好半晌，众人的心都提到了嗓子眼，有的在心里暗骂宁毅这时候都不给人留个台阶下，岂不是全家找死吗？

事实上，这些人又哪里明白，以梁山众人的凶狠，只要宁毅有丝毫迟疑，他们肯定会杀上一两个苏家人看宁毅的反应。这时候宁毅只能亮明鱼死网破的态度，若宁毅不敢，梁山众人反过来就会看出宁毅的心虚，抓住机会，将苏家人杀光。

宁毅这等反应令得梁山众人终究没有动手杀人试探，倒是项充被他顶了这一句，提了火尖枪便朝宁毅逼过去。“云里金刚”宋万皱眉道：“此子不可留啊……”

自己这边的进攻猝然而发，转眼间杀了苏家近半数人，这等血仇，原本是谁都咽不下去的，但宁毅出来之后，对于此事却未多提，甚至连自己这边的兄弟都尽量留了活口过来交换，言下之意就是，你杀了我家近一半人我也不跟你计较，你的这些兄弟还活着的我也还给你，今天就到此为止。这等心性委实可怕。一般人遇上这等事情，哪怕有打落牙齿和血吞的觉悟，至少也得放上几句狠话，可他几乎连狠话都没有放，就是说账以后再算，心中也不知道已经隐藏了多大的怒意。

那边项充一脸怒意，拾级而下，走到一半时，才有一杆长枪“唰”地挑了过来，拦住了他的枪尖，他偏头一看，却是脸色阴晴不定的林冲。也在此时，一件物体“唰”地自广场一侧飞来，目标是身材高大的“云里金刚”宋万。宋万巨剑一格，那物体飞上天空，落下之时，被一道人影稳稳地接在手上，却是一杆长枪。对这类事物，在场的“飞天大圣”李衮最为清楚，他疑惑地说了一声：“齐家索魂枪？”却是齐新勇三兄弟到了。

几乎是同一时刻，一道身影从大雨织成的黑幕中穿出，直扑宁毅身边，手中的长枪怒挥而下，“哗”地便是一道水光射出几米远的距离。围在宁毅身边手持刀枪的黑衣人足有六七名，那长枪斩下，其中二人手中的武器被“砰”地轰到地上。这些人皆是精锐，其余几个黑衣人随即便冲了过来，而后只见那铁枪“呼”地横扫，挥过一个半圆，几个黑衣人就悉数被扫飞出去，有的兵器脱手，有的还能握住兵器，但是虎口生疼，也有一人直接被扫飞在地。

这一枪之威委实惊人，扫过之后，那铁枪便横在了宁毅身前，是要保护宁毅的意思了，倒是令得宁毅的身子都微微后仰。他愣了愣，随即在那枪身上拍了拍。雨幕之中陆续还有人影出现，大多是密侦司的人手。闻人不二奔至宁毅身边，先是拱了拱手，朝那年轻小校道：“岳校尉，谢过了。”然后才对宁毅道：“对不住，来得有些晚。”

密侦司的人本来就不多，这时候也只能仓促地调集几名，但也仅仅只能与梁山众人对峙一下。宁毅朝梁山人那边道：“你们的时间越来越少了，还在想什么？！”

只见那边台阶上持大枪挡住项充的汉子道：“好！”他指了指下方的苏家众人，

“我们立刻走，到广场边时，你们若不放人，我们立刻杀回来，看你家的人能活下来几个。”

梁山众人并不怕此时出现的闻人不二等援手，毕竟太少，只是不想再拖时间。那人这样说完，便挥手下令，原本围住苏家众人的黑衣人、梁山头目开始朝广场的出口过去，持一双板斧的黑大汉又道：“爷爷叫李逵，你给老子记住了。”

宁毅皱着眉头，不搭理他。梁山众人一撤，这边的几人立刻赶去苏家人那边，将两边隔开。苏檀儿小跑过来，看着受伤严重的宁毅，不知道该搀扶哪里，宁毅挥了挥手，表示自己没事。梁山众人已经退到广场边缘，宁毅道：“放人吧。”赶着大车的苏文定等人还有些迟疑，但随后还是让马车朝那边驶过去，立即便有梁山的黑衣人过来，检查马车上下有没有什么机关，随后检查鲍旭等人的伤势。

梁山中人开始退往苏府外，两边相隔六七丈，做着最后的对峙。宁毅身体虚弱，这时强撑着朝一旁的闻人不二道：“之前说的事情，我答应了。”

“呃？”

“康驸马跟我说，最近要对付他们，不是吗？我想看看有没有什么可以帮忙的，略尽绵薄之力吧，还望你们多关照……”

“太好了。”闻人不二拱了拱手，“有宁兄弟过来，我们便如虎添翼了。”

宁毅咽了一口口水，看着那边的梁山众人：“他们人数不多，又带着伤员，我们想办法咬住他们，总不至于让这些人活着回到梁山。”

闻人不二点了点头：“这是自然。不过……宁兄弟你受伤很重，还是先……”

“梁山现在一共有多少人？”宁毅笑了笑，打断了他的话。

“山匪连同家眷，怎么也有四五万人了吧。”

“四五万啊，工作量有点儿大，争分夺秒吧，我没事。”宁毅顿了顿，又朝一边的小校道：“这位兄弟是……？”

不知为何，那小校对他似乎颇为恭敬，拱了拱手：“在下姓岳，单名一个‘飞’字，乃辛统领麾下先锋，有幸得见宁先生，实在荣幸。”

宁毅愣了半晌：“谁？”

那小校却以为他在问“辛统领是谁”，道：“辛兴宗辛统领。听闻人长官说，当日杭州城门全靠宁先生设计打开，当时首先进城的正是我们。”

他的语气颇为荣幸，因为能站在宁毅这样的英雄身边，笑得颇为灿烂。宁毅舔了舔嘴唇，随后点头：“哦，那……交给你了……”

“啊？”

对方也愣了愣，看看那边已经撤走的梁山众人。他虽然武艺高强，也一身正气，但自然明白这事自己摆不平。他心中正错愕，宁毅的身体晃了晃：“好了，接下来的话……”“砰”的一下，手中的战刀掉在地上，宁毅疑惑地低头，看看自己的手，随后脑袋眩晕起来——他已经拿不住刀，身体也真正脱力了。

眼前的画面远去时，他的耳边传来苏檀儿等人的惊呼声……

广场那边，梁山众人冲出苏府，其间有人看顾着大车上的鲍旭等人。薛永等人的伤势，他们能够看出端倪来，只有鲍旭的身体情况诡异，不仅有大大小小的伤口，头、脸上还有被腐蚀、殴打的痕迹，也不知受了多少折磨才变成这种样子。李逵素来与鲍旭关系好，看得目眦欲裂，恨不得再杀将进去，将那一家杀个干净。

陡然间，只见鲍旭的身体动了一下，声音嘶哑地说了一句什么。他眼中流血，已经睁不开了，自然也看不见周围是个什么状况。李逵等人大声在旁边说话："兄弟，没事了！已经没事了！咱们回去！以后再杀回来！将他全家老小杀得干干净净！"这话也不知道鲍旭有没有听到，大车上，只见他的喉头咯咯动了几下，随后又是一声喊了出来："卑鄙！无耻之徒！卑鄙——"声音之中似乎充满了无尽的愤懑与悲屈，这次却是所有人都听清楚了。

他们素来知道鲍旭性子刚硬，又是残忍好杀之徒，人见人怕，也不知道到底经历了怎样的事情才被弄成这样，回想起广场上那赘婿的容貌、神色，众人虽然都是刀口舔血之辈，心底也不禁涌起一股寒意来……

宁毅从昏迷中醒来，窗外不知是哪时的天光，印象中似乎是在下很大的雨，但此时雨已经停了，清风拂过，木叶"沙沙"，感觉颇为清凉，同时也感觉到了仿佛让整个身体都空荡荡的饥饿与疲乏。

有谁在身边睡着了，手被自己握住……他心里感到平静，便又沉沉地睡了过去。

他再醒来时，外面的风大了些，似乎是从竹林中刮过，但阳光很好，伴随着鸟鸣，一束束自窗外倾泻进来，坐在床边的……是檀儿。她浑身缟素，吹着手中的汤药，然后喝了一勺含在嘴里，俯过身来，看见他睁开眼睛，她也没有做出太多动作，哺完一口汤药后，拿起一旁的纱巾来擦了擦他的嘴，然后握起他的手贴在脸颊上，脸上隐隐有哭过的痕迹。

"怎么了？"

"爹爹过世了。"

"我睡了多久？"

"三天了。"

陆红提教授的"破六道"虽然并非一般的二三流内力，平日里能够强身健体，但用得多了，对身体的伤害是很大的。到得此时，他终于能在脑海中将之前发生的事情清晰地串起来：梁山众人的突然到来、那番厮杀以及后来的种种。有些事情想问，但他终究没能问出口。

“怎么你还一直守在这儿呢？”

“爷爷说，活着的更重要，所以到吃药的时候我就过来了……”

宁毅问的，自是苏家那样多的人包括苏伯庸过世后必然会有大规模的葬礼，苏檀儿这样的身份，自然是要去的。但看起来苏愈是给了她随时退场的特权。苏檀儿与父亲之间的感情虽然算不得太深，但毕竟还是有的，她此时必然很伤心，只是比起整个苏家近百条人命的逝去，单单父亲的去世似乎就不算什么了。很难说清她此时的情绪，经历了那些事情，又背负了血仇，在唯一能够相依为命的夫婿面前，苏檀儿反倒显得更加安静了，并没有显出那种大喜大悲的神态来，只在宁毅终于醒来之时，眼中蕴着泪水。

这年月没有点滴，宁毅昏迷之时，汤药乃至粥饭都是苏檀儿一口一口地哺喂给他的。这时候见他醒来，她才换了调羹，一勺一勺喂着。宁毅昏迷了三天，口腔之中鲜血与各种汤药味混在一起，味道怪异难闻，但苏檀儿丝毫没有在意。她刚刚生了孩子，又经历了那样的事情，担惊受怕，奔跑淋雨，现在还得去灵堂，同时要照顾自己的相公，纵然老太公在意她的身体，让她尽量休息，但空出来的时间恐怕也有限。

喂宁毅喝完粥饭，宁毅让她上床来一块儿睡，夫妻俩依偎在一起，苏檀儿才在他怀里抽泣起来。宁毅还不能有大的动作，只是看了看周围：“不在家里啊？”这里却不是苏家的那座院子了。

“爷爷说，我们若是想搬，就搬出来吧。家里的事，他最近在想，但……估计会不一样了……我想相公你也未必想一直住在那儿，况且你又要上京，我就搬出来了。”

宁毅听得有些疑惑，对这件事情，他却是不知内情的。事实上，当时在那广场上，苏文季站出来推出苏檀儿挡灾，虽然是他一个人出声，但周围附和者不少。平日里苏檀儿便看惯人心，对这些事情，哪有看不出来的？若是一般的事情，小打小闹，乃至弄到要分家的地步，那也还是一家人，可是在那广场上，拿着匕首面对生死的时候，苏檀儿看着这些血亲、族人，心中未必没有怨怼，没有失望：自己为这个家做了这么多事情，二房、三房占的便宜也不少了，到头来，这些亲族却丝毫无法保护自己，甚至都不愿意保护自己。何况他们如此愚蠢地出卖自己，又何尝能保下他们的性命？谁都看得出来，梁山这次必然是要血洗苏家的，把自己交出去也没有任何意义，甚至一旦自己死了，他们恐怕会挥刀杀得更快，可就是为了这样一个徒劳的希望，他们还是干了。

有的时候，比无情更伤人的，或许是愚蠢。假如他们真是经过深思熟虑，觉得出卖苏檀儿有价值，然后壮士断腕做出决断，苏檀儿或许还会觉得自己的牺牲有价值，可到头来，在自己的生死问题上，他们还是做出了如此愚蠢的决断。那一瞬间，她甚至隐隐明白了宁毅为什么说从未想过让聂云竹进门。

“聂姑娘她也没事，伤不算重，只是那天淋了雨，染了风寒，回家休养了。她家中……她家中那锦儿姑娘，对我们倒是有些敌意……”

几日以来发生了太多变故，她说起这事，语气也是淡淡的。宁毅沉默片刻才道：“那就好了。”

“我从婵儿、娟儿那里听说了，聂姑娘她救了我们的孩子。”她说着这话，往宁毅怀里钻了钻，过得片刻，又补充道，“还有杏儿也没事。她本来想过来找我们，与聂姑娘分开了，后来看见杀人，吓得躲起来，反倒没被人找到，真是谢天谢地。”

宁毅搂着她躺了一阵子，想起来一事：“梁山那些人呢？”

“听说他们是来江宁大狱劫狱的。好些方腊那边的反贼本来是要被押解北上的，被他们劫了，一路杀出城去。守军本来已经关了城门，可他们在那边安排了人，东门被打开了小半个时辰，人就都跑掉了。”苏檀儿又道，“闻人先生带着他的手下一路追了过去。”

宁毅闭上眼睛，点了点头。他原本是打算跟着一路追杀过去，决不放这些梁山人回去，现在昏迷了三天，看来是没有这个机会了。梁山群匪都是资深的江湖人，这次来的又都是高手，闻人不二手下的一流高手毕竟不多，也不知道能不能抓住这个机会一路咬死他们。

当然，他自己也不是什么高手，当初说一路追杀，不过是发狠罢了。交换人质时，他便想到了这是可以利用的伏笔，假如那时候并未晕厥，他当然会一路追上去，再见机行事，却不能说就有什么把握或者计划。他自然也不可能认为闻人不二等人缺了自己就不行，追杀梁山众人这事，暂时便只能交给他们了。

如此在床上又休养了一天，他的身体才稍稍缓过来，勉强可以下床。这一天里，也有些人过来拜会或是探病，苏家亲近大房的苏文定、苏文方等人都过来了，表示无论如何都会跟着他与苏檀儿做事。宁毅本来不想理会苏家内部的事，但从众人的言语中也了解了一些。这次事件中，大房、二房、三房都死了不少人，但苏檀儿此时从苏家搬出来，就是要跟二房、三房决裂的姿态，苏愈的默许更加确定了这一事实，许多人就要真正开始考虑站队了。

苏愈原本一直都在维持苏家的完整，甚至已经将权力都收到大房手上，若是没有这次的事情，三房之间便是再疏离，也还是一家人，而一旦苏檀儿真的与二房、三房决裂，此后两边能维系的，恐怕仅有一家人的名义而已。即便是宁毅，一时间也不知道苏愈为什么要做出这样的决定。

陆陆续续过来探望的，除了有着各自立场的苏家人，更多的是宁毅以前在学堂里教的那些孩子。这些孩子属于各家各户，许多还是二房、三房的小孩，他们家的大人或许已经不方便公开站大房，便将孩子派来，探望一下他这个授业恩师，以期以后还能有些许香火之情。

苏檀儿白日里去一会儿灵堂，然后回来吃饭、休息，对宁毅固然温柔无已，心性也因为悲伤变得有些淡然，但做的事情明显是准备分家。苏家那边，苏愈老爷子看起来也在推动这件事，令得宁毅感到有些古怪。

宁毅下床的第二天，不仅是苏家人，甚至薛家、乌家、濮阳家都有人递来帖子或拜会或慰问。前几天梁山众匪大闹江宁的事情已经闹得沸沸扬扬，苏家是受到波及最大的一家子，而宁毅以一人之力与冲入家中的梁山众匪周旋，在大雨中拼杀，身上伤痕累累，再与梁山众匪对峙、换人，保下一家人性命后才倒下的事情也已经远远传开。

在那等绝境之中，能够以一人之力杀出血路，找到保下家人性命的方法，这等事情，又何止是“豪勇智慧”可以形容的。以往令宁毅扬名的不过是他的诗词，如今，一名书生在绝境之中竟能做到这种事情，众人心中的震撼委实难以言喻。

“据说江宁如今过半的青楼女子都愿意花钱与你共度一宿，以抚慰英雄身心。这等好名声，立恒该用起来啊……”

除了苏家人与那些拜帖，过来探望的，还有驸马康贤。他已经知道了宁毅愿意加入密侦司一事，见宁毅的身体逐渐康复，也有几分欣慰，一面喝着茶，一面还开了些属于读书人的玩笑。

有关密侦司的事情，康贤当然不会在他还未恢复的时候就多提。康贤骨子里算是标准的文人，崇尚谈笑用兵，崇尚从容不迫，也崇尚一怒拔剑、以直报怨，因此宁毅的行事风格越发让他喜欢。知道宁毅肯定会关心梁山泊那边的情况，康贤便将陆阿贵叫了来，让他给宁毅说说如今密侦司知道的有关梁山泊的情况。

随后，宁毅听到了一个让他颇为意外的名字。

有关梁山泊、《水浒传》的事情，宁毅所知不多，当初是未曾上心，后来则是觉得相对方腊起义，梁山那边，连同田虎、王庆之流，不过是小打小闹。这时候陆阿贵说起来，对宁毅而言也不过是有一个初步的了解，当然，如果他决心对付梁山匪人，这些基本的了解自然是必须的。

位于山东境内纵横八百余里的梁山水泊，是因黄河数次决堤改道而形成的巨大水泽，那里水路纵横，地势复杂，梁山众人借此聚义。某种意义上，那里对负责管理的官府来说也是一个颇为头痛的问题。当初是小股小股山匪匿藏，围剿需要大军，得不偿失，但若不围剿，附近的水路商道便每每被山匪、水匪把持，这些山匪、水匪借着复杂的地形与交错的水路来去如风，小股官兵一旦过去，对方立即逃遁无踪，围剿根本无法奏效。

“因为这样，当地官府对此一直束手无策。山东东西两路本来民风彪悍，是豪强聚集之处，但梁山水泊的存在，让这片地方都受到了影响。虽然匪人众多，但饭还是得吃，于是梁山附近的许多地方聚集起来，有的组织乡民守家护院，彼此守望相助；有的则自己组织购买了军马武器，白日里是良人善民，晚上或许就脱衣为匪。但也因为这样，水泊附近反倒有了自己的模样，他们里层黑外层灰，许多庄子还会尽心交税给官府，官府也就睁一只眼闭一只眼了……”

宁毅还在床上躺着，陆阿贵讲述着梁山一带的详情时，康贤便在一边喝茶。

“直到这两年方腊起事，那宋江也趁势而起，统合了附近的大小寨子后，才真正成了问题，偏偏朝廷这两年只顾着北方的事情以及方腊起事。梁山附近这些身份不怎么干净的人也是有些实力的，当时最强的莫过于曾头市。那曾头市长官曾弄本是金国商人，家财万贯，占据一地之后，悉心发展，后来军马过万。去年八月时，梁山众人破曾头市，得了军马钱粮，在山东一带更是声势大振。”陆阿贵在拿给宁毅看的一张地图上点了点，“他们想必也是看清楚了朝廷此时难以东顾的局面，这次江宁劫囚的目的不言自明。”

宁毅点了点头：“千金买骨，心是挺大的。”想了想又道，“他们这次劫走了哪些人？”

“方腊那边的高层倒是没几个，当中比较厉害的可能是那郑彪，外号‘郑魔王’的。”

宁毅点点头：“这个倒是认识，我杀了他师父。”

陆阿贵笑了笑：“还有昌盛、张近仁、张道原这几人，算是比较有名的，立恒怕是也认识吧。”

“昌盛和张道原见过。”宁毅想了想，有些讽刺地笑笑，“还好他们没来我家……”

那边康贤喝了口茶：“一次劫狱，实际上劫走的也不过十几二十人，选的却是江宁这样的大城。这次之后，梁山的名气是打出去了，方腊那边已经兵败如山倒，逃的，走的，只要还想有个去处，恐怕都会选梁山投靠。然而，接下来朝廷只能全力北伐，一两年内对梁山恐怕都无法顾及。可想而知，一两年后，这梁山泊就是另一场方腊之患了。”

康贤说的，宁毅自然都明白。一些故事里是招安梁山平方腊，一箭双雕，天下太平，但眼下的事实却是方腊匪患未平，梁山声势正盛，朝廷又难以兼顾，一旦梁山接手了方腊的残余势力，那方腊之患平了恐怕也等于未平。对于这件事情，无论是康贤，还是远在东京的秦嗣源，恐怕都很是头痛。

宁毅当初落在方腊手上，为一俘虏仍旧做出了那样亮眼的成绩，他愿意参与到梁山之事里来，康贤与秦嗣源求之不得，而除了他，康、秦恐怕也在寻找其他资源和人手，试图在不影响北伐的情况下尽量压制梁山泊壮大的步伐。宁毅点了点头：“地形复杂的话，没有几倍的人，恐怕剿不了他们。七八万的军队，朝廷这时是拿不出来了。”

康贤点头：“资源还是有一些，但随意出手，恐怕只能打成拉锯战。山东东西两路，武瑞营可以调动两万余人，不过战力不强。去年下半年，童枢密攻杭州之时，秦老头见梁山攻下曾头市，声势转隆，也曾想过可能成为后患，咬咬牙，试图一举定东、南两方，于是命武瑞营出手，可惜梁山众人借着地形周旋，武瑞营最终铩羽而归，功亏一篑。如今倒不是没有军队，而是后勤实在难撑起这些徒劳的战斗了。”

康贤平日里悠闲，说起这些，脸上也是掩不住的忧色。武朝不是没钱，但眼下能够动用的资源都已经绷紧在北伐这根弦上。宁毅道：“没有其他办法的话，一是招抚；二就是合纵连横，借他人的力量处理这事了。”

陆阿贵摇摇头：“两个法子都试过了。招抚的人去过两次，他们自是不答应。说借力处理，无非是梁山附近这些豪强，他们虽然提防梁山，但对官府也不是非常信任。若是派驻大军，与这些豪强左右呼应，或有一定效果，但现在军队不好轻易派出；而若是空手套白狼，直接让他们帮忙打仗，估计不太可能实现。曾头市被攻下之后，梁山水泊附近，如郓州独龙岗、万家岭这些地方，我们也都想过一些方法……”

宁毅虽然偶尔能出奇招，但骨子里崇尚的是大势、阳谋，尽量用正而不用奇，这时候只是随口说个意见，首先想到的，自然还是招安。听陆阿贵说梁山拒绝了两次，他的心中倒是有点儿疑惑：梁山宋江不是眼巴巴地想着朝廷能够招降自己吗？难道是派出去的人不对？他对《水浒传》不熟，自然也找不出合适的名字来。他正想着这事，陆阿贵说的一个名字落入脑海当中，令得他微微愣了愣，然后仔细地看了看那张地图。

“独龙岗？是祝家庄的那个吗？”

陆阿贵探头看看：“嗯。应该是有三座庄子在这儿，李家庄、祝家庄与扈家庄，三家联手，相互呼应，也有一万余军马可用。梁山骤兴之后，他们也是分外提防，但想要他们主动出手，恐怕不可能。”

宁毅看了好一阵，抬头道：“祝家庄还没被打下来？”

陆阿贵因为他的问题也迟疑了片刻，道：“独龙岗这一片，梁山众人肯定是觊觎的，但要说打……什么时候会动手，我们就不知道了……宁公子为何如此笃定梁山众人会打独龙岗？”

“我……我也不知道……”

苏檀儿回来的时候，康贤与陆阿贵都已经走了，宁毅拿着一根手杖下了床，想着有关梁山的事情。

他们现在住的院子是新的，距离苏家其实不远，苏檀儿过去一趟再回来，所费的时间不算久，但她的身体这段时间毕竟不算好。宁毅能理解她每天在苏家出现一会儿的必要性，所以此时只让她早些睡下。事实上，夫妻俩如今都显得有些狼狈。苏檀儿虽然看起来还好，实际上身体也颇为虚弱——她毕竟连月子都没有怎么坐。昨日宁毅醒来，也曾让她今日不要再去，但今天早上苏檀儿还是悄然起身。她想要尽快促成这次分家，出于怨愤也好，出于赌气也罢，总之心意已经定了。

宁毅仍旧全身是伤，身上绷带处处，像具新近绑好的木乃伊，“破六道”带来的身体疲累一直盘桓不去。不过，坐到床边对望时，夫妻二人都心照不宣地笑了起来。不大的新院子里，竹叶幽幽，时间还是下午，小婵离开之后，宁毅帮苏檀儿褪去外衣，脱了鞋袜，让她在床上睡下，感觉他俩倒是有些像一对新婚的小夫妻。

“明天我过去吧，你也该休息了。”他轻声说了一句。苏檀儿点点头，躺在被子里，偏着头，静静地看着他，看他的背、身上的伤口与绷带，过得一阵，才在春末夏初的和煦阳光里静静地睡着了。宁毅回头看了她一阵，看着光芒照进来时她脸上的光影、被光芒染成淡金色的侧脸，还有微微颤抖的睫毛。

这世上怕是再难有一对夫妻如他们一般了，宁毅坚毅，苏檀儿好强……宁毅自然明白苏檀儿这几日里不顾身体照顾完他又去处理苏府的事情所想为何，只因为家里一根顶梁柱倒下了，就得有另外一根撑起来，再心痛悲伤，于许多事情终究无有补益。苏檀儿又何尝不明白宁毅此时就强撑着要起来为的是什么，他虽然嘴上说得不多，但已经在做事情，既然他已经起来，接下了事情，她终于可以回归妻子的身份，听他的安排就行了。

第二天，苏府内布满灵堂白幔，唢呐乐声凄然又热烈。某一刻，不时有人过来拜祭的正门，一顶轿子在这里停下。宁毅在娟儿的搀扶下拄着手杖走出轿门，随后放开娟儿的手，一步一步拾级而上。他之前在苏府不过是入赘的身份，虽然也做下了诸多事情：写出诗词，结交才子，窥破诡计，将苏家大房的声势不断提上去，但苏家仍有不少人一直在背地里或议论或蔑视或算计或挑衅地撩拨不停。此时他仍旧是入赘的身份，甚至伤势未愈，走得有些艰难，但当他拄着那手杖抬起头时，却是众声默然，再没有一个人小觑他……

“毅哥哥老师。”

“小七。”

宁毅走进苏愈住的院子时，小女孩怯生生地跟他打招呼，宁毅拍拍她的脑袋，她便笑了起来：“爷爷在里面。”

前些天的那场变故之中，小七在混乱中侥幸逃过一劫，但脸上也被轻轻地带了一刀，此时脸上有着一条小小的刀疤。对一般女子来说，这或许就等于破相了，但她的年纪毕竟还不大，就看长大之后，伤疤能不能逐渐消去。宁毅与她聊了几句，走进里面的小庭院时，凉亭之中，苏愈正在那儿跟几个苏家的孩子说话，见宁毅过来，他便让那些孩子与小七一道走开去一边玩了。

四月初，梁山强匪在江宁劫囚之事远远传开，震惊天下绿林。相对而言，苏家的灭门之祸在这件事中不过是大浪之中的一朵小小浪花。而后苏家三房正式分家，更加只能算作这涟漪的些许余波，难以引起大家的瞩目。

以天下的角度来说是这样，但若只在江宁范围内，关注这件事的人还是有很多的：以薛、乌两家为首的大大小小的布行商家，曾经关注过乌家的濮阳家等商户，以及杭州一带一些受过宁毅恩惠的家庭。苏家经历了这件事后，这些人或出面拜访，或默默关注，大多表明了自己的立场。这其中，有认为宁毅无论如何只是个赘婿，不该让自己家族为难的；也有表示无论如何会站在宁毅身后声援的，如此种种，不一而足，但无论外界如何看待、议论，到得最后，苏家还是彻彻底底地分开了。

苏愈在这其中起了主导作用，宁毅则几乎参与了全过程。这一次苏家的分家与先前众人叫嚷的几次并不相同，从两边表现出来的态度来看，一旦分开，大房虽然还挂着苏家的名头，但实际上与二房、三房完全决裂了。老太公以近乎决绝的态度将几份产业完全割裂，由于已经知道了宁毅将要北上的计划，预备分给大房的产业几乎都是长江以北的。苏家在那边的产业并不多，这样的分配看起来厚此薄彼，等于让苏檀儿、宁毅白手起家，但从此以后，二房、三房的事情，大房再没有随时相助的义务，老太公这一做法显然是要让宁毅等人完全脱离二房、三房的束缚，轻装上阵。

宁毅与苏檀儿对于能分得多少家产都不太在意，苏家的其他人却感觉到了其中的可怕：纵然一直对苏檀儿、宁毅有所腹诽，但连番变故之后，稍微有脑子的人都已经明白了这对夫妻的分量，一旦没了他们，二房、三房就只能守成，或许连守成的能力都不足。

察觉这一点后，首先是苏家其他几位老人表示反对。他们仍旧想将宁毅与苏檀儿绑在苏家——不管苏家怎么内斗，只要这二人在，情况就不会太差。而后二房、三房一些旁支也开始出来说话，开始说就算分家也是一家人。这次大乱中幸存的苏仲堪、苏云方等二房、三房的核心，这种时候只能抿着嘴看着，宁毅与苏檀儿夫妻完全不将他们当一回事，甚至当成累赘，宁愿给他们大半家产都要将他们远远甩开的态度伤害了他们的自尊心。

宁毅全程只是代表苏檀儿每天过来坐坐，不多表态，但他那天在广场上与梁山众人对峙的模样大家都看过，谁又敢在他面前瞎说什么？这几天宁毅、苏檀儿跟老太公快刀斩乱麻将前期的事情商议完，后续的事情，恐怕还要持续一两个月的时间，不过夫妻俩并不在意分到手上的东西，对后续自然也不在意。

“事情大概处理完，立恒就要上京了吧。”

这次大变，苏家死伤过半，事情过后，又开始分家，几日之间，老人家像是又苍老了十多岁，苍苍白发让他看起来与之前那个虽然年迈但精神依旧矍铄的老人相差了许多。此时老人倒了一杯茶给宁毅，示意他在旁边坐下。

“尚未决定，事情有很多，何况……檀儿还在休养。我估计会先上一趟京。”宁毅想了想，如此说道。分家事了，檀儿手下的生意又得往北方转，自己先上京，拜访秦嗣源，正式进入密侦司，或许是最正确的步骤。苏愈点了点头：“我也觉得，你先上京是很好的事情，檀儿那边，你不用太操心，她自己都能做到……不过这是你们夫妻间的事情，我也不好说得太多。”

苏愈叹了口气，站起来，看了看周围，然后看着那边玩闹的苏家孩童。

“以我的性格，是希望苏家能够完完整整，一直好下去的，不过这次让我看清楚了一些事情。立恒你是做大事的人，我不再让他们绑住你了。仲堪、云方他们家中的弟子不成器，这家当他们要败，就让他们败吧。虽然很快就会分家，但三房名义上终究还是一家人，每年祭祖时你们回来一次。将来你与檀儿是有大成就的，他们若做得不过分，只希望你们能稍微照拂一下，让他们不至于流落街头也就是了。”

宁毅点了点头。苏愈指了指那些玩闹的孩子，笑了笑：“他们大难不死，若能出一两个成才的，我死也能瞑目了。另外，你与檀儿那边，我不再管了，只要过得好，你们也好，孩子也好，姓苏姓宁，你们自己斟酌便是。不过我是希望，你与檀儿有一个孩子能姓苏。”

二人随后又在凉亭里聊了一会儿琐事，苏愈说起与宁毅祖辈的来往，说起他年轻时经商的事情，说起执掌苏家后的各种事情，尤其是几次商场厮杀，人心诡谲，艰难程度与宁毅在皇商事件中面临的差不多。老妻死后，苏愈试图将苏家引上正轨，获得些许社会地位。他这一世竭尽全力为苏家挡住风浪，攒下这么大的家当，也让苏家开枝散叶，在江宁这座大城里站稳了脚跟，还办了书院、善堂，试图让苏家更上一个层次，可到得最后还是功亏一篑，他心中肯定也是有着浓浓的遗憾的。

“这个家，我大概还能守几年，只希望几年以后，他们真的能够长大，那就好了……”

临走时，宁毅看见那白发老人坐在凉亭里，“喃喃”地说着这句话。这是他暂时无法涉足的区域。已近夏至，院子里的繁花落了，在暖风里打着旋儿。宁毅看了看玩闹的小七她们，小七过来问：“毅哥哥老师，你要走了吗？”她是苏云方的亲生女儿，对宁毅虽然一向孺慕，但在这个家里，至少此时，终究无法说得太多，甚至宁毅受伤的这段时间里，她也无法过去看望。宁毅轻轻触摸她脸上那才褪去血痂的伤痕，笑道：“好好照顾爷爷。”

小七用力地点了点头。

宁毅走出院落，娟儿在外面等着他，二人一路朝着原先居住的小院走去。穿过几条道路，二人就到了小院门口。院落依旧，这里原有的东西搬走的不多，屋檐下有风铃轻响，像是等待着主人的归来。

这是苏檀儿从小住到大的院子，承载了她从小到大的回忆与喜怒哀乐。她将要成亲时，做出逃婚的决定是在这里；后来与宁毅每晚聊天也在这里；为了与宁毅圆房，她烧掉了对面的小楼，重建的计划因为杭州之行暂时搁置，如今新建成的还只有地基；苏檀儿在这里病倒；宁毅在这里敲定争夺皇商的计策；他们在这里放了孔明灯；苏檀儿在这里生下孩子；宁毅在这里从只是暂住到逐渐觉得这里也不错……这里原本该是承载了过往与憧憬的地方，但以后恐怕只能剩下回忆了。

“我要杀了席君煜，也许会很快。”宁毅看着院子里的东西，说了一句。娟儿在旁边看了看他，没有反应，直到宁毅以询问的目光望过来，她才“啊？”了一声，不知道宁毅为什么用这种眼神看她。

“我只是想问一下。虽然那句话是我以前开玩笑的时候告诉你的，不过……娟儿你以前是不是真的喜欢过他？如果是真的……”

“当……当然没有啊。”娟儿的脸上顿时红了，随后腮帮子鼓起来，“我怎么可能喜欢他？那种人又自大又孤芳自赏，我才不会喜欢他呢。姑爷你不知道，他还不是掌柜的时候我们就认识他了，一身坏毛病，本来性子就不好，整天板着个脸，还经常去妓院……”

娟儿“叽里呱啦”说了一大通，随即才觉得说得太多，红着脸低下头去，宁毅“哈哈”地笑了起来。过得片刻，娟儿抬头，好奇地问道：“姑爷，难道说……要是我真的喜欢那个席君煜，你就不杀他了吗？”

“怎么可能？”宁毅拍了拍她的肩膀，“我会多开导开导你。”

他们这天过来，除了宁毅要与苏愈聊一聊有关分家的事情，娟儿还带了人来，准备搬走一些苏檀儿院子里的东西。宁毅的伤已大好，便自己坐了轿子回去，才出苏家的侧门，“咻”地飞来一颗小石头，穿过轿子的帘子，正砸在宁毅的头上。那石子倒是不大，宁毅捂着额头掀开帘子看时，道路那边，元锦儿有些目瞪口呆地望向这边，大概没想到自己扔得这么准。然后她左看看右看看，若无其事地迈步走掉了。

抬轿子的人想要过去将她抓住，宁毅挥手说“算了”。

这天回家，宁毅旧伤未愈又添新伤，脑袋上起了一个包。

## 第六章

# 阻截梁山狼盗初现　免两难出走被追回

四月初九，秦津渡。

芦苇轻摇，星夜渐沉，憧憧树影在晚风中摇曳着，老鸹的声音远远地传来时，河边的临时营地中，一堆堆篝火还在燃烧，偶尔也会有人声传出。这里已是山东地界，前方是泗水的一条支流，过去之后便是衮州、郓州，接近梁山的地盘了。林冲坐在离篝火有些远的黑暗中的一块大石上，将钢枪横在身前，正在望着枪尖想事情。

宋万拿着酒碗、酒坛从一旁走过来，递给他一碗酒："林兄弟有心事？"

"谢谢。""云里金刚"宋万本领不怎么高，但他是梁山老人了，说话做事中庸稳重，还是有些分量的，林冲谢过对方，将酒碗拿在手上放了放，随后一口喝完，"劳宋大哥费心了。"

"前几日那一战之后，林兄弟便有些心神不宁，做哥哥的还是看得出来的。"

宋万口中所说的，自然不是江宁一战，而是三天前众人返回梁山途中被人截杀之事。出手之人除了官府的兵丁，还有几名高手，便是在江宁苏府出现的那些人。其中三名使索魂枪的年轻人与那领头的年轻人功夫都颇为不错，但最厉害的还是在江宁大狱中与他们厮杀过的小校。那时他攻己不备，一路杀入，几乎所向披靡，两名方腊麾下的头目一接触就死在他的枪下。后来是林冲接下这名小校，二人越打越远，到最后似乎是打了个平手，那小校走后，林冲看起来也有了心事。

但这只是旁人看到的情况。宋万这次被派过来，主要是平衡一下队伍里的几支势力，算是个压阵的。那时候厮杀激烈，他看出那小校的厉害，原本想要过去帮忙，但追过去后，却见那小校打着打着忽然停了枪，退后几步，问林冲："周侗师父与你有何关系？！"

陕西大侠"铁臂膀"周侗是江湖上有名的武学宗师，当初在汴京御拳馆中地位最是超然，乃林冲的授业恩师，这件事梁山上部分人还是知道的。他的几个亲传弟子，卢俊义、孙立与林冲已经上了梁山；史文恭与梁山为敌，已然死了；栾廷玉此时则在独龙岗祝家庄任教头。宋万听那小校这样说，顿时明白过来这武艺厉害的小校与周侗也有些关系。只是林冲对此却并不承认，道："打就打，废话作甚？"说完他挥枪便攻。

那小校的武艺犹在林冲之上，见林冲不承认，也是挥枪攻来，二人都是一等一的使枪高手，宋万不敢上前。打得一阵，林冲落在下风，那小校的神情也越发疑惑，待又拼过一阵，他忽然跳开，沉声道："我知道你是谁了！"

林冲没有说话，那小校道："我听说过你的事情，知道你身负冤屈血仇，即便如此，你也不该助这些匪人劫那些方腊乱匪……今日我虽能败你，但未必杀得了你，只放你这一次，他日我若职责所在，而你还在梁山，我一定杀你！你好自为之！"

"那人是我师父的亲传弟子，算起来，也是我的小师弟了。"林冲如此说出来，宋万自然也明白，拍拍他的肩膀："做哥哥的也看出来了。此人武艺如此之高，与你又有师兄弟之谊，他上次不欲与你争锋，有情有义，想来也是条好汉，何不……"

宋万的话还没说完，林冲手一紧，钢枪便"嗡"地响了起来，宋万知他可能为这句话动了怒，便不再说下去。过得片刻，只听林冲说道："他是师父亲传的关门弟子，你们动不了他的。"他以前也是忠君报国之人，后来受高衙内陷害，妻子被淫辱而死，身负血海深仇，才不得不上梁山落草。或许是感伤自身，他此时虽然声音不高，也有几分忧郁之色，但语气斩钉截铁，不容置喙。宋万不好再说，只得与他一碗一碗地喝那黄酒。也在此时，营地那边陡然间乱了起来。

江宁劫狱之事发生后，官府一方必然是一路追杀，但他们都是老江湖了，参与者也都是精锐，因此遇上被埋伏的事情也就三天前那一次。此时混乱一起，林冲抓起钢枪，与宋万一同冲过去，然而那边的骚乱已经开始往外延伸。这场突袭的规模不大，乃一名高手突入营地外围，加上远处有人用弓弩袭射，顿时将众人打了个措手不及。当林冲等人快赶到时，那边的高手已经骑着奔马冲了出去，还顺手抓了一名方腊麾下的头目，梁山其余人或骑马或奔跑地追赶。

梁山这边都是高手，那奔马突出时，石头、暗器便如飞蝗般扔了过去，拦截对方的同时打开了射来的弓箭弩矢。那突袭者穿的竟是一身白衣，马一面跑，被抓住的那名头目一面不断挣扎，二人似乎打斗起来，鲜血在风里不住地往后飞，惨叫声凄然可怖。待到接近树林时，奔跑的马腿终于被石子打中，马儿一声长嘶，二人都从马上翻滚下来。众人冲近时，那白衣人陡然站起，抓住那头目的尸体朝着众人扔了过来，有人接住那尸体，随后竟不由得退后了一步。

“这人……这人……”

不远处的树林边，只见那白衣人侧身对着众人，浑身都是斑斑点点的鲜血，特别头脸之上，血浆四处流淌。只见他“噗”的一下，从口中吐出一样东西，那东西落在草地上，人群中有杀人杀得多的，认出那是一颗眼球。

被抓住的这名头目居然是被活活咬死的。

那白衣男子身材颀长，一双眼睛在黑暗里像是发着光，配合着满身鲜血，显得格外诡异。当然众人都不是会被吓到的人，只是稍稍迟疑，便要冲上。那白衣人便扑入树林，在几拨箭矢的掩护下跑不见了。

这时已经是夜晚，众人对周围不是很清楚，也知道“逢林莫入”的原则，搜了一阵，悻悻作罢。有的人忆起那白衣男子，也是心有余悸。江湖上杀人，杀便杀了，就算梁山之上有做惯人肉包子的孙二娘，这类在打斗中直接用嘴将人咬死的也算罕见。也有见多识广对附近比较了解的，道：“是这边的‘狼盗’吧。”

山东境内本就盗匪众多，这人说的“狼盗”有几人也听过，是泗水这边一支不大的盗匪，神出鬼没，偶尔出现，干的多是黑吃黑的事情，不怎么讲规矩，但他们一直都是小打小闹，其余人也就没有将之放在心上，只是听说“狼盗”的首领生吃活人，极其凶残。

众人议论了一阵，也不知这“狼盗”为何会突然盯上自己这拨人，但马上就要过泗水，只要过了，到了梁山水泊的地界，那“狼盗”显然也就不敢再追来。众人提高了警惕，到得第二日渡河时，却没有敌人再出来，偶尔有人提起那“狼盗”的事情，旋即也就抛诸脑后了。

那种没脑子的疯子，可能是误伤，可能是脑抽，总不好为了他出动整个梁山，他们盯的也不至于是自己。此时此刻，梁山众人都是这样想的……

夏日已至，风雨乍来，天气霎时便变了。天色转暗时，宁毅站在青苑的二楼，看着下方行人、商户奔跑，这一幕，与苏家遭遇梁山匪患前的江宁是那么相似，仿佛那晚的动乱并未发生过。

“十二年前，当今天子尚未身登大宝，密侦司原本是仓促建立，最初只设两部，分别是辽东部与燕云部。辽东一部，专司挑拨辽国内部各系矛盾；而燕云一部，则是为十六州回归做前期准备。这两部的建立其实有些理想化，原本就是因几位书生的意气而起，以皇室之名而行，当初参与其中的一共是五位元老，如今或退或殁，便只剩下我与秦相了。”

因为伤势已不影响行动，宁毅便准备离开江宁，今天康贤邀他过来，正式跟他说起有关密侦司的事情。

“密侦司一开始便是由嗣源提出的。事实上，嗣源这人虽然行事最终不偏正道，但有时候的一些手段是有些剑走偏锋的。我们之中的许多人，从开始到最后也不明白他心中到底在想些什么。我朝建立之初承袭三省六部制，又有所改动，各项事务都有对应的部门，对内有刑部、御史台、大理寺，对外之事从来由枢密院专司。立恒也该明白，一件事务，倘若责任人不明，最终便可能酿成大祸，当时我们也大多秉持此念，对嗣源提出的计划表示了反对。”

说到这里，康贤不由得苦笑着摇了摇头。

“嗣源这人手段多变，性子却是坚定。他与当今圣上有师徒之谊，终于说得当时还是太子的圣上点了头。但圣上对此恐怕也不是非常热衷，一直强调，但遇冲突，皆以三司衙门、枢密院为主导。后来，密侦司建立，由我以成国公主府的名义出资，嗣源为主，其余三人，分别是梁梦奇、左端佑左公以及大儒王其松。密侦司建立一年后，左公去世。黑水之盟前夕，辽军南下，王其松王公家在邢山县，正是辽军推进的最前线，王公的性情极其刚烈，除妇孺外，举家不避，最终一家殉国，王公被剥皮陈尸。当时嗣源身在前线，对此无能为力或许是他一生的憾事。”

康贤说完这些，微微顿了顿。他本已年迈，早可做到喜怒不形于色，但说起此事，也不禁眼眶微红，或许秦嗣源一生的憾事对他来说也是一样。不过，随后他摇摇头，敛去了神情。

“王公一家如今妇孺仍在，不过家中男丁就剩一名孙儿了，名叫王山月，你若去山东，或许还会跟他打交道……密侦司的成立到底好不好，现在也难说了，但一开始，我也好，嗣源也好，其实都没有经验。单凭书生意气终究成不了事，我们也只能一路摸索。黑水之盟后，有知情人认为是密侦司在北方动作频频惹恼了辽人——这或许也是一部分原因……

“黑水之盟前，密侦司逐渐发展，但由于人数不多，就直接划分成东南、东北、西南、西北以及中央五块，每一块的人手其实都是不足的。黑水之盟后，嗣源的兵部尚书之职被罢，而梁梦奇对黑水之盟的发生心中内疚，甚至寄来书信与嗣源割袍断义，密侦司的事情也就此停了下来。不过北方的辽东、燕云两部一直都有动作——这是我与嗣源的独断专行之举了。直到北方乱象渐呈，圣上才又想起密侦司来，让其重新运行起来。虽然重新运行的时间还不够长，也有着诸多制约，但杭州之乱当中，密侦司总算起了些许作用……”

康贤说了密侦司的起源、发展及如今的编制，宁毅又问了一些问题，康贤一一解答完才返回驸马府。此时天色已暗，眼见就要下起大雨来，宁毅在二楼的栏杆边站了一会儿，见一辆马车从街道那头往这边过来，驾车之人雄赳赳气昂昂，正是元锦儿。她远远地看到了他，扭头伸手朝这边指来，随后车帘打开，聂云竹从里面探出头来。她的头上还缠着白纱，看起来人清减了许多，但一见宁毅便轻轻地笑了起来，随后朝这边挥了挥手。

“轰隆”一声，闪电划过天空，宁毅抬头看时，又是大雨。

古筝的声音传出。雨就像是笼罩在城市上空的森林，伴随着单调又喧嚣的声音吞没了江宁城。元锦儿探出头去看了看，收起窗户下的撑杆，回过头时，宁毅与聂云竹正在房间那头说小话。

她心中有些不爽，但一时间也不想参与进去。相隔了这么多天，也该让他们俩说说话了——这是元锦儿“善心大发”的想法，或许还夹杂了一点儿前天用石头砸到宁毅头的内疚，至少她自己觉得是这样子的，但她真实的心情恐怕要复杂得多。

彼此相识也有一两年时间了，赎身之后，宁毅是唯一一个能够与她玩闹谈笑的男子。并不是说元锦儿喜欢在青楼之中与男子玩闹的感觉，但宁毅与她、与聂云竹相处时的氛围，确实是她以前从未体验过的。虽然心中认为云竹姐足够配上一个更好的男人，一个一心一意对她的男人，但在意识到找不到这样的男人后，元锦儿决意让自己喜欢上云竹姐并讨厌宁毅，可是在云竹姐受伤又生病的同时，得知宁毅也受伤垂危的消息，她对宁毅其实也是有着担心的。

意识到这一点之后，元锦儿告诉自己，此乃朋友之谊，她元锦儿毕竟是个善良纯洁的好姑娘，扫地恐伤蝼蚁命，何况那宁毅也有幸与自己认识了这么久。

聂云竹受伤又生病的那几天，苏檀儿拖着虚弱的身体过来探望了一次，元锦儿隐约感到她或许还有修好或者提亲的想法，便背着聂云竹说脏话把人赶跑了。此后又知道聂云竹担心宁毅的状况，她便偷偷地跑去苏家探听消息，躲在路边偷看。后来见到宁毅那连路都走不稳的样子，她也有几分揪心。可是，别人能去探望他，她却不行。如此又过得几日，见他伤势快好，却一直不来小楼这边，她心中又怨怼起来，扔石头想要提醒他，结果打中了脑袋。当然，她随后说服自己，这也是宁毅活该。

关于云竹姐与他的关系，往日里或许可以自欺欺人，但这次之后，她也不得不承认，云竹姐恐怕已经离不开他了。这样的觉悟让她微微伤感，眼见着那边宁毅指着额头在笑，又朝她这边望了一眼，估计又在云竹姐面前告她的黑状了，她心中一恼，腾地站起来，朝着门外走去：“你们说话，我出去玩了！”说着，她狠狠地剜了宁毅一眼。

“不要太早回来哦。”她打开门时，宁毅挥了挥手，如往常一般开玩笑。她陡然转过身，看看周围没有趁手的东西，就在身上摸了摸，摸了块五两的银锭出来，挥手就朝宁毅扔了过去，看到银锭被宁毅接在手上，她才转身走了，“砰”地关上房门：“不回来了！”

“呃，我又得罪她了……”

隐约间，她听得宁毅在房间里说。

或许是因为元锦儿出现之后，二人每每相处都会插进来一个“第三者”，已经习惯了三人聊天的模式，元锦儿离开后，房间里顿时安静下来，外面的雨声、丝竹之声都开始传进来。此时也不是什么热闹的聚会时间，青苑之中客人不多，那边的院落中似是有歌女在唱李商隐的《锦瑟》：“锦瑟无端五十弦，一弦一柱思华年……”歌声传来，渺渺茫茫。快唱完第一遍时，聂云竹轻声和了起来，唱的是那“此情可待成追忆，只是当时已惘然”两句。

聂云竹身子单薄，加上伤病并未痊愈，声音有些沙哑，但她对声音的控制极佳，唱出来自有一股如轻饮浅酌醇酒的味道，只是她自己却不甚满意，轻轻唱完第二遍后，笑道：“我原本就只会唱歌，现在连唱歌都不会了……”其实二人心心相印，别说她唱得本就好，就算唱差了，宁毅又哪里会有半分介意，当下只是看着她笑笑。

二人说了会儿话，问了问对方的伤情，聂云竹的身体有些消瘦，宁毅抱着时感觉比以往轻了许多。聂云竹头上绑着纱布，宁毅身上也有许多绷带，二人只是静静地挨在一起坐了一会儿。听得雨声中那边院落里的歌声唱唱停停，几名才子作些歪诗，二人偶尔会心一笑。

时间刚进入下午，雨一时间没有停下的趋势，坐得片刻，二人便牵着手到外面走走。青苑之中园林、回廊设计巧妙，二人走得一阵，倒是没遇上多少人。途中，大雨又扑入回廊的檐下，聂云竹牵着宁毅的手躲开，颇为开心。然而，又走得一阵，一名青苑之中的管事娘子找过来，道：“云竹姑娘，你的药煎好了。”

服中药一般都在吃饭前后，此时时间已经过了，聂云竹望了望宁毅，随后看看天色，有些犹豫地说道：“都这个时候了……”

“可是锦儿姑娘走的时候叮嘱了，你在家里没喝药就出来了，让我们……呃，让我们煎好……”

原来聂云竹在家中听说了宁毅要来青苑的消息，未喝中药便与元锦儿过来了。既然管事娘子这样说了，聂云竹便道：“那就……拿到账房那边去吧。”她低着头，不敢看宁毅，颇有些不好意思。

她口中的“账房”自然不是外面待客的房间，而是她每个月与元锦儿一同处理账务的小院。不一会儿，二人到了账房，那管事娘子也端了煎好的汤药过来。宁毅知道聂云竹并不怕苦，但此时她看着那汤药，却有点儿犹豫，偶尔看看宁毅。宁毅问道："怎么了？药很苦？"

聂云竹摇了摇头，过得片刻才道："喝了药便很想睡觉。"宁毅听着便笑了出来："没事啊，你在这里睡，我在旁边陪着你。"

"但是……"他那样说了，聂云竹似乎还有些犹豫，但最终还是喝了汤药，又恋恋不舍地跟宁毅说了会儿话，才脱了鞋袜睡到床上去。此时的女子非常忌讳足部被男人看到，聂云竹与宁毅虽然还没有肌肤之亲，但对此事并不介意，只是蜷缩着身子侧着躺下，手与坐在床边的宁毅牵着。

"其实……我的病也快好了，头上也不痛了，就是这药……立恒，我好不容易才见你一次……"

或许是因为有心事，平素恬淡平和的聂云竹对那药仍有几分埋怨，宁毅安慰了几句。聂云竹欲言又止，随后忆起以往的事情："那时候，我连鸡也不会杀，也不会游泳，立恒救了我，我却打了你一耳光……现在想起来，立恒只是每天从我家门前跑过去，我就喜欢上了。戏文里的才子佳人都会有那些轰轰烈烈的故事，我们却没有过。这一次我在苏家也算是有了轰轰烈烈的可以说的事情了……我是很高兴的。我没事，立恒不用觉得我受了委屈……"

事实上，二人之间早已发生了许多可以说的事情，比如那次辽人刺杀秦嗣源时二人一同出手，聂云竹为了替宁毅扬名做表演，包括竹记的建立和扩大，等等，只是在聂云竹心中，最重要的还是宁毅每天从小楼前跑过的事情。她说着这些，渐渐睡去。宁毅在床边坐了一会儿，才走到房间的其他地方坐了坐，心中想的，是娶聂云竹过门的事情。

他原本不愿意娶聂云竹过门，主要还是因为苏家的环境不好。他固然受得了苏家人的刁难和冷嘲热讽，却不愿聂云竹过去受委屈，因为聂云竹肯定是那种受了再大委屈也会往肚子里咽的性格。但苏家的问题基本上解决了，他和云竹的事情既然檀儿已经知道，再拖下去也没什么意思。再过几天，他或许要上京，或许要去山东，这件事情是一定要在这之前解决的。

若以现代人的思维来看，聂云竹在外面经营竹记，有钱有关系，远比进门当平妻或者小妾来得好，但宁毅也知道聂云竹性子传统，纵然嘴上不说，心中也是非常在乎名分的。事已至此，檀儿那边的问题已经不大了。这事既然已经想明白，宁毅心中也就豁然开朗。

如此想得一阵，见聂云竹还未醒来，宁毅推门出去看了看雨势，心中对元锦儿的去向倒是有些疑惑，找人问了问，才知道元锦儿早已叫了青苑的车夫驾车出去了，此时还没回来。宁毅转身回到房间时，却发现房间的门微微开着，大概聂云竹已经起来了。他推门进去，只见聂云竹果然已经起身，坐在床沿，神情却是有些恍惚，脸上不知为何竟有眼泪，待见到宁毅忽然进来，她才陡然反应过来，举手抹眼泪："立恒你……你……"

"怎么了啊？"

"我……我还以为你走了……"

"呃……"宁毅听得这话，才放下心来，反手关上了房门，"我只是出去看看。"

聂云竹抹着眼泪，大概觉得自己的表现有些幼稚，"噗"地笑了出来，随后又像是要流出眼泪，她用手背捂在嘴上："对不起，我……我有些……我本来不是这样子想的……我还以为你走了……我今天……今天……"她哽咽起来，有些语无伦次。宁毅皱着眉头要过去时，她却伸手指了指，"立恒……你……你就在那里好不好？不要过来了，你要是过来，我就……我就……"

她终究没说出若宁毅过来她就会怎样，但宁毅还是站在了那儿，随后听得她道："立恒……你转过身去，你看着我……我便不敢了……"

宁毅转过身，微微偏着头，但终究看不见背后的情形，只是听出聂云竹站了起来，声音细若蚊蝇："我今天……本来是想好了的……可一见到立恒你……"

后方传来"窸窸窣窣"的声音：布条被解开了，衣裙落到地面上，一件，又是一件……聂云竹没有再说话，待那声音终于停下来，宁毅深呼吸了好几次，才回过身去，然后看到了昏暗中那绝美的身影……

"我……我以前过得不好，但就算在最不好的那些日子里，我也一直想着、期待着有一天能这样站在一位男子面前，心甘情愿地将自己清清白白的身子交给他……若不是这样想，我恐怕就挨不过那些时日了。立恒……我原想在一个更好的日子里把自己交给你的，现在我恐怕有些不好看，可不管怎么样，我的身子还是清清白白的，立恒你……立恒你……你若是喜欢……"

她今日过来，或许早已做好了献身的准备。以前在金风楼时，这些事情她自然见过，甚至可能受过训练，然而，心中做了决定是一回事，真做起来又是另一回事。见到宁毅之后，她心中原本所想的却是一项都难以做出来了。原本引着宁毅来这边，勾引他，才是定好的计划，但真的事到临头，那些动情的话却是难以出口。最终，聂云竹吃了药睡着了，再醒来时以为宁毅已经离开，这才忍不住哭了出来。

到得此时，她终于还是在这自认并不完美的时候，将自认并不算完美的身体呈现在心目中的男人面前。

大雨在窗外"哗哗"作响，远处隐隐约约传来些难以辨认的声音。昏暗的房间里，那身体或是因寒冷或是因羞涩而微微颤抖着，呈现出一股惊心动魄的美感来……

宁毅心中叹息一声，过去轻轻地抱住了她。

窗外，雨下得更大了……

元锦儿叫车夫赶了马车，冒着大雨出门，心中乱糟糟的，一时间也不知道去哪里才好，最后想到的目的地却让她自己都觉得有些意外，因为她忽然间发现，除了竹记和与云竹姐一起居住的家，她唯一能想到的去处，居然是金风楼。

青苑距离金风楼不算远，说出目的地后，马车在大雨中疾驰，元锦儿还来不及想通或者反悔，目的地就到了。不过元锦儿本来就是个干脆的人，既然已经到了，赶车的又是别人，她便直接跳下马车进去了。

事实上，竹记扩大之后，与金风楼这边一直有些来往，元锦儿偶尔还会过来，但类似这样觉得自己无家可归时跑来还是第一次。此时是下午，金风楼中的客人不多，她心情不爽，一进门便大声嚷嚷着要喝花酒。楼中的姑娘、龟奴大多认识她，此时也拥了上来，“锦儿姐”“锦儿姐”地打招呼。

待到金风楼的妈妈杨秀红过来时，金风楼一侧已经闹成一片了。她还以为是突然来了个大豪客，待听得是“宝儿公子”过来了，还扬言要叫所有的姑娘过去陪“他”，杨秀红顿时气不打一处来，抽了根鸡毛掸子就往热闹所在的“天”字厢房杀了过去。

“天”字厢房里此时乱糟糟的一团，众多女子的莺声燕语混杂在一起。元锦儿与几名女子肆意调笑，拿了酒坛自己喝，还笑着去灌旁边的女子，又故意将酒液倒在对方的胸口上，将衣服打湿，对方自然也不介意，欲迎还拒地推了她一下，随后与她打闹起来。

她们与元锦儿本就认识，虽然不知道她今天吃错了什么药，跑过来说要喝花酒，但陪着当初的姐妹自然比陪那些恩客有趣得多，大家于是都跑出来轻松一番。此时有人娇笑；有人询问锦儿姐现在店开得怎么样了，要不要将她买过去；也有稍微年长的询问锦儿有什么心事，元锦儿便嘻嘻哈哈地灌人酒。待到杨妈妈挥舞着鸡毛掸子杀进来，“啪啪啪”地往人身上抽时，众女子才尖叫着作鸟兽散。

“反了，反了……还没到晚上就在这里捣乱！谁让你们出来的……都给我回去！”

包厢里挤满了女人，杨妈妈从门口打进来，众人想逃，门却不够大，许多人被结结实实地抽了几下。元锦儿身边的两名女子起身便要逃，被元锦儿拉住了，三人一齐坐向后方的凳子，然后凳子倒了，她们便齐齐地倒在了地上。两名女子翻身想逃，元锦儿也翻身，用力地抱住她们。

“不许走，不许走！你们是我叫来的，不许走！”

“元锦儿你皮痒了是不是？过来砸老娘的场子……”

“啊——啊——啊——锦儿你让我走啦。”

一片混乱，元锦儿已经喝得有些醉了，躺在地上抓住两名女子的衣裙不许她们走。杨妈妈冲了过来，两名女子挣扎着在地上爬，其中一名金风楼红牌的裙子被弄乱了，露出下面的亵裤，让元锦儿给揪住扯了下来，露出白皙的半边屁股。那红牌拍打着元锦儿揪住她裤子的手，又是哭又是笑的。杨妈妈赶过来，拿鸡毛掸子拼命地抽，第一下正抽在她的屁股上，第二下则打在了元锦儿的手上，这下她才逃脱，拉上裤子放下裙摆哭着赶紧逃了。

“我有钱！我有钱！我付过钱了！杨秀红你打人！我要去……呃，去告你！”

“钱在哪里？你知道要多少钱吗？你个败家女！”

“就这里！我喜欢败，关你屁事！”元锦儿在衣服里摸来摸去，随后拿出个绣花荷包来，朝着杨妈妈砸了过去，“全拿去！全拿去！”杨妈妈将那荷包接在手上，打开看了看，里面几锭散碎银子加起来倒是有十多两，剩余的就是两张银票，她拿在手上看看，每张五两。这二十几两银子在普通人家倒是一笔小财，然而在金风楼算得了什么？杨秀红气得将荷包里的银两、银票全砸在桌子上：“你还真是来砸老娘场子的！二十几两……当初也就是看你跳个舞的钱！你还敢喝酒……你们看什么看，全都给我闪到一边去！”

杨妈妈骂完元锦儿，回头朝着门里门外的姑娘们一声吼，众女子连忙拉上门跑掉了。元锦儿摇摇晃晃地从地上爬起来：“没钱？没钱大不了我把自己押在这里，再出去接客！”

她这话没说完，杨妈妈挥着鸡毛掸子“啪”地抽在她的屁股上：“你你你……你已经走了，还回来说这种话……你今天脑子坏了，吃错药了？！”

元锦儿被抽了一下，身子晃了晃，站在那里，抿着嘴不动。杨妈妈坐在桌边瞪着她，随后将鸡毛掸子在桌上用力地抽了一下：“出什么事了？你给我说。”此时她的语气倒是和善了一点儿。

元锦儿挪着步子也在桌边坐下了，嘟着嘴半晌，方才道：“我想好了，我要回来当妓女……啊——”

她话音未落，杨妈妈拿着鸡毛掸子没头没脑地抽了过来：“什么妓女！什么妓女！你以为是当着好玩的？！你不说出了什么事我今天打死你！你在这边叫了姑娘吃吃喝喝还敢不给钱……你不要跑——”杨妈妈已经在玩真的，元锦儿自然不敢再硬撑，“啊啊”叫着围着桌子打转。

“我过来花钱的，你打人……一辈子没人要的老女人……”

“老娘才不是没人要，早被人要过了——你不要跑，看我不打死你……”

“啊啊啊啊啊啊——”

“当初就跟你说了不要去卖那个什么蛋，当少奶奶的命……后来你们真有点儿起色我也替你们高兴，现在又想要回来……你个作死的女子，没被人要过就是不知道世途险恶……”

“云竹姐要嫁人了！”

“呃……啊？好事啊。”

元锦儿哭着嚷出来。杨妈妈微微一愣，这才停止了追打，随即反应过来：“云竹要嫁人了当然是好事！你这么大反应干什么？她嫁了人你就活不下去啦？”

“我喜欢云竹姐！”

“扯淡！别在老娘面前玩这套！”

“可我就是因为云竹姐才出去的啊。云竹姐忽然嫁人了，我怎么办啊？难道让我一个人住在那栋小楼里，一个人打理竹记吗？她嫁人了我怎么办啊？我又没有云竹姐那么厉害……”

哭着说完这段话，元锦儿自己也微微愣了愣。杨妈妈盯着她，在桌边坐下，鸡毛掸子倒是放下了：“过来坐。你还想人家云竹一辈子陪着你啊？早跟你说过，这是好事，女人总是要找个合适的人嫁了的，你该为她高兴。来说说，她找了个什么样的男人？”

虽然一开始说要钱，这时候杨秀红倒是主动为元锦儿斟了一杯酒。元锦儿过来，气呼呼地将酒喝掉，沉默片刻之后，终于还是开口说了聂云竹与宁毅的事情。杨妈妈一边听，一边倒酒，自己喝，也让元锦儿喝。在这样的环境里混得开，二人的酒量本就很好，元锦儿也只是心情激荡，根本没醉。

“听起来是个挺不错的男人啊，云竹有这样的归宿是件好事。”听她大致说完，杨妈妈拿着酒盅说道，“你将来也会遇上一个很不错的男人，然后把自己嫁了的！”

“没见过不错的男人！”元锦儿斩钉截铁地反驳。

杨妈妈看了她一眼：“话可别说得太早了……”

元锦儿觉得她话里有话，可此时也懒得深究，一杯一杯地喝酒，杨秀红便陪着她喝：“不管怎么样，云竹嫁人总是好事……我也没办法去向她道贺了，咱们便在这里替她喝喝酒吧。”元锦儿噘着嘴又念叨了片刻，杨妈妈才道：“喝得差不多了吧。”

“嗯，有点儿醉了。”

“那就快点儿滚蛋！不要打搅老娘做生意！”杨秀红拿起鸡毛掸子又在桌子上抽了一下，吓得元锦儿朝后方跳了出去。

“今天你喝酒叫姑娘的钱全记在竹记账上，过些日子我叫人去收！别想赖！你已经从金风楼出去了，就别想回来，我金风楼没这个规矩！这里不欢迎你！滚！”

元锦儿委委屈屈地看着她，看起来是要哭的样子，杨秀红也不太好下手了，就站在那儿。随后元锦儿走了过去，将她轻轻抱住，脑袋埋在她怀里。杨秀红拍拍她的肩膀，终于敛去了凶悍的面相："觉得无聊也可以回来走走，找我聊聊天，不许再叫姑娘……"

"杨妈妈……"元锦儿轻声说道，"你的胸这么大，怎么会还没有男人呢？"

"你作死——"金风楼中陡然传出一声大喝，随后元锦儿带着眼泪又"哈哈"笑着从楼上狂奔而下，杨妈妈举着鸡毛掸子追在后面打，直到冲出大门，她才站在雨里对着杨妈妈挑衅了几句。片刻后，马车过来了，她上了马车，面上那挑衅的神色才敛去。她一身是水，脸上的也不知是雨还是泪。心中的悸动已经稍稍平复，直到此时，她才忽然明白过来，一直以来她以为是自己保护着云竹姐，在背后支撑着云竹姐，实际上却是她一直依赖着云竹姐，看到云竹姐如何生活，自己就跟着生活；看到云竹姐如何努力，自己就跟着努力，一旦云竹姐要嫁人了，自己就没有目标了。她明白过来这一点，忽然就哭了出来。

马车渐远，那边金风楼的门口，杨妈妈挥了挥手中的鸡毛掸子，叹了口气："我都是听你说的……要是你觉得他很差，我怎么会觉得他不错呢……真是猪一样……"

元锦儿是听不到这话了。回到青苑时，雨已经小了许多，元锦儿稍稍收拾了一下自己，过去找云竹姐。打听了一下，知道宁毅才走，她一路走到账房门口，轻轻推开门，只见聂云竹正倚在床边想着什么，见她进来，脸色绯红，微微笑了笑。

房间里有些许残留的气味，元锦儿毕竟在金风楼里待过那么久，一进门便明白了。她在门口站住了，眼看着床单已经被剪下一块来，那布片此时便被云竹姐握在手里，上面点点殷红，犹如寒梅开放。

"云竹姐……你……你们……"

聂云竹点了点头。元锦儿鼻头一酸："你们……真的要成亲啦？"

"不是啊……"聂云竹摇了摇头，随后笑了笑，"我已经将自己交给他啦，然后……也许就该走了。锦儿你不是一直说想去我老家看看吗？我们以后……去那儿吧。"

元锦儿愣了半晌，蓦地反应过来，点头道："好！好啊！"

萦绕在心头的难题陡然间得到了解决，虽然这样的发展确实令人感到疑惑，但元锦儿心中高兴，自然不会多问。云竹姐决定要走最好了，远远地离开那个宁毅，竹记也不要了，什么都不要了，没关系，有她跟着，一切就还跟从前一样。

她们回到家中。雨在傍晚时歇了，空气清清冷冷的，元锦儿哼着歌在家中收拾东西，聂云竹将那布片藏在包裹的底层，随后坐在外面的露台上静静地看水。元锦儿过去时，露台上昏黄的灯笼轻轻摇晃，照亮了坐在那边的聂云竹单薄的身影。她在那黑暗里轻声哼唱着什么，元锦儿望过去时，能看见她轻柔的、缱绻的笑意。

相处了这么久，元锦儿自然明白，云竹姐是在想宁毅呢。好几次他们都一起坐在这里，唱歌，跳舞，追追打打，吵吵闹闹，宁毅还在这露台上亲了云竹姐。她是明白云竹姐的性格的，也是因此，她对于云竹姐离开的决定百思不得其解：若真的离开了，云竹姐会快乐吗？还有宁毅……

这事萦绕在心头，一时间成了新的困扰，但这天夜里，她并没有开口询问。

第二天早晨，江宁起了雾。由于聂云竹的丫鬟胡桃已经嫁人，这次离开，她们便不打算带她去了，只在家里留下一封信，让他们夫妇暂时照看竹记，准备出门的，只有聂云竹、元锦儿以及元锦儿的丫鬟扣儿。

宁毅害怕苏家再过来找二人的麻烦而让闻人不二安排的人手此时应该已经撤去。将一些该带的东西带上，聂云竹与元锦儿上了马车，由扣儿驾车，缓缓朝着江宁城外驶去。马车穿过迷雾，秦淮河岸边的柳树在视线中时隐时现，河里泊着的船只、偶尔出现的行人不多时也被甩在后方。元锦儿掀开帘子看着眼前的一幕幕。昨天，她心中先是为了云竹姐要嫁人而凄惶；当云竹姐提出离开时，她心中喜不自胜；然而到得今天清晨，她才对将要离开江宁这件事有了更切实的感觉，不知道为什么，看着那许许多多熟悉的东西被抛在身后，她才忽然觉得心里有点儿空荡荡的，像是要对什么东西做永远的告别了，心中不禁酸楚起来。

事实上，在许多许多个这样的清晨，她们熟悉的还有另外一件事：她们坐在那小楼前的台阶上，看着那男子的身影在浓雾中出现，然后渐渐跑近……

“云竹姐，到底是……为什么啊？宁毅对你不好了？”

到得此时，她才轻声问出这个问题来。聂云竹坐在车厢另一边，原本像是在想事，此时抬起头来，元锦儿才发现她的眼睛亮晶晶的，已经有了眼泪。聂云竹吸了吸鼻子。

“我……我原本与立恒相识就有些晚了，那时候他已经有了妻子，又是入赘的身份，锦儿你也是知道的。”

元锦儿点了点头：“知道啊。”

聂云竹道：“我认识他时就知道这些事情了，后来喜欢上他，对这些事情，心中也是清清楚楚的。我既然喜欢了他，对这些事情，当然也不甚介意，那时候我觉得，他的家里人对他不好，旁人也不知道他的才华，我……我把身子给了他，不要他什么名分，只要他心中有我的位置，也就够了……”

“可云竹姐你还是希望有名分的啊……”元锦儿小声说道。

聂云竹的神色有几分凄然，眼中像是要流泪，脸上却是笑了笑：“我当然想要名分啊，我又不是什么都不管不顾的女子，也希望……将来老了有人能够在身边，能够有个归宿，我想这些，想了好多年了……”

她说着，哽咽起来，片刻后才尽量收敛了情绪：“我原本以为，我是世上唯一一个这样待他的女子，可前不久我去到苏家，看见那位苏姑娘哭的样子，才忽然发现，他的妻子也是那样喜欢他，还给他生了孩子，她喜欢他的心情，与我一般无二。立恒不是生性凉薄之人，谁对他好，他便对谁好。我以前便跟你说过啦，立恒他……心中为难……”她顿了顿，“他那样的人啊，若是蛮横一点儿，谁又能怎么样？偏偏在这些事情上，他心里为难了。我也是因为这样，才更加喜欢他。其实立恒心里想什么，我心中也明白。他以前不希望我进苏家，是害怕我被苏家人欺负；这件事之后，他心中觉得只能娶了我，可他还是会担心我与苏姑娘相处得不好。其实锦儿，妻子与小妾，哪里会有相处得很好的，而他心中也会觉得对不住苏姑娘。其实嫁给他，我……我也是想的……可是弄清楚了这些，这几天我就想好啦，我把自己给他，然后就……只好离开了……”

元锦儿愣了半晌：“怎么……怎么能这样？这样不是很自私吗？你心里不好过，他心里也不会好过的！”

聂云竹笑了笑：“谁不自私呢？可是这样一来，立恒心里的问题就没有了啊。他没有对不起苏姑娘，而将来我还会回来的，或许那时候我的肚子里已经有了他的宝宝，那时候，我的身子还是他的。我只是……不想让他为难，也不想让他觉得……对不住我……”

“怎么……怎么这样……”元锦儿“喃喃”地说着，此时才明白云竹姐那种希求完美的心情。当宁毅无论如何都会觉得对不住一个人时，云竹姐便选择了离开，宁愿委屈自己，也不愿意让情郎负疚。这事虽然说得过去，她心中却仍旧觉得有些问题，但过得片刻，她也不再多想，反正云竹姐已经做了决定，她便想让旅途中的气氛活跃起来。

“那就这样吧，最好云竹姐你已经有了那宁毅的孩子，这样我们就可以一起将他养大，以后告诉他，我是他爹爹，你是他娘亲，嘿嘿……”

在元锦儿俏皮的话语中，马车出了江宁城门。浓雾一阵一阵的，她们眼看着那江宁城的城墙在浓雾中消失了，道路时隐时现。陡然间，前方驾车的扣儿“呃”地轻呼一声，随后道：“小……小姐……那个……那个……”元锦儿正在说笑话，闻声掀开车帘往外看了看，“呀”地叫了出来。聂云竹也探出头，随后便愣住了，只见浓雾那头的路边，一道身影正在一截倒下的树干上坐着，托着下巴，似乎已经无聊地等了许久，见到马车过来，那人才起身，皱着眉头朝这边过来了，不是宁毅又是谁？

“快快快……快点儿冲过去。”

元锦儿一下子反应过来，指挥扣儿快马加鞭，扣儿“哦”了一声，挥着鞭子就要让马儿快跑。然而她们用来赶车的根本就不是烈马，马儿才跑了几步，宁毅已经走近了，一伸手便拉住了缰绳：“这到底是要干什么啊？”

马车还未停，只是减了速，宁毅已经走到车厢边，说了一声：“来。”他将手伸出去。聂云竹原本愣着，眼泪就像是决堤一般涌了出来，闻声却也下意识地伸出了一只手。宁毅握住她的手，抓住她的身体猛地一带，聂云竹发出“啊”的一声轻呼。元锦儿还没反应过来，聂云竹已经被宁毅从车里抱了出去。马车与宁毅、聂云竹错身而过，元锦儿探过头去看，然而茫茫大雾中什么也看不见，只听得那边传来“啪啪”两声，似乎是……打屁股的声音。

宁毅直直地抱着聂云竹走向远处，聂云竹则搂着宁毅的脖子，低着头，羞得动也不敢动。

“昨天才那样子，你今天就走，事情传出去，对我的名誉很不利，会让我很困扰的……”

这似乎是宁毅说的话。元锦儿的脑子已经转了过来，大声嚷着：“宁立恒你放下云竹姐！我的！”随后她又叫扣儿掉转车头。扣儿对驾车并不娴熟，手忙脚乱，元锦儿抢过马鞭，气急败坏地掉头，然而两匹马在道路上扑腾了很久才掉对方向。马车一路赶过去，待发现二人的身影时，元锦儿见宁毅正抱着云竹姐坐在那头的一座凉棚里说话，云竹姐似乎想要挣扎，但宁毅抱住了她，让她动不了。

这年月，就算是夫妻，也没有在光天化日之下搂搂抱抱的。眼下虽然一片雾气，路上没什么行人，但毕竟有被人看见的风险，这宁毅实在是不知羞耻。元锦儿从马车上下来，远远地看着，小声骂了几句，但终究没有上前去打扰二人说话。

云竹姐离开的想法原本就未必坚决，此时遇上了宁立恒就更加别说了，被打屁股也不敢说话，也不知道已经被打了多少下……元锦儿心中气恼，但对二人说的话大概还是能猜到，无非是宁毅询问云竹姐为什么要离开，云竹姐将刚才那些话再说一遍，或许说着说着还会哭出来。她正这样想，就发现那边云竹姐倒真有些像是在哭。事实上，元锦儿所知的聂云竹想要离开的理由只是一部分，她方才心中也觉得疑惑，但没有再深究，其实，聂云竹想要离开，还有一部分原因是她。

“除了你，还有锦儿啊，我若是嫁人了，锦儿怎么办呢？立恒，你别看她平时大大咧咧的，可实际上，除了我家和竹记，锦儿哪里都没法去的。她又不是那种一个人也能一直自得其乐的性子，当初是因为我才从金风楼里出来。立恒，以前锦儿一直在我身边，好像理所当然一样，可是那天我想，我虽然已经有了你，但我……我不能抛下锦儿……”

原本以为即将失去的东西忽然又回到眼前，聂云竹说着，流下眼泪来。她生性外柔内刚，生命中最重要的二人就是宁毅与元锦儿，如果仅仅是为了宁毅，她或许就直接嫁过去了，但加上锦儿，才让她真正下了离开的决心。宁毅抱着她：“那让她跟你到苏家啊，我养着她又能怎么样？”

“可是她也不会开心啊。”

宁毅皱起眉头：“反正我不会让你走的。事情可以慢慢商量，大不了我找个男人把她嫁了。”

“我……我不走了……”聂云竹脸上带着泪水，努力地笑起来，“我本来就不想走，现在还怎么走得开……立恒，你把我养在外面吧……”

宁毅皱了皱眉头。聂云竹紧紧地抱着他，眼泪落在他的颈项间，语带哽咽：“立恒，你把我养在外面吧……我陪着锦儿，打理竹记。等有一天，锦儿嫁人了，我与檀儿姑娘她们也熟悉了，你再娶我进门，好不好？你……你把我养在外面就可以了……”

“你把我养在外面就可以了……”

宁毅抬起头。他明白这句话有着怎样的分量，但这样一来，原本已经想好的事情似乎忽然间就变成了另外一副样子……

对于聂云竹的提议，宁毅难以决断。有些事情他也是能够明白的：云竹生性坚韧，加上在青楼的那些年，在那样的环境里，人要想不被同化，就会变得极端，云竹性子里的韧性隐藏在柔弱的表象下，实际上已经变得风雨难侵，她希求着一定程度上的完美，对于关心的人，宁愿自己伤心，也绝不想对方有任何为难，这是她全心全意为别人着想的方式。自己当初正是因为这种性子喜欢上了她，只是眼下……

上京的日子最终定在四月十六这天，宁毅一行人搭乘驸马府的船队沿长江往东，然后沿大运河北上，经汴水至东京。在眼下，这是武朝一条相对繁忙的航路，船队众多，不至于半途中遇上山匪抢劫之类的事情。

家中的孩子尚未满月，父亲便要出发去外地，对一家人来说也是一件颇为为难的事情，但家里的亲族百多人才下葬，一个孩子的满月酒也就算不得什么了。唯一就是孩子的名字这几天家中有些议论——宁毅是愿意让孩子姓苏的，但诸多事情发生之后，苏檀儿则坚持让他姓宁。

“妾身与相公的第一个孩子，一定要让他姓宁，将来他是要继承相公的衣钵的。大不了我与相公的第二个孩子再让他姓苏。小宝宝，是不是啊，咱们要姓宁……”

说着这话时，苏檀儿在床上俯身逗弄着婴儿篮中的孩子。说前半段时，她瞪着眼睛，颇有女强人风范；说到后半段时，便成了温柔的母亲。宁毅在一旁看着这一幕，最终只能答应下来，列了几个名字让苏檀儿选。苏檀儿最终选了个寓意比较简单也比较大气的，叫作宁曦。他毕竟是家中第一个孩子，苏檀儿希望他如晨曦，光芒万丈，此后便叫孩子“小曦儿”。宁毅笑她说孩了将来会怪她选了个笔画这么多的字，苏檀儿则颇为自信地说小曦儿将来会长成大文豪，不会怕笔画多，正好练练，对此，宁毅却没有多少自信。

名字定下来，引得苏家几个老人抱怨，说家还没分完，竟连孩子的姓都改成夫家的了，也太过分了，但随后被苏愈压了下来。

如今童贯的军队已经拔营北上，军队已过长江。宁毅要早些上京见秦嗣源，也是因为要早些正式加入密侦司。他是为了报仇，而秦嗣源与康贤要求的不仅仅是如此。虽然宁毅在杭州出了大力，得到了两位老人的赞赏，但他若是以为光说自己为了报仇去对付梁山就能得到对方的鼎力支持，就未免太过自大了。因此去山东之前，宁毅与秦嗣源有过一番交流，最终二人达成了共识。

苏檀儿暂时没法动身，一来她还在坐月子，能够休养还是要好好休养；二来苏家分家过程中的诸多问题都要理清理顺，加以解决。虽然将来为了手下的生意她必然要北上，但这时候还是得在家中待上一两个月。宁毅北上正好为她打个前站，只要能得到秦嗣源的支持，未来几年里，苏家在北方经商便能一帆风顺了。

宁毅上京之时，苏檀儿还在江宁；待到苏檀儿上京之时，宁毅可能已经去山东了——意识到这一点以及宁毅可能遇上的危险，剩余几天里，苏檀儿对宁毅显得格外依恋，每日夜里都要对宁毅说起“要注意安全”之类的话，此外就是在小曦儿身上又发现了什么有趣的事情，或是这几日对苏家又有了怎样的想法。她往日里对宁毅虽然依恋，但毕竟是独立的性子，许多心事不到事情尘埃落定之时不会说出来，此时却是什么都说。宁毅也不时跟她说起心中的想法，比如诸多对付梁山的阴险手段，夫妻俩对此议论一番，宁毅也时刻不忘强调，若是遇上危险，自己一定掉头就跑。

事实上，苏檀儿说起这些琐琐碎碎的东西，也是为了加深这个家对宁毅的牵绊，宁毅何尝不明白？另一方面，相处了这么久，苏檀儿对宁毅早已了解，这么多事情，宁毅哪一次不是在生死一线中搏得胜利？计谋这东西，本身不算可靠，若用计之人没有足够坚定的心性，再好的计谋也是扯淡，进行不到最后。只是她觉得，自己一直念叨，总会对宁毅有所影响。

宁毅陪着妻子，不时逗弄宁曦，看着家中为了他的出行做准备纷纷乱乱的情景，时间就这样一天一天地过去了。苏檀儿正在坐月子，每天喝难喝的鸡汤。天气开始热起来，她躺在床上，兜肚外就只有一件单薄的罩衫，露出优美的曲线来，纵然对她的身体已经熟悉无比，宁毅偶尔还是会被诱惑到。二十岁出头的人妻又成了人母，兼具青春与成熟的气息，抱着孩子时是一种魅力，絮絮叨叨地与他说家中琐事时是一种魅力，偶尔俏皮地说那些心事又是另一种魅力。

小婵偶尔会被拉过来——她是要陪宁毅上京的，这些天与宁毅相处的时间自然大多数归她家小姐。苏檀儿有一次双手合十地对她说："小婵这几天把相公让给我哦。"小婵便手足无措地红了脸，道："小姐……"随后她被苏檀儿拉上了床，这天晚上便是三个人睡在一块儿。宁毅睡在外面，苏檀儿睡在中间，小婵睡在里侧。齐人之福并不见得好享，第二天早上醒来，苏檀儿趴在他的胸口上，而小婵靠着苏檀儿的后背，两名女子都只穿了兜肚与短短的亵裤，偏生前一天晚上他一次都没发泄过，宁毅不禁苦笑。

到得十四这天晚上，苏檀儿缠着宁毅，小声地提出"想怀孕"的要求。她才生了孩子不到二十天，自觉身体已经好了，由于宁毅要走，便想立刻再怀一个孩子。宁毅自然拒绝了。她光着身子趴在床边，满脸通红地对着摇篮里的孩子说道："小曦，爹爹欺负我……你要快点儿长大保护娘亲……"

这是她在宁毅面前故作轻松。到得深夜，她则趴在宁毅的颈项间流眼泪，道："你要早些回来，不要真的拼命啊，你知道轻重的，立恒……你听得烦了打我就打我，这事你怎样都要记在心里。爹爹已经死了，他们都已经死了，你不要死，仇慢慢报也行的……"这是她这几天反复提起的事情，宁毅上京的日期越近，分别也越发近了。苏檀儿说得一阵，便咬着牙，尽量不让自己继续流泪。宁毅抚着她的腰肢与脊背的肌肤，只能再一次做保证。

这几天里，苏檀儿去找过聂云竹一次。她是为了感谢聂云竹救下小曦儿而过去的，但似乎也向聂云竹提了亲。二人在房间里谈了些什么无人知晓，此事后面没有再提起，但是据说苏檀儿在元锦儿面前摆了一番架子，将元锦儿气得"哇哇"直叫，连说"还好云竹姐没有嫁过去，否则得被欺负死了"。宁毅询问聂云竹二人的谈话内容，聂云竹罕见地没有说，只道是女人之间的秘密。

苏檀儿的柔弱只会在特殊时刻在宁毅面前展现，这几天里，若有家中亲族因分家之事来拜访，她必然表现得端庄成熟。聂云竹的坚韧或许也只有亲近之人才能清楚地感受到。

到得四月十五这天，一切都已准备就绪。周佩与周君武过来拜访，周君武邀请宁毅出去观看一只大风筝，风筝下用长长的绳子挂了一只笼子。

这一天，一只小猫被带着飞上了天空。

"我想过了，师父你说得对，一个人能做到的事情太少了，我现在有这个力量，有些事情是可以做的。我要搜罗一大批人，把格物论发扬光大，我周君武……在有生之年，要飞到天上去！"

他才到从孩子转向少年的年纪，但眼下说起“有生之年”这个词来已经有大人的模样了。望着那被人拉着飞远的大风筝，眼前的小王爷认真地提出了自己的疑问。

“我知道师父你是要做大事的人，有些事情，我也许不明白，可我想做的、能做的就是这些了。师父，你马上就要上京了，我一直想问：师父觉得，我做这些事情有意义吗？就像为万世开太平一样，我来研究这格物，将来是真的会有用吧？若是这样，师父可以去做其他的大事情，格物让我来，我……我算是师父真正的弟子了吧？”

这时候的男子，十二三岁都已经能娶妻成亲了，周君武虽然年纪小，但也并非毫无思考能力。宁毅研究格物，还会将这些东西说清楚，但他本身的态度像是在玩，这也是让小君武心中忐忑的一件事：到底在师父心中，这是不是一件非常有意义，只是他没有时间去做的事？若是这样，小王爷觉得自己可以努力坚持下去了。

宁毅看了他老半晌，随后拍拍他的肩膀，点了点头：“那一定是有意义的。你若真能坚持下去，将来你不仅是我的弟子，变成我的老师也说不定呢。”

“君武永远是师父的弟子。”眼前犹带些孩子气的面孔严肃起来，朝着他恭恭敬敬地行了一礼，然后才憧憬地笑了出来，“师父，我要当个称职的小王爷，将来当个称职的王爷，弄很多钱，搜集那些厉害的匠人，让他们有地位，不被人欺负，我一定会把格物学发扬光大，飞到天上去！”

# 第七章

# 偷藏箱中绝处逢生　为扬名盯上生辰纲

武朝景翰十年四月十五，江宁城郊的草地间，大大的风筝下系着装有小猫的笼子，飞得很远。小君武望着那风筝，立下了志向。

少年立志，心存高远，实在是一件颇为可喜的事，若是有先见之明的人在此，或许还会说此子将来必成大器。不过对宁毅来说，君武若是成功了，固然可喜；即便不成功，至少找到了自己可做之事，而不成功的可能性其实更高。正如西瓜想要的“大同”，君武想要的“格物”也是他撒下了种子，但不到必要的时候，他不愿对方太过执着。

周君武才开始发育，个子还是矮矮的，此时兴奋地与宁毅说着有关格物的事情。倒是一同过来的周佩，往日里总喜欢对着弟弟说教一通，今天倒是颇为文静，或许是看清楚了君武想要实现心中的抱负首先得当好一个小王爷吧。少女气质端庄，已经有了亭亭玉立的感觉。

据说康王府已经铁了心，开始给她物色郡马人选，几位江宁的青年才俊正在争夺这一头衔。宁毅还听说几名贵族才子在某某楼中摆下场子，为了这位小郡主比文论武，几天时间内在江宁城传为佳话。宁毅正在为家中的事情操心，只听得一鳞半爪，不甚清楚，但想来颇为精彩。

被风筝带上天空的猫笼不久后断了线，小猫掉下来，应该是摔死了，城郊的草地上，康王府的几名家丁跟着呼呼喝喝的周君武过去寻找。少女这才朝宁毅福了一福：“老师，家中一直逼着我招郡马，老师觉得……怎么样啊？”

“父母之命，媒妁之言，我能说什么？你那么聪明，想必是心里有想法才来的吧？”

周佩低下头：“我以为老师会有些不一样的说法……这次怕是躲不过了啊。”

宁毅有些同情地看着她：“我也是这样子成亲的，后来也还不错。这种事情，每个人都是这样子过来的，别说很难躲，躲过了可能更麻烦。以你现在的年纪，郡马随便你挑；若是年纪大些，就是人家挑你，说不定还会有人在背后戳你的脊梁骨。我听说那些想当郡马的年轻公子虽然不能说家世顶尖，但水平都还不错，你跟他们多少算认识，能够任你挑了，你还想什么？”

“我……我心中还是不甘。”周佩轻声道，“我小时候觉得，便是女子，也能做到许多事情，后来发现不成，于是我希望弟弟能够成才，至少将来当个有用的王爷。如今他虽然不能经世济民，但至少研究的那什么格物将来也是有用处的，可……可到头来，我心中还是不甘，凭什么男人可以做的事情我就不行？那些郡马的人选，我认识倒是认识……都是半桶水的家伙，一个个……都没什么真材实料。”

实际上，驸马也好，郡马也好，一旦入赘皇家，一生便与仕途无缘，此时真正有理想抱负的年轻人不会去选择这条路。若是那些养在宫里从未被人见过的公主选驸马，有些人甚至会避之不及，但周佩这次招亲，江宁城中还是有不少青年才俊跃跃欲试，皆因她往日里常有抛头露面的机会。小郡主从小样貌秀丽，到得十五岁上，出落得越发端庄美丽，而美丽之余，她受康贤的教育，在经史子集、诗文书画上也颇有造诣，是江宁年轻一辈中有名的才女。

往日里宁毅上课，说的观点每每发人深省，那是占了现代人的便宜，若以正统的眼光看，宁毅在很多方面的造诣恐怕远不如这位小郡主。也是因此，宁毅虽然不怎么涉足这帮才子佳人的领域，却也知道，自传出小郡主要招亲的消息后，有不少年轻的文人才子愿意赌上前程，赢得周佩的青睐。只要不是那种需要继承家业的长子，往后能当个富贵闲人，与这位才女郡主琴瑟和谐，也算是只羡鸳鸯不羡仙了。

只不过，他们只知道小郡主的才学，却未必明白她的性格。宁毅听她一番低语，那些追求者竟无一人能入她的眼。宁毅摇了摇头，觉得这小丫头未免太过好高骛远：“谁一开始不是半桶水？跟你差不多大，十几岁的小孩子，只要心性不错，慢慢来，总是会变成一大桶水的。你跟康驸马学东西学多了，拿他的标准来衡量人，太不公平，康贤年轻的时候估计还不如这些孩子呢。”

对于这类事情，宁毅也没法过多劝说。他若有女儿，自然不会在十五岁时就给她挑丈夫，但小郡主这事根本没法改变。她的眼光这么高，眼下或许还能找一个不错的，拖到二十岁后，她岂不是更为难？见她兀自低着头嘟着嘴，宁毅知道劝说不了，便也不再多说。

这日辞别了周佩姐弟，宁毅又去拜访了康贤，回到家中进了院子，便听见苏檀儿在房间里与人说话。

“这个时候，家中这么多事情，你们去凑什么热闹？！”

“便是在这样的时候，我们才希望自己更有用。二姐，这是我们苏家的事情，我们全躲在后面，算怎么回事？”

“什么苏家的事情！往后若这个家姓了宁，你们便要造反了？”

“我……我们不是说这个，二姐夫我们是服的，可毕竟是报仇……我们也想让自己更有用，不懂的我们至少可以学啊……”

“你们二姐夫过去是要拼命的，动不动就死人，你们想去学？好啊，我给你们每人一把刀，你们敢说自己要是遇险，随时敢自杀，不拖累你们二姐夫，我就让你们去！”

里面与苏檀儿说话的，正是以苏文定、苏文方为首的几个苏家年轻人。分家之后，他们是站在大房这边的，这次知道宁毅上京的目的，便来求苏檀儿，想跟着宁毅去。苏檀儿在宁毅面前温婉可爱，此时却是声色俱厉，几个人片刻就没了话说。他们固然有着一腔热血，但要说有了热血就不会拖后腿，那纯粹是一厢情愿的想法。

宁毅站在窗外，饶有兴致地听了一会儿，觉得自家娘子骂起人来果然越来越有味道了。小婵从后方过来，看见宁毅站在窗外，想要打招呼，宁毅竖起一根手指“嘘”了一下，然后将她搂过来抱住。小婵的脸红了一红，不过也意识到宁毅在干吗，她便与他一道站在窗外偷听苏檀儿训人。

“相公，我不想跟小姐分开……”听得一阵，小婵嘟囔道。

“我也不想啊。”宁毅抱着她，笑着晃了晃，“但有些事情早一个月好一个月。反正我们只是去打个前站，等到我去梁山那边，你还是要在京城等着檀儿过去的，没多久就能见到了。”

“嗯。”小婵点了点头。宁毅轻声道：“这次过去是为了干什么知道吧？”

小婵用力点了点头：“打前站，报仇！”

“哪有，我们这一路过去是要生孩子的。”

二人发生肌肤之亲已久，这类话倒也不算出格。此时宁毅是从背后搂着小婵，小婵抱着他的手，赧然却也“嘿嘿”笑了一声，像是动画片里害羞的小美人。

“狗血喷头啦，我进去帮忙说说话。”过得一阵，觉得里面说得差不多了，宁毅才笑着放开了小婵。他从门口进去时，房间里的众人都停了下来，几名年轻人叫着“二姐夫”，宁毅挥了挥手，道：“先出去吧，别惹你们二姐生气了。”几人连忙逃跑时，他才拍了拍苏文定的肩膀：“放心，这次你们一定有事做，就看你们做不做得来了，毕竟苏家以后还是靠你们，好好学吧。”

他这样一说，几人的眼睛陡然亮了起来，倒是那边还在生气的苏檀儿眯了眯眼睛，望了过来。几人从房间里出去后，她才委屈地问道：“相公还真打算带他们去啊？”

宁毅坐到床边：“你怎么想？”

“这种事情，哪里能带他们过去？那个密侦司里肯定有很多老人，什么事情都熟练了，要是带着文定、文方这些人，事情可能出错不说，到头来很可能反过来要你去救他们，那可怎么办？”她有些委屈，瞪着眼睛看向宁毅。宁毅笑了笑。

“这件事我也想过了，想了好一阵子。密侦司到底是干什么的，我已经跟檀儿你说了，你心里也有数了吧。”

“嗯。”苏檀儿点了点头。

“一件事情要好好布局，最依赖的就是情报。我答应加入密侦司，是为了这一点，有了准确的情报，向梁山的人报起仇来也简单很多。但玩情报的不见得可靠，知道太多东西的人就跟马桶一样，用的时候很需要，没用的时候大家都恨不得躲开……”

他说到这里，神情严肃起来。苏檀儿认真地听着，皱眉道：“相公难道担心……秦相和康驸马？”

宁毅摇了摇头：“跟他们毕竟还熟一点儿，我担心的是……更加上面的。”他示意了一下，苏檀儿沉默下来，随后才忧虑地望着他：“不能……解决了梁山的事情就抽身吗？”

“我还有其他一些事情想要做。”宁毅笑了笑。他其实已经确定了下一个目标，就是帮助秦嗣源这些人阻止“靖康之变”。假如事情继续这样发展下去，武朝军队这样不给力，将来金兵南下是肯定的。与刘西瓜分开时他就做了这样的准备。只要将来南方不发生杭州地震那样大规模的灾难，占领了北方之地的女真人很快就会被腐化，那个时候，武朝将保有百年太平，他就不奢求更多了。人没办法插手死后的事情，所谓“为万世开太平”不过是个好听的理想，但有一点是可以肯定的：每个人要为自己挣命，只寄望于他人帮助或是拯救的人，死了也就死了，至少他不会有丝毫怜悯。

他自然不好将“靖康之变”这类事情跟苏檀儿说，略顿了顿，道：“这次上京，既然家已经分了，再做生意就不妨做大一点儿。我会跟秦相提一些东西，他若是答应了，密侦司不会是现在这副样子，但为了防止意外，我也想将一些东西握在自己手上。家里的人我会带两个过去，文定、文方他们就留在家里。另外我想……让檀儿你帮忙做一些事情，能做到的也只有你了。”

苏檀儿笑了笑，握着他的手：“你的命就是我的命，真有这么重要的事情，相公你要是不想着我……我便休了你。”

宁毅忍不住笑了出来，随后双手握住她的手掌：“最后会变成怎么样我不知道，不会有人知道你，但如果将来真的出了什么意外，也许你就可以给我……也给我们一家人解套。”

自古以来，变法之人从无好下场。皆因人与人之间，力的作用其实也是相互的，想要行大改变，必然遇上大反扑，想要阻住什么趋势、潮流也是一样。宁毅是明白这点的，也是因此，现在他就得开始做准备了。

这天傍晚，宁毅与苏文定、苏文方等人聊了一会儿。心中的想法，他自然没有过多地与他们说，只是从中挑选了两个人随自己北上。这二人都是与大房关系亲近的堂亲，一个叫苏文昱，一个叫苏燕平。至于苏文定、苏文方等人，则留在这边配合苏檀儿。事实上，人与人之间的差距通常不大，苏家子弟只是未经太多磨炼，才表现平庸。

在儒学当道的此时，普遍提倡以一人之力改变世界，“天行健，君子以自强不息”“君子如龙”，等等，于是如苏家年轻一辈这样的年轻人在能力不够时总是好高骛远，想要驾大船、操大局，结果左支右绌。假如大家都能认清自身的能力，先做好自己分内的事情再去考虑其他，未必不会成才。

家事至此安排完毕。这天晚上，宁毅与苏檀儿躺在床上，孩子就在床边的摇篮里，摇篮轻轻地摇啊摇，月光从窗外倾泻进来。夫妻俩都没有睡着，安安静静地依偎在一起。到得夜半时分，孩子尿床哭了，宁毅起身给他换了尿布，把他抱在怀里，坐在床边的椅子上轻声地唱歌，歌声是这样的：

“野牛群离草原无踪无影，它知道有人类要来临，大地等人们来将它开垦……来到这最美丽的新天地……”

苏檀儿躺在床上，静静地看着他，与窗外的星星、月光、小院、竹林一同听着那不属于这个时代的旋律。三年以前，一个灵魂来到这个世界，以旅游和度假的姿态看着这个时代的一切；到得如今，他看到了、感受到了许多事情，也终于决定去做一些有关这个时代的事情了。天亮的时候，他将从睡梦中醒来，进入一个属于他的新天地。

同样的夜晚，康王府偏房的仓库里，一道身影举着灯火，穿梭于一口又一口大箱子之间。等到天亮，这些箱子会被运上货船，一直运到京城，送到皇宫，作为朝贡与贺寿之用。东西早已经准备好，也已经编上了号码。那身影计算着一口口箱子按照编号摆放的位置，然后打开一口箱子，将里面的金银珠宝搬出来，自己躺进去试了一试，用小刀在箱子上艰难地挖了一个小孔。

万事俱备了。

挖完小孔，举着灯火的窈窕身影在那箱子前长长地舒了一口气，点了点头。

人生世事如棋局，举手无回大丈夫。她虽然不算大丈夫，但自信世上也有巾帼不让须眉这回事，她要去到新的地方，见识更广阔的天地。

这天晚上，宁毅夫妻俩都没有睡太久。

早晨醒来后，苏檀儿为他穿上衣服，吃过早餐，一家人一同去往江宁的码头。几艘大大的官船已经等在了那边，船上彩旗招展，过来的除了康贤，还有成国公主周萱本人，江宁府的众多官员也过来了。因为这几船东西，是要运去京城为当今太后贺五十大寿的。

出于某些考虑，康贤只是远远地朝宁毅招了招手，并没有过来与他交谈。闻人不二也来了，早一步上了船，同样没有来打扰苏家众人互相道别。

“你要记着家里，平平安安地回来。”

平日里已经说得够多，苏檀儿此时便只轻声对宁毅说了这一句，随后叮嘱苏文昱等人不要乱来，以免拖姐夫后腿，又叮嘱小婵好好照顾相公。

“最好怀个相公的孩子。”她附在小婵耳边，俏皮地轻声说道。小婵红了脸，不敢点头。

远远地，聂云竹与元锦儿在驸马府家丁的带领下上了后方的一艘大船。从那边看过来时，元锦儿对着苏檀儿的背影吐出舌头，做了一个大大的鬼脸，然后才蹦蹦跳跳地随着聂云竹上了船。

苏檀儿笑着，有意无意地朝那边的船上看了一眼，风吹过来，吹乱了她的头发。康王府、公主府的家丁们抬着一口一口箱子往船上去，其中一口箱子里，少女透过小小的孔洞往外看，码头上的喧嚣、众人的依依惜别都落入眼里，某一刻，她与宁毅、苏檀儿等人几乎是擦肩而过。少女在箱子里眨着眼睛，宁毅的身影在视野中一闪而过。

一口口箱子被搬进舱室，“砰”的一下，少女感觉到自己所在的箱子被放下了。她躺在箱子里等了一会儿，陡然间，又是“砰”的一下，一口箱子落在她所在的箱顶上，她愣了一愣，小心地朝上面推了一推，然而箱盖无比沉重，在她的力量下纹丝不动。

她慌忙从小孔朝外面望去，对于要不要出声难以决断。也不知过了多久，又是“砰”的一下，一口箱子落在前方，挡住了她的视线……

农历四月，雪融冰消，长江开始进入汛期，江水浩浩荡荡地从上游下来，到得江宁一带时渐成声势，宁毅等人所行的航道上，只有吃水较深的大船敢行驶。即便如此，他们所乘的官船还是有几分颠簸，晕船者也渐渐显出症状来。

“待到了大运河上后，船便行得稳了，一开始这两日也是没有办法的事……”

船上随行的多是达官显贵，船行得不稳，便有人发脾气，有的甚至立刻便要下船，乘车马北上，船工等人只好赔小心解释。起航才半天，宁毅等人便见到几起这样的事情。这年月里，便是有身份之人，出行的机会其实也不多，晕车晕船又没有特效药物，若是海船，这类症状便更加严重，但乘客也只能忍着，无法可想。

宁毅的情况还好，随行的苏文昱晕船晕得厉害，宁毅只好让他在后面的舱室里吐啊吐啊，然后说道：“吐着吐着就习惯了，人生就是这样。”

他这次上京，要加入的是情报系统，康贤等人便将他们一行人安排在了靠后方的舱室，不与前方的官宦显贵有太多交集，闻人不二等人的待遇也是如此。宁毅倒不在乎时代造成的差距，随后与众人说起平衡能力的由来，言道人脑中靠近耳朵两侧有一处名为半规管，并讲解了半规管解剖后的形状，又道便是此处司掌人体的平衡，晕车晕船之人，多半此处不甚发达。

小婵偶尔端了茶水过来，便知道自家姑爷又在说那些旁人听不懂的东西了。不过，即便旁人不懂，宁毅也不多解释。闻人不二、齐新勇、齐新义等人原本以为他看了什么杂书或者干脆就是信口胡诌，后来见他说得头头是道，才信可能有这类事。其实他们倒未必相信人体平衡来自那半规管，只是逐渐觉得宁毅可能真知道人脑之中有些什么，又听他说人脑展开之后有多大，都不由得心下骇然。

此时，即便是再好奇的大夫，也不至于去了解这方面的事情。若是验尸的仵作，倒还有些可能去观察一下人脑，但也绝不至于把人脑摊开，去看看到底有多大。宁毅这样一说，众人不由得想：莫非他闲着无事去测量过？

宁毅看起来儒雅，但行事每每出人意料。闻人不二见过他冷静的表象之下有些神经质的部分。齐新勇等人与他打交道虽然不多，但也见过他站在刘西瓜身边的情景，后来听说是他设计将杭州城门打开了，就知道，这样的人，哪里会简单？几人一开始想到他去研究这个，只是觉得这种行为有些奇怪，但越是去想，越觉得还真有这种可能，不由得心下骇然，下意识地坐得离宁毅远了些，倒是齐家年纪最小的齐新翰偶尔会感兴趣地应和一句：“或许练梅花桩之类的功夫于这半规管的发育有益？”

宁毅端着茶水如此与众人聊了一阵，中间也说些江湖逸闻，又聊了一会儿梁山。某一刻，宁毅出去装了热水过来，在门口侧着耳朵听了一会儿，问道：“你们有没有听到‘咚咚咚咚’的声音？”

这声音所有人都听到了，大家都点点头，解释说大船稍微颠簸，附近一些房间里的箱子碰撞，便有此声。宁毅想了一会儿，却道：“好像不是，倒似有人在敲墙壁……”众人方才听他说了解剖人脑，这时候脸色微变，都以为他精神病发作，好在宁毅听了一阵，便摇摇头道，“可能是我听错了……”

这一天，船行一路，也颠簸了一路。闻人不二等人到前方去打探了一番船上宾客的身份。公主府船队北上，随行者的目的各有不同。成国公主名下产业众多，每隔一段时间，这样规模的船队向南、向北而行都有，这次用的是为太后贺寿的理由，不少达官贵胄随行，其实也与声势浩大的北伐有关。虽然武朝人嘴上都说收复幽、燕乃武朝两百年来的大事，但物资、军费会摊到每个人的头上是现实问题，有的人愿意多出，有的人则想要少出，都有其理由。南方的局势定下之后，江宁这一拨与皇家拉得上关系的人便借着贺寿的机会，准备北上活动一番。

船上的这些人当中，官员、富二代乃至宗亲子弟都有，闻人不二打听了一阵，便知道身份都是自己高攀不上的，自是敬而远之为好。只是吃过了午饭，有人过来拜访宁毅。来者是一名十六七岁的年轻人，样貌俊逸，名叫卓云枫。宁毅之前没有见过，后来想想，似乎听人说过，是江宁文坛一名还算有名的年轻才子，由于才出来，旁人在宁毅面前说起时，评价大抵是“有一子侄辈的学子颇有天资，将来必成大器”之类——宁毅去杭州的这段时间，他才稍稍有了名气。

这卓云枫也是宗室身份，母亲是一名下嫁的县主，虽然夫家后来没什么成就，但皇室血脉终究不可磨灭，这次上京大概也是想要博一些名气与人脉。他一见宁毅，言语之间倒是恭敬，随后又向宁毅请教了一番诗词。宁毅随船上京之事并未与许多人说，本以为这少年是与康贤有些关系，因而找来，后来才发现，这少年原来也是周佩的仰慕者，话语之中偶有提及小郡主，都是颇为欣赏的态度。除了言语、表情中有着几分少年人特有的倨傲外，卓云枫并没有什么称得上缺点的地方，而少年有才，自傲也是理所当然的事情，算不得什么。

如此聊得一番，那少年在宁毅这边坐了一会儿，喝了几杯茶，又走了。宁毅心中觉得他这番拜访有些没头没尾，又说不清楚怪异的地方在哪儿。其实，周佩将要嫁的人没几个月就会定下，这卓云枫在眼下上京，自然是没什么机会了，但看他的神情，似乎有几分成竹在胸的感觉，不知道是为什么。

这想法在宁毅心中掠过，随即他就不再多想。事实上，他这些日子思考的，还是梁山方面的问题。他对于梁山的事情不算熟，需要做的考虑也就很多。从武朝军队的战斗力来看，阳谋并不见得好用，而阴谋需要大量准确的情报才能支撑起来，但也有一两项东西是可以在这时给秦嗣源的，也是这几天里他需要完善的中心点。

这天傍晚，大船停泊在港口之中。夜晚，风大了起来，船只也有些摇摇晃晃。好些乘客都已经下船玩乐，住在客栈之中，但对于苏家跟过来的几个人，宁毅还是要求他们住在船上。不过船只停稳之后，宁毅去另一艘大船上看望了聂云竹与元锦儿。

聂云竹不晕船，而元锦儿有着“浪里白条”一般的水性，根本不用担忧她晕船。

到得小婵也睡着之后，宁毅望着船舱外的月亮，却有些难以入眠：家中的檀儿与孩子，这次去到京城要见的人、要说的话以及要做的事，自己的行动可能造成的影响……

他梳理着情绪，从床上起来，在船舱里、甲板上踱步。此时云飞月走，江岸边树影憧憧，远处的山城灯火闪烁，在水里倒映出来，也是一番不错的景致。几艘大船上兵丁巡逻，守卫森严，但没了白日里的一众贵人、仆从，倒也清静。这样想时，宁毅似乎又听得“咚咚”声传来，但侧耳仔细听时，声音已经没有了。

宁毅正要回船舱，却见那边的月色中，卓云枫正与几名家丁从一艘大船上下来，他说了几句话，眉头紧蹙，随后目光扫向其他几艘船，看起来像是在寻找什么东西，此时猜测着那东西到底在哪儿。

卓云枫看了几眼，不经意看到了宁毅，随后定住了。像这样在夜间遇上，双方原本只需要打声招呼便了，那卓云枫的神情却有些古怪，先是站在那儿与宁毅对望了一阵，随后远远地、用力地拱了拱手，倒像是宁毅看见了什么不得了的事情，他的阴谋被拆穿，索性豪情万丈地与宁毅照面儿。

这件事情让宁毅有些疑惑。他已经被人有心算无心地阴了几次，如顾燕桢，如楼书恒，又如席君煜，对这类仿佛有着被害妄想症的精神病已经颇为警惕，当天晚上就将事情记在了脑子里，第二天清晨起床后，练功之时犹在回想自己与那卓云枫是否有交集。其时晨雾萦绕着江面，他忽然间想到一件事情，转身往舱室那边过去。

他的身份前头住的那些大人物或许不清楚，成国公主府派出的随船管事却是知道的。宁毅在舱室附近徘徊了好一阵，才下了决心问那管事拿来钥匙，屏退左右后，开了其中一间船舱的门，让那管事在附近守着。那舱室里全是要运到京城的贡品，都用大大的箱子装着，并贴了封条。宁毅爬上那些箱子顶端，一处处观察了许久，又跺脚、敲击，过了好一阵，某一处里面才有微弱的声音传来。

宁毅搬开上方的箱子，不一会儿发现了蜷缩在下方大木箱中已经奄奄一息的周佩……

对周佩来说，某种程度上，那或许是她日后最不愿意提起和想起的一段记忆。在十五岁的年纪为了逃婚而上京，试图在日后成就一段巾帼不让须眉的佳话——计划说起来不错，只是她未曾料到一开始就会遇上如此之大的挫折。她原本躲在箱子之中，考虑着自己要不要出声，等到做出决定的时候，却已经晚了。

从江宁的码头出长江，一路上船身颠簸，被关在那大箱子里，不见半丝光亮，对从来都养尊处优的周佩来说，心中的恐惧已经无以复加，但不管她如何拼命敲打那木箱的箱壁，能够传出去的声音都微乎其微。旁边的箱子里盛了重物，但在一路的颠簸下已经靠了过来。她意识到呼救不成，想起身上还带了一把匕首，随后就开始一边哭一边割那箱壁，然而割了好久也只割开了一道小口子。事实上，若不是有这道小口子让通气的速度加快了一点儿，恐怕她早就被憋死在箱子里了。

此后的经历于她而言完全是一场噩梦。黑暗、饥饿、恐慌、疲累，对周佩来说，简直是之前从未想过的酷刑。那箱子虽然挺大的，但十五岁的少女在里面，身体无法完全舒展开，汗水湿透了衣衫，刀子也在手上割了一道口子，她一度以为自己要死了，但最令人难堪的还是尿意……

她也不知道自己在那大箱子里待了多长时间，意识清醒时便去敲打箱壁，有时候用腿踢，有时候用手指去抓去挠，有时候想“我要死啦，我要死啦”，也有时候觉得还不如死了算了。箱子里的气味逐渐变得奇怪起来，对时间的感知也越来越模糊，迷迷糊糊间，她觉得自己简直像是老师以前说过的那个被关在瓶子里的恶魔，想自己会怎样被人发现。

她有时候想，若有人救她出去，她便一辈子喜欢他，好好地报答他，他怎样对自己都行。想到羞人处，身子便蜷缩在一起。她靠着箱壁，痛苦地哭了起来。

有时候她又想起家中的教导——她是郡主身份，流着皇家的血，身上有皇家的尊严，虽然黑暗中看不见自己的模样，但也能想象到现在的自己必然已经狼狈不堪，若是被人看见了，首先想的恐怕就是杀人灭口。

一颗心就这样在以身相许与杀人灭口间晃来晃去，迷迷糊糊中，周佩做了好些梦，梦见自己成亲了，后来却又杀掉了自己的相公，有时候是皇家下的旨，有时候是自己动的手，不管是哪一种，她都哭了。有时候她会想起老师——她其实一直佩服老师的诗词和才干，但老师大概是不知道的。她好几次想要说出来，也一直想让老师见识自己的不凡——她是好多人夸赞的小郡主呢，很多人喜欢、上门提亲。她想要在老师面前表现出她高贵优雅的一面，但老师看起来都没有惊叹的意思，她在她生活的那个圈子里，明明被那么多人憧憬啊……

大家毕竟不是一个圈子的，宁立恒太奇怪了，他哪个圈子的都不是。然后梦中的郡马就变成了老师的模样，她觉得，他死了以后，她好伤心啊……

在这样纷乱的幻想与梦境中，时间漫长得犹如过去了好几天，周佩的意识越来越模糊。当眼前终于出现第一缕光线，看见宁毅的模样时，她仍旧觉得那是一场梦境。然而，在现实与梦境之间，那道身影令她感到了些许安宁，她终于疲惫地睡去了……

没有太大的颠簸，船只破浪前行。

宁毅站在大船后侧的船舷边看着风景。夏日的傍晚，河道两岸的景观随着船行远去，偶尔有行人自那画面里经过。今天已经是启程后的第三天，船队北上进入大运河的航道，天气清朗，夕阳很好，几艘大船破浪而行，令人感到心旷神怡。

宁毅所住的房间如今已经被周佩占去。年纪只有十五岁的小郡主按照后世的说法正处于叛逆期，宁毅不愿意参与到她古怪又纠结的心事里去，虽然说起来有师徒名分，但至少在宁毅看来，彼此是算不得亲近的，他犯不着对一个这样的小姑娘表现得太过贴心。

他将小郡主从箱子里抱出来的时候，被关了一天一夜的少女已经是极为凄凉的状态了，甚至说是弥留状态也不为过。一个人被关在这样的环境里这么长时间，许多大人或许都支撑不了，更别说一个小姑娘了，昨天下午醒来之后，她便蜷缩在床上，一直保持沉默，看起来比之意气风发时不知道单薄了多少，估计心中已经有了阴影，一时间难以缓过神来。

若是一位负责任的家长，这个时候应该会将她送回江宁，但宁毅选择写了信函用飞鸽传回去给康贤，房间则干脆给了受到心灵创伤后不愿意挪窝的少女，免得自己在她眼中成了大恶人。

如今知道小郡主身在船上的人还没有几个，除了他与那名昨天守在门外的管事，就只有小婵了。只是小婵照顾人虽然没问题，对于少女所受的心理创伤却是无能为力，到得吃饭之时，还是得由宁毅端了热粥进去。或许是因为在黑暗中被关得太久，即便见到宁毅，抱着被子坐在床上的少女的神色仍旧有些复杂，像是畏惧。但若进去的是小婵，便是靠近了，少女也没什么积极的反应，甚至干脆抱着被子缩到床角去了。

将人从箱子里救出来之后，宁毅先让小婵替周佩沐浴更衣，包扎伤口。那时候周佩仍处于昏迷状态，自是任由小婵摆布，但她醒过来后，便不好再那样了。她穿着小婵带的单衣，纵然这已经是小婵最漂亮的衣服了，穿在周佩身上依然显得有些寒酸。她手指上的伤口被绷带包着，一头原本保养极好的长发也披散下来，坐在床上便显得格外瘦小，有几分可怜。

宁毅便坐在床边，用调羹舀了粥给她吃。

“船已经过了扬州，不在长江上，接下来就不会那么颠簸了。现在时间已经不早，晚上大概会在淮安附近靠岸，船上的很多人都会下船去城里住，你可以考虑一下。你在船上的消息暂时还没有公开，不过也不是什么大事，你要是觉得好些了，就出去走走，船上的风景还不错。”

他说着这些，将调羹伸过去，周佩小口小口地吃了半晌，又微微缩回去，抱着被子低下头。宁毅道：“不过，消息已经通过飞鸽传回去给你康爷爷了。接下来到底要怎么做，你自己想一想吧。当然最好还是回去。你是皇族，这次还好没事，事情要是闹大了，没什么人可以扛起来，跟船的刘管事都快被你吓死了。”

宁毅说了几句，那边的周佩才稍稍动了动，委委屈屈地轻声道：“老师……觉得麻烦了吗？”

她这样问，若是一般人，回答恐怕就是“不麻烦”，不过宁毅点了点头：“确实有些麻烦，不过你先养好身体吧——手伸过来。”

喂完粥，宁毅替她换了手指上包扎的药与绷带。周佩的手指修长白皙，伸在那儿，偶尔被碰到，就会微微颤动，许是指尖还有痛感。

“下次还是让小婵给你换，你以前也是见过她的。现在她是我的妻子，也算是你的师娘了，你的身份太高，她有些压力，你别吓到她。”

实际上如今有心理创伤的是周佩，但她毕竟教养良好，宁毅这样说了之后，她就算抗拒其他人，至少对小婵也得表示一下亲近了。宁毅却听得她在那边轻声道：“小婵不是老师的妾室吗？”

“妾室就是妻子啊。”宁毅回答。

“没……没听别人这样说过……”

“我家的规矩。”宁毅笑了笑，见她已经开口说话，又道，“对了，那个卓云枫，跟你是什么关系？”

“卓……卓云枫？”周佩大概是想了好一会儿才反应过来，“他……没有关系啊……”她不明白宁毅为什么忽然问起这个。

“我看他谈吐挺不错的，也很有才学。看他说话，跟你也挺熟……”

“老师你……见过他？”周佩微微抬起头，随后又低头，轻声道，“哦……他……他托人找了老师？”

“他就在船上啊。”

“啊？”这下周佩倒是被吓了一跳，低着头，也不知道在想些什么，只听得宁毅说道：“看他对你挺有好感的，估计已经跟你家提亲了吧……”

周佩便连忙摇头，随后才道：“他……他是朝阳县主的儿子。朝阳姑姑原本嫁给了一位指挥使，后来那位卓指挥使犯了事，家道就中落了。因为朝阳姑姑的关系，上面倒是没有太过降罪。卓云枫……人是挺聪明的，小时候被朝阳姑姑送来，与我拜了同一位老师，所以我与他也算是认识……”

她心中想着这事，倒有许多心事没有说出来。周佩身边的年轻人中，卓云枫算是极为出类拔萃的一人了，和周佩也算有些交情，只是并未到男女之情的地步。两家虽然都是皇族，但血脉相隔已经有好几代，周佩选郡马的事情传出后，卓家曾派人来提过亲，周佩这边照例是婉拒了，卓云枫也是骄傲之人，在那前后从未提起过这件事。

周佩既然也有些欣赏他的才华，二人之间自然比跟一般人走得近些，她对宁毅才学的仰慕有时候难免表现在言行之中，卓云枫该是知道的，只是不知道他对宁毅说了多少。

她往日里常对宁毅表现出不服的态度，此时若让宁毅知道了这事，她自然大大地丢脸。虽然在她想来，之前被他从箱子里抱出来时就已经丢脸得不得了——这一天她躺在床上，便是在一遍一遍地想她当时到底是怎样被抱出来的，在她的想象里，那简直是比被脱光光了抱出来更加难堪的一幕，以至她时而想哭，时而想躲起来不见任何人了——但这时候心中还是不免忐忑。好在宁毅听她这样说了，便点点头，不再多问。

与周佩说了几句，见她的状态好转，宁毅也就放下心来，端了碗筷出去时，却见卓云枫与另外几人正从船舱那一头走来。卓云枫过来打了招呼，看着宁毅手上的托盘，道："宁先生，吃过东西还自己收拾吗？"宁毅笑笑："顺手而已。"

与卓云枫一道的大多是江宁一带的权贵子弟，宁毅并不认识，便不与他们打招呼。待他离开，卓云枫若有所思地朝那房间望了几眼，与众人一面交谈，一面走开，几人议论的，正是宁毅的身份。有人道："住在这边，莫不是个账房先生？"

"看云枫的态度，倒像是谁家的幕僚，可能是随行上京。"

卓云枫道："他便是宁立恒。"

众人是听过这个名字的："原来是咱们的第一才子？"言语之中倒也不算太过惊讶。随后有人道："郡主的老师吧？"

也有与卓云枫相熟的，到得前方转弯处，才小声问道："云枫之前不是要娶那小郡主吗？这次为何忽然又上京了？"卓云枫回头看看，只是皱眉摇头不语。

他们渐行渐远，声音便不清楚了。除了卓云枫，他们中间当然也有与周佩认识的，就在他们走过去之时，周佩正躺在里面房间的床上，轻轻地咬着手指头，想着自己小小的、纷乱的心事，对于外面的些许喧闹便没有仔细去听。

距离这边不远的房间里，随行的苏文昱正脸色苍白地躺在床上，这几天里，他晕船晕得一塌糊涂。外侧的船舷上，宁毅与走来的闻人不二打了个招呼。后方的一艘大船上，聂云竹与元锦儿坐在窗边看着外面的景色，交头接耳。船上都是陌生人，她们是女子，自住进来之后便不怎么出门转悠。夕阳彤红，照着下方的滚滚江水，承载着诸人的心事。这天夜里，船队抵达了淮安附近的县城盱眙。

淮安是淮河与京杭大运河的交点，盱眙虽然不如淮安那般繁荣，晚上船上还是有不少人进城找乐子去了。然而到得深夜，有几名仆从狼狈地赶回来，说是一位小侯爷在县城的青楼之中与人起了口角，然后被人劫去了……

风声呜咽，小县城中灯火渐熄，然而到得午夜时分，一束束火把奔行在道路间，县城变得热闹起来。码头这边，灯火已经在几艘大船上亮起来，骚动在小范围内蔓延。

周佩在房间里将窗户开了一条细缝，偷偷地朝外面瞧，只见随船的几名将领都已经被惊醒，士兵也在一队队地下去。此时宿在大船上的宾客不多，但士兵们还是尽量绕开了那些贵客居住的地方。周佩听得一阵，才知道是望远侯卢沛江的儿子卢纯在青楼之中与人起了口角，随后被强人劫了。

即便在王侯之中，那望远侯卢沛江也算颇有权势之人了。这次船队北行，护的是给皇太后的生辰纲，随船的几名将领都是江宁军队中的得力之人，但在侯爵的身份面前也算不得什么。那些将领原本以为运河两岸治安良好，那些权贵子弟又有家将护着，出去玩耍当无大事，谁知道竟会出现这等意外。消息一传来，众人立刻行动起来，朝着县城杀过去。

喧嚣过后，码头内外、船只上下都提高了戒备，县城内，估计衙门的人也开始配合做事了。周佩对于青楼中争风吃醋的事情自然没有好感，看得片刻，听到隔壁宁毅与小婵被惊动起床的声音。她踮着脚回到床上，宁毅在外面敲了敲门，问她是不是被吵醒了。过了片刻，小婵端来一壶茶水，放下后轻声说了听到的消息方才出去。

二人的年纪其实差不了几岁，小婵还是少女的样子，面容青涩，只是方才起床后草草地梳了个妇人的发式。周佩躺在床上，将她与自己对比了一番，转眼便忘了那小侯爷的事情。

然而，外面的吵闹声一阵一阵的，远远近近地传来，过了好久都未有停歇的迹象，她自然睡不着。不多时，后舱这边也逐渐热闹起来，是有人过来找宁毅。他们在走廊里说话，小郡主竖着耳朵听。

“那位卢小侯爷……现在还没找到……”

“点子武功高，盱眙搜了个遍，还没找到人，怕是之前就踩了点的。这样下去，明天走不了了。”

“人选得倒好，若是早有预谋，会不会是……为这生辰纲来的？”

“可能性不大吧，这条线上……”

与宁毅说话的自然是闻人不二以及齐新勇等人。他们都是老江湖，只看对方下手的手法、追捕的难度便能知道这到底是意外还是蓄谋，但要就此判断对方是为了生辰纲而来，又觉得敏感过度了。这条航道向来繁荣，官府的管理力度也大，他们此时停靠在盱眙一侧，这个大县的另一侧靠着洪泽湖，上面水匪是有些，但要说他们敢动生辰纲或是对有侯爵身份的人动手，还是不太可能。

不过宁毅等人对那小侯爷没什么责任，讨论这事，只是做个心理准备，也算是未雨绸缪。

这天晚上，盱眙县衙的兵丁、捕快连同船上的大半官兵在县城里一直折腾到天明。第二天，船队果然未启程。那负责船队安危的偏将名叫陈金规，小侯爷上船时，其父卢沛江还曾向他说过一声“关照”，若是在这里让卢纯出了事，他就算将这生辰纲安全地送到汴梁，回去之后恐怕也是凶多吉少。

陆续自城内回来的众人大多知道了卢纯被掳之事，船队既然不走，他们也乐得在盱眙休息一天，只是各自加强了身边的防卫。也有人道，若此时已经到了淮安，可玩之处便多了许多。

众人都是富贵人家，这天白日里，有的人结伴出去游玩；有的人不敢乱跑，便留在了码头，叫酒楼过来办了宴席，还邀请戏班、青楼中的人过来。码头上的卫生条件本不好，但这一侧向来停靠官船，这样一闹，下面又是摆宴席又是唱大戏，倒也显得别开生面。

实际上盱眙县城已经开始戒严，这些富家子弟真要出去玩，估计危险也不大。闻人不二则在担忧有人要对生辰纲动手。武朝现在形势严峻，方腊之患被压下之后，党羽四散，各地盗匪作乱的局面反倒多起来，闻人不二在密侦司工作，知道的情况也多，但这条航路平日里还算安全，要说有人会劫生辰纲，倒有些惊弓之鸟的味道。

齐家三兄弟以前是在南面起事，对淮安这边的情况不清楚。宁毅相信搞情报之人，询问过一些熟悉此地环境的人后，觉得对方是针对生辰纲而来的这个可能性降低了不少。这个上午，劫匪的消息时有传来，那陈副将派出几队士兵，却都扑了个空。宁毅便与闻人不二等人商量了一下。

“现在要说有人打生辰纲的主意，可能性不大，要让陈副将他们提高警惕也不可能，只有千日做贼，没有千日防贼，但好在咱们只关心这事就行了。我想，我们是不是合计一下，想个办法出来，避一避这个可能性……”

他与闻人不二、齐新勇等人商议着，随后叫来苏文昱、苏燕平二人旁听，大家各抒已见了一阵，外面有人送来一封拜帖，像是邀请宁毅出去见面的。宁毅在这边没有熟人，路上也低调，打开那帖子先看署名。帖子上的字体是乱七八糟的草书，邀他出门的人姓李，他仔细看看才认出那名字，顿时心头疑惑。

“呃……这家伙……怎么到处跑乱……”

宁毅与闻人不二等人商议之时，盱眙与淮安之间的洪泽湖畔，十余名骑士正在山岭间行走。此时天上云朵甚多，距离湖岸不远的地方偶尔能见到货船驶过，那些骑士指指点点，随后在一处矮林边停下来，当中一名中年汉子指着那水面开始说话。

“看起来那些朝廷将官之中也有生性谨慎之人。盱眙到淮安，不到半日的路程，他们昨夜若一路不停，不到深夜便能抵达淮安，但那船队偏偏就停在了河道上，不入湖口。不过，若非如此，咱们也找不到这等好机会。那位小侯爷被咱们抓了，大队是不会就这么走的，毕竟盱眙衙门的人手不足，但若有关心那生辰纲的人，必不至于让货物一直留在盱眙，只有到了淮安，一切方才安全。到时候，湖边这几处，便是咱们动手的地方……”

说话那人身材高大，背负双刀，看起来是绿林武者打扮，双眼颇为有神，语气沉稳。其余十多人下了马，随意地走走，有人道：“这里可不是最好的下手地点，前方还有两处，就看到时候情况如何了。”看起来此人对周围的环境颇为熟悉。

也有人偶尔打量一下那背负双刀的武者，领头的虬髯大汉道：“朱兄弟，非是秦某信不过你，但此事实在太大。我等以往在这洪泽湖上小打小闹，朝廷的红货虽也劫过，但生辰纲这般扎手的东西，可未必吃得下去。你突如其来，说要送这样一场富贵与我等，我心中委实拿不定主意。这事一个不好，于我洪泽湖上众兄弟，可就是灭顶之灾了。”

那双刀客已然下马，听虬髯大汉说完，笑着拱了拱手：“外界皆言‘御水虎’秦维红秦大哥鲁莽，我看这传言有误。不过秦大哥倒也不必过谦，我们兄弟听说秦大哥这半年来已然收服洪泽湖上十二座大小水寨，正要做一番大事，因此才过来投效。此时圣公起事天下震动，朝廷又左支右绌无暇东顾，正是英雄逐鹿之时。但小弟也只是这样一说，我等兄弟也知道这笔红货扎手，秦大哥谨慎也是理所应当，取与不取，全凭秦大哥决断。秦大哥担心我等兄弟是为了与朝廷的私怨拉诸位下水也是理所应当。”

姓朱的双刀客这话说得漂亮，将那秦维红捧了一番，又道全凭他抉择。那外号“御水虎”的虬髯大盗摸摸胡须，笑而不语，做胸有成竹状。一旁却有人问道：“若是他们根本不动，一定要等到救出那小侯爷才启程，或是提前让淮安的官船过去接应，又当如何？”

那双刀客摇了摇头：“若他们根本不动，我等自然仍旧在盱眙与他们周旋，让他们为救出那小侯爷之事耗尽心力。如果他们中间有人不安，领船的将军却不许船只先走，他们迟早会内讧。至于后者……这条航道一向还算太平，尚未有劫船端倪就胡乱叫人过去接应，又有几支军队愿意听他们的号令？敌暗我明，他们只有反客为主，让生辰纲先至淮安，才是上上之策。”他顿了顿，“就算这样，他们也必然会有一定的准备，但向来富贵险中求，若真想拿下这批红货，不冒险那是没可能的。兄弟也不好夸大，如果能将他们引至洪泽湖上，并能让他们分兵，就是最好的机会。这批红货若真能拿下，天下英雄必望风来投，我等兄弟只望能得一批红利，也好为……为圣公东山再起做些准备……”

双刀客说完这些，神色有些黯然。众人都以为他是在为杭州之战被打散的方腊部属伤心，倒也不以为意。过得一阵，双刀客骑马先行离开，众人仍在那儿看环境，见外人走了，方才道：“这姓朱的到底信不信得过啊？”

“这件事情都是他们兄弟在做，连朝廷的小侯爷都劫了。他们是不想要命了，咱们可还没跟朝廷这样撕破脸，寨主，这事可得想清楚。”

“虽然没撕破脸，但朝廷难道容得下咱们？大哥，我看那姓朱的说得也对，主意他是出了，对与不对，还是咱们在看。如今这形势，咱们水寨真想要做大，这也是最好的机会啊……”

这帮人是洪泽湖上的水匪，那“御水虎”秦维红最近才统合了洪泽湖一带的黑道，便有几人找上门来，道有一笔富贵相送，说的便是这生辰纲之事。那几人自称是方腊麾下将领，破城之后便流落江湖，已成亡命之徒，没有退路了。秦维红这边还未做下决定，那几人便动手劫了小侯爷，说道机会已经有了，到时候劫不劫船，就看这边的决定，就算这边不动手，反正他们与朝廷仇深似海，劫小侯爷的事情便由他们扛下。这番话说得豪情万丈，众人便也连呼“好汉”，颇为心动。

只是这事毕竟太大，秦维红几人又是一番商议。有人道，如今绿林中赫赫有名的梁山泊在起事之初也劫过生辰纲，可见想要干一番大事，都是要劫生辰纲的。只是梁山当初劫的生辰纲甚小，与此时的这笔不可同日而语。不过梁山当初劫生辰纲的人手不多，如今他们一统洪泽湖，也有了近千人的规模，随后众人渐渐说到在何处动手。

湖岸附近便有大道，一众水匪寻那湖岸边适合动手处时，双刀客骑着马一路往西，朝盱眙方向奔去，在路边一间茶肆中与几名商旅打扮的汉子见了面。他坐下喝了杯茶，道：“费了我一番口舌，但想来这帮人是心动了，只是不知码头那边如何了。”

茶肆中一人道：“朱大哥不愧‘神机军师’之名。不久前，听得码头那边一名管着随船货物的管事与领头的偏将吵了起来，道是以生辰纲为重，如今事情古怪，先去淮安才好，那将领却不愿意就走。看来咱们在盱眙故布疑阵果然引起随船人士的注意了，有人害怕货物出事，有人在意那小侯爷的安全，这样下去，不是内讧，便是分兵。只是小弟在想，若他们分了兵，那‘御水虎’真的得手了，之后咱们又该怎么办？”

双刀客摇了摇头：“先不说他们能否得手，就算得手，这笔红货太扎眼，他们也是吃不下去的。这笔货物价值连城，朝廷必定派兵来打，运河周围，他洪泽湖上的十几座寨子又没有咱们水泊那样的地利，转眼就被扫了，反倒更方便咱们将货物转移。就算拿不走，往湖里一沉，告知天下是咱们梁山让朝廷在这儿栽了个跟斗，此行也就不亏了。正好洪泽湖上的水匪善水战，咱们也可以收编一二，一路带回去，路上经得几战，剩下的便是善战的精兵。”

众人点头：“正是一举数得的妙计。”

其中一人笑道：“便是那秦维红未能得手，也必定能让官兵死伤部分，而官兵破了这次的计谋，必定心中骄傲，咱们往后动手也更方便。唯一可虑的，若秦维红手下的头目被抓，便可能让官兵知道还有一拨人在打他们的主意……”

双刀客笑道：“那他们也只会知道是几个被打散的方腊余党。让他们稍有警惕，杯弓蛇影，我反而更好用计了。”

他们正说着，一名身材高大、面容英俊白皙的披发青年朝这边过来，不一会儿，也在这边坐下了，朝那双刀客拱了拱手，道：“朱家哥哥回来了，情况如何？”

双刀客将秦维红那边的事情说了：“史兄弟刚杀了人？”

那年轻人摇了摇头，压低了声音：“只是打断了两名官兵的腿，我去得快，他们未曾看到我的样貌。”他的言语之中颇有睥睨之色。

“那倒好，此时尚不宜杀人，只将他们弄得人心惶惶就行。”双刀客说完，又道，“小乙那边如何了？”

姓史的年轻人爽朗地笑了出来：“盱眙就一家西苑拿得出手，那西苑的红牌纪怜红昨日便被小乙迷得不行。若非如此，昨日那么多王孙公子过去，咱们还真分不清抓谁最好。不过今日倒是听说，有一位颇有名气的女子似乎也到了这儿，也在那西苑之中，只是昨日未曾抛头露面。听人说来，这女子恐怕最容易上船。”

“谁啊？”

“京师四大花魁之一的李师师。”那年轻人笑道，“听小乙说，这女子颇有才学，蕙质兰心。他好像有些动心，那女子对小乙也有几分青睐，我走之时，二人已然聊了一阵。接下来小乙是假做还是假戏真做，我可不清楚了，哈哈——”

说到这事，众人都哈哈大笑起来。此时在这里的，其实是梁山的一拨人，背负双刀的乃“神机军师”朱武，那年轻人便是“九纹龙”史进，他们口中的“小乙”便是卢俊义的家仆“浪子”燕青。虽然一向以家仆身份自居，但燕青武艺高强，一身相扑绝技梁山之上无双无对，就连桀骜不驯的“黑旋风”李逵在放对之时也不是他的对手。梁山之上，“黑旋风”若是发飙，除了宋江，便是燕青最能压住他。

“浪子”燕青武艺高强，为人又爽朗和气，在梁山上与谁的关系都好。除了武艺，他于吹箫唱曲之类的事情也是无一不精，加上俊逸的样貌，去到青楼之中一向都是女子最为青睐的对象。昨日探听情报，便是燕青首先出马，搞定了西苑中的头牌，随后又与几名从船上下来的王侯子弟结识。在朱武的设计中，若有燕青这等武艺高强的人去到船上潜伏，胜过任何内应。

众人也知他颇为可靠，不会搞砸事情，说笑了一番，随后谈起了其他事情："林大哥他们如今已经回到梁山了吧。"

"江宁之事，天下震惊，林大哥他们可是大大地出了风头。咱们这边也得快一点儿。"

"回去之后，我倒想去那独龙岗看看，听说祝家庄的人武艺很高啊，咱们是不是也得想想怎么把那边打下来了？"

"你怎知我们要找独龙岗的麻烦？"

"军师这次布局，所图甚大，咱们曾头市都打下了，总不至于将独龙岗留着。"

"宋大哥往日里……像是想要招安的……"

"此一时彼一时了。那席君煜当日出头说咱们要抓住这个机会，宋大哥还有些不高兴，但最后还是同意了。朱大哥你说呢？"

"确实是此一时彼一时了。"朱武低声道，随后又说，"不过……宋大哥心中到底还是想要招安的。但宋大哥也知道，咱们现在闹得越大，往后若能招安，日子才越好过。"

"别说这鸟事了。不知道林大哥他们这次在江宁有没有受伤，具体战况如何。听说方腊手下很有些武艺高强之人哪，也不知道救出了哪些。"

"听说那姓苏的商贾家里被屠了。"

"自然是要杀光的。席君煜席兄弟武艺虽然不高，厉害还是很厉害的，他有心报仇，又有谁挡得住……"

这次众人出来，原本目标未曾完全确定，近些时日才盯上这生辰纲。他们在这边毕竟没有固定据点，虽然能以飞鸽传书将自己的情况发回去，但对方要是有信息过来，他们却是很难收到，有关林冲等人的消息也是从市井渠道得知，便颇为模糊，但江宁一战，梁山好汉确实震惊了天下，这是毋庸置疑的。

至于鲍旭等人身受重伤的详细消息，现在他们还不知道。

梁山众人在幕后参与此事，才经历了灭门案，自江宁离开的宁毅是怎样都想不到的，甚至"有人打生辰纲的主意"这件事，他心中都不能确定，与闻人不二等人的一番商议，也只是未雨绸缪做一番讨论与逆推，考虑一下如果自己是打主意的人，会想一些怎样的办法。

他只将这样的讨论当成训练苏文昱、苏燕平这些人的手段，隔壁的小郡主却有些重视，趴在舱壁上断断续续地听了好一阵，开动脑筋想了好多办法，恨不能找宁毅一说为快，但宁毅等人很快将事情说完了。不久便传出了驸马府管事与那陈偏将争吵的消息。这个时候，宁毅正在房间里继续写他想要交给秦嗣源的东西。

到得傍晚时分，一个名叫卓云枫的年轻人过来找宁毅，摆出一副要进行严正交涉的认真态度……

卓云枫过来找宁毅之前，宁毅正在考虑在武朝建立一个巨大的舆论体系，已经到了有些苦恼的地步。

宁毅上京要做的事情的顺序，首先当然是对付梁山，但根本目的则是应付有可能在几年内到来的“靖康之变”这类金人南下的灾厄。对一个国家来说，大部分事情是按部就班的，如何富国强兵，要做的事情在大方向上其实差不多，而个人的能力一般只能体现在细部上。当然，也有一些事情可以从根本上起到改变作用，通过一个支点撬动整个大局，例如变法。

不过，大局上的变法宁毅是敬谢不敏的，他不敢涉入这种层次的事情。这次上京，他能用到的，还是许多细部上的能力：曾经经营公司的经验，后勤上的管理与协调，各种小问题的解决，对阴谋的使用……只要人性没有大的变化，他就不至于搞砸，毕竟商战也是人跟人之间无所不用其极的对抗。在这之外，倒是有一个可以决定根本的空白区，他考虑过去填补。

他计划的步骤是这样的：上京之后，通过秦嗣源的首肯，加上他的经验，以最快的速度在全国范围内铺开竹记。纵然每个时代都有自己的特性，但在国家机器的支持下，许多现代化的商场经验还是可以在武朝用起来的，问题不大。然后以竹记为基础，铺开一个巨大的以说书为主导的娱乐行业，面向的，则是那些完全不识字的乡下人，也是如今占武朝百分之九十以上但并没有话语权的群体。在这个范畴内，他这项计划一时间应该不会遭到贵族阶级的反扑。

要将这样的东西铺开，需要满足的条件包括各种规格的建立，培训体系的规范，生产成本、流通渠道损耗的降低等。一如后世超市逐渐取代百货商店，而网店又逐渐挤压整个实体市场的过程。

虽然武朝目前并不具备发展资本主义的基础，但宁毅手中有超过一个时代的可用经验，只要在政治层面上一段时间内不受打压，竹记就可以在各个地方迅速铺开。如何与官府打交道，如何行贿，如何摆平一个地方的黑帮，这些事情，后世发达的资本主义体系也是有极端专业的方法的。

当他真心想要放出这些东西时，竹记就像是第一条进入淡水系统的食人鱼，至于它繁衍后会有怎样的害处，宁毅暂时不管。依靠竹记，这个娱乐系统会向整个社会宣传一些极端简单的道理，譬如“侠之大者为国为民”，并会在几年之后将整个社会的绿林草寇引向北方。

眼下的武朝并没有足够的舆论监控和宣传系统。虽然每朝每代肯定有文字狱，但针对的，仍旧是不到社会人口百分之十的读书人。宣传系统则几近于无，特别是没有人会对社会底层平民宣传什么事情，那些面朝黄土背朝天的人可能一辈子也没听过几次故事，而江湖人士、绿林盗寇之流，真正会去听的，也只是一些简单的说书、戏曲。这些故事简单又直白，大多并没有刻意的舆论导向，顶多是一些人们喜闻乐见的快意恩仇又或是剑侠、桃花运之类的奇遇、意淫，简直就是一片尚未被开垦的处女地。

后世所知的许多文人写的有关爱国的诗词、骈文，放在朝堂、文会上或能引得一帮书生喝彩，但若是放在社会底层，说白了，谁知道你宣传的是什么？绿林众人有几个会读《出师表》？又有几个懂它的意思？拿锄头的、当兵的又有几个会因为杜甫的诗词满腔悲愤？

此时的整个社会都是极其淳朴的，不识字的人们远比后世用惯了网络的宅男好忽悠，而在另一个层面上，只要几年时间，人们就会产生更多忧国意识，还有那些尚有最朴素的爱国意识的绿林山匪、武林人士，这些力量加起来，就足以推动整个社会的变化。在这个意义上，养一帮人写小说、戏剧，要远比养几个顶级文人写出传世诗词来得有性价比。

这是宁毅唯一能想到的或许能在不过多惊动特权阶级的情况下撬动整个社会的支点。但问题仍旧有很多，他最犹豫的是要不要让武朝掌握这种“核武级”的东西。他曾经跟刘西瓜说过如何对底层士兵进行宣传，也曾跟陆红提讲过宣传的重要，但老实说，一个便利的遍及整个社会的舆论宣传系统才是这些事情真正能推行开来的最好基础。可它要是真的运行起来，霸刀营也好，梁山也好，以后的日子只会更加难过，这是温水煮青蛙，两个地方怎么防都防不了的。

宁毅并不知道自己此后跟武朝的关系到底会怎么样，只想阻止金人南下。有些东西他从开始想要做事时就想好了，即使此后必然会得罪人，甚至会得罪很多人。他不是讲求为国为民的老好人，想要做事，是因为看见有钱希文这些人，有刘西瓜、陈凡这些人，有这样那样让他认同的、值得去救的人，可如果到最后形势反扑己身，他也绝不会坐以待毙，这是他曾经想过的最坏的结果。

也是因此，当这个舆论宣传系统的构想基本做好时，他反倒犹豫起来，不断勾勾画画做修改。卓云枫过来找他时，事情正想到关键之处，不过，对方过来要说的，看起来也不是什么小事。

“我知道周佩就在旁边，宁先生原本住的房间里。”

宁毅将卓云枫引进房间坐下，顺手给他倒了杯水。果然，坐下之后，眼前的年轻人开门见山说的便是这件事情。这样直接的话令得宁毅的心思有了些许转移，他点了点头，手中拿着毛笔，看对方继续说下去。

“我与郡主从小便认识，她心中有什么事情，怎么想的，我都清楚。两年前康王府准备替她选夫婿的时候，她心中便有些不情不愿。我知道她的性子，她想要见识更多的人和事，只见到一个江宁，她心中总会觉得不够。宁先生也知道，郡主是很聪明的，大部分男子……其实都比不过她。”

卓云枫说到这里，看看宁毅，只见对方在那边看着他笑，点了点头。其实宁毅的反应令他有些意外。这次来见宁毅，措辞方面他已经斟酌了许多遍，本拟第一句话就让对方大惊失色的，谁知道宁毅反应平淡，他觉得自己果然还是小觑了聪明人。不过在他想来，对方心中想必已经天翻地覆了，只是喜怒不形于色的表面功夫做得好，这时候笑着点头，该是心中大乱的象征。

他却不知道宁毅心中正想到如果不用舆论宣传做理由，该如何说服秦嗣源将足够的政治资源往竹记倾斜。在宁毅看来，只要自己不大力推销，秦嗣源就算知道宣传有用，应该也不会对娱乐业太过重视。反正竹记要做的事情简单，无非是赚一大笔钱，然后整天请人说书唱戏，只是内容自己把关。另外，这个卓云枫看起来是挺聪明的。

“早些时日，王府因此事逼她逼得紧了些，她私下里跟我谈起的时候，就已经有了出走的意向，只是还不甚坚决，但这一次……想来是真正做了决定。原本我也只是猜测，昨天才确定下来。我知道郡主她一向钦佩宁先生的才学，却不知她是如何说服先生的……原本我不该就此事说得太多，但朋友一场。宁先生，此事有关郡主的清誉，康王选婿在即，她却从家中逃出来，原本一路北上也不是什么大事，可若是让人知道……知道郡主她与谁谁谁共处一室，宁先生，此事我说得重一些，到最后，我怕她害了别人也害了自己。此事我虽然不会向旁人提起，但宁先生总得未雨绸缪。”

卓云枫的话自然是相对委婉的说法。在周佩的一干朋友中，他的心性、智慧都是颇为出众的，也是颇为骄傲之人，周佩第一次婉拒了他家中的提亲之后，卓云枫便再不提起此事。他对周佩的性格太过清楚，知道周佩自小受康贤的熏陶，崇拜的是那些有能力、有才华的人，可少女心性也让她总觉得这世上还有诸多更好的风景，他若是不能在最高水平的舞台上证明自己的能力，是很难得到对方的芳心的，而最高水平的舞台，自然就是京城了。

卓云枫从之前的许多事情中猜到周佩有逃家上京的心思，宁毅从杭州回到江宁恐怕又加深了她将计划付诸实践的想法。从早些时日和周佩的谈话里，卓云枫便大概猜到这事，于是决心上京。他这个行动当然有些冒险，好在这两天确认了小郡主真的做了这等出格的事情，他也就不算白跑。

在他原本的计划里，最好的情况是他一路上帮忙照顾小郡主，然后在汴梁以文采压服众人，同时在皇室宗亲间崭露头角。然而，当确定周佩住在宁毅的房间里时，他才感到不妥。这次过来前，他是想过两个可能的：要么二人真只是单纯的师徒关系；要么……宁毅不过比小郡主大六七岁，他才华横溢，小郡主又一向钦佩他，若说这对师徒暗中有了什么见不得人的事情，那……也不无可能。

因此他过来寻宁毅，话语之中其实是隐含暗示的：小郡主随船上京，路上若与你一个小小的赘婿扯上关系，可能名节受损，康王府真的发起飙来，你宁毅是扛不起的。

他说着话，中间看看宁毅的表情，见宁毅偶尔点头，偶尔皱眉沉思，虽然不至于大惊失色，但显然已经意识到了问题的可怕。他也算皇室宗亲，这类暗示敲打、观察入微的本领都是自小培养，这时候知道目的已经达到，不由得有些得意：宁毅若是够聪明，想要从这些事情里脱身，就得跟自己做些交易。

既然小郡主的存在迟早会被公布，那么最好的方式就是告知大家，小郡主是与自己一道。宁毅一介白丁，扛不起与郡主同路的闲言，自己却是可以的。此后，整船权贵都会下意识地将自己与小郡主拉在一起，这些闲言碎语，最后自然也会在小郡主心中堆积出分量来。

他如此想着，又说了家中与郡主那边的关系，随后见宁毅点了点头，在那边站了起来，道："说得有道理。"卓云枫倒也不期待他说得太清楚，但接下来的发展颇为出乎他的意料。宁毅将他领到隔壁房间的门外，拍了拍门，卓云枫听得他说道："周佩，在吗？"

卓云枫不由得愣了愣，房间里已然传来细碎却轻柔的脚步声："在啊，先生，我也有事……"那是他从未听过的轻快语气。一面说着，房间里的少女一面打开了门，然后也愕然了。周佩穿的是颇为平民化的衣裙，是向小婵借的。不知道为什么，小婵穿在身上漂亮又有气质的衣裳，穿在她身上，却着实有些格格不入。

周佩平日在宁毅身边颇为自然，甚至有些没大没小的，但见到卓云枫，她文静了很多，微微低头拉上敞开的外套——实际上里面的也是件外衣，周佩如今的身体有些弱，便穿了两件，外面一件并未扣上。下意识地拉上衣服后，她低了低头："什么……"

"有人找，你的朋友，自己招待一下。"

"嗯。"

周佩看了卓云枫一眼，微微点了点头。卓云枫也不知道怎么应对才好。本该是男人之间的对话，他有预测过宁毅的心情、应对言辞，也预想过针对各种情况的对策，却怎么也没想到宁毅会直接把他塞到周佩这里来，这下子他说什么才好？

他正朝周佩见礼，宁毅皱眉想了想，问周佩道："刚才你说有什么事情？"

"没……没有。"摇了摇头，见宁毅要离开，她又道，"我待会儿找你说……"

“哦。”宁毅点点头，回去了，懒得再管周佩与卓云枫这等少男少女的纠葛，只是心想，周佩穿着那些名贵衣服时固然有郡主的高贵气质，穿上小婵的衣服后倒像是个村姑了，却也颇为有趣。

宁毅心中想的这些东西，若要大修，一时半会儿是很难真正定下来的，他想得一阵，听得隔壁那对少男少女正在说话，隐约听来倒是不甚亲热。卓云枫在宁毅面前固然意气风发，但对上周佩，却有些心烦意乱、不知所措的感觉，在宁毅看来，这显然是因为卓云枫喜欢周佩才会这样。他想着待会儿若周佩过来找他，他倒是要说上几句，让她不要眼高手低，错过了好姻缘，这卓云枫在眼下的年纪，看起来还是不错的。

过得一阵，外出的小婵回来了。她是出去看苏文昱的晕船症好得如何了。由于这天停靠盱眙，宁毅便让晕船晕得厉害的苏文昱下船就医，免了进一步的折磨。这次上京，苏家出动的包括家丁、丫鬟在内不过十余人，小婵将每一个人的状况都掌握得清清楚楚，也算是接了苏檀儿的衣钵，有着“小小当家主母”的风范。宁毅给她倒了杯茶，她坐在床边捧着茶杯将各人的情况说了一遍，发髻在脑后活泼地晃动着，样子极为可爱，宁毅偏着头看了一阵，随后才笑着跟她说起周佩追求者的事情。

吃过晚饭，那位小侯爷仍旧没有进一步的消息。码头这一侧灯火通明，戏台上唱得热闹，几艘大船上的灯火连成一片。

周佩与卓云枫聊过之后，已经去前方大厅里用膳了。宁毅记得周佩似乎有什么事要找他，吃过饭后便继续想事情，对自己写的东西修修补补，小婵便不打扰他，替他泡了茶后看戏去了。然而等得一阵，周佩还是没有来。想来她突然露面，应酬甚多，宁毅不打算再等，起身出去清醒头脑，转了一圈，去到另一艘船上找聂云竹与元锦儿。

他知道聂云竹与元锦儿这些天并没有抛头露面，便径直走向她俩的房间。走到房门口时，他却愣了一愣，因为房间里隐约传出声音，那声音不是聂云竹的，也不是元锦儿的，听起来有些低，说的事情他却极为熟悉。

“那段时间，身边什么认识的人也没有，姑爷一个人，伤才好，又要带着我这个什么忙也帮不上的小丫鬟。云竹姑娘，锦儿姑娘，你们想啊，杭州那种地方，周围全是反贼，外面都是一天到晚想要杀掉姑爷为谁谁谁报仇的人，那个霸刀营的态度我们也不清楚，不知道什么时候就会被杀掉。可就算是那个时候，姑爷也没有露出什么为难的表情来，很多时候还故意逗我开心……我就装作很开心的样子，有些时候躲在房子后面偷偷地哭。我也没有害怕，只是觉得，姑爷真是太好了……呃，现在是相公了……”

最后那句声音小小的，有些满足，又因为是在别人面前而有些不好意思，不是小婵又是谁？宁毅似乎能看到她一面说一面对手指的赧然神情。他将额头贴在舱壁上，有些无言。他这一路上都将聂云竹的事情瞒着小婵，因为想到小婵以前“恶狠狠”地跟他说会跟小姐联手欺负别的女人，却想不到两边已经“勾结”上了。现在想来，当初在苏府，小婵抱着宁曦逃跑时，是云竹出来救下了孩子，以小婵的性子，承了那人情对云竹心存感激也不是什么奇怪的事情。

当他在船上发现这事的时候，盱眙县最大的青楼西苑当中正是一片歌舞升平之色。正厅一侧的一个小房间里，却有一双眼睛自悄然打开的窗户中望出去，扫视着这次过来的宾客以及她安排在门口等待的丫鬟，微微蹙着眉头。她年幼之时便是一众孩子、青楼妈妈注视的焦点，成名之后，倾慕、拜访者更是纷至沓来，一时间倒是没有想到自己被宁毅放了鸽子——不管怎么样，就算是冲着幼年相识的交情，他也该过来啊！

她这样想着，随后又担心起来：最近几天盱眙似乎不甚太平，他不会凑巧也出事了吧……

宁毅最终没有在小婵与聂云竹她们见面时敲门进去——他倒想看看她们能折腾点儿什么事情出来。

离开聂云竹与元锦儿所在的那艘大船时，天色已经阴沉下来，下方灯火通明，唱戏杂耍轮番上阵，宁毅站在旁边看了一会儿。不久，吵架声传来，只见不远处主船的船舷边，那位陈副将与驸马府随行的管事一面争吵一面往下走。

“如今小侯爷尚未找到，盱眙的那帮衙役又靠不住，何先生，这次北上的安全是由我陈金规负责，若误了时辰，自然由我交代，现在本就不赶，为何不能多停留一两日？”

“若贼人真是为了生辰纲，出了问题你扛得起吗？！他们要把我们拖在这里，又不断地消耗人力，显然有所图谋。陈将军，你要被贼人牵着鼻子走吗？只要东西去到淮安，一切都好办，你要在这里留上一个月也由得你……”

“什么贼人会这么大胆？何管事，这条航道上何时出现过贼人劫生辰纲的事情？你只是猜测而已……”

“我要万无一失！”

“如果贼人做这些事就是想让我们分兵，你让一两艘船先走，岂不正中贼人下怀？”

“陈将军你说了，贼人不敢强攻。我也问过他人，若真有人打生辰纲的主意，所想的计策绝不至于是强攻。我总是不放心东西就这样停在盱眙……我要一艘船、一船兵，另外我在这边也能调人随行，半天时间就到淮安！到时候你要找卢小侯爷，我回来全力配合你……还要怎么样？”

二人争吵个不停。陈金规自然不希望这个时候手头上的兵力被分薄，这一天多时间里，他已经感觉出来，那绑架卢小侯爷的匪人似乎有意带着他们转圈，让这边的注意力不断被转移，可如果因此便说有人要劫生辰纲，似乎又太过多心了。

在那何管事看来，只要确定对方不至于硬抢，东西一送到淮安，自己就可以高枕无忧。那边的官府知道轻重，当然会派人严加看管，就算真有人想打生辰纲的主意，淮安那种大城，应对起来也方便得多。成国公主府的生意遍及各地，在盱眙这边找些关系，也能调动几十上百人手跟随船只一道去往淮安，纵然战斗力不强，也算人多势众了。

走过宁毅身边时，那何管事的目光与宁毅的交错了一下，随后又与陈金规争吵着离开了。

这晚到得亥时左右，主船上的船夫、杂役便动了起来，从上面或搬或抬，将一口口大箱子移到后面那艘船上去，指挥者正是那何管事。看来陈金规最后还是拗不过他，只得应允了他。下方码头上聚集的多是有些身份的官宦子弟、皇亲贵胄，对这事倒不甚上心，只是笑着看热闹。

然而才搬得小半个时辰，天上便下起雨来。一开始雨倒是不大，但下方顿时一片混乱。宁毅站在船上看着下方众人跑来跑去，一干仆役忙乱不堪，觉得有些好笑。虽然还未到子时，但天色毕竟已经晚了，下方的贵族子弟乘着车马，要去附近一些客栈中睡下，如此忙乱了好一阵方见清静。随后搬东西的继续搬，下方的戏班、杂耍艺人和被叫过来的酒楼、客栈中的人也开始拆除戏台，搬走桌椅，准备清场。

小婵在那边船上探头探脑地看了一阵，随后才撑着雨伞小跑回来。宁毅笑着躲了起来，之后回房间，叫下人提水过来，准备洗澡。船上过道当中许多人都在搬东西，人来人往的，倒也热闹。小婵回来之后，宁毅便拖着她一道洗澡。小婵虽然说要整理东西，随后再来替他擦背，但这类事情宁毅只要坚持，她向来是无法违拗的。见推不过，小婵只好低着头站在浴桶边，趁着宁毅宽衣的时候自己褪去了身上的衣物。她虽然已经是宁毅的妾室，但心中恐怕还是将自己当个丫鬟，宁毅脱她的衣服虽然也是天经地义，但自己脱当然要胜过让相公来动手了。

之后满室温柔，不再多提。小婵在这种时候话倒不多，被宁毅搂着，光着身子贴着宁毅，盖着薄薄的被单。二人听着外面动静渐息，船随波浪轻摇。东西快搬完时，一阵轻柔的脚步声传来，却在门外停了片刻，不久去了隔壁的房间，却是这时候方才返回的小郡主，大概觉得宁毅与小婵已经睡下，或是在做些不方便见人的事情，不好过来打扰。

雨声之中，宁毅与小婵沉沉睡去。只是午夜之后，有一阵子，船上的脚步声再度响起，还有密集而热闹的说话声。这是一部分去到青楼却并未留宿的官家子弟回来了。宁毅醒过来片刻，听得他们在外面议论纷纷，兴高采烈，有的大概喝醉了酒，吟诗大笑，也不知是经历了什么有趣的事情。

“……昆山玉碎凤凰叫，芙蓉泣露香兰笑。十二门前融冷光，二十三丝动紫皇……妙，妙，唯有鬼才李长吉的这首诗方能形容啊……一首《箜篌引》，能惊鬼神……”

“虽是在盱眙这小地方……此后必成佳话……”

“小地方方有灵气……似淮安、江宁、东京，热闹是热闹，全是酒肉气尔，无怪乎……”

“今日能与她歌唱酬答之人也很厉害哪……”

众人吵吵闹闹，有的还大发诗性，要当场作诗。宁毅听得隔壁有声音传出去：“大半夜的，还睡不睡了？”那声音低沉平和。从窗边走过的人大概是喝了酒，随后嚷道：

“别拉着我！谁啊谁啊？”

“知道哥哥我是谁吗？”

“出来出来！刚才说什么……”

说着，这些人便开始敲隔壁的窗户。小郡主“窸窸窣窣”地往身上套衣服，开了窗户。片刻之后又是一番混乱，有人认出她来，有人语无伦次。那窗户又“砰”地关上了。宁毅听得好笑，随后抱着小婵再度睡去。

或许是因为这阵折腾，第二天上午，周佩很晚才醒来。外面雨还在下，由于她昨日公布了身份，这天早晨，门外已经有一名皇族的丫鬟等着。她迷迷糊糊地洗漱完毕，到船舷上透气时，才见雨丝茫茫，一艘原本停在后方的大船已经不见了。

这时候卓云枫过来跟她打招呼，她却站在那儿愣了愣，想起昨日要跟宁毅说的事情，问卓云枫那船开了多久了。知道船离开不久，她连忙朝船舱里跑去：“你不要跟着我，我有正事。”

少女今天已经是一身名贵的衣裙，提着裙裾，奔跑甚快。卓云枫跟在后头：“什么事啊？你用过早膳了吗？”

“不许跟着我！”前方的少女一只手还提着裙摆，陡然站住，回头指了指他。卓云枫呆了呆，随后看见她朝着宁毅的房间跑了过去。

宁毅仍在房里整理一些自己写的东西，迎了周佩进来，倒也不客气：“吃早餐没？茶就自己倒吧。这么风风火火的，有事？”

“老师，你怎么会觉得让那艘船先走就没事？”

“嗯？”宁毅一只手拿着毛笔，一只手拿着一张刚写完的宣纸挥了几下，有些疑惑地看向她。

“此时天下的局势与往常不同了，往日里或许没有铤而走险之人敢动这生辰纲，现在可未必了。我知道何管事召集了上百的商铺伙计、护院、衙役跟着走，这是公主府那边能调动的人，可人多有什么用，要是打起水战来，他们只会拖后腿！”

周佩走过来，双手撑在桌子上，杏目圆睁，认真地看着他。宁毅看着表情严肃的小姑娘，渐渐地笑了出来，随后转过身，用毛笔蘸了墨汁继续写字：“你也觉得有人会劫生辰纲啊？”

“我……是老师你们觉得有可能……”周佩愣了愣，看了宁毅一阵子，“我昨天便想找老师说了，就算不想让生辰纲出问题，也不该分出一艘船就去淮安啊。人多又能怎么样？要是真有人想抢……”

“何管事是不想跟着匪人的节奏走嘛，船快，半天时间就到淮安，他们反应不过来吧。”宁毅随口答道。周佩想了想：“万一他们早就准备好了呢？万一早就有人在这边盯着呢？”

“他们怎么盯？”

“办法很多啊。你看昨天船上的人在下面请了那么多唱戏的、杂耍的，还摆了酒，弄了那么多吃的，想要混进来不是容易得很吗？呃……”小郡主想着这事，脸色逐渐阴沉了下来，“这帮家伙，这种时候就是会坏事，要是我，就把他们一个个都臭骂一顿。老师……”

她正说着话，门外传来低沉的敲门声。宁毅起身走过去，笑着指了指周佩：“你说得有道理。”他开了门，周佩在这边探头看了一眼，顿时迷惑起来，因为门外的是陈金规。这位副将低声与宁毅说了几句话，望了望房间里，看见周佩，神色顿时复杂起来，还带上了想要回避的意思，随后笑着交给宁毅一份帖子，赶快走了。宁毅拿着那帖子看了看，回头道：“你还没吃早餐吧，还不快去吃？我有些事情要出去了。”

宁毅拿起门边的雨伞，周佩有些疑惑地小跑到门外，待到宁毅锁门离开，她一路跟着：“怎么回事怎么回事？老师你跟这个陈副将不是不认识吗？何管事肯定听你的，这个陈副将跟你应该是对头啊。”

宁毅笑了起来，拿着手上的帖子在周佩的脑袋上打了一下：“你这么小，想这么多事情干吗？”

周佩捂着头，脸顿时红了，站在了那儿。宁毅走出几步，又回了头：“不过还蛮聪明的。”周佩连忙又跟了上去，脸色红润中带点儿兴奋，差点儿蹦蹦跳跳起来：

“那到底是怎么回事啊？”她之前一直想着要做一番大事，此时终于感到自己身处阴谋诡计之中了，心中激动不已。

“先去吃点儿东西，一会儿跟你说。”宁毅说完，周佩小鸡啄米般拼命点头，跑向一边要去吃早餐。不远处，卓云枫皱着眉头看着这样活泼的小郡主，苦恼地挠了挠头发。他见宁毅朝外面走去，于是跟了过去。

外面还在下雨，他跟到船舷，看着宁毅撑着伞下了船，到码头那边的大门处与两名戴着斗笠、蒙了面纱的女子见了面。为首那女子看起来有些眼熟，卓云枫盯了半晌，终于认了出来，她应该是这两日暂居在西苑的那位花魁李师师。她是京城第一名伎，卓云枫对她也是极其喜欢和有几分仰慕的，前晚终于在西苑见到了她的样子。据说昨晚这位李姑娘在西苑一曲箜篌清澈空灵、凄婉动人，后来有一名男子放歌相和，艺惊四座，被人传为佳话。只是卓云枫要陪着周佩，未能过去，今天早上听说了，大为遗憾。

他前日虽然见了那李姑娘，但毕竟她露面不久，只有几位在江宁就认识了她的朋友与她多聊了几句，这李师师也是气质卓然，令人倾慕，只是想不到她今天竟会这样出来与宁毅单独相见。卓云枫想了想，便也明白过来，宁毅诗词作得好，是江宁第一才子，自古就有“才子佳人”的说法，因此这李师师才来见他。

看着李师师，又想到小郡主，他心中不禁有些忌妒。不过诗词好又有何用，大部分青楼名伎最后不都是嫁到富贵人家了？若是有机会让自己表现一下在其他方面胜过这宁毅的能力就好了——他心中也知道比诗词自己暂时是胜不过他的，若自不量力，只是徒增笑柄。平日里若有人能用权势压一压宁毅，让别人意识到这家伙终究是个毫无地位的赘婿就好了，可是周佩在这里，他也知道权势是压不住宁毅的，如此想着，不禁有些气苦。

## 第八章

# 一劫生辰纲被打退　巧谋划再劫生辰纲

大船在风雨之中一路前行，在几艘小船的拱卫下，逐渐接近洪泽湖口。与此同时，湖口边的林子里，有些人骑着马、披着蓑衣，远远地看着。

“这等天气，那管事与副将吵了架，面子挂不住，下雨也要去淮安了。早就说过，朝廷之中啊，就算有些有能力的人，但是当他们聚在一起，也是什么事情都做不好的，哈哈哈哈——走，我们跟上去！”

午时过去不久，洪泽湖上铅云笼罩，风雨之中，波涛拍打着湖岸。青灰色的雨幕间，运载生辰纲的大船连同旁边拱卫的几艘船只在岸边的人的视野中若隐若现。

同样的时刻，盱眙也正沉浸在一片铅青色的雨幕当中。雨算不得太大，但从昨晚开始连续下雨，给人的感觉都不像是在夏天。由于近一天时间的连续降水，县城的街道都已经泥水肆流，脏乱不堪。不过，生活在这里的人们早已经适应了这样的环境，没觉得多么难以忍受。

马车驶出码头的时候，宁毅正掀开帘子朝外头看。午餐的时间已经过了，此时他是去西苑逛一逛散散心。宁毅前后都有马车在行驶，后方那辆马车上应该是坐着卓云枫。因为在他这辆马车里，周佩做了个拙劣的男装打扮，看起来有些小心，却又忍不住拼命“叽叽呱呱”地跟他说话。

这次的事情，宁毅并不觉得有太多对周佩隐瞒的必要，毕竟眼前的少女是完全信得过的，而且自己毕竟身份不够，做事情的时候有个小郡主站在自己一头，自己狐假虎威也是很棒的事情。

周佩起床之时已接近中午。此后一些信息反馈过来，宁毅与闻人不二、齐家兄弟乃至跟着做事的苏文昱等人都有碰头，商量事情的发展。这样的情况下，周佩跟在一旁，就从一些听到的对话碎片中察觉了蛛丝马迹，知道宁毅下午本打算去西苑，她干脆先去换了个男装打扮，然后一路跟随。看宁毅此时无事，她才选择开口说话，询问心中的疑点。

“这事已经安排好了吗？都不知道老师你们是怎么说服那个陈副将的。还有还有，我上午说的那些，老师你们早就预料到了啊？绑匪都是些什么人啊？真的要打生辰纲的主意？”

她原本乖巧得像个安静地跟在一旁的小秘书，这时候才一股脑地问出来。宁毅看看后方卓云枫的马车，笑了笑。

“事情到底是怎么样，我们现在也不清楚，不过能做的事情都已经做了。这两天我已经跟闻人不二他们讨论过，假如真有人打船队的主意，也可能的法子是什么。我们整理了几个方向，你早上也说了，那些被招进码头的杂耍班子、唱戏的、酒楼伙计，龙蛇混杂，最可能被人钻空子，我们做了一次……相对系统的排查，也算是锻炼一下人，结果还真的发现了几个可疑的家伙……”

戴着可笑书生帽的少女看着他，用力地点头，这种钩心斗角让她听得津津有味：“那就是真有人对生辰纲有兴趣啊？”

宁毅摇了摇头：“有人监视船上的情况，不代表人家就一定是针对生辰纲而来，可能是绑匪为了拿赎金更方便，有可能是跟哪个丧尽天良的二世祖有仇。船上就算没有生辰纲，这么多人北上，其余的宝贝也很多，干成一票总是很爽的。我们归纳了一些办法，譬如让码头起火，大家都赶快下船，然后想办法劫取船上的财物，或者是干脆想办法骗走一艘船，但不管怎么样，都要有人摸底、踩盘子。一旦真的有这样的人混在其中，我们告诉陈副将之后，他也怕了，到头来不得不配合我们……而他肯配合我们，这件事情就好办了。”

“这样说起来，事情就只确定了这么一点点啊？”周佩想了想，颇有些失望。

宁毅笑道：“要确定哪有那么简单，就算顺藤摸瓜反查上去，也不是一两天就能办到的事情。不过，示敌以弱，借花献佛，该做的都已经做了，接下来就是看看有没有成果了。这个坑最好是没有人跳，如果有人跳了，就算大家倒霉吧……”

有人打生辰纲或者船队主意这类事情，在小郡主看来或许颇为有趣，但宁毅是不希望节外生枝的。周佩原本心中还在猜想他去西苑会不会也是为了寻找有关这次绑架的线索，再询问几句，才知道老师是真的不太看重这次的事情，是过去散心的，她就觉得老师果然是做大事的人。

宁毅觉得自己已经尽了人事，该抛诸脑后的没必要一直想着，不然反倒误了正事。即便是此时，在他看来，官船出事的可能性还是不大的。

然而，数十里外，雨幕下的洪泽湖上，一场激烈的遭遇战已经在进行之中了。

关于洪泽湖上那场战斗的情况，宁毅是这天下午申时左右才知道的。在这之前，他已经抵达了西苑。虽然雨一直下，小县城中到处污水横流，但作为盱眙最好的青楼之一，西苑的环境看起来并不比江宁或是杭州差多少。

青楼这种地方，如果只是为了满足肉欲，中端的场子基本就可以满足一切要求。再往高走，则多了一些雅俗共赏的活动——诗词歌赋，精神上的愉悦，比之其他地方的花销便要高出十倍百倍来。

西苑便是这样一处地方。它背后的靠山是盱眙县令，往日里接待各种来往旅人，尤其是有身份的大人物，只有这里算是真正拿得出手的一处地点。花魁纪怜红的歌舞功底都不错，据说去到淮安也是排得上号的美人，只是这几天接待客人，她的档次就显得稍有不足了。

归根结底，这次随船北上的不是官二代便是皇三代，纪怜红再厉害，顶多也就能接待一两个人，白天谈笑游玩，晚上还得使出浑身解数将对方伺候舒服。要说同时陪这么多人，并将聚会完全控制在会友的程度又不让任何人发飙，她是镇不住这样的场子的。

好在这次李师师过来，途经西苑，县令求爷爷告奶奶请动她帮忙，将李师师在此的消息放出去之后，才终于转移了大家的注意力。她在京师便能周旋于诸多达官贵人、文人才子之间，又是出了名的清倌，过来游玩的众人便也都做出了交朋会友的风流才子模样，不至于闹出乱子来。

“本来觉得你该是挺忙的，想不到这么闲。”

雨“哗啦啦”地下，水在外面的屋檐下结成帘子，几乎淹没了半个庭院。房间里摆设精致，木架、古玩、盆景、屏风、珠帘、贵重的乐器……房间的一侧焚了香，冒着淡淡的青烟，沁人心脾。宁毅喝着丫鬟端过来的茶，看着房间里的摆设，随口说道。

“宁大哥正巧北上，师师也在途中，怎能不先来见上一面呢？其余的事情倒是不急。”

正在宁毅对面烹茶的便是身为京师花魁的李师师，一年不见，她的气质变得越发引人，此时一身衣裙如白莲，长发披肩，头饰殷红，一举一动都是令人赏心悦目、无可挑剔的完美模样。她笑吟吟地说道：“去年回江宁时便想，宁大哥什么时候去汴京，小妹一定要尽地主之谊。回去之后，小妹也时常跟于大哥、陈思丰陈大哥他们说起这桩心事。这次终于成行，说不定还能一同北上，真是太好了。”

李师师与儿时伙伴的关系一向不错，那于和中、陈思丰可未必会惦记宁毅，但她说起来仍是颇为诚恳。宁毅笑着点头："在京城待的时间应该不会太久，不过有机会一定是要聚一下的。"

二人这样说着话，一旁正襟危坐品茶的周佩眼珠转了几圈，倒是颇感兴趣："师父跟李姑娘以前就认识啊？"

宁毅敲她的头："跟班不要乱插话。"

"哦。"周佩缩了缩头，回答。那边李师师倒是极为亲切，笑道："与宁大哥小时候就认识了。"周佩这才点头："哦，这样啊。"

方才过来时，宁毅对周佩的介绍只是个没什么规矩的小随从，周佩颇感有趣，也不反驳，但是落在李师师这等人眼中，她拙劣的打扮自然起不了什么作用。过得片刻，周佩起身去二楼闲逛，实际上是看其他院子里都来了些什么人，房间里只剩二人时，李师师方才笑道："看起来是个很有身份的小姑娘呢，宁大哥将她带到这种地方来不碍事吗？"

"教的一个学生，逃家了，不过问题不大。"

李师师笑了一阵，给宁毅斟了茶水，轻声问道："宁大哥这次上京是为了什么事情吗？"

"是有一些事。"宁毅笑着点了点头，"处理完后大概去山东走一走。"

"啊？那边可不太平……"李师师轻呼一声，但宁毅只是附和着说了一句"是啊"，便不再多言。事实上，李师师对于他上京要办的事情还是颇感兴趣的，因为一般人上京，无论干什么，都得走各种门路，她多半帮得上忙，而且也乐意帮忙，但宁毅既然口风比较紧，她也就不再多问了，心中有三分气闷，也有三分欣赏。如果是于和中、陈思丰这些人在她面前，多半是藏不住话的，但她有时候也觉得，藏不住话的男人未必干得了大事。

如此聊了一阵，又叙了会儿旧，李师师才知道最近一年宁毅去了杭州，多半也经历了兵凶战危。李师师想了想，皱眉道："刚刚从杭州回来还往山东跑啊，那边……呃，宁大哥不是想要做跟打仗有关系的生意吧？那些事情……可不太好做，不值当的……"

她算是见多识广之人，各方面的消息从各种人口中都有听说。随后二人说了些山东一带的趣闻，不免说到梁山："听说他们的风评倒还好，说是替天行道，虽然未必真是这样，但好像是对贪官污吏下手比较多。老实说，小妹在京城，见惯了那些有权势、有地位的人干的龌龊勾当，有时候觉得，世上有些这样的豪侠，也未必是什么坏事……"

她微微苦笑，随后挥了挥手，说得倒也豪迈。宁毅笑着点头附和，只听得对方又道："不过说是这样说，你若是去了那边，还是得小心。其实京师那边也有不少跑江湖的人，不妨请上一两位随行，矾楼也有这些关系的……"

李师师诚恳热忱，并非作伪，宁毅便也点头谢过，随后说起一路同行的事情——待到这边小侯爷的事情处理完，李师师大概也会随着船队北上。如此说着，丫鬟春梅出现在门外的檐下，李师师正好起身，便走了过去，春梅附在她耳边说了些什么，还下意识地看了看宁毅。雨声之中，宁毅听得春梅说的是："那位王公子过来拜访。"

以李师师的名气，住在这里，随时有人过来求见并不是什么奇怪的事情，不过先前李师师跟春梅交代过任何人过来都代为婉拒，春梅此时仍然过来通传，显然这位"王公子"的身份不一般。李师师却是皱了皱眉头，轻声道："他有事情？"

"呃……说是向小姐……讨教音律……"

"我为什么要见他？昨日我弹箜篌时他唱那一曲，纪怜红看我的脸色已经不对了。真不懂事……去回绝了。"

那对话有些微妙，二人虽然都压低了声音，宁毅却听得清楚。他喝完杯中的茶水，站了起来："若是有事，我就不打扰了，你们……"说到这里，他却是微微一愣，心中想到了什么。

李师师回过身来摇了摇头："没有，是春梅瞎通传罢了……"她话没说完，却见宁毅望了过来，神色复杂而谨慎，随后微微笑了笑，问道："听说……昨晚有一位公子，在师师弹箜篌时放歌相和，技惊四座，是这样吗？"

他问起这话，那边想要出去的春梅也站住了，李师师笑着皱了皱眉："宁大哥也听说了？"

"呵，半夜一群人回来，吵吵嚷嚷的……"

"外面的便是那人，言谈举止是颇为出众的，宁大哥若有意结识，小妹倒是可以代为引见，虽然他颇受纪怜红纪姑娘青睐。"李师师抿嘴轻笑，"听说这次那位王公子也是上京。他风流出众，言谈过人，宁大哥那船队里好些人已经与他交上朋友，邀他一同北上，之后想必也有打交道的地方……嗯，春梅，你去请他进来吧。"

春梅便要点头，宁毅摇了摇手："别，不用了，好奇问问而已。听说师师的箜篌技艺无双，想不到有人能和上。那位……王公子，他真的唱得很好？"

"虽然旁人对小妹多半是过誉了，但那位王闲王公子……确实是唱得很好。"李师师语气诚恳，点了点头，又笑道，"改日有空，小妹弹给宁大哥听听。"一面说话，李师师一面朝春梅挥了挥手，显是让她不用叫那王公子进来了。春梅点了点头，出去了，神色有些黯然。也在此时，院落那头响起了周佩的声音："老师……老师……"

她一路奔来，神色颇为惊喜，到了这边门口，兴奋地说道："打起来了！打起来了！真的打起来了！”李师师还以为外面有谁争风吃醋打起来了，却听得周佩说道，“洪泽湖，真的有水匪劫生辰纲，上千人都被算计了，现在被打散了正在四处逃跑呢。真厉害，老师，那是怎么打的啊？我……哦，是你家那位叫作苏燕平的表弟传消息过来的，呃，他呢……跑哪儿去了？”

周佩看看后方，不见苏燕平的人影，兴奋地左顾右盼。

那船提前离开的生辰纲，这半天里，周佩心中一直想着。她之前在李师师这边院子的二楼偷看都有些什么人来青楼，后来发现没什么不堪入目的景象，才出了院子，四处闲逛了一番，随后便见到了过来传信的苏燕平。

这些天来，苏文昱、苏燕平二人她是见到过的，知道是苏家派出来跟着宁毅历练的“自己人”，生辰纲一事，宁毅也让他们跟着闻人不二去学经验了。眼下见他急匆匆地跑来找宁毅，她便知道出了事，连忙截住他问了问。这事也算不得太大的机密，何况苏燕平知道少女的身份，说了之后，周佩叫了声“跟我来”，便兴冲冲地往宁毅这边来了，随后才发现苏燕平居然没能跟上。

原来西苑的环境虽不复杂，但这几天人比较多，周佩在里面兴冲冲地跑来跑去自然无人敢拦，苏燕平却不小心将一位官宦子弟撞倒在地。此时西苑中的男子身边多半有女子陪伴，这下失了面子，那人便将苏燕平拦住了，周佩兴冲冲地跑掉，也没有发现，待到宁毅等人赶出来，周佩沿原路返回，朝着那找事的男子瞪了一眼，对方便灰溜溜地跑掉了。经过一番询问，周佩才大概知道事情的经过。

这次在洪泽湖中动手的水匪，林林总总加起来足有近千人，而官船这边参战的，则是接近三百名水兵，占这次随船北上士兵的五分之三左右。三百打一千，原本也是一番苦战，不过水匪是为了劫财而来，在第一时间内攻上了主船，随后才发现上了当——船上根本是一些装了石头或火药的箱子，紧接着便是蔓延整个船身的爆炸。

水匪本身便是乌合之众，这一次孤注一掷劫生辰纲已经是负担了极大的压力。若是能劫到，此后名声大振，也有了发展的资本，但眼见着船只被炸，水兵们大叫着“你们上当了”横扫而来，情况就完全变成一边倒了。

这不算是多么高深的计谋，最主要的就是将一百多名成国公主府能够调集的庄园护院、商铺伙计之流与水兵进行调换。这次陈金规护送生辰纲，所带的五百名士兵毕竟是正规的水师，在不是对上金人或辽人的情况下，对内的战斗力还是有的。水匪那边原本预料顶多对上百余名水兵，但数量上估计错误，再加上发现上当，也就迅速地失去了战意，变成了一边倒被收割的局势。

苏燕平赶回来报信之前，据说不少水匪的船只就已经被击破，有些水匪跳进湖里想要逃生，被水兵的小船扯了渔网捞过去，有反抗的便一刀杀了，大雨之中，血染洪泽湖。

宁毅对于仗会打胜并不感到奇怪，奇怪的反倒是真有人打生辰纲的主意。倒是周佩听得津津有味，又想起自己从昨天开始就在担心的事情——她与宁毅说的便是那些护院、伙计根本不会打水战，跟在船上的人数虽然多了，其实一点儿意义都没有。她为此急了一个上午，却想不到宁毅简简单单一个调换，便将事情给解决了。

陈金规想要找到小侯爷，手头上得有足够的人，但水兵毕竟不是盱眙本地的，反倒是那些护院、伙计之流用来找人最好不过。

这边兴奋议论的时候，更多消息从北面传了过来，不少人家的家丁、随从奔来西苑，报知洪泽湖上大胜水匪的事情，整个西苑的氛围顿时便热烈了起来。这事固然与他们关系不大，但身在此地，给众人的感觉俨如参与进去了一般。

三百胜一千，在北面局势一塌糊涂，南面征方腊又仍旧处于胶着状态的武朝人眼中，委实是值得称道的大胜，众人对那陈副将安排下的计谋津津乐道，兴奋不已。又道若北面有陈副将这样的将领，想必不至于打成这样，全是无能之人误我国朝等等。能有这样的评价，这次事情之后，陈金规大概便要升职了。

宁毅等人与李师师在消息传来之后不久便分开了，随后西苑闹得沸沸扬扬时，李师师这边少不得也听到了诸多消息。她平素来往的便有不少达官显贵，一群人聚在一起时，爱谈时政，此时她也知道这事影响不会小了，倒是想起之前事情刚发生时那苏家男子与那少女只是兴奋地将事情告诉宁毅，这事跟他又有什么大的关系？想了一想，终是不得其解。

宁毅远远地看了那名叫王闲的男子几眼。

人群之中，这男子身材颀长，样貌俊逸，让他忍不住想起元锦儿以往说过的某个很漂亮很漂亮后来很可惜去了扬州的男子。这男子的样貌真是漂亮到了一定程度，他的漂亮偏中性，不至于帅气得太硬朗，也没有偏向女性化，举止谈吐间不卑不亢，应对得体，周围几个官宦子弟显然将他当成了知己。

可能是燕青……

说自己姓王，就是跟李师师一个姓了，燕青既然外号“浪子”，青楼方面的事情，想必是很厉害的，帅气程度上也说得过去，正好是这个时代最崇尚的那种样子，还要随船北上……

“是不是呢？”回去的马车上，宁毅看着外面的大雨，“喃喃”说了一句。周佩还在陶醉于先前的谋划，见宁毅开口，便探过头来：“什么啊什么啊，老师？”

“没事……有可能想多了……”宁毅自言自语一句，随后笑道，“回去以后，我要换船……换到后面一艘上去。”

“啊？”

关于北面湖上大战的消息，从下午到晚上都在陆陆续续地传过来。第一场大胜之后，官兵循着水匪逃亡的路线追过去，要将对方一网打尽——这是陈金规的命令，说假如绑架小侯爷的便是这帮水匪，也只有这样杀过去，才能够将人解救。

至于第一场大战之后抓下的匪人，陈金规则另派了一队士兵去押解回来，到得夜晚，就抵达了盱眙。这次的事情盱眙县是不敢抢功的，但陈金规自然也会分对方一点儿。至于被炸掉的那艘船，在这等大胜面前，也就算不得什么了。

湖面上还漂着船只的残骸，一盏盏渔灯在湖面上浮浮沉沉，船上的人打捞着可以作为功劳证据的尸体，夜色也因雨幕变得越发黑暗而深邃起来。距离洪泽湖不远的一家客栈当中聚满了来往的行商之人，满是杂乱的说话声，其中一间房里，朱武透过窗户看着远处那隐隐约约的渔火，过得一阵，一名披着袍子，手臂上新扎了绷带的男子从门外进来，他才回过了头："张兄弟，还好吧？"

"不妨事，小伤而已，那秦维红眼见是我，反抗得激烈了些。另外官府这次的准备很足，一排渔网捞过来，我也不太好躲闪，岸边又有官兵，因此我朝湖中游了一阵，绕了一圈才敢回来。"

"该杀的大多杀掉了吗？"朱武问完这句，有人笑了起来："张顺哥哥外号'浪里白条'，水里要杀的人，还有谁逃得了？何况就算没杀干净，官府那边又能问出些什么？"

张顺道："有几个被官兵射死在船上了，我也说不太清楚。"

朱武皱着眉头："虽然也安排了线索让官府往错处查，但……那边看来有善于运筹之人啊，怕被看出端倪来。"

旁边一人道："秦维红那边知道咱们的也就那么些人，但想要全都遮掩过去，我看不太可能。不过就算知道有几个方腊余孽从中作梗，他们又有多少精力可以去查？倒是朱家哥哥说的擅运筹，我觉得这次的计策倒也简单啊，秦维红那边本来就是些欺软怕硬的家伙，官府派了三百水兵随行，算是耍的唯一一个花招，若是我，也是会这样的……"

朱武皱了皱眉，随后笑着摇了摇头："不简单。因为怕打草惊蛇，我们是没派什么人去打探情报。秦维红他们放心不下，是安排了细作在戏班里，去到码头上表演的。听说那里副将与管事吵架，闹得沸沸扬扬，后来搬东西也是有模有样，秦维红因为这个才受了骗。那个运筹之人安排了火药在那艘大船上，宁愿第一时间炸船也要让对方觉得血本无归，该安排的、该算计的都算到了。不过，这倒不是最重要的……"他顿了顿，"最重要的是，那位陈副将原本应该是不愿意支持这件事的，这个是真的。那位小侯爷出事的后果他扛不起来，要他放手，就是要他的身家性命。官府中人做事，最怕的是各人都有自己的盘算，到最后，大家都做不了事。背后筹划的那人能在这么短的时间内说服他，将所有人都拧到一个方向，这才是他最厉害的地方。打仗嘛，其实没什么难的，找本兵书各方面都做到了，压过去就行。我本来想看他们互相扯后腿，束手束脚，这场仗纵然能赢也是惨胜，想不到转眼之间，他们竟是一致对外了。这个人手段不简单，善战者无赫赫之功啊……”

听他这样说了，众人沉默片刻，张顺笑道：“若这人真有这么厉害，倒不妨想个办法，逼他上山，赚他一把交椅……”

“还不知道是谁呢。”

“待小乙查出来便知道了，到时候看看吧……”

“会不会便是那陈金规暗中运筹的，他自己说服自己总没有问题了。”

众人说得一阵，朱武摇了摇头：“可能性不大，那陈金规的性子，我们之前也打听过了……不过，这人能够协调双方的关系，又能直接做出炸船的决定，在我想来，这人必然地位超然，且非富即贵，恐怕是船上那些富家公子中藏有厉害人物扮猪吃虎，小乙上船之后，便让他往这方面查一查……他们背后有个这样的人，我心中总是不安……”

这天深夜，陈金规手下的水师一面审问俘虏一面追击，在凌晨找到了几座水匪的寨子，从其中一座寨子里救出了被绑架的小侯爷卢纯。

在被绑架的这段时间里，卢纯并没有看见绑匪的样子，只是不停地被转来转去。在救出他的这天夜晚，大概绑匪也知道了战事的失败，想要再将他转移，却恰好送到这座寨子里，被攻破营寨的水师给救了出来。

眼下，能够得出的结论也就是这些，更进一步的东西需要对水匪的深入审问才能知道。就陈金规来说，自然是希望可以留在这里将整件事情连根挖起来再走，但另一方面他也有护送生辰纲的任务在身。为了卢纯固然可以顶住压力留下，但要是事情已经搞定还要留下，那争功的嫌疑未免太大，一点儿立功的机会都不留给同僚，这是为官大忌。

除开军政方面，密侦司对于这类事情只有建议权，这是摆在明面上的制约。况且生辰纲遭人觊觎的隐患得以消除，奖赏与陈金规那边也并非一个系统，也没有必要多言。当然，更多人既不了解陈金规，也不知道密侦司，只是大胜之后第二天的雨中，半个盱眙都张灯结彩俨如过节，想必不久，从盱眙到淮安，甚至更大范围内，都会大肆宣传这次清剿水匪的胜利了。

宁毅在这天搬到了聂云竹与元锦儿所在的船上住，看着外面向陈金规等道贺的人陆陆续续过来，在雨里搭了棚子乱放鞭炮。同时，去洪泽湖追杀水匪的士兵也陆陆续续回来了。由于是连夜追杀，这次虽然战斗的情况近乎一边倒，但伤亡的士兵比预料的要多。昨天下午一开始在湖面上打的那场仗还算顺利，后来追去水匪的营寨里已是夜晚，尽管仍旧占了优势，但黑夜之中仍旧死伤不少。只是救出了小侯爷又获得如此大胜，领兵的将领也忘记了自己队伍的小小伤亡，毕竟无论如何，这次的大胜都会获得大大的封赏，谁都不会被亏待。

陈金规命人连夜审讯昨晚被抓捕的水匪，但一天的时间里得到的各种消息还不够拼出完整的事件，不过这也没关系。船队原本的五艘船被炸毁一艘，此时还剩下四艘，不过在这天晚上，陈金规就决定，明天早晨，船队继续启程，以早一日将生辰纲送抵京城。至于后续事宜，就交由盱眙县的其他人负责，继续深挖这次水匪绑架事件，将参与人连根拔起。

对于这一决定，盱眙的众人恨不能敲锣打鼓拍手称快，见这天晚上雨势稍减，他们自然又是大摆筵席，请陈金规与一众贵公子赴宴。如此一来，码头这边虽然守卫不少，但还是清静了许多。吃过晚饭，周佩过来找宁毅，规规矩矩地坐在房间里的凳子上，可怜兮兮的，像条小狗。

“到底想要干什么你说啊，郡主殿下。”

“老师你知道的……驸马爷爷的回函一定已经到了……”周佩抿了抿嘴，“我想上京……”

宁毅看着她好一阵，笑了起来，随后将一封信函放到她面前：“我不知道那老头子怎么想的……我确实可以帮你这个忙，不过你也得帮我一个忙才行。”

“好的好的，什么忙，老师你说。”周佩兴奋地将那信件拿起来看，看了一阵之后还说道，“你看你看，我爹爹真是一点儿都不关心我，对于我要上京居然没有说话。哼，他给我选郡马不过是怕别人说他当爹爹太马虎——哦，老师，你到底想要我干什么啊？杀人放火还是坑蒙拐骗，我听您的。”

“是仗势欺人。”宁毅笑着说道，“我要做一件事情，需要有些人听不到我的名字，但船上人太多了，前不久卓云枫把我的名字告诉了他的朋友，他的朋友告诉了李师师，李师师才会过来找我，但到这里就够了。不久，那个叫作王闲的人会上船，我不希望他听到有人说起‘宁毅’这两个字，但卓云枫那边，我没法去说，也不太好预防，希望这件事可以交给你。”

周佩眨了眨眼睛，随后小声道：“那个王闲有问题？”

“可能有问题。”宁毅点了点头，“但我不希望打草惊蛇，你要注意的是，如果很刻意地警告卓云枫和他的朋友，他们对着王闲的时候，反倒有可能弄出什么问题来。具体用什么方法，你要自己拿捏好，有问题吗？”

“没有。”周佩笑得灿烂。她从小学的其实就是跟这些人来往，在人心、御下等方面有自己的心得。说起与卓云枫这帮人来往，连宁毅也是不如她的，因此也就没必要给她什么建议。

“另外，在那边船上，目前你的身份最高，接下来我会给你安排一个保镖，可能是齐新勇他们三个人中的一个，到时候你配合一下。除了如厕，其他时间他都会跟在你附近，不要使小性子，不要喜欢上他，最好是到了京城找个靠谱的皇亲国戚，门当户对，两情相悦，情投意合，回去以后，我也好交差。”

康贤寄过来的书信便有这层意思在其中，言道既然小佩不肯在江宁找郡马，就干脆让她进京贺寿，同时自己找个中意的男孩子回来，这是她最后的机会了。周佩听得脸红红的，随后“扑哧”笑出来，却终究不敢接话，而是岔开话题道：“那个王闲那么厉害啊？那他是什么人呢？怎么会过来的？”

“现在还不知道。”宁毅摇了摇头，“但如果他真的是，就只能说是……呵，是缘分了。”

宁毅那句“缘分”一度令得周佩古古怪怪地看着他。待到小郡主离开之后，宁毅从窗户往外面看，雨基本上已经停了。码头上有不少士兵巡逻，但由于没有多少人说话，即便灯火通明，还是显得有几分孤寂，水珠顺着屋檐“滴滴答答”地掉。他出了门去找聂云竹与元锦儿，亮着油灯的房间里，元锦儿不知道去了哪里，只有聂云竹坐在窗前的桌边，低头翻着书卷。

宁毅站在门边看了好一会儿，聂云竹也偏过头来，嘴角噙着笑意注视着他，油灯里的光点微微摇晃着，忽明忽暗，将她头上白色的发巾染成暖黄色。

“还不进来，半夜站在女人家门口，会被人说的。”聂云竹轻声说道。宁毅笑了笑，看看两旁：“这船上人又不多。”说完，他还是关了门进来了。

船队中，主船上住的自然是那些达官显贵及其亲属，其余几艘，除了装有各种值钱的货物，住的则多是不用随时跟在主人身边的丫鬟、下人，也有凭借关系一路上京的，有的甚至拖家带口，领着几个孩子。聂云竹与元锦儿所在的这艘船上倒还算安静。宁毅走过去，在聂云竹身边坐下，气氛显得安谧，聂云竹将身子侧过来靠在他的肩膀上。

“最近很忙吧？”

“事情是有些多，对不住，没时间陪你们。”

“没关系啊，我也有很多事情做的。”

“什么事啊？看书？”

“听你的事情。”

“嗯？”

“我……我听说了发生的事情，然后就猜立恒你在里面做了哪些事。以前在江宁的时候，我便喜欢听别人说起你的事：参加了什么诗会，作了首什么词，大家的反应怎么样。现在也一样啊，尤其我还跟在你身边……”

聂云竹靠在他的肩上，闭着眼睛，轻声说着自己的心情。通过这些天传得沸沸扬扬的传言，或许还得加上小婵的诉说，她也在猜宁毅在背后做了什么事情。身边有个这样的女人在，宁毅心中也是不孤寂的，闻言伸手搂住她。

“我想起早一两年，你想要弄个煎饼摊时的样子。那时我每天早上从你家门口跑过去，我们二人都会说说话。我还告诉过你，若有一天情况变得太复杂，可以想想最开始是什么样子。这两天我处理事情的时候偶尔也想，是不是又要把事情弄得很麻烦……”

“立恒觉得累吗？”

宁毅摇了摇头：“我以前走错过方向……”他轻声说了一句，随后道，“其实这个世界上的有些事情是不会变的。就像走在野外，你可以生堆篝火，建座房子，养养鸡，打打野猪，有时候你会碰到老虎，它要吃你，你就得杀它。放在人身上也一样。在苏家的这件事情中，梁山就是老虎，说道理是没用的。复杂也好，简单也罢，这件事我都要做。不过……明天我过来陪你吧。”

“嗯。”聂云竹点了点头，过得片刻，才睁开眼睛，有些迟疑地问道，“呃，那……你家的小婵姑娘怎么办啊？”

“总得让她知道啊。”宁毅想了想，笑了起来，“你们之前也见过，你救了宁曦，她对你也挺有好感的。嗯，我就是过来跟你们一起看书写东西，你跟元宝儿同学要聊天要唱歌都行，我不打扰你们，就跟小婵说……咱们是红颜知己，我是才子你是佳人，惺惺相惜但是克己守礼，说不定你们还能成为好朋友呢。”

“呃……”聂云竹一时间讷讷无言，总觉得对方眼中有戏谑的意味，但她私下里已然与小婵认识了，又不好说些不认同的话来。为难片刻后，宁毅笑容中的打趣意味越发浓郁，手也伸到了她的衣裳之中。她自然知道宁毅要干些什么，感受着对方的手掌在自己的身躯上移动，她低下头，肌肤却是滚烫起来，轻声道：“立恒，这个……便叫克己守礼吗……”

“大部分时间是……”

灯火摇曳，墙上的身影变幻着，过得片刻，宁毅将聂云竹的身体放在床上，解开了衣带、裙带之后，外面传来欢快的敲门声。二人愣了一愣。此时聂云竹身躯半露，胸口上停着宁毅的手掌，满脸潮红，但那敲门声一听便知道是元锦儿发出的，一愣之后，她才将双手撑在宁毅的胸口上，随后笑了出来。

“太过分了……”宁毅翻了个白眼。门外元锦儿在说话：“云竹姐，云竹姐，过来开门，我回来了。”哼的调子像是在唱歌，随后又道，“云竹姐，你在洗澡吗？”

聂云竹回答了一句：“是啊，等等。”元锦儿“哦”地答应了一句，在门外蹦蹦跳跳。宁毅翻了个白眼，待到聂云竹将兜肚系好，衣服拉起来，他才走到那边开了门。跳来跳去的元锦儿“呀”地与宁毅对望了片刻，随后探着头朝门里看，只见赤着双足的云竹姐正抱着衣服坐在床上笑。她这时候哪里还不明白发生了什么，只是不清楚宁毅是个什么心情，眨着眼睛，预防他发飙。宁毅摇了摇头，说了声“太过分了”，出门走掉了，她才高兴起来，跳到屋里，转身从门口探出头，吐出舌头，做了个鬼脸，这才高高兴兴地将门关上了。

“云竹姐，多亏我回来了，你才没有被那个登徒子给轻薄了哦，你以后不要这样子啦。”

宁毅走远后，听着隐约传来的元锦儿的声音，忍不住摇头笑了起来。

这段小小的插曲当然不至于真的让宁毅感到多么沮丧，他一副受到打击的样子，也不过是想让聂云竹与元宝儿那个傻瓜开心一点儿。当然，男人的欲望上来了，一时间也很难完全冷静下来，他走出船舱，看着码头上的夜色，呼吸了几口新鲜空气。

城里庆祝这次大胜的宴会还在开。码头上不断有士兵巡逻，闲人不多。宁毅在船舷上站了一会儿，有几个人要上船，守门的士兵正在检查文牒、手令等物，也不免朝那位蒙了面纱却仍旧看得出漂亮且气质娴雅大方的女子多看了几眼。这女子却是领着丫鬟、随从，带着一些随身物件的李师师。她今晚竟没有被邀请去参加宴会，又或者推拒了此事，在旁人都未回来之时，到船上来了。

宁毅想了一想，方才从船上下去，与接受完检查进入码头走上主船的李师师打了个招呼。李师师对他一向亲切，在船上聊了几句，问起宁毅住在哪儿，宁毅才指了指一旁那艘船，片刻之后，二人互道再见，各自离去。

回到自己的船上时，宁毅朝那边看了看，只见船上李师师的舱室里已经亮起了灯火。这次见面简简单单，但该做的事情他基本都已经做好了，想要达到的目的也已经达到了。

不久，县城里的宴会散去，晚上歇在船上的众人陆陆续续地回来了，同行的还有那位名叫王闲的男人——由于受到一众公子哥的重视，他也被安排在了主船上。

第二日早晨，宿在县城的众人陆陆续续地上了船，船队再度准备起航。早膳时与众人交谈，李师师不动声色地问了问旁边几艘船上住的大抵是些什么人。她身边的丫鬟自然是被安排在主船上，但随从等人只能在另外的船只上住下来。至于宁毅所在的那艘船，在众人眼中，便是有些关系但很显然并没有太高身份的随行人员住的地方，例如某些高门大户的师爷、管事、账房，若随行进京，便安排在那儿。

她早知道宁毅有着“江宁第一才子”的美誉，原以为宁毅已被这些贵族圈子接纳，但此时看来，情况竟有些不对。或许是赘婿的身份连累了他，又或许是他那人有些孤傲的性子导致了他的这种处境——她在江宁时曾听过“道士吟过两首”的笑话，但会说这话的人必然是不讨喜的——她没有长居江宁，对于宁毅在旁人眼中的地位有些拿不准。

她又想起昨晚问他住在哪边时他的神情，觉得他的心中或许是介意的，但又要表现得清高——这样的人，其实她见得很多，颇能想象。她是最擅长处理人际关系，调节他人心情的人，本来还想着若有机会，不妨与众人聊聊江宁的才子，聊聊《青玉案》《明月几时有》，但现在想来，自己该谨慎了。若是跟众人聊起江宁第一才子的名字，然后众人才发现对方居然在后方的船上，以他那等孤傲的性格来说，得到的恐怕不是成名的喜悦，而是被所有人轻视的难堪。

望着后方跟随的那艘船上的景象，李师师轻声叹了口气。同一时间，宁毅正在房间里与聂云竹、元锦儿、小婵这样的组合过着有几分陌生又有几分悠闲的上午……

风和日丽，船行平稳，过了洪泽湖后，船队一路沿汴水北上。

隋唐大运河通济渠这一段，后世已经见不到了，但在这个时代，它连接着南北水道，仍旧是大运河中最为重要的一条航路。此时虽值汛期，但运河之中的水流算不得急，有不少渔舟、商船驶过去。

船舱的房间里，几双眼睛骨碌碌地转着，颇有些大眼瞪小眼的古怪感觉，毕竟三女一男的阵容在眼下还是显得有些奇特。对于宁毅所说的白天大家一块儿坐坐，他顺便“办公”的事情，昨晚就知道的聂云竹没说什么，然而，当宁毅让小婵与她们互相介绍时，小婵与元锦儿的表情俨然受到了惊吓。她们之前私下里就进行了串联，眼下却不知道该怎么自然地打招呼，当宁毅在房间里靠近窗口的书桌上写着东西时，小婵与元锦儿就呆呆地坐在一侧，看着这一幕，只能用眼神交流一下。

宁毅说了几句“大家这样都能遇上，真是有缘”之类扯淡的话。当然这话是没人信的，不过信不信又不是现下讨论的主题。以自身对宁毅的了解，她们本以为在这件事情不得不揭开之前，宁毅会两边瞒，元锦儿乃至小婵心中未必没有吓他一跳的小小心思，现下倒是真不知道他的葫芦里卖的是什么药。

至于聂云竹，她坐在一边，手上拿着本书，一开始自然也看不下去，眼珠滴溜溜地转，想笑又不敢笑的样子。宁毅埋头写了一些东西，抬起头来看着她们，然后胳膊撑在桌面上，双手托着下巴：“怎么了？”

纵然心态成熟，房间里的四人终究都只是二十岁上下的年纪，还是青春活泼的。宁毅的表情带着打趣，元锦儿陡然站了起来：“我去泡茶。”她说完这话，转身朝外面走。小婵也连忙举手：“我……我去帮忙……”

二人慌慌张张地出去了。宁毅摸了摸耳垂，目光转到聂云竹那边时，才见聂云竹正从书本后瞧过来，与他的目光一触，连忙垂下头去。只是过得片刻，她干脆笑着放下了书：“我……我也出去帮忙……”

“泡杯茶用不用三个人去啊？”宁毅笑了起来。聂云竹微微低头，随后看了他一眼：“那我去茅房……”若是在与宁毅发生关系之前，她或许说不出这种话来，此时则只是脸色微微红了红，抿嘴出去，又关上了门。宁毅摇头失笑。

门外的走廊里，元锦儿与小婵正在窃窃私语。元锦儿捏着下巴，一副沉思的表情：“有古怪……”小婵捏着拳头，有些为难：“怎么办啊？姑爷不会是知道了吧？”

“知道什么？”元锦儿白了她一眼，“怎么可能？”

“姑爷很厉害的。”

“能有多厉害，他又不是神仙。”元锦儿瘪了瘪嘴，又扭头看小婵，“而且……你现在都是他的女人了，干吗要怕他？”

“我……我才没有怕……怕相公呢，我不想让他生气啊。”

“他跟你生过气吗？”

“没有啊，但我还是不想让相公生气……咱们当丫鬟的要自觉才行……”

“你已经不是丫鬟了！”

“一样的啊，这样相公才会喜欢……”

“你气死我了。”元锦儿瞪了她一眼，“你是他的女人，就应该发挥狐狸精的风骚劲，迷得他什么都依着你，我昨天就跟你说了。我还教过你，你要……”

她这两天正在给小婵灌输些古古怪怪的东西，小婵红着脸看着她。见这小妞孺子不可教，元锦儿也有几分气馁，待到聂云竹从那边过来，她皱着眉头道：“云竹姐，他怎么回事啊？”

“我也不知道啊。”聂云竹也感到奇怪。

“他怎么这样？云竹姐你，还有小婵，他怎么能让你们见面呢？太乱来了！”

她们原本也不是要做什么乱七八糟的事情，顶多是觉得宁毅不至于让她们见面，先前便起了戏谑的心思，想要看看他的笑话。待到某一天双方真的遇上，看宁毅会如何窘迫地解释这件事——这个想法的提出人，自然便是喜欢折腾瞎闹的元锦儿。

千年之后男方毫不占理的事情，眼下却真不算什么大事，特别是经历了苏家大屠杀之后，双方多少有了事情无法改变的认知。可到得此时，反倒是她们为难起来了。

当然，这个时候，就算为难，也做不了什么，几人泡了茶进去，各自伪装成若无其事的样子。宁毅在家人面前性格不错，几人只为他的态度拘束了一阵，同病相怜的感觉就令得后来的相处简单了起来——之前不管私下里交情如何，在宁毅面前，她们毕竟还是需要争宠的关系。

这天下午，宁毅埋头写东西。聂云竹坐回那边看书时，已经定下心来。小婵泡泡茶，处理些琐碎的杂务，随后拿了个小杌子坐在那儿绣花，只绣得一阵，好动的元锦儿便拉着她窃窃私语起来，随后将她拉到隔壁房间里去一番折腾。

宁毅偶尔闲下来，便侧耳听听，但那边元锦儿与小婵的声音小，隔了一堵舱壁，他听不清楚，只是偶尔听得小婵“啊啊”地叫唤，似乎是元锦儿在教她下腰。平心而论，虽然平日里太过活泼跳脱，在宁毅面前没什么形象，但能够拿到花魁的头衔，元锦儿同学确实是位非常漂亮的长腿帅妞，舞又跳得非常好。不过听得片刻，宁毅也就知道那边并不是在教授舞蹈，一时间无语。那边聂云竹坐在床沿，用书本遮着嘴，以打趣的目光看着他。

小婵被折腾得一阵，受不了，跑掉了。元锦儿舒展着身子哼着歌进来，得意扬扬。宁毅猜测，元锦儿心中想的多半是教会了小婵房中术，就可以让她跟檀儿争宠，把苏家弄得家宅不宁这种算计。

不久，小婵才再次进来。大船一路前行，阳光自敞开的窗口照射进来，宁毅偶尔写，偶尔想，偶尔又与几人说上几句。聂云竹看的是此时流行的言情话本，里面偶尔有些诗词，大家若感兴趣，她就会轻声唱出来。词作固然平平无奇，聂云竹的歌喉却是婉转动听，小婵有时候听得都入了神。

傍晚时分，船队在岸边的小镇上停下，闻人不二等人过来找他，大家在码头附近的石滩上走一走，说说主船上的情形。有时候宁毅往主船那边瞧过去，会看见小郡主周佩从船舷上望下来的样子：表情雍容，目光大方自然，只是扫过宁毅这边的目光里，明显蕴着些成了超级间谍的代入感。

夕阳西下，码头上、船队间又弥漫着热闹的气氛——大破水匪的余温未散，夜晚常常有庆祝活动，有时候歌声和觥筹交错声会从主船上传来。尽管防御并未松懈，但陈金规已经被捧得晕陶陶的了：自己能得到这么多皇族、官家子弟的赏识，甚至小郡主周佩都会奉承自己一番，进京之后，升官发财之类的事情想来是少不了的。

再到天明时，船队启程前行。此后几天里，船队一路平安。每日里比较悠闲的时候，宁毅大多与聂云竹、元锦儿、小婵等人聚在一起，各人都有自己的事情做。偶尔他会拿出自己会的歌来炫耀一番，只是照常得不到认同，尤其是元锦儿，总是吐舌头，做各种怪相，不过，小婵每次都会认真听，聂云竹则想着帮忙改改。

每日里坐船实在有些无聊，不过，聂云竹性子淡泊，总能想办法自娱自乐；小婵则是当惯了丫鬟，多数情况都能适应；元锦儿偶尔有些气闷，觉得这都是宁毅惹的祸。

事实上，若是只与聂云竹同行，元锦儿未必会有什么气闷的感觉，但是插入了宁毅与小婵之后，众人的中心不免就变成了宁毅，她以往对此倒不见得有什么不爽，但眼下，宁毅与聂云竹、与小婵都有肌肤之亲，有时候不经意之间有亲密的动作，便让她觉得自己像是被排除在外了，但她又不能为此发脾气，加上偶尔与宁毅斗嘴输了，难免会生闷气。这个时候聂云竹只好去安慰一番，或是宁毅出马，二人再吵一阵。她并非记仇之人，有时候宁毅刻意让她消气，她吵着吵着反倒会笑出来。

这天傍晚到得徐州地界，船队靠岸时，天色阴沉，风很大，看起来不久有可能下雨。元锦儿与宁毅斗了一番嘴，正在气头上，在船停之后便下去吹风散心，走到码头附近的河堤边时，前方一男一女的对话声传来。

前方行走的是一男一女，女子身边还跟着丫鬟与下人。男女二人在聊天，男子说的似乎是什么地方有人惩治贪官的事情。那男子说得有趣，元锦儿看了几眼，发现这二人她都认识：带着两名仆从的女子是那位据说有“京师花魁之首”之称的李师师；至于男子，身材颀长，背影与侧脸都俊朗，是主船上那位叫作王闲的年轻人。宁毅提过主船上有这样一个人，在宁毅口中，对方是个大帅哥，可以与她以前见过的扬州那个很漂亮很漂亮的小帅哥媲美，宁毅还打趣过，她若是看到了，说不定会心动。

她因为这事，之前曾远远地看过这男子一次，此时听他的声音，感觉不让人讨厌。他说着惩治贪官的事情，妙趣横生，说完，旁边的李师师轻声问道：“这样说来，梁山的好汉们倒也并非滥杀无辜之辈。”

那王闲道：“这个我却是不好说的，毕竟是在造反。但这年月里，不公之事到处都有，乡下民间，确实听说梁山好汉是替天行道的忠义之辈。”

“原来如此。”

李师师点了点头。跟在后方的元锦儿一时间却是气不打一处来。她以前听说李师师与宁毅是旧识，结果宁毅一家人都快被杀掉大半了，李师师居然在这里说梁山的那些人是好人。她心中不爽，当即便喊了出来：“全是瞎扯，胡说八道！你们凭什么说梁山的人是好人？！”

她这样一喊，前方二人回过头来。那王闲愣了愣，颇有风度地拱手道：“这位姑娘是……？”

“你管我是谁！你凭什么在这里说梁山的人是好人？！”

“在下也只是道听途说而已，姑娘若是有什么……”

“道听途说那就是……”

元锦儿正嚷着，一旁有人影陡然走了过来，伸出一只手直接拥住了她：“锦儿你在干吗呢？知不知道云竹找你好久了？你还在这里跟人吵架。”

那忽然过来的人正是宁毅，他几乎是直接抱住了元锦儿。元锦儿身体僵直，愣了一愣。那边的李师师也愣了愣。这个动作真的是太亲昵了，但元锦儿还在气头上，随后挣扎了一下，手指过去：“他们居然说梁山泊的那些人是好人，你……唔……放开我——”

话没说完，宁毅已经双手各扯住她一边的脸颊用力地往外拉：“你又不是小孩子了，还整天跟人吵来吵去，淑女一点儿好不好？跟我回去！”他搂着元锦儿就走，元锦儿这时才感到害羞，全身发烫，一时间连手都不知道该往哪里放，被宁毅搂着，像面团一样走了。如此走得几步，宁毅才回过头去，笑着说道：“对不住对不住，小孩子不懂事，两位继续两位继续，就当没见过我们。先走了，告辞。”

说完这话，他才再度用力搂着元锦儿，走掉了。王闲看着二人消失，笑着说了句：“真是奇怪的人。”一旁的李师师皱着眉头想了想，最终没有说什么。

当众将锦儿抱住这种事情有些过了，但宁毅一时间也没有什么办法，只好送她回去，将她安抚了一番，再交给聂云竹摆平。他与闻人不二碰了个头，也是在这天傍晚。徐州地界的这座小码头显得颇为热闹。洪泽湖一战中，陈金规麾下的水兵伤亡比较多，便申请了途中的增援，到得这边，一支百余人的队伍过来会合，完成了交割与报到的仪式。这样一来，安全事宜更是无虞，晚上照例又是庆祝的宴会。宴会结束不久，暴雨便下下来了。

这天夜里，整个码头都睡得相当沉，偶尔有清醒之人被打晕的闷响声也被掩在了突如其来的大雨里。直到过了午夜时分，骤雨渐歇，才有第一声呼喊发了出来。大部分人从蒙汗药的后遗症里醒过来后，才发现四艘船中的一艘已经被那新来的一百多“水军”趁着大雨与黑暗无声无息地开走了，而在洪泽湖一战之后，真正的生辰纲恰恰是被人转移到了那艘船上，此时便被人悉数劫走了……

## 第九章

# 连环套夺回生辰纲　图大计亲审梁山人

巨舟破开雨幕，破浪而行，在前方的河口转入支流。

没有灯火与星光，此时负责船只掌舵的，是“浪里白条”张顺带领的梁山水军精锐。即便在这样黑暗的雨夜里，这艘大船仍旧准确地找到了行进的路线。暴雨“哗哗”地下，河堤两边皆是憧憧树影，大船的甲板上，披着蓑衣的人们站在黑暗中。

“这雨看来也快停了吧。”

“军师果然好算计！不仅算计好，还会观天象，岂不是与诸葛亮一般了吗？哈哈——”

“这艘船不错啊，若能开回梁山就好了。”

“不行的，船太大了，还是到地方就烧了吧。”

“大晚上的烧，怕人家看不见啊？”

“船上的人怎么办？”

“照我说，不妨全杀了？”

黑暗中，有人兴奋不已，有人扬扬得意。为劫生辰纲，由“神机军师”朱武安排的这次行动，从整体上来说堪称完美：内应燕青顺利地摸清楚了整支船队的配置、安排，摸清楚了生辰纲所在的那艘船；这边，朱武等人把握住朝廷的动静，先一步劫去军队的印信等物，时间上卡得极准，在官府两边都还没反应过来时，又遇上了小小码头上的这场风雨，最后顺利地劫走了这艘船。即便是朱武本人，此时心中都有着掩不住的兴奋。

船队一共只有四艘大船。主船上的那些贵胄，这时候要动，梁山众人其实还是有顾虑的。梁山起义正逢其时——抓住了武朝北伐南剿，无力再管梁山的好时机，但如果伤了郡主、小侯爷之类的人物，单凭王府、侯府的影响力，聚集的财力恐怕都能掀起一次大战了。真弄死了这些人，他们固然能声名大噪，但接下来恐怕就真的要面临来自官府的死磕了。

好在他们不打算动这帮达官贵胄，陈金规也不希望自己被觊觎生辰纲的匪人盯上，干脆将生辰纲换了一艘船。这艘船原本是些下人住着，放了不少物资，换上生辰纲后，陈金规不动声色地调了些精锐上去守。这天晚上，也是因为燕青之前就准确地掌握了换班的情报，并且与那负责的将领拉上了关系，动手之前就在他们的食物里下了药，虽然药性不重，但在梁山众人动手之时，大部分兵丁已经沉沉睡去，小部分的反抗没能引起太大的动静，最后便被一锅端了。

如今在这艘船上的，除了生辰纲，还有被抓的几十名兵丁与少量家丁、下人。听旁人问起，朱武想了想，说道：“这些当兵的还是能打仗的，我本想着他们丢了生辰纲，回去也是大罪，不妨煽动一下，让他们随我们去梁山入伙，不过这一路回梁山，咱们带着生辰纲，怕节外生枝，只好将他们杀了。至于那些下人，找个地方将他们囚住，别人若能找到他们，就算他们运气好；若不行，咱们也算没有滥杀无辜……不过现在不要动手，离那些官兵还不够远，若被追上，可以拿他们当人质。虽然这可能性不大，但总该未雨绸缪。”

朱武主导了这样一次成功的谋划，旁人对他自是信服，当即应了。过得片刻，暴雨渐歇，云层分开时，月亮从上方射出清冷的光来。终于，大船在一座小码头边停下，不远处的草地间，有十几辆大车与手持刀枪的人等着。船上的众人下去，迎向那边为首的一名身材高大的男子：“卢二哥，劳烦您来接应了。”

“卢员外，等急了吧。”

那姓卢的男子背负一支重矛，笑了起来：“众兄弟今日行此壮举，我等等又有何妨？哦，小乙可脱身了？”

他拱着手望向众人，但没有发现燕青的身影。朱武这才说道：“小乙哥尚未暴露，如今还在那边，说是再探探情况，待大伙儿都安全了，他自会赶上来。”

梁山众人在那码头边与卢俊义会合时，汴河这边船队所在的小码头上仍是一片混乱。灯火绵延，将周围照得通明，显出各种慌乱的身影。这天晚上的饭食中被下的蒙汗药并不多，也是怕引起太多人的警惕，所以大家吃过之后，顶多是嗜睡，这时候被嘈杂的声音吵醒，才知道生辰纲连同其所在的那艘大船都已被劫走。

主船上的众人都免不了后怕。追捕的队伍已经被派出去了，但这时候看起来也不会有音信，不过在这样的乱局当中，偶尔会有一些人骑马回来，找到某些人报告情况。

混乱的局面中，宁毅与闻人不二碰了头，在码头上一边等待过来的消息，一边商议事情。

“毕竟太快了。”

“徐州附近的兵马能到位吗？”

“我们这次算是强令他们出兵，动用的关系，已经不只是密侦司了。”

“重要的是有没有咬上。”

“好在何管事那边还是能帮忙。”

毕竟是这样的年代，消息一时间难以保证精确。与闻人不二说得几句，看见聂云竹从船舷上朝这边望，宁毅向闻人不二交代了一下，转身上船，领着聂云竹回房间。元锦儿正在窗户边朝外看，看见宁毅进来，神情立刻变得古怪起来。

宁毅也没办法跟她说什么，只能朝二人叮嘱道：“今晚的事情有些麻烦，你们待在房间里。虽然码头这边应该没什么事了，但最好还是小心些……早点儿睡觉吧。”

聂云竹拉了拉他的手：“你不会有事吧？”

“没事的，都安排好了。”他看看元锦儿，伸手指了指：“照顾好你云竹姐啊，我们的账回来再算。”

元锦儿仰了仰下巴：“还用你说！”随后又道，“别出事啊。”

宁毅笑了笑，在聂云竹的嘴上亲了一下，关门出去了。

从这边船上下去后，宁毅跟闻人不二打了个招呼，二人一面说话一面往主船上走。主船的舱室之中一片嘈杂，诸多身份显要之人在吵吵嚷嚷，倒像是进行到一半忽然发现主人死了的西方宴会，而作为主人家的陈金规一面发号施令，一面与几个身份比较高的年轻公子哥交谈着，脸色已经变得煞白。

宁毅与闻人不二在周围看了看，与走过来的齐新翰说了几句——密侦司的好手其实都被安排在了主船上，也是怕这帮有身份的人出什么事情。宁毅扫视周围，只见那王闲也在人群当中，正拿着手巾按在头上，神情也显得萎靡，似乎是蒙汗药劲儿尚未退去。一旁周佩正带着齐新勇走过来。也在此时，陈金规看到了他们，分开人群，几乎是小跑而来。

他此时明显是能带动周围视线的，宁毅下意识地避开了一点点。陈金规与闻人不二低声说了几句，脸上的神色时而焦急，时而愤怒。

这个时候二人能够说的，自然是有关生辰纲的事情了。只是周围的众人并不清楚闻人不二的身份，就算之前有见过的，大抵也是将他当成一名管事来看待。那边的人群中，王闲朝这边走了过来，正好遇上了皱着眉头过来的李师师。

对于宁毅这个时候出现在主船的船舱里，李师师是有些好奇的，当然更多的则是觉得自己不妨过去打个招呼。王闲笑着朝她点了点头："哎，这位公子不是先前见过的那位吗？"

二人已经走到近处，宁毅也察觉了二人的到来。李师师原本是看着宁毅的，这时候望望宁毅，又望望王闲，微微一笑，迟疑了一下之后介绍道："这位是王闲，王公子。王公子，这位是宁立恒宁公子，有'江宁第一才子'的美誉……"

"宁立恒"三个字出来时，宁毅的目光已经锁定了前方的男子，那王闲拱了拱手："哦，原来是宁公子，久仰久仰……"目光之中却是露出了回忆之色，一时间倒也看不出什么来。

闻人不二、齐新勇、齐新翰等人的目光，几乎在同一时间投了过来。

时间仿佛在这里停顿了一瞬。

在这之前，宁毅一直不想让自己的名字落入对方的耳朵里，因为他并不知道席君煜在梁山上将自己的名字宣传到了怎样一种程度。对方就算是梁山中人，也有对他非常了解和听说过他但并不清楚具体情况这两种可能。这个时候，没有人知道王闲心中起了什么变化，是回忆起了席君煜，还是仅仅在思考"江宁第一才子"这个名头的意义，即使是宁毅也猜不出。

王闲低着头，脸上还带着笑，但下一刻，或许是感受到了气氛的细微变化，他的目光就要扫向齐新勇等人。也在此时，宁毅偏过头，说了一句话。

"抓住了谁？卢俊义？杀了吧。"

对面的王闲陡然抬头，随后迎上了宁毅等在那里的微笑的目光。

有什么东西"咔"地扣上了。

王闲的身体几乎是下意识地往李师师与小郡主周佩的方向动了一下。

这个时候，船舱之中仍旧吵嚷不堪，所有人都在就这场变故发表意见，听到那边陡然间爆开的声响时，没有人心中是准备好了。他们忽然间听到有人在耳边喊了一句："杀——"

心脏仿佛在一瞬间被人攥紧。刀枪出鞘，刹那间碰撞在一起……

热闹却又混乱的船舱里亮着诸多灯烛，即便称不得金碧辉煌，也是亮堂堂的。多数贵胄子弟的家卫都跟在身边，码头周围也是兵丁奔走不休。即便先前才发生了生辰纲被劫之事，也没有多少人认为类似的事情会再度发生在这里。

就如同站在安全的地方看着滔天洪水，围观者就算表情严肃，议论纷纷，心中也未必有什么实感。

直到那响声忽然间撕裂船舱中的空气，犹如浓重的黑暗陡然爆开！

这个时候，距离二人最近的是李师师，她根本分不清到底发生了什么事。上一刻，宁毅嘴角的微笑还吸引了她全部的注意力；下一刻，微笑就被那声暴喝取代。

拳锋冲过她身边，衣衫振响，破风声如虎吼，甚至在空气中震出“砰”的一声闷响来，那是属于“破六道”的罡劲儿。那边，化名王闲的燕青脚一跨，欺身上前，手臂与宁毅的拳风撞在了一起。

几乎在同一时刻，周围的人群中，齐新勇手中的钢枪“唰”地刺了出去。齐新翰手中的长枪还包在裹布之中，随着他反手出枪的动作，那钢枪如狂龙般疯狂振动起来，整张裹布在空中“哗”地张开。另一侧，闻人不二同时欺近。

一瞬间，在这狭窄的空间里，交手时“噼噼啪啪”的破风声连同脚步飞踏的声音疯狂地响起来，人、钢枪、裹布一齐在空中飞舞，被惊动的灯烛中，交手的身影甚至舞出残影来。一条板凳被击飞，炮弹般飞向舱室一侧，轰上窗户，裹着钢枪的布匹爆裂开来，散成无数碎布片如蝴蝶，天花板上的一盏灯笼“轰”地爆开了，火焰四射。

下一刻，燕青已经抓住了宁毅的手臂，“啊”的一声暴喝，“噔噔噔”地两个旋转，然后是呼啸的枪风和扑来的人影，两道身影都失去了平衡，在空中飞起，随后宁毅被扔了出去，燕青则被打飞向另一边。

轰然声响过后，宁毅的身体砸向侧面的桌椅，整个人狼狈不堪；而燕青几乎是在落地的瞬间抡起一张圆桌砸向冲来的齐新勇，然后才双脚落地，踉跄着后退了几步。他伸手撑住后方的船舱柱子，手上、背后、肩膀上都已经满是鲜血。

齐新勇等人合围过去。这时候，船舱之中才有人大声喊了起来：“你们干什么？”

“王兄弟你没事吧？”

“你们是什么人？”

燕青长得帅气俊逸，原是一副儒雅风流的模样，这时候单手撑住那圆柱，衣袖破了，露出的手臂上却肌肉虬结。他低头看着众人，颇有英雄气息。他的视线扫过齐新勇、闻人不二这几名好手，但他最为注意的，还是正从摔碎的桌子里狼狈地爬出来的宁毅。

宁毅左手的衣袖也已经破了，上面的点点血迹却并非他自己的。他一面咬牙爬起来，一面从衣袖间抽出一块弧形铁片扔出去，铁片的凸起面上满是森然的倒钩。

梁山之上，燕青的相扑技巧无双无对，空手状态下，就连李逵这样的猛人都会被摔得东倒西歪。宁毅纵然有陆红提的教导，武学上的修为也是完全比不过对方的，“破六道”击出的只是蛮力，先前几次疯狂交手，燕青看起来是硬碰硬，实际上在接触的片刻间就将力量全然卸去，然后直接揪住了宁毅的左手。

只是他未曾料到宁毅的手臂上放了带钩刺的铁片。相扑的技巧再厉害，擒拿手法也是基础，燕青抓得越是用力，手掌受的伤害就越是严重，只是他也不敢轻易放开，拧着宁毅转了两圈才将人用力扔出去。失去平衡之后，宁毅藏在右手衣袖里的机簧还朝着他射了一箭，这支小箭扎进了他的肩膀。

要论武艺，无论是闻人不二还是齐新勇、齐新翰这对兄弟，方才表现出来的，都比宁毅要高上一大截，然而交手的刹那间，他的伤，几乎都是拜宁毅所赐。也是因为手上的剧痛，他的后背才挨了齐新勇枪身的一记猛击，此时已然血肉模糊。

众人并不知道交手的原因，不少人已经与“王闲”有了交情，但这时的相助也仅止于片刻的喝骂。宁毅扔掉铁片，站起来，望向燕青，低声说了一句：“帅啊。”在他起身的过程里，燕青其实已经低着头朝后方的舱壁退过去，咬牙说道：“卑鄙……”

两边的人都没有丝毫迟疑，几乎在各自说完话的同时，宁毅的右手抬了起来，露出的是火铳森然的枪口；燕青陡然加快脚步，冲向窗口。

“轰——”

“砰——”

火铳打烂了一扇窗户，但燕青竟是从旁边的另一扇窗户中冲了出去。随之冲出的是齐新勇、齐新翰与闻人不二三人。人影与枪影虚晃，燕青纵身跃入黑暗中的汴河。

“抓住他！”

外面传来闻人不二的喝声，与宁毅在船舱中的说话声混在一起。

“死的活的都可以！”

从刚开始疯狂激烈的交手到随后看似从容其实迅捷的走与追，实际上不过几次呼吸的时间，然而整个过程鲜血淋漓，伴随着震耳欲聋的枪声。

燕青为人警觉，武艺甚高，宁毅这边虽然盯上了他，但为了不打草惊蛇，都是间接地摸索他的情况，看他接触过什么人，再研究他接触的人，以推导他的意图，但对于他的身份，一直不能完全确定。方才若不是李师师忽然开口，宁毅必然不会在那样的情况下下意识地用“卢俊义”三个字来做试探；若没有这试探，他从背后一枪过去，燕青绝对死定了。

到了这个时候，舱内众人才真正反应过来发生了什么事情，有些人朝这边冲过来，叱呵着发问；有人冲到舱外，查看对方落水后的状况。

“你们到底是什么人？给我说话！否则我……”

“王兄犯了什么事情？”

“卑鄙，全是下三烂的手段！你们有什么仇？有种便跟王兄单挑啊！”

群情汹汹，李师师还呆呆地站在原地，不明白为什么两边会忽然间在她的身边搏命厮杀。她本想说点儿什么，眼见着宁毅对这些发问的贵胄子弟竟没有丝毫在意，而是持着火铳，用手背擦着嘴角，自陈金规身边走过，还说了一句话。那句话她听清楚了，是："人缘还真好……"

那些过来的人正要走近宁毅，他就朝外面去了。李师师身边，另外一名女子的身影越了过去，仰着头，直接挡住了那些人："你们干什么？那个'王闲'明显是个坏人！你们被蒙蔽了尚不自知！知不知道我师父在杭州的时候，就连反贼方腊都不敢这样跟他说话？！"

出来拦人的，正是小郡主周佩。她这番话几乎将所有人都吓了一跳，连宁毅都愣了愣，偏过头来看了她一眼，想说"方腊还是敢的，这牛皮吹太大了"，但最终还是没有说话，走了出去。

周佩只是听说过宁毅在杭州的经历，从康贤那边听来的是宁毅将方腊摆了一道，她觉得，既然如此，那方腊当然是比不过老师的，于是此时说得理直气壮。这里所有人中又是她家的地位最高，谁还敢反驳？李师师听得目瞪口呆，那边卓云枫也听得目瞪口呆，随后有认识宁毅的人说起这人是写《明月几时有》和《青玉案》的那个宁立恒。周佩这才得意扬扬地出去，找宁毅询问那"王闲"到底是什么人，顺便跟着喊几句："抓住他！抓活的，活的不行就杀掉！"

事实上，虽然已经有几艘小船在黑暗里驶到运河中央开始搜捕，但水中已然失去了燕青的身影。

与此同时，又一批源自徐州军队的消息随着侦骑传来……

雨后岸边的林间燃烧着火把，一箱箱东西正被人从大船上搬运下来，放上马车。有几口箱子被打开了，放在路边，火光照耀下，箱子里是黄澄澄的金器，卢俊义、朱武等人正拿着些东西，一面说话，一面观赏。

"真是好东西，价值连城啊……查过了，这几箱多是金器、银器，那边有些布匹。卢二哥，这些东西你以前应该见过不少吧，是真货吧？"

"确实是。若有玉器、瓷器等物，可得叮嘱他们小心轻放。"

"这一路不好走，若真有大件的易碎瓷器，倒不妨直接打烂了。"

"这倒也是。"卢俊义点了点头，"一路过来，要数朱兄弟这一票做得最为干净利落。"

"哈哈，哪里，林兄弟他们在江宁劫狱，也是名震天下了嘛。"

"朱兄弟还未得到那边的细报？不知详情？"

"确实，这一路上走走停停，接收消息不太容易，不过我等已在途中听说大概了。”朱武想了想，“情况如何了？莫非节外生枝？”

卢俊义皱了皱眉头：“劫狱那边倒是一帆风顺，只是席兄弟去找那苏家人寻仇出了些事，遇上了扎手的硬点子。听说……魏定国魏兄弟当时就被杀了，鲍旭兄弟、薛永兄弟都已成废人。”

“怎会如此？！”朱武讶异地道，想了想，又问，“那边去的是林冲林兄弟，他枪法无双，再加上铁牛的武艺与性子，那苏家该被屠灭了吧？”

“没有。”卢俊义摇了摇头，“听说杀了一半，对方以一人之力，杀了魏兄弟，伤了鲍兄弟与薛兄弟，后来对上其余人，将他们生生逼退。据发来的信函上说，那人狡猾卑鄙，极难应付……”

他说的是“狡猾卑鄙”，但朱武等人自然能听出其他的内容来，张顺皱眉道：“就只有一个人？”

“嗯，便是席兄弟之前说过的，那娶了苏家小姐的入赘夫婿。之前大家都以为他是个书生，结果，全都阴沟里翻了船。”卢俊义抬了抬头，“叫作宁立恒。铁牛他们说，若有机会，必要回头杀他，再将苏家赶尽杀绝。”

“自然要如此！”便有人喝道，“我恨不能现在就杀去江宁！”

“唉，先做完此事再说。经此一事，朝廷必定面子大损，这才是正事。待到所有东西再转运一次，那边就再也追不上咱们了。诸位，此次做得漂亮，做完再想其他吧！”

“好！”

“先做事！”

“江宁……”

“记住那人的名字就行。”

不想被那消息影响了士气，众人呼喝起来，搬着东西的众喽啰见头目们呼喝，有的也挥着刀兵或是鼓掌：“好！”

这样的声音响起一阵便停了，大家继续搬最后的箱子。也在此时，众人视野尽头的小树林里陡然响起一声暴喝，然后是越来越近的马蹄声。一个人骑着战马冲来，远远近近的哨岗都被惊动，那人也喊出了声：“当心……咯，埋伏……过来了……”

朱武这边原本就有百余人，卢俊义那边也有近百精锐，此时“唰唰唰唰”刀兵出鞘，有人已经认出来者：“是小乙哥！”转眼间，浑身湿透带着鲜血的燕青奔至近处，踉跄着翻下马背，朝着后方看：“他们……他们早已识破了，咯咯……”

“怎么了？到底怎么了？”

“我……我不知道。我在船上，本以为并未被识穿，然而前不久忽然出现了一个人，他们……他们可能之前就已经在设伏。那人我不认识，似乎……叫作宁立恒……”

燕青并不清楚这个名字的含义，先前李师师介绍了对方之后，对方立即对他生出了警觉，这样的反应到底意味着什么，他一直在想，但最让他心寒的，是方才冲过来时见到的情形。

他原本是想着一定要将事情告知这帮兄弟，一路奔来时也已经注意不被跟踪，然而到了附近才陡然发现无声合围的无数兵丁，他们手持弓箭刀枪，成一个大圈包围过来。燕青当时已经被看见了，几乎是万念俱灰，想要奋力冲阵发出警报，然而对方也不知道接到了怎样的命令，无数弓箭对着他，却只是冷冰冰地看着他冲进去，官兵只是前行，一箭未发。

他说完，气氛一片冰冷。同一时刻，小树林里传来声音，是鼓掌和敲打的声音，像他们之前振奋士气的吼声，但是稀稀拉拉的，能听出仅有两三个人。

有几匹马从那里缓缓地走出来，马上的人正在鼓掌，燕青一看便认出来，就是那宁立恒，他旁边的几匹马上是陈金规、闻人不二、齐新勇三兄弟。燕青说了一句：“那便是宁立恒。”他再看过去时，跟在那几人后方的，是无数手持刀枪弓箭的士兵，他们从四面八方无声地围了过来。

这样巨大的包围圈，俨然是成千上万的军队大战时才有的情形。也是因为他们从极远的地方就开始拉包围圈，加上有精锐在前方扫荡，梁山这边安排的哨探竟没能及时发现或是示警。全靠成国公主府、生辰纲押送队伍、密侦司三方面联手使力，这一次才能出动如此之多的兵力。

一艘艘小船也开始从河流上游下来。

不过此时，除了“沙沙”的脚步声，真正刺耳的，只有以宁毅为首的冰冷的鼓掌声，战马上的宁毅脸上没有笑容，倒是陈金规正在灿烂地笑，跟着鼓掌。

“好——”

这声音就像是他们之前欢呼的延续，只是未免显得突兀。

宁毅左右看看：“来帮忙鼓掌啊。”

齐新翰将手中的钢枪夹在腋下，面无表情地拍手。

“啪啪，啪啪啪。”

“干得好。”

“啪，啪啪。”

“恭喜，抢到了生辰纲。”

“啪啪啪啪啪啪啪。”

夜风之中，只有单调的、没有节奏感的鼓掌声响起。

宁毅醒来的时候，嘈杂的声音隐约从外面传过来，窗棂间渗进了天光，正是清晨。

他坐起来，揉了揉额头，仅穿着兜肚的小婵也自旁边起身，揉揉眼睛，便要拿衣服穿上，宁毅拍了拍她的肩膀：“没事，你继续睡。”

然而小婵还是在点点头后爬了起来，轻声说了句：“我不困啊。”然后她去给宁毅打水，伺候他刷牙洗脸。

昨晚有关生辰纲的那场大战结束两个多时辰了，外面依旧吵吵嚷嚷的，多是在善后，追捕漏网者的行动还未停下，官兵正被漫山遍野地撒出去。对他们来说，这是一场大胜，但宁毅的情绪明显不高。

“姑爷看起来不太高兴？”

“这帮家伙的专业就是杀人，如果是在我的公司，我早把他们全都开除了。回家吃自己的吧，两三千人围捕两百多人还有逃掉的……”

宁毅嘴里虽然这样碎碎念，但也知道眼下这种情况已经算不错了。他洗漱完毕出门时，斜对面的房门边早有人在那儿探头探脑，是早上起床后还没有打扮好的元锦儿，她露出发丝有点儿乱的脑袋：“赢了？”

“赢了。”宁毅走过去。元锦儿笑着点头，待宁毅走掉了，才皱了皱鼻子：“嘁，赢了还摆张臭脸。”然后她回去找聂云竹报告了。

宁毅出门下了船，正好看到码头上的情况：诸多兵丁来来去去，已经准备了好些囚车，被运回来的生辰纲在重新装船。又是锣鼓喧天、鞭炮齐鸣的景象，宁毅有些不爽——他就是被吵醒的。然后他拉了个密侦司的成员过来：“你们搞什么？几艘船上的人都在睡觉呢，太扰民了，快去让他们停下来。”

“知道了，宁先生，要低调，小的马上去告诉他们。”

“呃……”

宁毅挠了挠头发，有些无奈。不一会儿，闻人不二、陈金规、齐新勇等人过来了，道：“如此大事立恒还能睡着，果真有大将之风。”

宁毅拱手打了招呼，随后盯着闻人不二道：“我想了想，昨天的事情都怪你——说话太刻薄了。”他这话一出，周围的人都笑了起来，显然颇为认同。

凌晨那一战，官府这边的准备算不得十分充分，但如果任何仗都要做到十分充分，也就没的打了。在三方面力量的联合下，徐州军方一共出动了两三千人，准备以绝对优势的兵力围捕梁山众人。这个数量已经达到“十则围之”的标准了，但考虑到梁山的人都有不错的身手和警觉性，为了不打草惊蛇，让他们跑掉太多，整个包围圈一开始是拉得极大的，由熟悉周围地形的将领带着，先是在很远的地方就堵住必经之路，然后一路无声地收缩，将包围圈尽量维持好。不过，在被这两百人发现的时候，整个包围圈仍然有一定的缺口和薄弱点存在。

宁毅让包围的士兵直接放燕青进去，也是因为要将开战的时间尽量延迟。假如一开始就射杀燕青，必然引起动静，里面的两百多人肯定会立刻采取措施。宁毅等人招摇地鼓掌，也有让对方看傻眼，给对方增加心理压力，让开战时间尽量后移的理由在。

在稀稀拉拉的鼓掌声里，最后说话的是闻人不二，那时候他看起来有些无聊："大家快来看啊，这里有人抢到了生辰纲。"这句话的杀伤力挺大，宁毅等人都偏过头去看他，赞他说得好。对面就有人崩溃了，那个手持重矛的大汉"啊"地怒吼了出来，双方就此开打。为此，宁毅等人当时还说了闻人不二几句："你太过分了。""是我我也忍不了。""不能忍哪。"

当然，事实上应该是对方看出了事态紧急，不愿意再让时间被拖过去。当那些人开始斩断缰绳，拆下马车外框做盾时，战场之上首先出现的，便是如蝗的箭雨。宁毅其实并不知兵，也未曾参与过这样正式的战场，至少看不太懂局势，就算是在杭州逃亡途中一手翻盘，他也只是操纵人心，振奋士气而已。当陈金规等人告诉他，对方选择了最有利的方向，果然有将才在其中时，他才大概了解事态的发展。

虽然有近三千人合围，但未必做到了每一个点上都有足够的厚度。这一次梁山出动的，皆是寨中真正的精锐，又有卢俊义这等头目带领，此时全数被围，尽成哀兵，所以当他们陡然间发起突围时，阻挡的徐州兵居然被杀得连连溃退，这一点就连宁毅在远处都能看出来。最后，包围圈被撕裂出一道口子，一部分人逃了出去。

对朝廷的将领来说，这已经是一场大胜。老实说，梁山众人在这一次战斗中死伤是挺多的——留下了百余具尸体，随后零零散散因殿后或是落单被抓捕的又有三四十人。但跑出去的七八十人在随后的衔尾追杀中仅被干掉二十余人，五六十人包括数名头目还是跑掉了。

纵然闻人不二、齐新勇等人说了精兵悍卒与普通士兵的区别，宁毅对于这样的战果还是挺不满意的。辛辛苦苦布局，动用各种资源，三千人的包围还能让两百多人跑掉五六十人，宁毅觉得俨然被打脸了——他原本期待一个不剩全部抓到的。

不过，事实已经如此，一位位专业人士也说梁山这两百多人有多强悍，他也只能接受。此时，密侦司已经将抓捕的人大概清点、统计完毕，闻人不二将宁毅拉到一边："抓了四十三人，其中应该有四个是梁山头目。中间……那个你说过很厉害的大个子，是卢俊义。"

宁毅微微愣了愣，问道："拿长矛殿后的那个？"当时在战场上，梁山那边将包围圈撕开一道口子，其中有一名身材高大的男人领着人殿后，普通士兵被他打得东倒西歪。宁毅当时还赞过一句，并且跟齐新勇等人议论这人与陈凡到底谁厉害，然后说这家伙肯定是个有名字的，一定要抓住。其实齐新勇等人不知道他说的“有名字的”是指代什么，只能当成头目来看了。

闻人不二点了点头：“便是他。”

“我之前就说过的……阴燕青的时候……想不到还真的抓住了……好，我们先去吃早点，吃完找个时间定下一步的走法。哦，还有哪几个人？”

“有个‘锦毛虎’燕顺，这家伙逃跑的时候被绊倒在地，让我们拿了。还有什么陈达、郑天寿……”

“嗯，抓了这么多忠臣义士，让我觉得自己像个大反派。”

“什么？”

“没什么，吃早餐去。”

蝉鸣声声，上午时分，夏日的阳光蒸干了昨夜暴雨留下的水迹，小小的码头上兵丁会集，昨夜开始的大规模追捕行动此时已告一段落了。

伴着“哐哐当当”的铁链声，半身血迹的卢俊义被带进房间里，按在座位上。他虎目圆睁，扫过房间里的众人。旁边负责看着他的二人都是高手，对面是一张书桌，书桌后一个年轻人正在低头书写，偶尔看些资料，然后抬头与他对望一眼。这人是那个在战阵上见过，名叫宁立恒的人。

“这就是卢俊义了。”那个年轻人说了一句，却并非提问。卢俊义让自己坐正了一点儿：“某便是。”对面的人却仿佛没有听见，旁边那名男子指了指：“就是他。”对方才点了点头，拿起一张写完的宣纸放在一边，然后站起来，到后方去开了窗户，引进来些许微风，才又回头坐下了。

若是一般的审讯、逼问，通常要给对方造成巨大的压力，所以选择的多是黑暗压抑的环境，此时窗户一开，明媚的阳光便照射进来，又有微风吹拂，卢俊义还以为对方想要做什么礼贤下士的事情。书桌后方，宁毅开了口，声音不高，语调平平：“我的名字看起来你已经知道了。我先跟你说一下情况。你们到我家杀了很多人，老人、女人、孩子，没有一个是会武功的，所以不要指望我会把你们当人看，我现在就可以拿把小刀，把你身上的肉一块块地剐下来。”

卢俊义顿时笑了起来：“那你便来啊！”

“你可以不用说话。”宁毅一直在低头看资料和做陈述，这时候抬了抬头，看了他一眼，“找你过来，是因为燕青一定会回来救你——我猜他会。所以我告诉你我要怎么做——我会叫人把你们这些人的两条腿，大腿到小腿的骨头全部打碎，然后把你们吊在船的旗杆上，直到把你们所有人活生生地晒死。你们梁山讲义气，我信你们，所以正好看看到时候会有多少人来救……他们就算救了你们，你们也成了废人，带不走，就只能一起死，到时候看你们的运气……”

宁毅抬起头冷漠地看着他，这次看得久了一点儿。

“我是在威胁你，你不用说话，但是你可以自杀，自断筋脉什么的，如果你会。但就算你死了，燕青也会来找我报仇，如果他运气不好被我抓住，我就剥了他的皮……”

绿色的树梢在河边的风里摇，明媚的阳光从背后射进来，宁毅低下头，将手中的宣纸翻过一页。房间那头，卢俊义眼中已经蕴起了怒意：“始作俑者，其无后乎，你只要敢这样做，焉知将来没有人剥你的皮？！你尽管来啊，看卢某到时候会不会眨一眨眼睛！”

“那个是燕青，你是被晒死。”宁毅低头看资料，指尖敲打着手背，过得片刻，才淡然出声，“我跟我女朋友说，人在这个世界上遇上老虎，不是你与人为善，它就会放过你。很多事情是不公平的，别人也许可以拼凶拼恶拼权拼势拼爹妈，但有一件事永远可以把我们拉到一条线上，那就是拼命。”宁毅仍旧在低头翻看资料，“只要别人愿意豁出一条命来，我这条命也放在这里，没什么好说的。”

“嘿！那你就尽管动手啊！”卢俊义怒笑道，“干吗在这里婆婆妈妈地跟我说这么多？你心里害怕……”

“因为我在威胁你，”宁毅淡淡地打断了他的话，“所以我说的话你最好还是听清楚。这一份是你的底。卢员外，你在大名府有钱有势，武艺高超，想报国却无门，宋江听说你的名字之后要逼你上山。‘芦花丛里一扁舟，俊杰俄从此地游。义士若能知此理，反躬逃难可无忧。’这首藏头反诗是吴用写的，文采一般。

“你脑子里有屎，被吴用欺骗，去泰安避祸，经梁山时被埋伏，他们邀你上山，你不答应。回家之后，你被戴了绿帽子，老婆跟一个叫作李固的家伙睡了……哦，有意思，他们早就搞在一起了，李固长得一定比你好看。”

宁毅语带戏谑，望过去时，卢俊义双目圆睁，拳头已经握得响了起来。

“别这么激动，还有什么不开心的，说出来让大家开心一下嘛。好吧，我自己看……哪，他们说你与贼寇私通，将你抓进大狱，屈打成招……李固肯定是跟那位中书大人商量好的，之后可以私吞你的财产，要是没好处，当官的也没必要冤枉你。你被判充军沙门岛，路上公人要害你，燕青虽然暂时救了你一命，但你又被判死刑。石秀劫法场未遂一同被关……哦，这个时候你开始领梁山的情了，是不是？毕竟也没有其他路子可以走了嘛。”

他点着头，翻了几页：“梁山打大名府，救下了你，宋江让位于你，大家不服……这家伙好像经常做这种事，不奇怪。你虽然做了二把手，但山上除了个燕青，全都是宋江的人。现在我们不妨来聊聊，当二把手的感觉怎么样啊？”

宁毅晃着脑袋，摊了摊手。那边被铁链绑住的卢俊义陡然挣扎起来：“老子……”

他身体一动，旁边的齐新勇也动了，手按住了他的肩膀，下一刻，齐新义一拳狠狠地打在了他的脸上，将他打回原处。卢俊义脑袋偏了偏，嘴里明显溢出鲜血来，扭头盯着宁毅。

“你可以对我吐口水。”宁毅平淡地说道，“不过有点儿远。”对方显然是打算将口水和着鲜血吐过来的，闻言更加愤怒了。

“我若能出去……”

“没有可能了。我们毕竟是朝廷的鹰犬，马上就进京了，你们还能把人抢走，我马上弃暗投明跪在地上叫你哥。”

“一定杀你全家……”

“何况你明天就要成废人了。要不然，我把你双手的骨头也打碎？不过这样不好吊在桅杆上，而且死得太快了，还是两只手被吊着比较好。我知道你接下来会说你做鬼了会怎么样。”

“我做鬼也……”

“看吧，你就是这样的人，脑子里有屎，性子又太直，以为自己很厉害，实际上你连燕青都比不了，这么多事情以后你还没看清自己？一点儿颠覆性的想法都没有，没路走了就只好上梁山，管宋江叫哥。到底是谁把你弄成这样的？你当初不肯上山的硬气呢？告诉你，如果是我……好吧，现在就是我，梁山没有两万条以上的人命填在我心里，不能看到你们这些人死不瞑目，我睡不着。”

“……”

“我姑且当你心里有怨。”宁毅脸上已经失去了方才的戏谑，靠在椅背上，双手交握，目光冰冷地看着他，“否则我一句话都没必要跟你说。”

房间里安静了片刻。

“不过你心里的怨气是你自己的，跟我没关系，但是你在梁山上排行第二，你手下的燕青也是个不错的奸细。接下来是条件。”

宁毅抽出一张写好的宣纸：“跟我合作，说服燕青，我替你翻案，还你个清清白白的员外身份，顺便保你一份功名。你在大名府原本的财产就别想了，这份东西，是你洗白以后表示愿意将所有家产捐于国用的意向书，到时候我们借你之名把它收回来。员外，梁中书那帮人也不是什么好东西。我们是右相秦嗣源麾下的人，名字叫密侦司，你也许没有听说过，但金、辽之战是我们挑拨的；方腊在杭州，城门是我们开的；燕云十六州，我们希望可以收回来，你如果觉得军队腐烂不堪，也可以到这里做事。”

卢俊义愣了半晌，随后笑了起来：“哈哈，哈哈，借我之名，我若就是不给你们呢？你们……”

“说过了，那我就剥了你们的皮。”宁毅揉了揉鼻梁，不再看他：“带下去。”

卢俊义被带出去之后，宁毅才起身往窗外看了一阵，过得片刻，闻人不二自隔壁房间过来：“真的要替他洗白，招降他？”

“我们要杀几万人，难道就真的拿着把刀子，在他们团结一致的情况下一路砍杀过去？”

“呵，老实说，这位卢员外很厉害，我是想要他降的，只是，本以为立恒你是铁了心要杀光整个梁山。”

“让他们互相猜疑、算计，看着最信任的兄弟背后捅刀子，到最后谁也不相信谁，我会更开心一点儿，我们做起事情来也容易一点儿，毕竟我没有太多时间放在梁山这帮土匪的身上。”

闻人不二想了想，看着他：“这样说起来，都是骗他的？”

宁毅笑了起来：“能不能做人看他自己吧，毕竟他跟我……冤仇不大。接下来就是你的事了。”

“知道了。”闻人不二点了点头，准备出去，随后又问道，“若他真铁了心不降呢？嗯……呵，我问多了，当然是打断他的腿再说。”

宁毅却摇了摇头：“不，要是他真的不降，我就打断其中一半人的腿，活生生晒死，过段时间再把他放回梁山去，接着或许就可以拿这个做点儿文章了……闻人兄，可以去叫下一个进来了。”

房间外的走廊里，齐新翰正在跟齐新勇低声说话：“我怎么觉得他跟恶鬼一样？难怪方腊、刘西瓜都被他耍得团团转。啧，梁山这帮家伙，惹什么人不好。”

齐新勇撇了撇嘴：“清明节没上对坟呗。”

时间渐渐转入下午，蝉鸣依旧，阳光逐渐转暗了。暂做牢房的房间里，卢俊义被铁链绑在铁凳上，无法动弹。

周围并不安静，但各种声音传过来时，遥远得如同发生在另一个世界，只有些许光芒从窗户渗进来。突然，有脚步声过来。

开门进来的是个身材颀长的年轻人，打仗时曾出现在那宁立恒身边。

“自我介绍一下，我叫闻人不二，密侦司的……嗯，暂时进京交接职务，不过立恒是我招进密侦司的，你们已经聊过了。”闻人不二拿了把椅子在他的面前坐下，然后拿出宁立恒方才抽出的那张宣纸，“他最近事情很多，心情不好，这次没能把你们两百多人杀光，他还发了脾气，说这三千多徐州兵真是没用。你不用生气，不过也别不把他的话当一回事。

“就像他说的，上个月末，你们跑到他家里去杀人，死了近百人，老人、女人、孩子，没有一个会武功，也没有一个招惹过你们，他没有立刻杀你们，我很佩服他。席君煜原本是苏家养大的，开始是伙计，后来变成掌柜，苏家供他念书，教他经商，他喜欢上了苏家小姐，后来仅仅因为苏家小姐没有招赘他，他就吃里爬外，甚至想要杀掉苏家人，抢占苏家小姐和家财。他勾结的人，后来上了梁山，你是认识的。你觉得，跟你家的那位李固是不是有些像？

“他愿意跟你说几句话，也许就是因为这个，要不然……呵，卢员外，我言尽于此，接下来都是你自己选。你若摇头，就尽快想个办法自杀吧，你那位燕兄弟的人皮，十之八九也不在自己身上了。他啊，连入赘这种事都做得出来，还有什么事是做不出的？”

宁立恒。

柴枝在地面上“沙沙”地走，写出这三个字来，朱武坐在神坛前的台阶上，看着下午的日光斜斜地照进来，空气中微尘舞动。

“宁立恒……宁立恒……之前有谁听说过这个名字？”

他并非在提问，但片刻之后，还是有人做出了回答：“没听过。但重要的是现在该怎么做。”

说话的是刚从门外走进来的张顺。这山岭中的破庙附近除了朱武、张顺、燕青、吕方、孙新等几个头目外，还有数十名伤势或轻或重的梁山喽啰。

在宁毅那里，这些“没有名字”的喽啰或许没什么人权，但作为梁山之中最为精锐的那部分山匪，在这一路的厮杀与逃亡里，他们确实发挥了极大的作用。这些人之所以被梁山挑选出来，就是因为都是有江湖经验的人。一路之上，主要就是他们故布疑阵掩盖痕迹，到得此时，他们才真正处理好伤口，稍稍得以喘息，但在这番打击之下，整个破庙与破庙附近林子里的众人，都是一片颓靡之色了。

朱武、张顺说话之时，身上包扎着绷带、双目满布血丝的燕青从门外进来，听得朱武说道：“歇一歇，大伙就走，除此之外还能如何？”

“走？此次事情办成这样，如何能走？众位兄弟……众位兄弟中到底有多少人被抓了尚不知道。现在我们能去哪里？”

说这话的是身受轻伤的“小温侯”吕方，他手持方天画戟，在地上撑了一下，站了起来。朱武看了他一眼：“不走还能如何？”

“已经去了的且不说，落入那贼人手里的兄弟，咱们总不至于就这样不理会了！”

“但也不能这么多人留在这儿。”

“我见到石勇石兄弟在乱战之中被十余人围住，恐怕已经去了。”孙新有些沮丧地插了一句话。

“员外只是被抓，我不走，还得回去。”燕青站在门边说道。他在梁山之上人缘颇好，何况此时的梁山虽然还没有严格排座次，卢俊义的第二把交椅却是板上钉钉的。张顺看看他，表示赞同：“走？怎么走？这次咱们两百多人会合，难道就剩下四十多人回去，还让卢二哥他们被抓？咱们回到山上，别人会怎么说？人一定要救出来。”

“这里不是大名府，离梁山太远了，咱们事事在那人的算计中。”

“阮兄弟他们在附近吧？有多远？”

“不行，再叫过来自投罗网吗？他们不过三五日就要到开封府了。”

“那能怎么办，朱大哥？”

“我留下来伺机救人，但受了伤的兄弟们得先回去，不管山上怎么决定。”朱武挣扎半晌，终于如此表了态，“我们人少些，也好一齐行动。但是那宁立恒……燕兄弟，你在船上这几日，对他可有了解？”

“江宁第一才子，人你们也看见了，二十来岁，我跟他只有一个照面，什么事情都不知道，要不是后来你们说起，我根本不清楚他与席兄弟的过节。”燕青面色阴沉、语气生硬地说完这些，吸了一口气，又道，“但是朱大哥说得对，他们现在士气正高，我们全都留在这儿，只会统统搭进去。我不走，但我想……大伙儿还是先行离开吧，那宁立恒不简单，咱们不要被他一锅端了。”

他说完，转身便要出去。吕方道：“开什么玩笑，有什么不简单的，被算计了一次而已，胜败乃兵家常事，那家伙也不过二十出头，咱们真怕他不成？我吕方是不走，找到机会便剁了他。”

张顺道：“他们沿水路而上，若要拖一拖，我便想办法去将他们的船凿了。”

“三思吧，现在去，反倒中了埋伏。”朱武皱着眉头，低头想着。

张顺望着他道：“朱大哥，咱们这些人中，最擅长谋算的是你，我是不行，只会些蛮干的法子。这次咱们只是一时受挫，你若有想法，咱们当兄弟的总是信你。”

他说完，其余人都点头。这次众人受挫，看起来不过是在一个环节上出了问题，再要谋算，能信任的终究还是朱武。朱武低头想了想，终于点了点头：

“我知道了。我回头想过，那宁立恒看起来厉害，实际上也不过是未雨绸缪的事情做得比较多。燕兄弟到船上之后，那宁立恒是被报出了名字之后才突然发难，说明他之前只是对燕兄弟有所怀疑，算不得什么算无遗策。否则他什么话都不说就出手，燕兄弟是躲不过的。或许是我想得多了。也罢，待会儿咱们先确定一下众位兄弟回梁山的方法，然后折回去，看看能否伺机救人。”

朱武说着话，站了起来。此时天光透过树隙照射进庙里，燕青走过来，拍拍他的肩膀，道：“谢了。”他点了点头。其余人便开始做准备，擦拭武器，缠紧绷带，又或是闭目养神。对他们来说，单是一个晚上不睡并不算什么大事，但那持续到半夜的厮杀连带其后的逃亡还是让所有人非常疲累的。

朱武除了在心中思考救人的可能性，也开始写要送去梁山以及给途中某些兄弟的书信。

这次的事情，或许不能说没有转机，但不可能轻易了结了，对他来说，已经是一场彻头彻尾的失败。当然，若是能在这样绝望的局势里找到一线生机，他还是有希望扳回一城的。

在梁山之上，他并不是招安派，这次的一切可以说都是因此出现的。

自从宋头领上山，梁山一贯表现出来的，都是倾向于招安。这是宋头领的愿望，而大部分人也知道，招安当然是一件好事，毕竟一辈子当山贼没什么前程可言。很长一段时间里，这似乎是唯一的出路。非招安派的众人谈起将来都是含含糊糊，彼此之间其实也没什么共鸣可言。自从方腊攻下杭州，这种局面才有所改变。

对混惯了绿林的朱武等人而言，投靠朝廷，其实不算什么激动人心的事情，只能说是没有选择之下的唯一选择。然而在南北开始发生激变的大势之下，众人终于看到了一线希望。如今武朝南面要镇压方腊，北面面临伐辽的连番失败，根本就顾不了一个梁山泊，连带着田虎、王庆都是受益者。这种情况下，梁山若是揭竿而起，喊出“王侯将相宁有种乎”的口号，并不是没有希望成就大业。

梁山之上的四万余人，大部分还是没有远见的喽啰，在他们来说，既然当了山匪，首先想的还是当山匪的前程。宋头领想要招安，这种想法是不能明着说出来的。当造反的想法变得明显之时，整个梁山就不能坐着不动了，这一次派出众人下山，就是为了将梁山的旗号真正打响。

众人兵分几路，包括在江宁等地劫狱，救下方腊麾下被俘的众人，联系杭州破城后再度变得零散的方腊支系，归根结底就是要在方腊兵败之后顺势收下他的溃兵，告诉其他绿林人士：梁山更有前途，毕竟方腊败了，他的人还是我们救下的。朱武最后选择的让自己打出名声的事情，就是劫生辰纲。

长久以来，宋江、吴用等人是不愿意与皇家撕破脸的，哪怕这次派了众人出来，心中也有着“梁山壮大之后可以增加招安筹码”这样的想法。朱武直接劫走生辰纲，只要在成功之后留下名号，招安派的众人就只能哑巴吃黄连，笑着把这件事给认了，可谓是釜底抽薪的妙计，可惜最后功亏一篑。

虽然朱武之前一直在说这里不是大名府，但是卢俊义被抓，梁山恐怕还是得出动人马，而他如果能在大部队到来之前找到方法将事情摆平，应该可以将功折罪，毕竟能从几千人中杀出来就已经很不错了。

这件事情肯定很难，但事到如今，他也只能见步行步。

至于那宁立恒，毕竟只有这一次交手，他心中还是有着能将局势扳平的自信。

朱武在心中想好了整件事，写好书信之后，燕青等人准备回那码头探查情况，朱武便安排了一下这小庙内外的众人，着他们迅速撤离到新地点，便随着燕青、张顺二人一同折返。三人都是好手，只是去探查情况，被堵住的可能性还是不大的。

同一时刻，临近黄昏的天光里，宁毅与闻人不二走在船舷上："消息放出去了？"

闻人不二点了点头，看看码头上的景况："都放了。现在周围连卖茶叶蛋的都知道了梁山一众匪人被抓的事情，还知道他们明天就会被打断腿，挂在桅杆上活活晒死。"

宁毅远远地望了望那边一个卖茶叶蛋的摊子："这么残忍，会不会引起什么抵触情绪啊？"

闻人不二笑了起来："怎么可能？大家都很高兴，群情激奋。待到明天早上，十里八乡应该会有许多人过来看热闹。不过，立恒，你确定这有用？"

"我也不知道啊。"宁毅看向更远的地方，"不过理论上来说，因为自身犯错导致二把手被抓，他们这些人是回不去的，只能留在这里跟着，直到这个二把手被救出去或者确定死了，所以……"

他微微顿了顿，随后看了看闻人不二，像是也有些不确定一般笑了起来："所以，不管在哪个土匪窝里，都应该是这个样子吧？"

## 第十章

# 全军覆没朱武幸免　卢俊义诈死降朝廷

入夜之后，运河河畔的草丛里飞起点点萤火，蝉鸣混着蛙声，在微风里招摇着。水波、堤岸、稻田、矮树、码头边扎下的军营与停靠的大船、绵延的光火，附近的小贩挑着东西在这里卖，此时还未回去。不远处田埂边的小棚子里有人生起火，摆上桌椅，邀了些锦衣华服者过去坐着吃喝，偶尔可见篝火燃起，像是后世体验生活的农家乐。

天气已经热了，进出码头的众人大多拿着扇子在扇，在大船之上用膳的，大多也受不了船舱里的闷热，改将桌椅搬到船舷上。四周很安静，只在河风一阵阵吹来，空气凉爽些时，才听得上上下下一阵欢呼之声。绝大部分人便走了出来，吹风纳凉。就连码头一侧被关押的伤势或轻或重的梁山喽啰们也忍不住在囚笼里放松了身子，显出些许活力来。

从昨夜到此时的连番变故确实给整支船队带来了些许肃杀的气氛，但整体影响有限。前一次在洪泽湖的那场大战轻松解决，已经令众人欢天喜地，拍手称快，这一次的事情虽然在前一晚确实给船上的诸多权贵带来了身临其境的威胁感，但随后对梁山众人的围剿捕杀，连带着抓到四十余人，又将些许紧张气氛再度冲淡。

对船上诸多有身份背景的“二代”来说，这一趟旅程已然可以看成一次真实度够高、够震撼的押镖体验，危险是有，但谁也没伤到，现在看来，敌人不过土鸡瓦狗，而他们亲身体验了这些事情，以后就有了更多谈资与人分享。

有些事情是可以想见的——这几艘大船一旦到了汴梁，他们两退贼寇的事情必将被人津津乐道。他们上京本就是要在这次大寿期间四处走访、游说、拉拢，这一次的经历更是给他们提供了良好的机会。

主船通明的灯火里，人们议论着那些不自量力的梁山贼寇，也说着他们第二天就要被打断腿活活晒死的事情。大部分人很兴奋，但也有小部分人认为太过残忍，也有人质疑，不经衙门审理、有司备案，陈金规这边是否有资格这样处决犯人。这其中更有几人言语中倾向认为梁山的人确实是劫富济贫的好汉，就这样被斩了，未免可惜。周佩穿行于人群中，将有这样想法的都给记了下来。

作为“富”的一边，反过来同情这些劫富的好汉，这并不是难以想象的事情。此次随船北上的多是家中富裕殷实的二代、三代，脑子里会有各种浪漫主义思想，甚至向往绿林好汉的自由自在，讨厌自己家的为富不仁。也有看过了囚笼中伤者们的凄惨景象后对这些人产生同情者，以女性居多。当然，此时没有“人权”一说，也就没有多少人提出要大夫去给那些囚犯治伤。

被捕的四十三人中，喽啰一共三十九人，可以说，他们此时的状况是极为凄惨的。伤势轻的没人理会，伤势重的也不过是稍做处理就被扔在那儿自生自灭，一天的高温下来，伤口开始恶化，上面不时有苍蝇来去，看起来极为可怖。也是因此，吃过饭在船舷上纳凉的时间里，当元锦儿决定去下面看看被抓的那帮人时，宁毅开口阻止。

“别去了，又不好看，看了会同情他们，心里反而不好受。”

“我才不会同情那些人。”正准备拉着聂云竹下船的元锦儿仰了仰下巴，随后道，“你难道会同情他们？”

宁毅笑了笑：“都是推己及人的恐惧，现在想一想是没什么。但是，他们的脑袋被打破了，手断了，脚断了，苍蝇在上面叮，他们一个个哭啊喊啊，在地上磕头什么的，你还是会觉得他们很惨。我去看过了，心里也不是很舒服。”

“哦？”元锦儿看了他好久。聂云竹眨着眼睛，似乎也有些意外。一旁的小婵露出“原来姑爷也会这样啊”的恍然大悟的神情，但想想又觉得应该是这样。

“不过，还是会觉得高兴吧？”

“都有一点儿。”宁毅吹着风，扶着栏杆笑道，“真正十恶不赦的坏蛋毕竟是少数，大部分人都是这样，他们受苦求饶，会让你觉得很可怜，有些人说自己是迫不得已，甚至会让你觉得感同身受，但终究还是要看他们做了些什么。当身强力壮，没有被抓住的时候，进到别人家里烧杀抢掠，若是时间够，抓住了女人……做那些事情的也是这帮人。我知道你们不会同情他们，但看到那些伤口还是会反胃，这是本能，何必自找难受呢？”

他的目光在聂云竹等人身上停留了一下，终究没有说对方抓住了女人会怎样。

事实上，苏家被屠杀的那天，发生的几起这样的事情后来都被宁毅强硬地压了下去，并未对外宣扬，只是希望能给幸存的人一条活路。然而在预备北上的时间里，苏檀儿的一名表姑妈仍旧上吊自杀了。这件事情小婵知道，聂云竹跟元锦儿却没听过。

不过在宁毅说过这些话后，她们就打消了去围观那帮囚犯的想法，倒是聂云竹在片刻之后问道："听他们说，这些犯人已经被抓，若要判杀头什么的，是要通过衙门判案，一层层上交到有司衙门备案的。真杀了他们，陈将军和立恒你们会受到责难吧？"

宁毅摇了摇头："话是这样说，但也有特殊情况。这次生辰纲北上，正好遇上局势动荡，盯上这批东西的不知道有多少人。如果一路押着他们上京，可能导致梁山人铤而走险再对生辰纲动手，甚至把问题带到汴梁去。这次太后生辰，各方压力都大，多一事不如少一事。这些事情，说'将在外，军令有所不受'还是能得到谅解的。"

宁毅说完，看着聂云竹，笑了笑。事实上，聂云竹倒也不是真对这事有兴趣，而是听了旁人的说法，心中担忧，却听宁毅又道："当然，如果有人要挑刺儿，麻烦还是有的，但不管怎么样，不能再给梁山跑掉的那批人救人的希望和想法。为生辰纲，为船上这些公子哥，为大寿时汴梁的安全，都是这样。"

元锦儿想了想，道："那你也挡不了人家非要来救人啊。"

"我可以，因为我比他们快。"

"那你干吗不今晚就杀掉他们？"

"呵呵——"宁毅笑了起来，"过了今晚你就知道了。"

与此同时，有几道人影掩在远处河边的水草里，看着码头上逐渐平静下来的一切，也在轻声交谈。

"不管怎么样，贸然动手，以我们几个人的实力，肯定是不行的。那个宁立恒一定做好了各种准备，我们只能一路北上，设法找到可以将计就计的机会。"

"还怎么一路北上？他们明天就要杀人了，若是员外他们的腿被打断，救下来又能如何？朱大哥，你可以等，我等不了。"

"燕兄弟，"朱武按住前方燕青的肩膀，"这样成不了事。"

"可燕兄弟说得对，我们等不了了。"张顺开口道。

"你们若是信我，我们就只能等。"相比之前，这一次朱武的神色有几分坚决，"他们放出这样的消息，就是要让我们等不了，从而自投罗网，我们只能赌他不敢这样做。"

"怎么赌？"

"不管是谁，判死刑都得先由衙门审理，然后送上金殿交由皇帝复核，进行备案，再秋后处决。若有不待复奏报下而决者，流两千里。他们不敢做这种事，只是说出来吓人的！”

他的话令得其余二人愣了愣：“若是……”

“就算那个宁立恒是个疯子，这件事也不只关系到他，还有船上的陈金规。事情压下来，一大堆人都要负责，这种事情他们扛不起。宁立恒一介入赘之人，关系再厚，别人也不至于在这件事上跟他站在一起。他不能一言而决，人就杀不掉。燕兄弟，他若真要杀人，为何不今天就开始动手，要等到明日？他就是在等我们过来看。你若冲动，才真的正中他下怀！”

“可……若他真是那种疯子呢？”

“只能赌。”

众人沉默了片刻，张顺开口道：“朱大哥说得对，我们只能赌。那接下来怎么办，朱大哥你说。”

朱武看着那边的码头，咽了一口口水：“盯死他们，没有别的办法。他们北上，我们就北上。船上有多少人，燕兄弟你是熟悉的，看有没有空子可以钻。这些人都有身份地位，宁立恒是不可能管住他们的，这些人就是机会。找宁立恒的弱点，看他行事的方法……我们现在没有取巧的方法，只能慢慢想办法破局。我有想过，这里到汴梁还有三五日，我们跟着，有两处地方是可以试探一下的。”他顿了顿，“他的身份终究是个大问题，不管之前做了多少事，一旦让手下人做水磨功夫，总会有人心生不忿。他们在明，我们在暗，这是我们唯一的优势。这些时日，他会让手下的人在各方面都严加戒备，我们只能让回山东的兄弟们尽量暴露行踪，告诉他们我们已经走了。宁立恒是不会信的，但是他手下的人一定有空子可以钻，朝廷的人，马马虎虎做事都习惯了，我不信他们真可以整日整日绷紧了神经跟我们耗……”

他既然做好了与宁毅对局的准备，这半日就已经将彼此的优势、劣势都想好了，也思考了破局的方法，纵然还不算极为明确，但条理是清晰的。三人蹲守许久，这期间朱武也已经分析得差不多了。此时夜风已经大起来，四野晦暗，陡然间，船上的一个小细节吸引了燕青的目光，他低声道：“你们看。”

三人之中，朱武擅长谋算，条理清晰；而燕青心思细腻，反应最为敏捷，他所见的，却是船上某处有细微的火光在闪动。此时相距甚远，三人也看不出到底是怎么回事，渐渐靠近后，某一刻，三人陡然见有黑影从船身一侧跳了下来。

三人吃了一惊，都没想到会发生这样的一幕。待见到几道黑影相继下来，随后又隐没在一片黑暗之中，燕青已然想到是逃狱，就要过去接应，朱武按住他：“等等，此事不是不可能，但甚有蹊跷，咱们看看再说，何况燕兄弟你过去也做不了什么。”

燕青觉得有理，便按捺住心情。片刻后，船上陡然有锣声响起，有人大喊："囚犯逃跑了！囚犯逃跑了！"整个小码头蓦地炸开。

此时，已经有不少人自码头一侧逃出。显然，从大船上逃下来的人随后又去救了旁边被关在囚笼中的梁山兄弟，但或许救了一小半便被发觉，转眼间就厮杀起来。跑的不过十余二十人，是不敢恋战的，翻出去后奋力逃亡，但随后还是有几人被箭矢射杀了。

张顺与燕青立即便想去救援，朱武却拖住他们想要再看看情况。事实上，他心中也知道，宁毅就算擅谋划，也不可能将朝廷的兵将都训练成精锐，计谋再好，手下的人出现漏洞也是常有的事情。随后听得有人在夜色中大喊"抓住他们！莫跑了卢俊义！"，他才放下心来："没问题了，我们快去接应！"他心中纵使惊愕己方有这般好运，猜疑也已经少了。

追赶之中，张顺低声问了一句他为何知道现在没有问题，朱武道："卢员外是咱们的二当家，朝廷既然知道他的名字，也必定知道他的地位。光是抓住他便是板上钉钉的大功劳，没人愿意拿员外当饵的。只是接下来还得多加小心。"

他说的自是正理，张顺点了点头，一路赶上去。夜色之中，码头附近的兵将追出来，围追堵截。逃出来的人中果然有卢俊义，几名头目又是高手，便是那些喽啰，也皆是精锐，虽然这一路追逃又有几人被杀，但卢俊义等人还是冲入夜色之中。燕青等人也早在一处备好几匹马，随后赶上去，引领逃亡。

之前围剿梁山众人时调动的徐州兵马这时候是来不了了，船上三百余水兵纵然也有一定的战斗力，但毕竟只能分出一两百来追杀。卢俊义等人冲入夜色之中，与追兵逐渐拉开距离后，便如同龙归大海。但这一次陈金规麾下的兵将也知道，若追不上，便是犯了大错，在背后死咬了近两个时辰之久，卢俊义、燕青等人才终于真正与他们拉开距离。

此时已是凌晨，众人仍旧在一路奔逃，途中朱武问起事情的经过，才知道这次他们逃出来竟是因为"锦毛虎"燕顺。燕顺武艺是有的，但在梁山上算不得出众。船上众人或许是见抓住了卢俊义，大多将注意力放在了他身上，却不知道燕顺当初混江湖时颇有些小手段，在被俘之后抓住一个机会偷偷弄到了半根粗铁丝，后来一点儿一点儿地撬开锁具，到深夜才找到出逃的机会。这一路他救了陈达、郑天寿，随后还将卢俊义也救了出来，真是天佑梁山，因此才有了后面的一幕。

他们四人都是高手，一路出来打倒了十余人都没有引起注意，本想将被抓的兄弟都救出来，但后来被发现，现在已经是最好的结果了。几人说了这事，队伍士气大振，脚下自然一刻不停。

他们虽然是劫后余生，心中高兴，但都已经吃了宁毅的大亏，不敢再多做停留，一路之上也格外注意后方是否还有追兵赶来。又过了近一个时辰，他们终于与转移了地方的吕方、孙新等数十人会合。

这一次他们却不敢再庆祝，会合之后又开始转移，如此又奔行了十余里，再过去便是徐州地界相对热闹的地方，很难再找到其他更安全的地点。料想离得已经远了，再做了探查和戒备之后，他们才终于停下来。这时候，两日以来在厮杀逃亡中受了各种伤又一直绷紧了神经的众人的体力也下降到了边缘。

这时候是天明之前最为黑暗的时间，再过一会儿，远处恐怕便要露出鱼肚白来。众人在地势复杂的山里找了一间猎人的小屋，这里算得上人迹罕至。下午休息过的吕方等人出去放哨，朱武等人才终于能够喘一口气，开始谈笑和庆祝。

说话和替伤员们进一步包扎也是在黑暗之中，他们是不敢亮起光芒的。燕顺笑着说起逃跑过程中的侥幸，又说起那宁立恒这次吃的瘪。

“倒是想看看那家伙如今的脸色如何。”

“总之，这次我回到梁山，下一站便是江宁。这仇我一定要报！”

“没说的，一起去。”

“将他抓回梁山去，我要在聚义堂前亲手剜了他的心，以慰众兄弟在天之灵！”

“照我说……”

“啊——”

话还在说，惨叫声突兀地撕裂了夜空，众人霍然站了起来。小屋的窗户敞开着，夜空中，有东西飞起，朝这边坠下。

那是光。

火箭划过夜空，呼啸着落下，稀稀拉拉地扎在木屋上、草坪间，落进树隙里。

不远处已经传来兵器交击的声音。吕方在那边大喊：“走！走！”

人影冲杀出来。

几人冲出房屋时，四周已经是一片混乱的厮杀。从火箭的数目来看，应该没有几千人，但也已经凌驾于梁山的数十人之上，何况梁山众人都已经成了伤残疲兵。

吕方挥舞着方天画戟，一边厮杀一边从那边树林里飞快地退出来，随后只听“砰”的一声巨响，血光绽放。吕方的实力在梁山上并不算弱，可惜他的身上本就有伤，黑暗中又中了两箭，随着那巨响，他凄然大喝一声，鲜血自背后现了出来。紧接着，身上又被长枪挥中，他踉跄地后退，只能用方天画戟努力撑住身形。

宁毅等人从那边的黑暗中大步走出来，没有丝毫停顿。直到出现在众人面前，收回手中的火铳，宁毅还在不断前行，面色冷如冰霜，带着毫不留余地的杀意。

吕方的肚子已经被打烂，但他吼了一声，撑起力量还要再往前冲。宁毅大步跨来，双手一挥，一只手抓住挥来的方天画戟，另一只手上的战刀“砰”地劈在吕方的胸口。这一刀劈下去，吕方的骨骼都爆开了。随后宁毅反手一刀，斩下吕方的臂膀，血洒长空。吕方的身体被随后赶来的齐新翰踢得往后方退去。

“呀啊——”朱武目眦欲裂，反手拔出了背后的双刀。

宁毅的话语随着夜风传来：“‘小温侯’吕方！‘小尉迟’孙新！‘浪里白条’张顺……竟然真的没走。都说不作死就不会死，你们为什么就是不明白？！”

他大步上前，伸手抓住吕方的头发。血虽然还在喷，但吕方人已经死了，身体倒到一半，变成被宁毅单手拖着。随后宁毅又是反手一刀，斩断了他的人头。那人头像炮弹一般被宁毅扔过去，砸在梁山众人身边的房屋墙壁上，“砰”地掉落在地。

“卢俊义、燕青、‘神机军师’朱武！你们到底在想什么？这半个月来，我有两百多个计划和决定都是为了你们这帮杂碎做的！”

一名梁山精锐冲过来，随后胸膛被长枪刺穿。宁毅一脚将那具尸体踢飞，继续逼近。

“你们现在距离我连一百里都没有，你们居然会觉得自己的生命是安全的？！”

风声呼啸，喊杀声震天响，灼人的热浪已经被抛在了身后，留下的是浑身的疲累与剧痛。烧伤、刀伤，血还在淌，带走了体力，遮蔽了视线。前方仍是黑夜，朱武持着刀，踉跄前行，原本的双刀此时只剩一柄，手上在流血，一面奔逃，身体一面颤抖着。最为疼痛的并非厮杀中刀枪造成的伤口，而是头上、背后都有的烧伤，水泡破了之后，反馈过来的是远甚于普通伤口的疼痛。虽然这疼痛最初凝聚了意识，但由于长时间的持续，加上厮杀奔逃中体力的消耗，精神还是逐渐涣散了。

唯一能够支撑他的，是自己正处于生死边缘这一明悟——这个时候，只要倒下去，就算伤势杀不掉他，后方赶上来的官兵也会取走他的性命。

他也不知道自己已经在山岭间奔逃了多久。天色还是黑蒙蒙的，在视野稍好的地方，他还能看见山涧那头的火焰。也是在此时，他才能稍稍回想之前的战斗。

与早一天两百多人面对两千官兵围剿犹能冲出重围的情况不同，这一次，当宁毅率领官兵冲出后，双方在一瞬间就展开了最为激烈的厮杀，然而梁山的数十人已成伤兵疲兵，战况转眼间就是一边倒的情况。

朱武等人稍稍看清局势就知道再无机会，转身要逃，然而兵丁合围过来，片刻之间就令他们陷入苦战，“小尉迟”孙新如吕方一般，第一时间被斩杀在他们面前。

在这之前，朱武根本没想过会发生这样的事。

在一个善于算计的敌人面前，自己的每一步都要考虑对方是否有后手，这点他是明白的。当卢俊义等人逃出来时，他也曾想过会否有诈，但对方叫出了卢员外的名字，打消了他的大部分疑虑。此后他们一路奔逃，在那样紧张的时候甚至不忘故布疑阵，都是为了避免被追上。可最终，那道身影还是在最黑暗的时候出现在了他们面前，他怎样都想不通其中的理由。

距离上一次的战斗还不到一天时间，就算有人倒戈，敌人也不至于如此之快就能摸清自己等人的动向，何况这怎么看都不像是仅仅半日的布局。

对方的出现，真真切切地证明了双方在布局与运筹上的差距。如果说第一次出事还只是因为对方谨慎，无意间发现了自己这边的谋算，这一次就完全是建立在主动基础上的设局。当他还在考虑如何一路跟随，将计就计想办法救人的时候，对方却是直接反客为主，设下了请君入瓮的毒计，而局面变化之快，令得他们只能下意识地去行动，没有余地去细想。

有些事情，到得此时，朱武才更加明显地感受到。

他原本还有一路随行的侥幸心理，因为官府乃至绿林对梁山的态度一向如此——两百多人杀掉一半，抓住了四五十人，已然是大胜，接下来，逃亡的众人必然更加警惕，再要抓就是事倍功半，对大部分敌人来说，这功绩已经值得称道，不必再将精力放在抓捕或追杀每一个人这样的事情上。以宁毅为首的势力虽然与官府有异，但他本人毕竟有身份上的限制，一个有入赘身份的书生，即使擅谋划，给人的感觉也是偏弱势的。

然而，当宁毅再度出现在他们面前时，朱武才终于发现，这人完全不同于不思进取的官府之辈，甚至不同于绝大部分绿林豪强。在已然获得为人称道的大胜之后，他竟仍是要将梁山所有人斩尽杀绝，不留活路。这也让朱武陡然意识到那件事的意义：他……与自己这边是有灭门之仇的。

梁山与许许多多人都有灭门之仇，或许经历多了，他们也就麻木了，但对被灭门的人来说，这种仇怨，却是摆在面前真真切切能够看见的。

梁山上有四万多人，对一般人来说，已经打败了其中的两百人，花大力气追杀剩下的四五十人有何意义？只有这人是要将出现在视野中的所有仇家杀得干干净净。原本对他们来说不过是席君煜与苏家的“普通小仇怨”，其可能引起的一切后果，到得此时，才随着那道身影真正压到了他们面前。

席君煜是真的踢到不该踢的铁板了……

如果他们能早一点点意识到这一点，或许一切都会好上很多，但到了现在，一切只能用命去填。朱武当时甚至主动冲上去，大声喝道：“有种单挑！”但之后迎接他的，是那宁立恒点头说“好”，还有随着他手一挥迎面飞来的箭雨。

这次前来合围的官兵也就两三百人，然而当这些人冲上来后，就连朱武等人都没有太多突围的机会，他们一路厮杀，却被箭雨分割，被刀枪包围，最后令得朱武获得侥幸脱逃机会的，竟是那些一开始射过来的火箭。

这些火箭对梁山众人造成了一定的杀伤，在随后的斯杀里，又照亮了周围的环境，而合围的官兵是自黑暗中杀过来，令得梁山众人难以快速确定突围的方向，四五十名疲累又带伤的梁山众人，转眼间就在混乱中被斩杀过半。

随后那火焰开始蔓延，规模逐渐转大，终于对双方造成了同样的困扰，这或许是那宁立恒唯一的失算。朱武冒着熊熊烈火以近乎自杀的方式突围出去时，听到对方在那边大喊："谁叫你们射的火箭……抓住那帮王八蛋！"

火焰之中，两方势力都被分割开来，朱武看到陈达的身影被官兵淹没，卢俊义与燕青被围堵在另一边，拖住了数十人，已经杀得全身鲜血淋淋，口中还兀自喊着："快逃！"朱武的最后一眼，见到的是有人持刀刺入卢俊义的胸口，燕青奋力斯杀，困兽般的咆哮隐隐传来……

朱武身边只有同样身受重伤的张顺与一名部下。他们是在不同方向突出围堵后遇上的，张顺武艺高强，找到了他，那名部下捂着肚子，与张顺互相搀扶着前行。

原本能够看到的希望、远大的前景，这一次彻底破灭了……

自从上了少华山，朱武未曾再受过这样的伤，未曾经历过这样的失败与黑暗。就在数天前，一切都应该是十拿九稳的。更多日子以前，他在梁山上见到那个叫席君煜的年轻人说自己受到了不公待遇，那样的事情太多了，甚至未曾在他的心头停留一秒钟。有些东西，譬如厄运，就像是看不见斩不断的线，在几年前就已经出现，却在人毫无防备的时刻劈头盖脸地砸了下来。

意识模模糊糊的，但他们的身体还依靠着本能尽量按照最好的路线逃亡。他们走出树林，攀上山脊，黑暗第一次在眼前消退了，远处的天边显出鱼肚白来，光在空中随着尘埃缓缓地旋转。跟在张顺身边的那名部下终于流尽了血倒下了，张顺将他拖起来，从悬崖上推了下去。

"我们要回去……"朱武虚弱地说着。张顺拍了拍他的肩膀，他几乎倒下。

"我们要回去……回梁山……告诉他们这件事……"

太阳渐渐升起，他们行走在山脊上，不知道有几个人活了下来，不知道前方还有怎样的事情发生。两天之后，他们才在回程中遇上了俨如死人的燕青……

这是后话了。

朝阳穿透树隙，从仍旧燃着小火、弥漫着烟雾的林间照下来，清晨的雾气、灰尘与火焰混合后给人一种黏糊糊的感觉，树林里更多的是鲜血与尸体，战斗已经结束了，打扫残局的士兵正在清点人头并顺手补刀。

宁毅等人离开树林后上了一座小土坡："大概走了多少人？"

"四五个吧。"

“差不多了。”宁毅点了点头，“发下海捕文书，叫各个路卡帮忙检查还是要的。不过他们应该能逃回去。我相信他们的能力，他们行的。”

“只有一个问题。”闻人不二走了过来，“那个朱武不简单，为什么不做了他？”

“有时候啊，聪明人做事比笨蛋做事更好猜。”宁毅回答了一句，随后偏了偏头，“走吧，回去了我还得去道个谢。”

他们走过这片林子，下了山，一条崎岖的山路边停了几辆马车。宁毅上了其中一辆，掀开帘子时，光芒将车厢中的人影照了出来，那是被朱武认为已经“死了”的卢俊义。他原本低着头，在见到宁毅之后，他端正了坐姿，不过目光算不得和善。

这是前一天在船舱里宁毅威胁过他之后二人的第一次正式见面，或者说交谈。宁毅的目光却是和善的，甚至有些过分和善了。

“委屈你了，演得很好。另外……谢谢了，”宁毅过去，主动握了握他的手，随后拍拍他的手背，“哥。”

他态度诚恳，明显不是讽刺，这声“哥”并不谄媚，却明显吓了卢俊义一跳，大抵是没见过这种看起来极没有节操的行为。宁毅在车厢里的侧面坐下，敲了敲旁边的木板，让前方的车夫起程：“咱们边走边说吧，卢员外，你心里有什么疑虑，都可以说出来，能回答的我都会告诉你。”

卢俊义看了他片刻，直了直脊背：“好，某也正有好奇的事情。”

“说。”

“我不过是点了个头画了个押，你就将我放了，我若是不配合你，只当你之前说的是放屁，你又能拿我怎样？”他心中最为奇怪的就是这件事——就在昨天晚上他向闻人不二点头之后，闻人不二告诉了他要做的事情，竟未加任何束缚。

“别这么说嘛，用人不疑，我信你卢员外的人品。”宁毅笑了起来，神色颇为诚恳，但卢俊义看着他，明显是不信的，这种事情谁都不会信。宁毅笑了一阵子，随后才敛起笑容，淡淡地望着对方。

“第一，我信你真的是迫不得已，心中有怨，我可以赌一把。这是真话，如果不是这样，我压根儿不会找上你。第二，你过来我们这边，我踢翻整个梁山就容易多了。你如果不打算跟梁山撕破脸，我宁愿你今天摆明态度，也好过我真的对梁山开刀时你在背后打乱我的计划。这也是员外你的投名状。员外你今天怎么做，对我的影响不大，只有你在我的计划进行时突然倒戈，才对我将来的计划有影响。”

“那要是我今天直接带人逃了，你就真的不介意？你哪儿来的自信？”

“不是自信不自信的问题，有些事情一定要做。”宁毅微笑着看着他，“我既然要动手，目标就是梁山的四万人，这次区区两百多人，员外你以为真的对我很重要？我今天杀，明天杀，他们都是要死的。员外你若今天反悔，带着他们逃回梁山，我至少知道了你绝不会真心帮我，对我来说，确定的消息才能算是好消息。”

“哈哈。”卢俊义笑了起来，“没那么简单吧。我们中间你还策反了几人？若我不交这投名状，你们是不是也能找到大家躲藏的地方？谁是你的人了？陈达？郑天寿？我反倒不觉得是燕顺。”

“嘘。”宁毅将手指竖起来，“这些就是秘密了，说这些事情毕竟有些伤感情。员外，说点儿你想听的吧。你在梁山上已经‘死’了，这次随船北上，一时间很难给你的身份洗白，不过你不用担心，我会安排你与秦相爷会面，向他直接推荐你，到时候也许会试试你的武艺、兵法，这个机会你抓住了，一切就无忧了，官司什么的，梁山覆灭后，再由我们出面给你打。我是个记仇的人，但恩怨分明，你既然站到了我们这边，我就不会对你心怀芥蒂。这些以后你会看到，而最好的是，我们应该不会共事，你就不用过多地在意我。”

能够亲自拜见右相秦嗣源，对卢俊义这种曾经在大名府有身份、势力却没地位的员外来说是太过难得的事情，此时，他的脸色也微微变了变。他是有本事的人，只要能得到秦嗣源的赏识，宁毅就算真想要反悔撕毁协议，也得三思。在搞垮梁山之前，宁毅自然不会杀他，而在这之前，让他见右相的承诺肯定是要兑现的。

他想了想，随后按捺住心情，道：“没有芥蒂那可未必吧，若真信我，为何要让我装死？我回梁山岂不更好？”这话虽是反驳，但针锋相对的意思极少，更像是发牢骚。

宁毅摇了摇头：“那不是因为芥蒂，而是因为能力。员外，老实说，你绝不适合当奸细，小乙哥在这方面才是真正的天才，你在战场上仓促地跟他说完，他立刻就能配合你的‘被杀’那样子吼出来，很多方面，你是不如他的。他既然是你的心腹之人，以后有什么事情，你大可信他。这番话我只现在跟你说一说。人要认识到自己的能力所在，你最好想想之前发生的事。你‘死’了，小乙哥回到梁山，必然得到重用，我配合他，比配合你要好得多，不管你承不承认这点。”

卢俊义本身便是极为骄傲的人，若是往昔，听了这话估计要将宁毅打上一顿，但发生了这许多事情之后，他自然不可能在此时对宁毅动手，只是表情仍旧不以为然。宁毅掸了掸袖子，站起身来。

“就这样吧，我先走了。往后有什么事，与我或是与闻人不二说都行。你没事了……欢迎弃暗投明。”

宁毅敲了敲车厢，待马车停下，他就掀开车帘下去了。卢俊义坐在那儿，想着这些天发生的所有事情。他之前从未见过这样行事的奇怪人物……

阳光明媚，船队驶过有些混浊的河水，岸边黄黄绿绿的树木在夏日的阳光里显得格外清晰。临近汴州的这段运河河畔已经颇为繁荣了，借着河水的灌溉，日光照耀的阡陌间稻禾成片，运河河畔的官道上时有马车驶过。

梁山贼寇觊觎生辰纲的事情过后，船队又恢复了之前的太平景象，虽然一路之上陈金规等人的巡逻、防御更加严密，但随船北上的众人间，气氛倒是更为和谐。公子哥们不再吵架了，小孩子们没那么难管了，就连苏文昱的晕船症也渐渐好起来，大抵是外界压力的缘故。

原本被抓来的梁山俘虏在那一日逃了半数，走掉的基本上丢了性命，剩余的一二十人最终没有被活生生晒死，而是被交给了各个利益相关者——毕竟事关谋反，抓住了这样的俘虏，军队得要几个，地方官得要几个，京城三司也有需求，陈金规自己也得留下几名。这些俘虏都是被拿去邀功的，至于审，大抵是审不出什么东西来的，过场走了之后，多半是秋后问斩的结果。

宁毅原本说要将这些人打断腿后活生生晒死，最后给了大伙儿面子，做了“让步”，这一点，陈金规是很领情的。他一开始并没有将这名书生放在眼里——密侦司虽然可以直通秦相爷，但上面对密侦司的要求是非常严格的，绝大部分时候，在具体事务的执行上，这类情报机构只有建议权，陈金规是不必给他们面子的。

洪泽湖的事情之后，他虽然正视起闻人不二来，但对宁毅的了解仍算不得多。直到后来的几次事情——在船上对燕青动手，以生辰纲为饵再救回来，反抓到四十多名梁山人，他才意识到这家伙不简单。最后宁毅连消带打，将梁山贼寇阴得几乎全军覆没，陈金规再想起来，就有点儿脊背发寒了。

这家伙是真正跟梁山有仇，他一报起仇来，从头到尾，摆弄这帮梁山的凶人就跟玩儿一样，抓了人家那么多人，取得大胜后还不满意，第二天就阴得对方全军覆没。宁毅之前说要直接将人吊死，陈金规还有些犹豫，毕竟明显不符合朝廷规定，谁知道当天晚上宁毅就将人放走，再设埋伏杀光，一下就名正言顺了，真是干脆利落，一点儿犹豫都没有。世界上最毒辣的果然是这帮读书人，自己若得罪了他，结果也是可想而知。

船队之中，除了密侦司，真正知晓整件事内情的人并不算多。就算宁毅曾在主船上为对付燕青而公开出手，在旁人眼里，主导事件的始终还是陈金规。虽然周佩曾说过宁毅在杭州对上方腊如何如何的话，引起了众人的好奇，但好奇最多的也是宁毅跟周佩的关系有多深，自己是不是得罪得起——虽然没必要得罪。至于他在这件事里扮演的角色，在旁人心中，顶天了也就是个提供建议的师爷类人物，就是躲在老大身边没事摇着扇子说两句话的角色。船上的皆是二代、三代，对这类人见得是比较多的，而读书人扮演最多的也是这类角色，有好有坏，良莠不齐。

好在宁毅并不住在主船上，与众人便也没有太多交集。李师师在那日之后虽然对这位儿时旧友也有些许好奇，但毕竟是见过世面的人。京城之大，奇人异士无数，只是这种事情落在了小时候认识的人身上，才让她觉得惊奇。如同于和中、陈思丰等人，不过中人之姿，而且在李师师交往的圈子里，身份也不入流，有一天做出些令人吃惊的事情来的可能性小，但也不是没有接受的余地。

她仍不清楚宁毅到底干了些什么事。那位小郡主说他曾直面方腊，有可能是贴金之语。不过他原本就有诗才，在杭州经历战乱之后，明显经过了更多历练，自己可能是有些小看他了。如此想过之后，李师师也就找到了对宁毅的定位，为这位儿时旧友的成长高兴起来。

她心中有着这些想法，但接下来的两日之中，与宁毅的来往却不多。在她的面前表现才华、献殷勤者众，她也以游刃有余的姿态应付着这些人，偶尔以书画解闷，靠岸时与宁毅见面，也不过点头打招呼，没什么深谈的机会。主船上，除了她，对宁毅颇为注意的就是卓云枫了——小郡主已经公开了她与宁毅的师徒身份，这两日便堂而皇之地离开主船，去了一帮师爷、账房拖家带口聚集的船上住下，说是方便宁毅教导她学问。

此时卓云枫从主船上望过去，侧后方那艘大船的尾部，有一群人很没形象地在那儿瞎闹。

被宁毅聚集起来的是那艘船上的几个孩子，大家在船上找到了一张大网，准备试试自己从运河里捞鱼。船有些大，是不适合打鱼的，不过宁毅等人已经将网子展开，在四个角上绑上了绳索，然后通过上下货物的吊架在船尾吊着，预备往水里放网，这样一来，船行一段时间后，拉动其中的两根绳，网子就可能兜起鱼来。

这样乱来的事情大抵是宁毅兴之所至发起的，除了几个孩子，苏文昱、苏燕平也在帮忙打下手。周围有孩子的父母看着，偶尔帮帮忙。他们中间没有渔民，大家都是外行，但都知道宁毅身份高，颇有学问。小郡主周佩也坐在一边饶有兴趣地看着——她身份太高，教养也好，自然不会加入这样瞎闹的事情。小婵有时候过来帮忙，聂云竹偶尔也出来，感觉有趣，也会看看。

喜欢玩闹的元锦儿没有出来，躺在房间里的床上看云。她正在生闷气，因为那日宁毅对她曾经有过轻薄之举，虽然知道事急从权，但事情过后他一直没有个解释，让她非常郁闷。她已经做好跟宁毅吵一架的准备了，但宁毅或许是知道这事不好说，又或者认为没必要说，这两天都不怎么招惹她，让她只能将气憋在肚子里。气发不出来，她就很不爽，毕竟这事她不好主动开口，难道说“你那天说了要给我交代的”？光是想一想，她就觉得自己作为女孩子家太没羞没臊了。

自己当然没期待什么“交代”，怎么交代都是交代不过去的，但自己不期待是自己心胸豁达，他不说就是他不靠谱了——元锦儿是如此认定的。

不久，不靠谱的宁毅遭到了“报应”。因为网子放得太深，钩住了河底的一块礁石，偏偏风帆鼓动的力气特别大，宁毅等人一开始还以为捞到了大鱼，拉着绳子用力扯，他说“过来帮忙”时，连周佩都兴奋地扑了过去拉绳子，然后“唰”的一下，一帮大人孩子全都被拖倒在甲板上。然后，网子被固定的另外两端缠住了船尾还没固定的吊架，“轰”的一下，把整个吊架都给拉运河里去了。

那吊架是码头上下货用的木架子，相对大船来说微不足道，但毕竟还是要的。这阵动静将旁人吓了一跳，然后整支船队都为之停了下来。如果是普通的师爷、账房等人弄出这种事，估计得被骂死，然而宁毅等人的名字传过去之后，听说的人大多沉默了。

陈金规等人号令船队靠岸。他的副手是明白主船上一帮公子哥的心情的，道：“为了这点儿小事拖住咱们整支船队，那宁立恒也太过分了，必须过去训斥他一顿。”

陈金规摸着下巴，白了他一眼：“你懂什么？这位宁公子深不可测，此举必有深意。他看似玩闹，说不定是在测试什么预防梁山贼寇的新玩意。说书先生讲过，智者行事，如天马行空，羚羊挂角，无迹可寻。你少去丢人现眼，他要停下，咱们就停下，装成不知道他有深意的样子，知不知道？也说不定他是想要引敌人上钩，请君入瓮，你太认真，就搞砸了。叫兄弟们打起精神，外松内紧。与这位宁公子同行多日，本将也是知道他的习惯的，一定要自然。”

不过，宁毅只是纯粹玩闹，没想到会弄成这样。好在大伙儿没有受伤，一帮孩子并非娇生惯养，平日摔摔打打惯了，经历意外摔了一跤很快又嘻嘻哈哈的。只有周佩，她平日玩闹得少，拉住绳子的时候太认真，用了吃奶的力气，整个人被拉得几乎双腿离地再摔下来，灰头土脸的，手上也被绳子勒得破了点儿皮。她哪里受过这样的伤，痛得想哭，结果宁毅看了她的“伤势”后还批评了她两句，让小婵将她拖进去上药包扎。其实她的手只有一点点破皮，更多的是被勒出的红印，哪里用得着包扎，但小婵仍然给她的双手包了几圈白绷带。周佩一开始感到委屈，后来就觉得有些新奇了，逢人就举着包扎绷带的双手跟人诉苦。

“我们刚才为了捞鱼把手弄伤了。”这苦诉得开心不已，别人关心时，她才“豁达”而兴奋地说，“没事啦，一点儿小伤，不过我们捞到了鱼。”

那渔网和吊架被捞上来之后，网子里竟然真有几条笨鱼，算是这次的成果，大家决定中午烤着吃。

旁人并不知道事情的经过，只有卓云枫先前在主船上看到宁毅他们在干吗，见周佩双手受伤，他是知道罪魁祸首的：“郡主千金之躯，他竟敢让郡主去拉那绳子，还受了如此严重的伤，我要……”

“关你什么事啊？”周佩皱着眉头打断了他的话，颇为不爽，“我们中午有鱼吃，捞鱼去吧你。”

她跟卓云枫比较熟，因此才这样说话，说完之后蹦蹦跳跳地举着双手继续找大人说话：“田叔叔田叔叔，你看，我刚才捞鱼把手弄伤了，不过我们捞到了四条鱼。”对方才说道：“哦，郡主，你们真的在捞鱼啊。”

为了“配合”宁毅，加上中午也要停下休息，这时候陈金规已经指挥人大规模地在河里捞鱼了。也好，反正大家喜欢玩，中午就在这里吃烤鱼或者全鱼宴，至于宁公子的深意，他慢慢看就行了。

只有卓云枫有些委屈地看着小郡主的身影，说了一句：“你受伤了不能吃鱼。”也不知道周佩有没有听见。

另一边，元锦儿终于找到机会跟宁毅吵了一架，吵完就被宁毅用激将法“发配”去捞鱼了。

元锦儿是堂堂正正地下来抨击宁毅的，主要论点还是宁毅等人不会捞鱼又瞎胡闹。既然阐述了这个论点，那么“很会捞鱼”的元锦儿同学最后被说得去做个示范也不是什么奇怪的事情。

她以往在金风楼中也算得上长袖善舞、敏捷聪慧，只是平日里老被宁毅克制。或许是因为大家熟了，她就没什么戒心，当被诓着准备划船时才反应过来，只是已经骑虎难下。好在宁毅、小婵等人随后也嘻嘻哈哈地划了小船下河。

元锦儿水性极好，但并不是渔家出身，只是被青楼买下，学习各种艺业的时候居住在水边，要说捕鱼技巧这种苦人家的活儿，她其实不算太会，但还是比一般人要厉害。她与聂云竹折腾半晌，用张小渔网捞了五六条大小不一的鱼上来。至于宁毅那边则有些糗，小婵力气不够，下网的时候船摇摇晃晃的，最后渔网掉在运河里没能捞上来，只好划着船回岸边了。

有了这段小插曲，元锦儿趾高气扬，开心不已。当然，鱼捞上来之后，还是交给了随行的厨子处理——时间接近中午，不是吃烧烤的好时候。

运河边的树下河风习习，众人就在这里摆起桌子。吃过午饭，又有人送来早已在附近农家井水里浸过的西瓜。这时候天气不错，大家也不就走，有的人谈谈诗文、时局，有的人聊聊风景。宁毅这边，闻人不二等人跑过来，和他坐在草地上叙话。聂云竹、元锦儿等人便走到一边去。倒是周佩走过来，蹲在一边听他们聊天，瞪着眼睛，时而惊讶，时而恍然，颇为入神。

卢俊义已经投诚，原本是不该抛头露面的，但密侦司的人给他换了一副师爷打扮，化了妆，他也能出来稍稍闲逛了。他正在附近乘凉，见宁毅那边说得热闹，宁毅还叫人拿来毛笔和小本子，偶尔会认真地记录什么，他这才运起功力认真听，却听得那边正在讨论梁山上的高手，还说起了他的名字。

"'玉麒麟'卢俊义啊，'豹子头'林冲啊，'霹雳火'秦明、'花和尚'鲁智深、'行者'武松、'黑旋风'李逵，还有'九纹龙'史进、阮家三兄弟，我觉得都是非常厉害的……史进上次洪泽湖偷袭后就跟朱武他们分开了，没被杀掉，有点儿可惜……不过你们看，这些人的共同点是什么……"

"这位卢员外确实很厉害，林冲、秦明也听说了，还有那李逵……不过立恒说的鲁智深是谁？"

"你们连鲁智深都不知道？'花和尚'鲁智深啊。"

"那林冲据说在京师当过教头，厉害是很厉害的，不过上次那位名叫岳鹏举的小将似乎稳压他一头。"

"后来还不是没有把人追到？"

"他们是师兄弟，离开江宁前岳家小弟曾过来跟我道歉，说放了对方一马，我是可以理解的。"宁毅低头写字，然后做了解释。

卢俊义心中有些震撼，梁山之上武艺高强者不少，但多是些江湖汉子，打出名号来也不过限于一地，想不到宁毅记得这么清楚。

那边，宁毅已经抬起头，继续之前的话题了："等等，我说的是他们的共同点啊，你们没发现吗？"

他的周围是闻人不二及两名副手，加齐家三兄弟，这几人想了片刻，却面面相觑，不知道共同点是什么。他们已经知道宁毅的本领，想必他是又发现了什么可供入手的突破点。这边卢俊义也听得仔细，只听宁毅认真地说道："共同点啊，难道你们没有发现？我再念一遍，'玉麒麟'……'豹子头'……'霹雳火'……阮家三兄弟我忘记了，你们也没把资料全发过来……但是他们的共同点，就是都有一个很响亮的外号，对不对？"

众人愣了愣。宁毅在本子上记下几个字，继续振振有词地说道："大家出来混的，外号响亮很重要，这就是招牌啊。看起来北边的都有这个意识，南边以前就差多了。'圣公'方腊还不错，一看就知道是个穷凶极恶的老大。'霸刀'简单了一点儿，不过也很霸气了，但总是缺少了一点儿艺术感。方七佛你们一直叫他'佛帅'，不过我查过，他以前在江湖上有个外号叫'云龙九现'。你们齐家的'索魂枪'一听就有点儿烂大街……我这么说你们还不高兴，不肯承认错误。还有，闻人不二，你没有外号吧？你以前整天跑堂子，将来的外号恐怕要变成'店小二'闻人不二……"

齐家三兄弟齐齐垮下了脸，实际上却是觉得有些好笑。闻人不二道："立恒，我是细作，要是太多人知道我的名字，事情可就要砸了。"

"话不是这么说的，有时候人家知道一个响亮的名字，却偏偏找不到人，这是很有威慑力的。以后给你老师——秦相取个代号，叫‘老鬼’，你可以叫‘老枪’什么的。看我就不一样，‘血手人屠’宁立恒，说出来就很霸气，迟早所有人都会怕我……”

天阴，河风吹来阵阵凉爽，宁毅坐在草地上说话，虽是轻描淡写，倒也有一股理所当然的味道在其中。随后宁毅问起谁的武功比较高，譬如陈凡打不打得过卢俊义，齐家三兄弟表示陈凡恐怕还要高出这位卢员外一筹。卢俊义却不知道陈凡到底是谁。方七佛纵然名闻天下，但陈凡一直没有太高的知名度。

随后宁毅说起“霸刀”来，这个名号卢俊义还是听说过的。

“刘西瓜要是跟陈凡打起来，根据立恒说的她对上包道乙那一架的情景，刘西瓜应该还是稍逊的。”这是齐新翰的说法。对刘西瓜，他们三兄弟是有深仇大恨的，但闲聊时还是能客观评价的。

“刘西瓜当初打你们可是一打三哪……陈凡更厉害？”

“‘佛帅’一直护着他，不想让他太早出名，但陈凡的武艺我们都是知道的，只是战场之上他用的是一身力气。要说单打独斗，他的辈分不高，当初在方腊那边，长辈是不会跟他过招的，能跟他放对的也就是刘西瓜。我们与他算不得熟络，就很少切磋，但当时也知道并肩子上也未必干得过他。我们几兄弟中，新翰最有天分，但跟陈凡、刘西瓜这两个‘变态’比，还是不够的。”

因为杀父之仇，三兄弟对方腊的憎恨尤胜过对刘西瓜，此时说起方腊的名字，便没什么尊敬可言。齐新勇摇了摇头，随后道：“当初在军中，方腊的武艺其实是最厉害的，‘佛帅’与他相差无几，接下来才是邓元觉、石宝、司行方、家父这批人。陈凡与刘西瓜，在我们看来也已经到这个程度了。包道乙要再下一层。卢员外估计比陈凡稍逊，但若对上包道乙，当有足够的胜算。”

“这样一说就明白了，包道乙是死在我手上的，所以‘血手人屠’应该在这个位置……”

宁毅自得其乐地记名字。

闻人不二探头望去，有些奇怪：“你这是在写什么？”

“‘武林风云榜’之类的……编纂人宁立恒。”宁毅把那小册子的封面折过来给众人看了看，“我要将搜集的高手名字整理成册，列出江湖百大高手。现在的话，你们看，能列入天下第一的几个名字，首先是大魔头‘圣公’方腊、‘云龙九现’方七佛，这两个名字你们都知道了。汴梁御拳馆原本的第一高手‘铁臂膀’周侗，卢员外、林冲、岳家小弟都是他的弟子，他现在虽然不在汴梁了，但恐怕还是公认的天下第一，就是外号差了点儿。另外我在杭州听过两个名字。一个叫作‘红颜白首’崔小绿，据说是个青楼出身的妖女，很厉害。另外就是方腊接魔教之前的圣女司空南，据说死了，但我跟刘西瓜打听过，她是被方腊借着人多势众赶跑了，武艺也是非常厉害的，不过现在估计是个老婆婆。天下第一暂时就从这五个人里面选吧。虽然‘河山铁剑’陆红提肯定也有这么厉害，不过不打算让她蹚这档子浑水……”

众人听得一愣一愣的：“这个有什么用？”

“编纂成册发行天下啊。这五个人以下，就轮到‘霸刀’刘大彪、邓元觉、石宝这一批了。从杭州开始我就在打听这些武林秘闻，不过当时没什么时间，现在可以做了，但是田虎、王庆那边的资料还没归纳。我准备列出天下百大高手的座次、生平事迹，大家都喜欢看这种东西……”

齐新勇等人呆了半晌，都有些为之神往。他们毕竟也是乡民出身，又是武者，对这类八卦还是热衷的，但又觉得由宁毅来弄这个东西未免太不靠谱。果然，只听得宁毅笑道：“等到列完了，大家传扬出去，就轮到他们头痛了。‘铁臂膀’周侗这些家伙没人敢惹，石宝、邓元觉他们在军队里，那些单打独斗的就不同了，到时候会整天有人要挑战他们出名。你看，梁山上的人出来作案，黑道的知道了，半夜三更拿把大刀跑到他们的客栈里：‘李逵你给我出来，老子今天要挑战你，证明我才是天下第八十！’我保证他们寸步难行。”他自得其乐地继续说道，“混绿林的，打一辈子，为的就是名气和面子。这本册子，咱们通过官方发出去，还可以让每年的武状元考试配合一下。可以弄什么宗师榜、高手榜、新秀榜，有些人不在意，但普通人是很热衷的。我正好打算组织一批人专门说书，这些江湖逸闻也可以说一说嘛。要是有人想要上榜、造势，没问题啊，给钱就行了。你们想不想上？大家自己人，名次只要不太离谱，我可以给你们打八折。”

“免了。”齐新勇等人脸都绿了。这事说起来像是胡闹，但宁毅如果真心想要这样推行，还真有可能成功。上榜的名头虽然很诱人，但随之而来的肯定是一番腥风血雨。宁毅说着说着，自己也吐了口气，看着那小册子摇头。

“每年选一次就行了，如果闹得声势大了，还可以像选花魁一样嘛，给人投票，投票要银子。我知道汴梁经常有才子比试排名次，不过规模都小了一点儿。真发展下去，别说武功天下第一、文采天下第一、花魁天下第一，嗯，我开个天下第一的专业评比公司，就连道德先锋模范都每年评个一次，普通人要投一票，我就收一两银子，没多久就发财了……”

宁毅的语气有些怅然，看来不全是玩笑，到得后来，大伙儿竟有些分不清他哪句是真哪句是假，只能有一搭没一搭地接下去。凉风一阵阵地吹过来，众人休息够了，方才陆陆续续地上船，继续向北。

这天晚上，船队停泊了一夜。第二天上午，船队便进入了开封地界。下午下起雨来，船队驶入汴梁城……

# 第十一章
# 众幕僚论道谈大同　秦嗣源亲迎宁立恒

作为中华民族的母亲河，黄河绵延流淌，在数千年的漫长岁月里，时而温柔，时而狂暴。数度决堤改道的黄河带来过无数次灾难，但水流冲刷，泥沙沉积，每次改道过后，河水泛滥的区域又留下了无比肥沃的土壤，人类因此得以孕育，依附着或狂暴或安静的水流，在此代代繁衍，并且建立起繁盛的文明。

中华民族以此为中心，最终辐射开去。围绕着黄河，一处处聚居地最后发展成城市，有的绵延数千载，有的则渐渐被时间的长河淹没，只留下名字和记忆，这其中，开封府汴梁城是最为璀璨的名字之一。

位于黄河下游巨大的冲积平原的尖端，开封府自古繁华，这里有肥沃的土壤、适宜的气候、关键的地理位置与衔接南北的便利的水陆交通。公元前两千年，夏朝便在此第一次建起一个王朝的首都，然后在四千余年中，共有十个王朝定都于此。黄河孕育了这座城市，也不断地摧毁着它，每一次大的改道，旧的城池便被淹没，水流过后，新的城池再建起来。公元两千年的开封府仍旧是无比繁荣的大城，但过往的城池与回忆则被一层一层地掩埋在黄河的淤泥之下，无法再见了。

武朝时期，开封府汴梁城还是六朝古都。这是一座宁毅没有记忆的城市，千年后的开封比如今这片城池要高出许多。这座理论上许多年后会被掩埋在地底的城市此时显得既古老又年轻，铅青色的雨幕下，古老与新颖的建筑群混杂在一起，和每一座高速发展的城市一般，带着它匆忙的、不协调的新旧记忆与矛盾，带着令人怀念又令人厌恶的气息，在时间的河流里留下人们活过的痕迹。

在这座城池之下，许有夏朝古老的痕迹，有战国大梁的城郭，有唐时汴州的残垣，如此想来，倒令人心中不自觉地兴起一股奇妙的感觉。从船上下来时，宁毅在地上跺了两脚。

雨中的码头混乱而嘈杂。

自江宁过来，船上的人一路同行，终于到分道扬镳的时候了。生辰纲自有皇家的人过来接应，一路北上的皇亲权贵们也各有关系要找，有亲戚要会。这时候的消息流通算不得顺畅，众人一路北上，各种耽搁，到达的准确时辰，京城里的人是不好估算的。有些身份比较高也比较自恃身份的皇亲权贵，早在昨晚就已让下人快马加鞭赶来京城报信，这时候便有些看起来就很有身份的人在码头上迎接。也有的人——如小郡主这样——身份不低，康贤等人又担心她的安全，早已让人给京城的熟人报信，接到信的人每日里都会叫人在码头等着，这样的待遇是最高的，也最能证明身份。

密侦司如今做事并不像正规运行时那般严谨，闻人不二等人上京，主要还是拜会秦嗣源。闻人不二原本就对秦嗣源执弟子礼，这时候靠了岸，下午便要去相府拜见。至于宁毅，他去相府原本也是应当，然而这一路过来还有小婵，有苏文昱、苏燕平，有聂云竹，有元锦儿，有四五个比较信得过的苏府下人和护院，带着的东西也不少，不可能将一帮人全带过去，于是下午得先找客栈住下。至于齐家三兄弟、卢俊义等人，反正已经很熟了，就跟他同住客栈。

宁毅等人初来汴梁，其实算得上人生地不熟，好在苏家随行的人里有一个有经验，是那位在皇商事件中跑来汴梁落井下石的廖掌柜。这人名叫廖三花，在苏家的掌柜中算是很信得过的，又有在京城做生意跑门路的经验，这次便让他跟着过来打前站。

众人在码头专做迎接贵宾之用的大厅里商议去哪里住下时，周佩领着几个人过来打了招呼。她带的是京城崇王府的人，接下来的日子里，她大概要在崇王府里住下，一直到太后寿宴结束。她过来是询问宁毅接下来住在哪里。

她现在对宁毅已经相当崇拜了，缠着宁毅问这问那的时间多了，不服气非要顶上一两句的情况却大大减少，就连宁毅明显玩闹地编什么天下百大高手榜，她都要抄上一份，思考其中的奥妙。如果可能，恐怕她比较情愿跟在这样的“老师”身边学东西，当然，大部分时候，她是识大体的，知道这事根本不可能。

宁毅等人是准备按照廖掌柜介绍的住到据说是汴梁最大最贵的福祥客栈里去，但这名字说出来，一位跟着周佩的王府管事道：“福祥楼，那里是挺大的，只是担心没有空房。到时候若不能住下，公子不妨去太庙街那边的文汇楼，那客栈里，王府是有些关系的。”这位管事看起来是个太监，但态度温和恭谨，说着递上一份名帖。看起来崇王府与康王府关系不错，对方这样做，小郡主便也感到面上有光。

“老师住的地方，明日我再去问问秦爷爷。若是有什么事情，老师便来崇王府找我。”周佩说完，双手合在胸前微微屈膝福了一福方才离去，十五岁的少女显得高贵大方。

周佩离开之后，陈金规也过来与宁毅说了几句话，感谢他一路之上的援手，又道自己在京城也认识些人，若有需要，尽管开口，云云。陈金规之后，过来找宁毅的却是李师师。

这时各回各家各找各妈，与众人“依依惜别”之后，李师师要回矾楼了，便也过来询问了宁毅的住处。事实上，或许开始的一两天宁毅会住客栈，此后还是要在京城买几座院子的。

“若是有空，宁大哥不妨来矾楼逛逛。京师之地，才子众多，周邦彦周美成宁大哥还记得吧，他一直对你的词作念念不忘呢。当然，最主要的，还是小妹希望能与宁大哥、于大哥、陈大哥一起聚一聚。”

她的态度殷切诚恳，连宁毅都感到不好拒绝，当然，这等事情他也没必要拒绝，于是点头应下了。李师师便也微微福身，笑着离开，身影之中蕴着的虽然不是周佩那样的高贵，但娉婷婀娜又大方得体，少女的清纯与女人的妩媚完美地结合。如果说聂云竹像是淡雅素净的百合，她就像是纯净却带着些许张扬的水仙。或许也是因此，聂云竹融入不了青楼那样的环境，她却游刃有余，怡然自得。

“这个李姑娘好厉害啊。”一身布衣荆钗素净打扮的聂云竹看着李师师远去的背影，不由得偏头感叹了一声，大概是出于纯粹的崇拜。她偏头之间也自有一股迷人的气质，宁毅看着她，笑了笑。元锦儿这时候做男装打扮，坐在行李上吃东西，闻言不以为然地轻哼。

雨还在下，一行人租了马车离开。过了两条街后，码头边特有的脏乱便渐渐消退，但街景依旧显得拥挤，高高低低的建筑挤在一起，七歪八拐的宽窄巷道纵横交错，雨幕之下，眼前的景象时而古旧时而新颖，新的酒馆，旧的茶楼，高高低低的屋檐交叠在一起，有时经过古旧的院子，院墙上爬满青苔；有时经过新建的小楼，红漆在雨里被冲刷得铮亮。威严的府邸前陈着大大的石狮子，镖局院落里伸出高高的旗杆，武人背着兵器，在檐下避雨。青楼上挂着好看的灯笼，有些楼上还挂着衣服、彩绸，眼里蕴着憧憬的女子在楼上心不在焉地望着过往的行人，有些窗户里传出歌声、笑声、笑骂声，声音很快就被大雨淹没了。古老的树或长在院落一隅，或长在桥头、街角，在这古老的城池中撑起繁茂的叶子。远远的，有巍峨的宫墙。

到了福祥客栈，想要住下时才发现里面果然满了，随后宁毅一行人转向那崇王府管事所说的文汇楼，那果然也是富丽堂皇的大客栈。宁毅等人拿出名帖，租了两座院子住下后，已近傍晚时分。雨还未停，客栈中点起灯盏挂起灯笼，亮堂堂的一片，不少人都在大厅里高声说话，聊的是昨天才传出的一件事：辽国常胜军统帅郭药师在这边的努力争取下，挟涿、易二州，降了武朝。

一如后世，京师之地，大伙儿都喜欢谈政治。这件事情宁毅是前两天才知道，毕竟是好消息，上面也没有遮遮掩掩。此时金攻辽已经取得连番大胜，但武朝这边一直是雷声大雨点小，先前十万人打不赢一万人已经令人很没有信心，哪怕童贯如今已经率军北上，但在他取得胜绩之前，武朝军队也很难给人信心。倒是常胜军本就是由辽东人组成，原本是为了对抗女真人，名叫“怨军”，虽然对上女真人不见得能赢，但战力还是极强的——朝廷这边，就是这样宣传的。

郭药师的“怨军”，武朝一开始就在争取，特别是秦嗣源，他知道武朝军队实力不够，让密侦司在背后费了极大力气，各种方法都用了，这次对密侦司来说，也是一场大胜。

郭药师常胜军投诚的消息传遍全城，在这一两日内成为众人茶余饭后的谈资焦点的同时，汴梁城中，作为推动了此事落实，位于武朝金字塔顶端的那些人，也正在胜利的余韵中感受喜悦。

最近一年以来，金人攻势凶猛，已攻下辽国土地近半，可以说是敲响了辽国的丧钟。武朝朝廷当中，多有信奉“得道多助失道寡助”道理的，此时将常胜军拉拢过来，便是这个道理的最好佐证。

开战之初，朝廷中主战派占据了绝对优势，但主和派的人并不少。主战派也并非铁板一块，在后来己方连败的微妙形势中渐渐分成两股，一股要求前方军队奋战得胜，展现自己的实力，这样在此后与金人的谈判中更好说话；另一股则因为败绩连连，开始鼓吹己方保存实力，坐山观虎斗，待金、辽皆伤，再顺势得利。

这两种说法一开始就都有，只是战局变化后，才明确地割裂开。无论如何，主战派的底线还是收复幽燕，至少不能让主和派占了上风。当常胜军投诚的消息确定时，后者的声浪就占了上风。此时童贯率禁军北上，还未再度开战，郭药师便投了诚，对大部分人来说，这就是武朝中兴之机到来的标志。

呼声热烈，众志成城，在此时，庆祝的方式当然就是各种宴席聚会。这两天，汴梁城中承办各种聚会的商家发了大财，各家秦楼楚馆也是收入不菲，几个文会办得有声有色，一位名叫于少元的才子在静思园中作《王道赋》，被评为“近百年来少有的大气之作，有唐时遗风”，文章骈四俪六，洋洋洒洒地说明了武朝再逢盛世的必然性，文采横溢，令人叹为观止。

文道昌，自然也算是世运兴隆的表现。作出《王道赋》以后，这位于少元又得京城花魁姬晚晴的青睐，这两天里成为京城传扬的佳话，隐约便要与被称为“京师四大才子”的周邦彦、郑叔和、王元世、谢道三比肩。

这些事情，是这个时代最为流行的风气，不管在哪里都是绕不过的。这天下午的右相府中，也有几个人拿着那《王道赋》在传阅议论。这里是右相府的东院，离秦嗣源一向办公的书房是很近的，房间里书籍案牍众多，证明了这几人乃秦嗣源信任的幕僚或师爷。其中一人是样貌俊逸的中年和尚，另外三人则分别是三十来岁、四十来岁、五十来岁的样子，三人的气质都成熟稳重，但年龄则像是写在了脸上，一望即让人产生这样的感觉。

“洋洋洒洒，沛然大气，这于少元称得上文采天纵了。今年才二十出头吧，倒是让我想起了王子安。”看了赋文后说话的是那五十来岁的老者，他一面阅览，一面摇头赞叹。他口中的“王子安”，是“初唐四杰”中写出《滕王阁序》的王勃。能在右相府当幕僚的，都是文采斐然之辈，这位老人能将于少元比作王子安，足以证明对方的水平。

不过他这样说了之后，随即就迎来了反驳。说话的是不远处正在伏案书写的三十来岁的男子，他挑了挑眉：“文采是好，却只是空口感叹，立论不足哪，若只有王道正气便可兴国安邦……嗯，虽然也非毫无道理，但这样一来，年公，我们又在做什么？”

“他才二十出头，有文采便够了。何况兴国安邦，本也该是王道为主，这也没有说错，哈哈，舟海你又何必介意？”被称为“年公”的老者笑了笑。另一扇窗前，正在喝茶的和尚抬了抬头：“若论文采，与周美成比肩或许是可以的，不过，怕还是比不过那位正在上京的‘一夜鱼龙舞’吧。”

“那是异人，不用拿来比较了。”三十来岁的男子说了一句，窗边的和尚“呵呵”地点了点头。

几人当中，四十来岁的男子样貌端方，但相对沉默寡言，只是听着几人说话，一直没有参与其中。若放在外面，在座的几人也是小有名气甚至能吓到不少人的。

被称为“年公”的老者姓尧，名叫尧祖年，年轻时便是秦嗣源的幕僚。他学识渊博，之前虽然是跟随秦嗣源，但在官场、文场当中，都有着莫大的名气。秦嗣源辞官之时，本来是可以给他一份前程的，甚至他本身的名气也足以让他转投到任何人名下，但经历了黑水之盟，他的功利之心也淡了，只因秦嗣源复起，才又过来帮忙。

还有一个四十来岁的男人名叫纪坤，他原本是秦嗣源年轻时收下的仆从，后来随秦嗣源读书识字，成为秦嗣源最初的几个弟子之一。不过这人擅长的并非诗词文章，而是做实事以及安排别人做事，看起来样貌端方甚至有些木讷，实际上在秦嗣源管理吏部的时候，不少人都领教过这人的心狠手辣。早些年秦嗣源罢官，不希望他跟随去江宁到最后沦为管家，便让他随着密侦司去了北方，秦嗣源复起之后，他才从辽国回来，看来倒也没有太大变化，只是比以前更加沉默了而已。

三十来岁的男子原本也是秦嗣源的弟子，姓成，名放，字舟海。他随着秦嗣源学习的时间不长，只是性格比较愤世嫉俗，在大名府颇有才名，早些年也曾用好诗词打过别人文会的擂台，当过花魁的入幕之宾，名字偶尔也出现在京城某些人的视野里，只是到得现在，无论在官场、文场都没有太大建树，他的志向也并不在此。秦嗣源复起之后招他过来，他便过来了。

至于那和尚，在京城真正算得上大名鼎鼎。这人法号“觉明”，本是郡王之子，年轻时样貌英俊，才华横溢，后来剃度出家，在京城震惊一时。他的才学虽不如尧祖年渊博，但诗文上的才华稳居其余三人之上。由于他已是出家身份，京城之中便没有人将他列入“四大才子”，但比之周邦彦，他的名声并不见得就差了。这觉明禅师虽然出家，但并不苦修，而是交游广阔，这时候在右相府，并非幕僚身份，而是会友性质。

今日下午秦嗣源并不在府中，几人聊了一阵，有下人过来报告事情，与纪坤说了。纪坤出去了一阵，不一会儿笑着带进来一人，尧祖年看了一眼便笑了起来：“不二，差点儿认不出了。”

来的便是从码头过来的闻人不二，他站在门口拱手见礼：“尧先生……觉明禅师，许久不见两位先生了。啊，舟海。”

闻人不二的年纪与成舟海相差不多，只是样貌上更显年轻。众人数年前还是见过的，房间里的几人也都清楚密侦司的事情。事实上，觉明的身份与背后的关系，与康贤一样，都是密侦司目前的保护伞之一。大家早已知道闻人不二将到这里，也都知道他在杭州做下的事情，此时笑着互相见过。成舟海下意识地往门外看了好几次，闻人不二发现之后，有些疑惑：“舟海在看什么？”

尧祖年笑了起来：“他怕是在看那位‘一夜鱼龙舞’吧。不二既然到了，那位宁公子怎么没过来？”

听他说起宁毅，闻人不二笑了起来，将宁毅去寻住处的事情说了，随后看看成舟海：“那宁立恒行事与舟海确实有几分相似，而且舟海往日里便以诗文见长，莫非是见猎心喜，想要找人切磋？”

成舟海性子有些愤世嫉俗，虽然诗文甚好，但对于文会切磋，往日里却有些不屑，按他的说法，是对那些水准不到的人刻意炫耀互相吹捧非常反感，这是闻人不二以往就知道的，但宁毅的诗词应该是可以将他这种不屑打压下去的。成舟海却笑着摇了摇头，挥一挥手：“倒不是因为这个，嘿，这下十六少怕是又得挨批了。”

他带着几分戏谑“喃喃”地说了一句，一旁的尧祖年与觉明倒是皱了皱眉头，互相看了一眼：“对啊，绍俞去哪里了？”

纪坤道：“怕是又出去找那些公子玩了吧。”

闻人不二不禁有些疑惑，待询问起来，才知道他和宁毅上京，秦嗣源一早就派了人准备接待，这人乃秦嗣源的一名侄子。虽然罢官期间与老家的人没什么来往，但秦嗣源复起之后，秦氏宗族还是有不少人上京要求照顾，除了想拿钱粮、想当官的来走门路，也有几名子侄辈的少爷是被家中送来，拜托秦嗣源代为管教，给他们一个前程。

一旦坐到了右相的位置上，这类事情几乎是源源不绝，偏偏秦嗣源没办法不理，虽然能推掉一些，但有些人还是在右相府中留了下来，是秦嗣源选定的资质相对好点儿的。这位十六少秦绍俞便是其中之一。

只是这些人被送过来时已经是十几二十岁的年纪，秦嗣源已经没办法教做人，只能教做事。不过，他就算再威严，也没办法真正压倒家里人。这些少爷一来到京城，首先染上的，还是各种阔少无法避免的毛病，他们成群结队地外出玩耍，参加文会，游戏于秦楼楚馆，打的则是右相府公子的名义。秦嗣源处理过几次，甚至动过家法，但还是没法杜绝这些不良风气。这一年的时间他主要还是处理有关北伐的事情，弥补数年来工作的空缺，家里的各种规矩没有时间修正，要完全管好，他也是力有未逮。

这次宁毅等人上京，他估算了时间，要求秦绍俞每天去码头等着，将两位“世兄”及时接到府里。在老人看来，或许也能让宁毅与闻人不二提携一下后辈，跟有本事的人交个朋友总归对自家子侄有好处。但一来到达的日期模糊，二来途中诸般变故，以秦绍俞的性子，他哪里真能天天去关心这事，这时候就错过了去接人，想来会挨上老人一顿骂。

听了这事，闻人不二一时间苦笑不已。那秦绍俞若是挨骂，少不得要迁怒自己，这可不是什么好事。尧祖年等人看出他的忧虑，成舟海便挥了挥手：“不用担心，成事不足败事也不足，老师在这些事上的辨别能力肯定是有的。”他顿了顿，“不过，我确实是很想第一时间见到那位宁立恒，老师也说了让他第一时间来府里，理由你却猜错了。”

闻人不二皱眉想了想：“我知道他跟老师是忘年之交，不过，不是因为诗词？”

“不是诗词，也不是梁山。虽说在这些事情上，他所做之事我们都远远不如，但后来老师与年公、觉明大师都议论过，这位宁公子，想事情……破题的方法与普通人有些不同，老师说他是异人。这类人也不是没有，但真正让人深思的是这个……一开始我也没有注意到……”

成舟海神色严肃地说着话，从一旁的柜子里珍而重之地拿出一个盒子，打开之后，闻人不二一眼便认了出来，这是他从杭州发过来的一些情报。东西有些多，被捆成一扎。这些情报被整理过，大部分是城破之后才有机会发过来，因为太多了，但破城后才发来京城的，大多是些不重要的消息，只是作为整个事态的补充而已。

“这是哪些情报？”

“一开始你只发来几篇，我看了一眼就扔一边了，年公他们也是一样。”成舟海说着，拿出最下面的几封信函，抽出里面的纸张。闻人不二接过来看了好一阵子，却是结结实实地皱起了眉头，因为这些东西实在是太不重要了，他看了半天才终于想起这是什么。随后他仔仔细细地看完整篇：“这些？里面难道有什么玄机？”对他来说，看太过幼稚且错漏百出的文章也是一种折磨。

“有玄机。”成舟海拍了拍旁边的一大扎东西，“不过一下子看不出来，我就没看出来。”

尧祖年摇了摇头：“惭愧，当初我也没能看出来。”

“我记得这是宁立恒当初在霸刀营里弄的那些东西，他逼着那些儒生写文章，但文章质量良莠不齐，有的甚至狗屁不通。里面莫非藏了什么暗号？”闻人不二逐字逐句地看了一阵，抬起头来，“但现在也没用了啊。”

“一下子看不出来的。”成舟海揉了揉额头。

“你总不会想说……”想了好一阵，闻人不二才想到了什么，但片刻间竟难以总结，“这些东西里面……”

成舟海意味深长地笑了起来：“这些文章，若纯以文字论，宁立恒实在是一粒米都不该给那些文人。你寄过来后，我们谁也没有在意，直到有几次，我发现老师竟然拿了这些文章去看，甚至还找出所有的文章来，我们才觉得有问题。后来老师跟我们说过之后，我们就……真的有点儿被吓到了……”他顿了顿，压低了声音，“这是诛心之论了。”

“开玩笑吧。”闻人不二扫视了房间里的几人，“当时我知道他是设了个局，那边……霸刀营的那位刘姑娘也信了，但当时的环境，这个局他不设就死定了。但总不能说，这事真有可能。那种环境下，他被抓才两三个月的时间……这些东西真有可能？”

“启宗十三年，贺州大儒吕济方散尽家财，在当地村子里实行‘大同’，所有物品归村里人共有，吕济方与人同吃同住，一同劳作，村中事务由多名‘善老’商议后共同决定，欲使老有所终，壮有所用，幼有所长，鳏寡孤独废疾者皆有所养……”尧祖年开了口。

“这类事情也不是第一次了，但每一次，想法极好，却多是无疾而终。吕济方那次进行了三年，后来据说村民越发懒惰，村中入不敷出，吕济方劝说众村民劳作，又欲以‘善老’的名义制约众人，最终却激发了矛盾，吕济方在冲突中被杀，村民一哄而散。当地知府后来审理此事，认为吕济方有圣人之向，却在散尽家财后被杀害，此案上达天听后，判了处决二十三人，秋后便悉数斩了。”

闻人不二道：“这两件事岂能一样？”

“但其实类似。”成舟海看着他，“老师看了他在杭州霸刀营中做的所有事情，一环一环，环环相扣，他没有在玩，也不是在骗人，闻人，他心里有数。”

闻人不二沉默了半晌：“舟海，你先说这是好事还是坏事。”

“自然是好事啊，怎能说是坏事？”成舟海摊开双手，说道。

闻人不二这才松了一口气，一旁的纪坤递过来一杯茶水。

“老师说，一开始认识这位小朋友时，他棋下得好，剑走偏锋。后来是诗词作得漂亮，灾情来时，又有经世济民之才。再后来对敌应变从容不迫，这是大将之风了。这些东西放在任何一个人身上，都是栋梁之材，但跟我们刚刚说的事情比起来，又算不得什么了。”

纪坤的声音有些轻，但沉稳，重复着秦嗣源的话：“人人皆可为尧舜，这是道统，闻人，那位宁公子，有大同之念……”他顿了顿，“只是也有些危险。”

最后这句话，令得闻人不二大概知道了众人对宁毅的态度。

当初在霸刀营，宁毅与刘西瓜弄那些东西，其中自然是有各种考虑的。闻人不二在破城后将所有的资料都汇集发到汴梁，也是因为调查后知道，那刘西瓜做事虽然看起来鲁莽，实际上却是个非常聪明的人，要骗过她，就算是宁毅，也不容易。

宁毅弄的那些东西，其中到底有着怎样的深意，他并没有用心去看。他本来相信，若是老师或老师身边的人，会从中看出整个事态的端倪，却并未想过，真正引起老师这边重视的，并非宁毅当初写给刘大彪的诗词，或是他在霸刀营中的各种行为、话语，而是桌上这些虽然由他主导，大部分却并非出自他手的文字。

当初在霸刀营中，宁毅搜罗了大量沦陷后惶惶度日的文人，给了他们写文章的任务，让他们用文章来换粮食。这一举措保下了大量文人，甚至连他们的家人也因此得以幸存。然而，这些人回报的文章实在是没什么质量，在闻人不二看来，宁毅那样的大文豪，对此自然心知肚明，但他还是将那些文章都收了，纵然有时候将人训斥一番，不发粮食，也实在是因为这帮家伙做得太过火。

当时杭州的那些文人，大部分还觉得宁毅助纣为虐，成了霸刀营的走狗，但在闻人不二这边看来，宁毅可谓忍辱负重，在保全自身都不简单的情况下仍旧庇护了如此多的人，实在有圣贤之风，反观那帮家伙，本身也是有文采的，写个文章却是敷衍塞责。刘西瓜又不是笨蛋，若是责怪下来，压力自然都在宁毅身上。

若是有可能，闻人不二倾向于在破城后让这些人认清宁毅对他们的救命之恩，但后来这一切还是得藏在黑暗之中，不能明说。至于这些文人写的文章，算不得什么秘密，当初他们写出来，宁毅就发到霸刀营的学堂里，让学生们去看、念甚至指出不对的地方。这些文章的结论虽然与当今的主流思想稍有偏离，但还是从孔孟之道出发，不算什么反动文字，闻人不二收集了发过来也只是顺手而已，没想到秦嗣源倒是重视了起来。

“民贵，社稷次之，君轻……人人皆可为尧舜，又或是用九，见群龙无首，吉……这些东西在反贼听来或许只是发发牢骚，但仔细想来，却是了不得。”尧祖年道，“古圣先贤以德治天下，但何谓‘德治’？圣贤教化万民，万民遵从其教化，故路不拾遗、夜不闭户，如今律法烦冗，世道却越见其差。吕济方等人所行之事之所以失败，无非是因为村民未受教化。但如何教化才能有用，才是真正的难事。”

“年公的意思是……”闻人不二想了想，看着桌上那些文章，“这些有用？”

“东翁与我等认为，小范围内，可能真的有用。”尧祖年点了点头，“至于能否推及天下，圣人都做不到的事情，我等如何能看到？当然，这些文章太儿戏了，但方向未必有错。他在霸刀营中做了好些事情，那些看似儿戏的选贤任能，任由高层作弊，甚至刻意引起公愤，并非真要选出贤能来，而是让人明白，一个圈子里，想要有什么，你首先得伸手去拿，否则必然什么都得不到。这样的自觉是最难得的。”他顿了一顿，“若只是这些小事，也只能证明这位宁公子于操纵人心上有一手。这种本领，他以前就表现得淋漓尽致。唯有眼前这些文章，证明他想要触及的，已经不仅仅是人心。闻人，能够将事情考虑到这一步的人，足以与任何人坐而论道。因为唯有这些东西，可以将道统传承下去，这已经是人性，而不仅是人心了。这位宁公子在霸刀营中做的这些事情，从表面上来看，是有些儿戏的，但其中这些环环相扣的东西，绝非一个人一两年可以想清楚的。这位宁公子，正是我辈中人。”

闻人不二迟疑了一下：“可是，一路之上我们也聊过，他对这些，似乎有些不以为然。”

“东翁也是如此说法。”尧祖年笑了起来，“据说当初在江宁，这宁公子就表现得有些惫懒，且对儒学道统不屑一顾，现在想来是看错了他。懂得越多，越知行路艰难，特别是大同之念，谈何容易。自古以来，一开始心怀热忱，然后见世事而心灰意冷归隐山林者不知凡几。家师壶山公当年也是如此，官场倾轧，世人庸碌，他辞官后归隐，便不再多问世事了。

“这位宁公子据说少时木讷，毫无出色之处，后至成年，竟忽然入赘一商贾之家为婿。闻人，若非心境大起大落，何人会做此选择？”

闻人不二摸了摸鼻子：“嗯，这个我也曾好奇过。”

“他入赘之后，性情反倒变得自在洒脱起来，显然也是放下了心中所想。只是此后于儒家于道统之事，要么说自己不懂，要么表现得不屑一顾，想要划清界限。闻人，据说这宁家以前也算是以诗书传家，他从小攻读经典，直到入赘之前，都是儒生一个，入了赘，却忽然说与儒生身份毫无瓜葛。虽然他自称失忆，但一个人读书读了十几年，几乎从小就与四书五经为伴，哪里能够忽然就丢掉？如今天下皆读孔孟，他又何须将立场表现得那般清楚？”

闻人不二点了点头：“他装的？”

“此事他不会亲口承认，我们也不必问出究竟。失忆之人我也曾见过，以前木讷，忽然开了窍，这种状况也是有的，但即便是有，前前后后也是有迹可循。这位宁公子就有些奇怪，忽然开了窍，诗文信手拈来，却又表示于儒家不熟，前后就像是截然不同的两个人。与其说是开窍，不如说像是豁然开朗了一般。我等与之尚未相熟，也只能如此去想了。”

“若入赘于他来说就像是出家，你的推测确实说得通。”闻人不二皱眉想了想，点点头，看着周围的人，“观宁立恒行事，大气之下无所不为，确实是放开了的人才做得出来，年公这一说倒真有可能。他选择了入赘，实际上就放下了原本困扰他的东西，而后才又开始看这世界，只是对原本困扰他的那些东西便不再碰了，若非落在了杭州……”

“若非落在杭州，想来他也不至于再将这些拿出来。”尧祖年笑着接道，“我等观其诗词，最初写的几首大气洒脱，信手拈来，但他本身对诗词又不甚尊敬；写给刘西瓜的几首，大气者有之，缠绵婉约者亦有之，却仍旧首首经典，若非事实摆在眼前，我是绝对不信的。一个人能顺手写出这么多东西，只能说是天纵之才。或许正因写得太好，他反倒不在乎起来，那么他从小所思所想，只能是更加费心思的问题。除了大同之念，还有什么能让这样一个人整日里表现得木讷？

“只是可惜啊，身边并没有学识相当的师长，让他错过了最好的时间，乃至钻了牛角尖，年纪越大，越发体会到世事艰难，可能是怎么也想不通，他选择了入赘，然后借着失忆的理由变成了另一个人。”

老实说，一个二十多岁的年轻人会思考道统思考到放弃一切，这种事情说来未免有些惊人，然而宁毅作的那些诗文摆在他们面前，做的那些事情又表现出远超同龄人的老练，反倒让人觉得，这事或许真有可能。

京城之地，天才是不缺乏的，天才中的天才也总有人见过，在座之中，除了纪坤与闻人不二，其余三人都被人称过是天纵之才。宁毅能够将关系到“大同”的事情初步做出来，纵然让人震惊，但还是可以被理解的。

窗外雨声潇潇，渐至傍晚。众人聊着天，等着秦嗣源回来。然而不久，一名管家过来，说是老爷已经知道了闻人不二抵达的事情，只是他有些事，要晚些回来，让众人先行用膳。

秦嗣源这天下午是去户部，原本这时候该回来了。此时房间里都是最亲近的幕像，觉明和尚笑道："莫非是被唐钦叟拉去赴宴了？"

那管家与众人倒也熟，笑着道："听过来回报的人说，是准备去小烛坊。"

他这样一说，众人倒是愣住了。如今汴梁最有名的三家青楼分别是矾楼、听雁居、小烛坊，秦嗣源往日里也是风流文士，身居右相之后，偶尔待客或是参与宴饮，要说没有青楼女子作陪，那当然是不可能的，但他亲自前去倒是许久没有的事情了——若不是什么盛大文会之类的重要事情，一国宰相一般不会在青楼里出现。迟疑之后，尧祖年轻声问道："谁请客？"

那管家道："好像是十六少在那边。"

"哦，懂了。"尧祖年明白过来，不由得摇头笑笑。

雨在下，天色暗得比平时要早些，作为京城三大楼之一的小烛坊，灯火正在星星点点地亮起，犹如青灰色的海面上逐渐浮起的光。

小烛坊位于汴梁城中央一条不算繁华的街道上，占地甚大，附近几座园林都是其产业，是平日里大伙儿聚会休憩的好去处。汴梁最为高端的几家青楼大多是这样，可以热闹，可以清幽，可以高雅，可以低俗，毕竟来到这种地方的人花银子都不纯是为了发泄。

此时接近傍晚，有一两个文会正在坊中的院落里召开，门口进出者，或是锦衣玉袍，或是羽扇纶巾，由跟随的小厮或丫鬟撑伞，偶尔会彼此招呼一声，大多显出不错的修养来。无论他们在里面是不是禽兽，出了门，大多讲究衣冠楚楚。

一辆马车静静地停在小烛坊外的街边。雨幕之中，驾车的车夫端坐如松，虽然被大雨淋湿，但仍旧一动不动，目光如炬地盯着周围。厚厚的车帘垂着，周围跟了几名下人，其中一人在听了吩咐后进入青楼。京城权贵甚多，这马车的排场算不得顶大，停在雨中也没有引起太多注意，倒是门口漂亮的老鸨本着不轻忽任何人的原则过来招呼，却被人挥退了。

小烛坊中，一座座院落、楼宇内的气氛还是和谐的，客人们或是谈诗说文，坐而论道，或是听才女唱曲，与之言说近来的烦恼。不过，其中最大也最金碧辉煌的一座院落中，此时正在进行一些低俗的游戏。灯火之中，一个声音高亢响亮，即便这座院子四门紧闭，它也能穿透门缝与雨幕，显示出"不凡"来。

那家伙一边大笑一边大喊，旁边一名样貌猥琐的男人偏过头来："嘿嘿，你看，你看，每次玩得最开的就是这'花花太岁'了。哈哈，怎样？绍俞贤弟，做哥哥的没给你介绍错人吧，待会儿有空，哥哥给你们介绍一下。"

这边被称为"绍俞"的男子笑着点头，手却是不愿意离开旁边的美女。就在此时，有人在外面敲了门。

那门被敲了好几下，房间中正在解裙子的男人回头指了一下：“不许开门！哈哈哈哈——谁也不许进来！”

然而，房门还是被推开了。男子陡然间警觉地回过头，往门口看了好几眼，随后双手叉腰：“陆——谦——我说了不许开门！这家伙是谁啊？什么来头？我爹是高俅——”

他身后的女子连忙拉回裙子穿上，同时抱住胸口试图去找其他衣服。门口一名穿着虞候官服的带刀男子低头准备走进来，另一名黑衣家丁朝众人拱了拱手。那名带刀男子还没进来，秦绍俞就一个激灵，放开了身边的女人，然后挥手起身。“我家里的……我家里的……”他一边喊，一边小跑到门口。

“你家里的，你是谁啊？喂，谁知道他是谁吗？我爹是高俅——说说看，我惹不惹得……”

“右相的侄子。”走过来的陆谦在他的耳边轻声道。

“呃……秦……秦老头？我爹好像说他比李纲还厉害，那就是惹不起了？那算了。”

他一脸沮丧地叉腰站在那儿。门口，秦绍俞与家丁说过几句后，也是一脸小心地回过头来赔罪，说是要立刻回去，说完就跟着家丁走掉了。待到人离开，“花花太岁”方才指着那边骂道：“无胆鼠辈！下次不要叫他来……陆谦你还不快出去？关门啊——”

然后他回过头，摩拳擦掌地对着后方那哭丧着脸正在捡衣衫的女子：“哼哼，你想干什么？我就喜欢你这种想哭的样子，哈哈哈哈——你快点儿哭出来啊……”

声音渐小，雨幕依然。秦绍俞一脸慌张地跑出小烛坊正门，连伞都没打，畏畏缩缩地在车帘前站了片刻，听得里面有人说：“进来吧。”他才敢掀开车帘上去。

还算宽敞的车厢里摆放了一张小桌子，两边坐的正是秦嗣源与一名师爷，周围堆着文卷。头发半白的秦嗣源眯着眼睛看完了一份，皱着眉头在上面写了几个字，放到一边。秦绍俞这才畏畏缩缩地称呼了一句：“伯……伯父。”

“北上的船队，今天下午已经到汴梁了。”

秦嗣源看了他一眼，敲敲旁边的车壁，马车行驶起来。轻微的晃动当中，老人语气平淡，不似骂人，但秦绍俞还是慌张起来：“呃，伯……伯父，我……我……我以为下大雨……”他一时间不知道怎么辩解。

“我知道。”秦嗣源点点头，“你那位闻人世兄已经到家里了，今晚或明天见到他，态度要恭敬一些，向他请益。至于那位宁毅宁世兄，如今应该已经在文汇楼住下。我本希望你们能够在第一时间见到，认识一个有用的人，比认识那些公子哥要强上百倍，学上一点儿，于你往后做事是有极大好处的。如今时间也不晚，正好顺路，我带你去见一见他。”

秦绍俞身躯一震，随后结结巴巴地道：“怎……怎能让伯父您去拜会他？伯父，是……是我错了，但您是何等身份，怎能先去拜会他？我……我这就去文汇楼，找宁世兄认错，伯父。”

秦嗣源日理万机，对家中人的管教不足，秦绍俞来到京城，虽然也感受到了秦嗣源的威严，但更多的还是感受到了右相府的权势，以往秦嗣源遇上了他提点两句，难起什么作用，此时倒是令得秦绍俞惶恐起来，心中下意识地觉得伯父去见那宁毅是为了他，忍不住想要下车先跑去文汇楼，但他在秦嗣源面前毕竟不敢说跑就跑。秦嗣源脸上这才露出一丝笑容，挥了挥手。

“行了，我有分寸，礼数要讲，但也不用太矫情。这位小友，我与他平辈论交，以他做下的事情，你对他执师礼也不为过。待会儿到了文汇楼，你进去请他来我车上坐坐，我只当路过就是了。对他身边之人，你态度好些。这几日你尽心招待他，若是能得他青睐，便是你往后的缘法。”

秦绍俞连忙点头，虽然总觉得伯父过去见那宁立恒有些不好，但更多的还是觉得这位当宰相的伯父对自己是照顾的，虽然日理万机，却是真的想着自己这些亲戚。说完那些话，老人又拿起一份东西看起来，秦绍俞则独自咀嚼着这份心事。过得片刻，老人放下那份文书，在拿起另一份之前，向他说道：“高沐恩那些人，还是尽量少跟他们来往。”

秦绍俞连忙点头。雨渐渐小了，城市里，灯火一片片地亮起来，马车驶过人群，转过街口，渐渐接近了灯火通明的文汇楼……

将住宿的事情大致安排好，已是吃饭的时间，宁毅点了两桌饭菜，一桌吩咐小厮送去院子里给聂云竹等女眷，他则与卢俊义等人在大厅里听着人们的议论：汴梁最近发生的各种事情，“怨军”的投诚，等等。

秦绍俞过来找到他时，饭菜还没有上完。听了这名被雨水淋湿了半身的年轻人的自我介绍，宁毅也有点儿意外，特别是他提起秦嗣源便在外面等自己过去时，宁毅更加疑惑了。

秦老头礼贤下士，也不必对自己做到这个程度。事情传出去，对秦嗣源其实是没什么影响的，但对自己来说，就有些捧杀的味道了。自己就算扛得起，也没必要贪这点儿虚荣。

他自然猜不到是杭州那些不合格的文章反倒提高了秦嗣源对他的评价。无论怎样，那位老人家终究是个正统的儒者，对儒者来说，道统高于一切，甚至高于皇权的更替。当然，这些一般不会放在明面上说。另一方面，老人家也是顺便利用这事敲打一下秦绍俞这个不怎么长进的侄子，这一点，宁毅就更加不会知道了。

他心中疑惑，但还是随着秦绍俞出去了。倒是正在等待食物上来的苏文昱、苏燕平等人心中兴奋不已——宁毅不过白身，到了汴梁，当朝右相竟然屈尊来见，说出去是何等吓人的一件事。就连卢俊义也是心中讶然。他心中已经颇为高看宁毅了，但还是弄不清宁毅在右相这条线上到底处于什么位置，又觉得这事未免有些过。那边，秦绍俞将宁毅送出去之后，便回来拱手打招呼，代宁毅陪着几人说话。

文汇楼外，宁毅走上那辆马车，便看到了已为右相的老人。相比在江宁时，此时的秦嗣源须发半白，显得老了许多，但也更加有威严了。他按照礼数给秦嗣源拱手见礼，老人正看着手上的信札，笑着挥了挥手："不必见外，不必见外，立恒，坐吧。许久不见了，听说你在杭州那段时间总是大病重伤，你还年轻，不要留下什么病根才好。"

"还好，有劳相爷关心了。"

"嗯。咱们还是按照以前那样来吧，听你这样说，感觉疏远了许多。先聊聊家事，云竹那孩子也过来了吧？"

"啊。"宁毅笑着点头。

"这么说来，你们之间已经……"

宁毅又笑着点头。秦嗣源也笑了起来："如此一来，咱们便是翁婿之情了，你就……"

秦嗣源以往与宁毅来往，原本就异于与一般人来往，此时自然而然地便将话题转了过来，宁毅却是神色认真地举了举手："这件事，我以前做得有些冒昧了，是我的错，当初……"

对面的老人摇了摇头："云竹那丫头是个好姑娘，当初收她为义女，我是仔细想过的，虽然未料到今日之事，但收这个女儿，算不得谁高攀了谁，只是，我暂时恐怕没办法正这个名分……当然，我这说法其实是有些亏心的。"

"您就算要正这个名，我也不敢让您正啊。到了秦老您这个位置，整天在您背后看着，想要抽冷子弄您一下的人不会少，这种事情闹大，虽然影响不到官场，但被推到风口浪尖上的云竹恐怕就麻烦了。"

秦嗣源想了想，放下信札，点了点头："明天带上云竹一起过府吧，敏华和芸娘都挺想她的。虽然对外不好正式公布这事，但她往后在汴梁，还是该多来我这边走动一下。老实说，接了这个位置以后，家里一团乱，全是不省心的，一帮二世祖，过来找你的这个就是。敏华年纪大了，对他们管不太来，芸娘又不好管。我这老妻平日想的便是缺个女儿，云竹乖巧懂事，能陪她散散心，她也会开心许多。"

听他骂起家里的孩子，宁毅只好揉揉额头，装作没听到。随后老人问起苏家如今的情况，宁毅大致说了分家的事情。秦嗣源点了点头：“我知道你这次上京的主要目的，梁山附近能够动用的人力大多已经调配好，明日你过来，我们商量过后再做最后的决定。其实人力、物资方面是有些不够的。不过在其他事情上，只要是在京城一带，我大多是帮得上的。”

老人说的是苏檀儿进京做生意以及聂云竹扩张竹记的事情，这都是小事，宁毅自然明白：“我做了几个计划，明天拿给您看看。另外卢员外那笔钱不知道能收回多少，运作好了有大用。”

“那位卢员外如今就在里面吧？”秦嗣源道，“不过今日便不见他了，你明日带他过来。此人真有莫大本事？”

老人已是当朝宰相，对于不同的人才，怎么笼络，以怎样的姿态去笼络，好话说到什么程度，都是有讲究的，能够这样子问宁毅，足见对他的信任。

宁毅笑道：“说是河北枪棒第一，为人耿直，带兵打仗是没问题的，他是周侗的弟子……对了，那个‘铁臂膀’周侗真的很厉害吗？听说他以前是御拳馆最厉害的师父，现在在哪儿，朝廷知不知道？”

“立恒如今还是对这个感兴趣啊。”见宁毅听到武功就来了精神，秦嗣源不由得哈哈大笑，“老夫还在吏部的时候是见过他几次的，武艺到底高不高，我是看不出来，不过人人都说他厉害，是百人敌。黑水之盟以前，他就离开御拳馆了，要不然本是想请他来做帮手的。至于他走了以后到底去了哪里，老夫便不太清楚了。他的年纪应该跟老夫差不多，到了这个岁数，应该不能打了吧。”

朝廷对这类事情一向有些看轻，宁毅心中也明白。二人又聊了几句江宁的事情，提及周佩随船北上，秦嗣源也有些哭笑不得：“康明允也让她来，真是胡闹。”

“打算相机给她找个喜欢的吧。不是有个于少元不错吗？京城之地，有才学又长得漂亮的才子应该不少吧。以周佩的才情、聪慧，找个郡马应该不难。”

“哈哈，繁华是繁华，但其实跟江宁类似。立恒你既然过来了，倒也可以见识见识。这几天我让绍俞陪你们到处走走看看，若是去参加诗会，正好杀杀这帮眼高于顶的狂悖才子的气焰。”

见时间已经不早，约好了明天下午在秦府见面，宁毅下了车，进去替换了秦绍俞。苏文昱等人跑到窗口看着宰相的马车远去，宁毅则叮嘱了他们一番，让他们不要将这事拿出去说。

吃完晚饭，雨渐渐停了，宁毅回到房间，小婵正整理着带来的各种衣服、日常用品，间或跟他说上几句话。小婵从房间里出去后，有人过来敲门，轻轻的。宁毅开门后，外面是一身淡青色衣裙的聂云竹，保持着敲门的姿态朝他笑了笑。

“有时间吗？”

“当然。”

聂云竹低着头便要跨进房门，宁毅看了看外面的天色，见时间还不算晚：“我们刚来汴梁，要不然出去走走吧？”

聂云竹过来找他显然是有话要说，当然，肯定不是为了偷情之类的事情，宁毅这样提议，她便笑着点了点头，提起裙裾随他出去。不过，宁毅关上门后她又有些犹豫：“要不要叫锦儿她们？”

“不用了。”宁毅拉起她的手往外走，聂云竹的脸颊红了红，被他拉着快步走过廊道。出了院子之后，她便不好意思再被宁毅拉着，目光中带着哀求让宁毅放了手，跟在宁毅身侧。

她的性子相对喜静，平日里不常出门，但毕竟是女孩子，有情郎陪在身边一同看看新的地方，她的心中自然是欣喜的。出了文汇楼正堂，外面便是一条相对热闹的街道，两边有各种铺子，灯火绵延开去，由于雨停已经有一段时间，一些推车的小贩也挂着灯笼出来了。街上行人不少，令人惊叹汴梁的繁华。宁毅与聂云竹一面避开水洼，一面在灯火中前行。

虽然是夏日，雨来得快去得也快，但这时候路上的积水还是很多的。无论是怎样的古代城市，脏乱差的情况总是比现代要厉害得多。这时候鞋子的防水质量也差，二人走得都有些慢，也小心翼翼的，不过聂云竹的脚步明显比宁毅的轻盈得多，偶尔有车辆驶过，二人便在路边避让片刻。不过，京城的开放程度比江宁好得多，前方便有二人手牵手在街上走，这样的情况，宁毅便是在杭州都没见过。

道路两旁多是一些小吃，也有各种让人把玩的小物件，只是以聂云竹的性子，坐在或站在路边就开吃的事情她是不会做的——这应该不是青楼的要求，而是属于曾经官家小姐的修养。二人一路走走看看，宁毅是希望她更随意些，能多些乐趣，但这得慢慢来。

如此走走停停，终于，在一辆马车驶过时，后方有人占了他们要躲避的位置，宁毅拉起聂云竹的手避到一边。马车走后，他用袖子挡着，拉着聂云竹的手不放开，聂云竹挣扎了两下，有些赧然地低着头：“立恒啊……”

“没事。”宁毅学着她紧张地看周围，在她耳边轻声道，“袖子这么大，他们看不到的。”

宁毅执意要这样干，她也没有办法，眉头微皱，表情有些苦恼，但还是宠溺地顺从了他。方才是顺手拉过来，握得有些别扭，宁毅这时候换了个更自然的姿态，将她纤巧的手掌握在手中：“你怕被看见，我们就往黑里走，过了前面应该就没多少人了。”

宁毅孩子气起来，聂云竹也只好与他肩并肩一道前行，专拣光线较暗的地方走。其实对聂云竹来说，心中的拘束终究是比不过感受到的温暖的。这个年代的女性，难有男子肯陪她们调皮或者愿意平等待她们的时候。走得片刻，宁毅轻声道：“说起来，在江宁的时候，虽然常常能碰面，但是几乎没这样逛过街。”

“也是有过的啊，”聂云竹道，“卖松花蛋的时候。”

“那个不算吧。”

“我……我觉得算的。”

“呵——”

走到下一个路口，两边仍旧是热闹的街市，宁毅买了一个漂亮的小荷包让聂云竹拿着，说着“前面看起来人比较少”，选了个方向继续走下去，聂云竹才说起找他想要谈的话题。

聂云竹要说的主要是两件事。第一件事跟宁毅想的差不多，是与秦嗣源的关系。

当初宁毅提出让秦嗣源收聂云竹为义女，算是以人情做交换，一来希望聂云竹能有个家；二来是觉得，康贤也好，秦嗣源也罢，他们的背景能给聂云竹做保护伞，这个保护伞主要是对苏家起作用。不过到了现在，这一关系变成了一个不大不小的麻烦。

秦嗣源如今身为右相，无论他的风格怎样，有多少人惧他怕他，背后的敌人都不可能少。聂云竹毕竟是从青楼之中出来的，这个事实抹是抹不掉了，若有人以此打击秦嗣源，必然会给他造成麻烦。聂云竹是觉得秦嗣源性子好，虽然以前认父女的事情没怎么张扬，但他应该就这样认了，如果是自己这边先反悔，他便好下台，因此希望宁毅出面跟秦老提这件事，却不知道宁毅已经先一步跟秦老说了。

若是一般人家，攀上个宰相亲戚，恐怕要想尽办法巴结着。宁毅却是另外一种想法：宰相家里出个这样的丑闻，对战时的一朝右相能有什么影响，想要巴结的还是会不顾一切地巴结上来，唯一会受伤的只有云竹。从这个意义上来说，他现在反倒有些嫌弃秦老的背景，不打算跟他攀亲戚了。

“所以刚才见他的时候，我首先就把这件事情说了。当然，秦老一家都是好人，你跟秦夫人、芸姨娘她们都是熟悉的，见了面还是照旧，不要疏远她们。好在认亲的事情之前没有大张旗鼓，知道的人没几个。”

前方的街市灯火绵延，二人行走的道路一侧是倒映着灯光的城内河流，河边的石护栏很古旧，被雨水冲刷后隐隐显出青色来。宁毅与聂云竹在河边的树下走着，聂云竹裙摆飘飘，一只手被他牵着，另一只手上提着个小荷包。

“我不敢的。”聂云竹看了他一眼，之后轻声道，“相公你就喜欢胡说。”

二人在一起的时间已经不短，之前倒是没有特别注意称呼问题，大抵是因为宁毅对这样的小情趣并不擅长，也并非十分介意。这是聂云竹第一次称他为“相公”，纵然声音很轻，也委实让人心动。宁毅捏了捏她柔软的掌心，然后将她的手握得更紧了些，夜风拂来，他轻轻一笑，聂云竹脸色微红，抚了抚头发，有些赧然，却也算是心照不宣了。

“我从不胡说。”

手已经被宁毅牵了好一阵，聂云竹此时也大方了起来。她容貌清丽，纵然刻意藏匿在宁毅身边的阴影中，也不时有人望过来。宁毅指了指前方一栋最为华丽的建筑，朝那边走过去：“你不是说还有事情吗？是什么？”

“呃……”聂云竹看了看他，“是关于锦儿的。”

“哦？她又干吗了？”听说是有关元锦儿，宁毅的语气顿时变得没什么诚意。老实说，那姑娘干了什么他都不奇怪，而且那次他为了避开燕青不得不搂了她一下的后遗症还没有过去，后来虽然打些哈哈还能勉强交流，但宁毅最近还是不太想招惹她。

见宁毅是这样的态度，聂云竹瘪了瘪嘴，停下脚步，待宁毅回过头来摆出一本正经的样子，她方才有些犹豫地说道：“你不知道啊？”

“知道什么？”

“文昱没跟你说吗？”

“苏文昱？”宁毅这下倒是真的愣了愣，“关他什么事？”

“他说……”聂云竹盯着他的眼睛，“他喜欢上锦儿了，想要娶她。”

“嗯？”宁毅眨了眨眼睛，随后牵着她继续向前，想了一阵才道，“跟你说的？”

“没有，他昨天自己找到锦儿，很认真地说的……不过锦儿说他有点儿结巴。我以为他会先找你谈呢。”

宁毅摇了摇头：“不会找我的，虽然最近亲近了不少，但还没到我可以替他们提亲的程度。不过文昱人还不错，虽然资质一般，但锻炼一下还是有用的。锦儿答应他了吗？”

“拒绝了。”聂云竹摇头，“锦儿听完，然后拒绝了，后来过来告诉了我。当然，应该不至于伤人心，锦儿虽然平时大大咧咧的，但这方面还是会注意的。她告诉我以后，我就觉得，应该把这件事跟相公你说一下。”

“知道了。”宁毅点头，随后笑了出来，“我会开导一下文昱的。他还是挺有眼光的嘛。今晚鼓励一下他，一时的挫折而已，女孩子哪有这么容易就同意嫁人，当然要先接触一下，看看女孩子喜欢什么，投其所好，讨人家的欢心。文昱的家境不算差，锦儿毕竟快二十岁了，要嫁过去当正室，他的父母是个问题，但如果真的能成，我会帮忙协调一下的。”

聂云竹愣了半晌才结结巴巴地说了一句：“我……我又没说这个。”

“那你想说什么？”

“锦儿已经拒绝他了啊，锦儿不喜欢他。”

“但是他们才认识没几天，也许将来会喜欢呢。”宁毅笑着拍了拍脑袋，“我去了山东以后，文昱跟燕平两个人至少会留下一个，改观的机会还是有的。当然，看他自己的本领了，只要不用强，也许真能讨到锦儿的欢心呢。锦儿她说喜欢你，不是真的，至少不是两个女孩子在一起的那种喜欢，我是知道的。她对你这么好，若是独身，我们可以保证她一生安乐；但若真能找到中意的人，那就祝福他们。”

这年月，女子十四五岁便可以嫁人了，青楼女子最诱人的时期是十四岁到十八岁，过了二十岁，就可以说韶华已逝，纵然漂亮，才华卓绝，想要嫁人也只能选择做侧室或填房。当然，有些女子依仗琴棋书画上的精湛技艺，到了三十多岁，仍旧能有名气和访客，但是想娶她的人，哪怕是想要娶了做侧室、填房的，也几乎没有了。

元锦儿算是在最为风光的时候退出的，然而到得此时，她已经将近二十岁。这个在后世还年轻得不得了的年纪，在眼下却成了老姑娘的年纪。往日里有年纪大些的聂云竹在旁边，这个问题在她身上并不显得迫切，但眼下聂云竹已经与宁毅在一起，她的问题就变得明显了。

苏文昱比宁毅小一岁，但家中尚未娶妻，若他跟锦儿真的两情相悦，宁毅觉得，说服他娶了锦儿当正妻也不是不可。他说这事时是诚心诚意的，聂云竹反倒欲言又止。二人走在光线较暗的路边，聂云竹将身子往宁毅这边靠了靠，柔顺地依偎着他，但面上的笑容反倒显得复杂。

“立恒啊，如果……”

“嗯？什么？”

“没什么。”

“呵，古古怪怪的。”宁毅摇了摇头，指向前方那片华美的建筑，“你看，真漂亮。虽然可能是家青楼，但我们将来装修竹记还是可以参考一下的。”

前方那些高楼绵延成片，显得颇为雄伟，虽然算不得金碧辉煌，但错落有致的光点将这片华美之处点缀得有几分古雅。一栋栋楼舍应该有些年头了，但并不显得腐朽，反而沉淀出一种雍雅的味道。那些楼多是木结构，能给人这样的感觉，与良好的保养是分不开的。宁毅与聂云竹一面看一面往正门走去，上方，两栋楼之间的木制廊桥中有女子领着客人过去，空气中传来丝竹之声，优雅又清新。

“这里……不会是矾楼吧？”聂云竹看着楼上的情景，轻声道，“这样一来，师师姑娘离我们就没多远了。”

“矾楼？”此时距离正门还远，他们算是在侧面，看不清招牌，宁毅眨了眨眼睛，“云竹你又没来过汴梁。”

“听人说起过这里。”聂云竹回答得有些小声。她当初在青楼时，想必有客人说起过矾楼。矾楼向来是京城第一楼，闻名天下已经十余年之久，李师师只是最近几年声名鹊起，不过是其中一个有名的花魁而已。

二人走到那正门对面的街边，看看那边的大招牌，上面果然写着“矾楼”。二人一路散步，基本上是绕了个圈子，想不到竟住到了离李师师这么近的地方。宁毅这样想着，回头看了看，试图寻找文汇楼的位置，身边的聂云竹倒是拉了拉他的衣袖。

“立恒……立恒，你放开我啊，对面有人在看呢。”

宁毅回过头去，道路对面那矾楼门口正有一群人出来，不少人在等待马车过来的空闲中聊天，往这边瞧过来的是一个五十多岁衣着贵气的老头子，目光有些阴沉。在宁毅想将聂云竹的手放开的时候，老头旁边似乎有人在跟他打招呼，那老头挥了挥衣袖，闷哼了一声：“世风日下，人心不古，大庭广众之下拉拉扯扯，成何体统！”

他这一下声音不小，旁边的人都能听到，虽然没有明指，但是好几个人往宁毅这边瞧过来。宁毅原本便是在与聂云竹拉拉扯扯，没什么形象可言，此时也只是微微直了直身子，皱起了眉头，属于上位者的气势已经露了出来：“什么时候刚刚在妓院里喝过花酒的人也有脸说这种话了？”

他的声音低沉威严，但毕竟是二十岁出头的样貌，吓不到人。他握住聂云竹的手就是不放开，聂云竹倒也不再挣扎，只是低着头，羞红了脸。对面的老人生了气：“竖子，你是什么人，竟敢在老夫面前如此说话！有种你报上姓名！”

宁毅握着聂云竹的手缓缓举了举，随后偏了偏头：“你又不认识我，我为什么不敢？去死吧你！”

一字一顿又瓮声瓮气地骂完人，宁毅面无表情地拉着聂云竹转身离开。那边的人开始喊“来人啊，拿下这狂徒”的时候，宁毅已经走进一条巷子，随后在聂云竹还没反应过来的时候抱起她，一路狂奔，笑着跑过长长的巷道。

矾楼上，一双眼睛正看着这边。那是三楼的一扇窗户，窗边的女子一袭白衣，模样清灵，夜风之中，发丝轻舞，眉眼间蕴着笑意。她无意间看到这一幕，隐约间也听到那句“去死吧你”，正在笑，有男子走了过来：“师师，看到了什么有趣的事情？”

这男子名叫徐东墨，是汴梁城中家世不错也颇有名气的才子之一，曾经在江宁与宁毅有过一面之缘。他看了看侧下方正门处正暴怒的人：“哦，正在生气的是隽文社的薛公远薛老师啊，出什么事了？看他暴跳如雷的样子。那边的是于少元，后起之秀，隽文社是想邀他入社吧。师师是否看过他的文章？”

李师师笑着摇了摇头，在徐东墨“一定要看”的推荐声中，眼望着那对男女跑过长长的巷道，融入那边的人群，消失不见了。

果然，还是以前的玩伴更有趣些。她心中如此想。

## 第十二章

# 乱点鸳鸯弄巧成拙　驱逐叛徒一统山寨

或许是因为在正式的恋爱上没什么经验，宁毅与聂云竹的相处，要么比较严肃，要么就是宁毅做点儿幼稚的事情。这天晚上对那老头的挑衅纯属一时兴起，以聂云竹的性子，是不会说他什么的，但如果换成后世的说法，那就是无论是好是坏，是成熟还是乱来，总之，留下了回忆。

这天晚上回去之后，宁毅找苏文昱谈了一下。二人算不得很熟，而且毕竟表白失败了，他不好意思说，所以有些支吾。宁毅迂回地与他谈了好一会儿，他才将事情说出来——跟元锦儿表白确有其事。

苏文昱见到元锦儿，不只是在船队北上这一程，先前苏家出事，他曾经远远地见过元锦儿两面。那时候他只觉得这个女孩子很美，通过家中一些人的谈论才知道对方的身世：曾经是金风楼的花魁，洁身自好，给自己赎了身，与聂云竹一起住、一起开店，等等。北上途中，元锦儿有一次给他端过茶水，说了两句话，苏文昱就动心了。

“等等。”宁毅愣了愣，“你们之前就……说过几句话？”

“嗯，只有几句。不过我觉得，呃，我觉得……”苏文昱微微红了脸，有些犹豫地说出过程，“当时……给梁山那些人设伏的途中，二姐夫你让我跟着，后来我赶着回来通风报信，跑了很长一段路，还摔了一跤，快到的时候遇上了……元姑娘跟聂姑娘，我问她们你在哪里，然后元姑娘给我端了茶，让我歇会儿，她……她还给了我一块手帕。”

苏文昱低着脑袋，不好意思地指了指额角："这里……擦伤了。"

"呃……"宁毅摸着耳朵，不知道该怎么说，然后摊了摊手，"呃，这个嘛，那个嘛……"事实上，这年头哪有那么多自由恋爱，多数男女只见了一两面就成亲了。许多话本小说里，男男女女都是一见钟情，其实并不是夸大其词，因为这年头没有约会、多多接触之类的事情发生，约女孩子出门根本就是要流氓。苏文昱跟元锦儿之间有端茶和送手帕的情谊，也算是满足一般人心动的条件了。

宁毅与聂云竹这样的则纯属特例，就好像再矜持的女孩子到市场卖菜也得跟旁边的商贩说几句，说着说着也就熟了。也是因为宁毅是现代人，无所顾忌，一般的男子是不会主动跑去替女子杀鸡的。

"这样的话，元姑娘她……怎么回答你的？"一个话题说不下去了，宁毅只好转到另一个话题上。

出乎意料的，对于这件事，苏文昱好像不那么沮丧："其实，二姐夫，我觉得元姑娘她……也不是非常讨厌我。"

想必元锦儿在照顾别人的心情上做得还是不错的，宁毅笑了起来，斟了茶水，随后拍拍他的肩膀："当然不会讨厌。她说了什么？"说着，他拿起茶水来喝。

"她说……我是一个好人。"

"喀……喀喀……"

宁毅虎躯一震，努力把要咳出来的茶水咽了下去，看了看苏文昱有几分沾沾自喜的表情。

"是吧，二姐夫？"

"唔……喀，你说得有道理，我觉得她可能还是喜欢你的……"宁毅再度伸手，拍了拍他的膝盖以示安慰，半晌，才组织起言语，"其实，这种事不可能发展太快，你们……才认识不久，也许还有机会，总得给她点儿时间了解你嘛，而且女孩子是要追的……"

"追？"

"讨好她，她喜欢什么就买了送给她，她上街就帮忙提东西，没事献献殷勤，大概就这样。"

"不好吧。"苏文昱低声道，"她已经拒绝了，我要是再冒昧地做些什么，她会讨厌我的吧。"

宁毅瞪着他："你去过青楼吧？对女孩子当然要死缠烂打。"

"良家女子怎能如此？"

"好吧，你赢了。"毕竟这个时代就是这样，对青楼女子，男人的开放程度后世望尘莫及；但对爱情、婚姻，男人仍旧含蓄而保守。苏文昱的担心其来有自，既然正式提出要娶对方被拒绝，不依不饶的话，万一引起对方的反感，到时候事情可大可小，往大了说，跟名节、人格都扯得上关系。

宁毅点了点头，叹了一口气："那这样吧，这几天你主要还是办好正事，但出门看房子、买东西我会叫你，到时候就看你的表现了。不要过分，慢慢来，我会替你问她的。如果她真喜欢你，我可以帮忙提亲，但一定要是正室。如果她真的不喜欢，你不要多想，只是没缘分而已，大丈夫何患无妻。我能帮你的也就这么多了。"

"嗯，这个自然，谢谢二姐夫。"苏文昱点头，一脸豁达的笑容。

第二日早晨鸡鸣时，卢俊义便到院子里摆开架势打拳。不久，宁毅也打着哈欠出来，打了井水，简单地洗漱了一番——小婵昨晚整理东西，后来又被他折腾得比较累，他便没让她起来——完毕，他开始在卢俊义面前做广播体操。

上午没有多少事情，宁毅让跟来的掌柜出去打听哪里有出售院落的信息，然后整理好下午要带去秦府的礼品。吃过午饭，一行人便出发去右相府。今天已经没有雨了，日光耀眼，城中蝉鸣阵阵，天气颇热。

送了礼物，卢俊义被安排在偏厅等着右相接见，小婵、聂云竹、元锦儿被接入后院，由秦夫人、芸娘等人招待。事实上宁毅也可以只带聂云竹过来，但往后宁毅转到山东，小婵等人还要在京城待上许久，就先来混个脸熟，毕竟小婵如今是他的妾室，也算是家眷了。

宁毅被接入正厅奉茶。闻人不二已经等在这里，随后给他介绍了秦嗣源身边的几个幕僚。几人谈了几句，首先处理的，还是见卢俊义的事情，毕竟那是归降之人，有本事，还是得给面子。

秦嗣源是卢俊义见过的最大的官了。被请入客厅之时，卢俊义明显吸了一口气，随后拱手跪拜，这是因为他目前还是戴罪之身。秦嗣源连忙过来扶他起身，但他还是坚决地跪了下去。这年月，一个戴罪之身的员外向当朝宰相拜一拜算不得丢脸，特别是卢俊义平素以习武之人自居，早想投军报国，这只能说是出于尊敬之举。

卢俊义起身之后，宁毅便将他的情况再次向秦嗣源说了一遍，这次说的便都是溢美之词了，包括他武艺高强，为梁山陷害，后又弃暗投明，等等。另外宁毅还提到了平反之后的家产归属，当然，这事暂时还没法落实。

"既然如此，卢壮士便先在秦某府中暂居，待到梁山的事情尘埃落定，秦某再安排人陪同壮士去大名府，并解决此后于军中任职之事，如何？"

秦嗣源问完，暂时做了决定，卢俊义自然答应下来。相府颇大，但将刚刚投诚的他安排在自己家里，也算是秦嗣源对他的一种信任了。对于他的本事，此后秦嗣源这边自然会有些考校，这也是理所当然的事情。卢俊义的事情说定，秦嗣源便让名叫纪坤的中年人代为招待并安排住处，宁毅随着秦嗣源去了书房，谈的是有关梁山的正事，包括能够动用的资源以及密侦司在山东一带的人手。

“如今密侦司在山东东西两路负责监视的，是老夫当年一名好友的孙子，名叫王山月。”这个名字，康贤已经向宁毅说过，随后秦嗣源又大概提了一下王家的事情：当初大儒王其松因抵抗辽人被杀，还被剥皮陈尸于阵前，剩下一家妇孺和唯一的男丁——这个孙儿。

“如今王氏一族住在京城外的巨松庄，名字还是王公在世时取的。虽是一家妇孺，但其中有些女子习武，算是立恒你说的武林高手了，招赘了几个男子，虽然没什么很出众的，但在大家的照拂下，也算是撑起这个家了。山月那孩子……从小压力大，性情有些偏激古怪，他在梁山附近组织了一批盗匪，对外名为‘狼盗’，你见到他便知道了。这是他的画像。”

秦嗣源说着，抽出一幅画卷来。宁毅打开看了看，画上的笔迹并不陈旧，用的也是相对写实的手法。宁毅皱了皱眉：“看起来有些……”

“秀气？”秦嗣源笑了起来，“真人是真正的翩翩浊世佳公子。这孩子从小偏女相，王公去世之后，他便是家中唯一的男丁了，家里所有老弱妇孺的将来等于都扛在了他一个人的肩上，后来……他的性情便有些乖悖。”

宁毅点了点头，表示理解：“具体有什么要注意的吗？”

“现在不好说。不过不用注意太多，真性情就行了，以立恒你的性格，做事又干净利落，他想必不会讨厌。”秦嗣源的神情复杂了许多，摇了摇头，苦笑道，“他没什么禁忌，而且对自己人很热心。我修书一封你带给他，他就会信你。只是……你做好心理准备，不要被他吓到……”

作为当朝右相，秦嗣源堪称日理万机。宁毅等人之前就已经注意到，这个下午来拜访秦嗣源的，除了他们，还有很多人，这些人都在偏厅等着，其中不少是有品级的官员。宁毅如今对秦嗣源来说已经是算得上幕僚的自己人，因此，说完王山月的事情，他暂时将宁毅交给尧祖年、成舟海等人代为招待，自己则先去处理外面拜访的官员。

关于密侦司在梁山众人身上花费的人力、拥有的情报，真正了解的还是秦嗣源身边的这些幕僚，秦嗣源掌控的只是大方向。秦嗣源离开之后，成舟海等人在书房里取了资料，与宁毅、尧祖年、闻人不二到书房外的葡萄架间坐下，正式开始给宁毅交底。

至于秦绍俞，他在这种相对正式的场合是插不上话的，秦嗣源目前也不至于将密侦司交给这个侄子，因此他没有被叫来作陪。

“早几年秦相未曾起复之时，密侦司的活动只在北面，因此对宋江这些人的掌握不够，如今这边虽然着力盯着宋江、田虎、王庆这些人，但要说动用力量，还是得通过军队。老实说，靠军队打仗，那是倒了八辈子霉，不是真的全不能打，但扯皮的事情很多，到时候……宁兄弟还是先有个心理准备。”

三人当中，尧祖年的辈分较高，闻人不二之前是负责南方的事情，因此负责交底的是那个说起话来似乎有些冷然的成舟海。他给宁毅的，主要是梁山水泊周围的地形，可以陈兵的地点，可以出动的军队数量，官兵之前的征伐记录等，另外配了几幅地图。

“老实说，最翔实的情报得等宁兄弟去了山东，从王山月王学弟那边拿到，眼下只能大致了解一下。王学弟的情况，秦师应该跟宁兄弟说了吧？”

“嗯，似乎说……性情有些奇怪？”

“呵，宁兄弟过去就知道了。他的性子有些偏激……毕竟家中遭逢过大变，但并不难相处。”

说起王山月，几人脸上的神色都有些复杂。他们老说王山月性格偏激，但不难相处，难道是个样子像女生性格却耿直如张飞整天骂粗口的人？

之后，尧祖年与成舟海说起各地的逸闻趣事，多是围绕如今规模较大的几支盗匪。二人皆是渊博风趣之人，再加上闻人不二，谈话的气氛便颇为轻松，宁毅则喝着下人端来的冰镇绿豆汤，偶尔搭话。要说对天下局势的了解，宁毅是比不上他们的，但他当初在方腊那边时多少有所了解，而且眼光在，偶尔说几句也不至于脱离了重点。成舟海与尧祖年已经知晓他做过的事情，只当他不愿交浅言深，因此并不感到奇怪。

说起王庆、田虎时，宁毅心中一动，问了问吕梁一带的情况，尧祖年摇了摇头。

“人不多，那地方是很苦的。老夫早年曾去过那里，接近雁门关一带有驻军，情况就好些，但是往两边走，便是三不管了。山很险，地不好，路难行，吕梁盗是很凶的，那里的人，不凶也活不了。辽人有时候打草谷会往山里走，倒不纯是为了粮食，辽人性情凶蛮，能在山里找到村寨屠了的便是勇士。打仗有时漫山遍野都是火，人和动物都跑不出去……我们这边，有时候也会过去打草谷……”

“我们这边？”宁毅重复了一句。

尧祖年皱了皱眉，显然不甚赞同：“嗯，打草谷的不只是辽人，他们过来，我们过去，燕云十六州丢了以后便是这样了，互相不打大仗，但劫掠边民是惯例。对此我当年是很看不过去的，但没有办法，军队把这当成练兵养兵的途径。其实能练出什么兵来，但杀了人，取了人头，那是军功。而且杀人以后还能把东西都抢来，至于女人，更不用说了。当然，这类事情大部分还是针对辽人、牧民之流，算能激励士气，不过吕梁山一带的人，也常被归入这一类……”

“哦，是这样。”宁毅点了点头。

“嗯。那地方人是有的，但东西不够生活，朝不保夕，加上没人管，便只能拿起刀抢。两边的客商走雁门关，边军是要课以重税的，有关系或者熟门熟路的就改走吕梁，只要平安过一次，到手的便是暴利。边军几度清剿吕梁，都没有效果。客商走山里，等于拿了边军手中的油水，而吕梁那些人不会给任何人面子，遇上的，东西抢了，人也杀了，客商家属若要哭诉，也只说官兵剿匪不力。听说有的大商户会暗中支持边军征剿吕梁，因为剿完匪军队是不可能长期驻扎的，山里的匪人少了，他们就更加容易从吕梁一带过去。”

“呵呵。”宁毅笑了起来。其余人也都摇头苦笑，也不知道会觉得宁毅是没心没肺还是做大事之人。不过，在场几人确实都是做过大事的，许多事情就算非常不喜欢，也不至于表现得义愤填膺。

“所以边关牧人不够的时候，军队就往山里走，找些人头充数。有几家大商户是专门靠走吕梁山发财的，被吕梁盗杀的人也多，会鼓动军队去剿匪，吕梁山的人头，拿过去可以向他们拿一份钱，军队再对朝廷说这是辽人犯边，等于……可以拿两份赏钱。”

“密侦司在那边没人吗？”

尧祖年摇了摇头：“人手本就不够，在那边安排人也没什么意义，他们在当地凶悍，但不会波及南边。倒是密侦司从辽、金两地传过来的消息主要走吕梁，而不走雁门关。最近传来的情报倒是提了一下，有一座寨子在统合山中势力，发展很快。他们不杀商贩，而是按比例收取物资，提供来往方便，只是尚未完全打通南北道路。”

成舟海道：“那个我也记得，那边说，往后南北联络自这条路走会方便很多。不过，恐怕做不长啊，他们打通南北之日，也就是灭顶之时了。”

尧祖年点头：“这么大一块肉，谁也不会坐视他们拿去的。以往他们分散在山里，居处不定，军队就算征剿，也总是无处使力。一旦做大，有了根基，旁人打来便躲不过了。这边会打散他们，辽人那边一场清扫，就能将他们剿得干干净净。虽然如今辽人自顾不暇，但那田虎对那块地方似乎也有些想法……边关之地，终究不是人住的，那片地方，难得善终。”

宁毅偏着头，托着下巴听着这一切，脸上有几分笑意。他不是在想二人说的危机，而是在想陆红提的事情。

“欢欢喜喜汾河畔，凑凑胡胡晋东南。哭哭啼啼吕梁山，死也不过雁门关。”这是在认识陆红提之前就听过的诗歌，他大概能够理解那里的情况有多残酷，但还是尧祖年说了以后，他的感受才更深刻。以往陆红提说起吕梁山，虽然说过“人活得不像人”，但说得轻描淡写。或许对她而言，只要习惯了，吕梁山也并没有那么“过不下去”。

只有听尧祖年说了这其中的利益纠葛，宁毅才更清晰地看到那边是怎么回事。

在杭州时，陆红提千里迢迢过来找他，对于陆红提将他带回山上帮忙的想法，宁毅是能猜到的，但那时候宁毅知道自己走不了，也不愿意去吕梁山上受苦，便抢先轻描淡写地做了暗示，后来，她也就真的没提起这件事情。现在，她希望有一个人去山上帮忙的心情有多迫切，他感觉到了。

真有趣，她到最后都没有把想法提出来。

那个女人虽然是在最残酷的环境下活下来的，但心地是不是太良善可欺了？

拿了小册子走人跟抓了本人上山，两者可是完全不一样的。

当然，宁毅此时还没必要为尧祖年等人说的事情担忧。利益是一切罪恶的起点，宁毅是最明白的，他给陆红提的叮嘱中，就提过不要冒进。陆红提的寨子名叫青木寨，发展到一定程度就只横向扩张，尽量控制外围的山寨，但并不纳入手下，如此一来，商户从吕梁山过虽然仍旧有生命危险，但陆红提的控制范围是一个相对安全的中转站。有了对比之后，部分大商户对于陆红提那边就会有好感。

在这个阶段，许多商户甚至会支持青木寨发展，希望他们真正打通一条来往于吕梁的安全道路，但这个目标会被无限期延后。青木寨收取物资、援助后，尽其所能地发展建设，增强实力，趁着金、辽开战，武朝也在旁边蹦蹦跳跳的东风，就有可能在夹缝中挣扎出一条路来。当然，那肯定是一个艰难的过程，比自己之前想过的要艰难许多倍。

宁毅如此想着，忽然觉得，有空该去吕梁山看看，不知道那位武艺高强的女侠如今怎么样了。

吕梁的情况，尧祖年说了一阵之后便不再提，之后问及宁毅这次来京城准备做的其他事情，宁毅便说了要找两座院子以及为布行、酒楼选址。尧祖年、成舟海在京城都是地头蛇了，不过他们长的是诗文、交际，说到找地方，还是得拖上纪坤。正议论间，有人笑着从院门走进来：“这些事情，找纪坤还不如找我呢。”

进门的却是一名身着白衣、看起来潇洒的中年和尚，样貌端方俊逸，目光沉稳清澈，带着笑意。他首先跟宁毅合十：“这位便是立恒吧，江宁第一才子，久仰了。”宁毅起身行礼时，他做了自我介绍，“贫僧法号觉明。”

众人之前说的看起来是闲话，实际上都是密侦司的机密，这和尚能够径直入内，可见也是相府中地位颇高之人。他自己搬了椅子坐下，问了宁毅想要的房舍类型，然后点了点头，视线扫过众人拿出来的资料，问道：“之前贫僧与年公等人闲聊时，最常说起的，就是立恒在杭州时的手段，这次立恒去山东，不知首先准备向何处下手？”

“大概先瞧瞧独龙岗。”

“哦，此处确实可能成为突破口，立恒年纪轻轻，却眼光老辣。”

梁山不能以官兵直取，当然只能迂回地寻找帮手，宁毅选独龙岗说起来有道理，但也算不得出奇。“挑拨离间”四个字说起来简单，实际上运作起来还是异常复杂的，得看每个人的功力。几人针对梁山又说了一阵，秦嗣源过来后，他们将话题引向了杭州霸刀营的事情，尤其是那一系列看起来儿戏的改革。众人虽然态度热情，宁毅却没有太强的讨论欲望。霸刀营的事情过于复杂，涉及体制的改变，将民主制的雏形放到眼前几个研究儒家研究了一辈子的人面前，宁毅还是有些心虚的。

这也是因为宁毅有着千年后的见识，反而想得太多了。秦嗣源这些人心中哪里有后世“民主”的概念，就算有类似的东西，也是发端于儒家。宁毅的那些东西，秦嗣源等人首先套上的，还是他们心中的说法。

“人人皆可为尧舜”“民贵君轻”，这些东西并不离经叛道。在儒家构想的几个完美状态中，古代圣人的德治就是这样的，君王完美地教化万民，人民每一个都懂道理，能够辨别对错，在这样的情况下，君权实际上就是被推向了象征地位。上千年来儒家的发展，都是希望教化被推广到极致之后，人人都懂礼重义。宁毅在那些文章里隐约表露出的希望每一个人都能独立、主动地思考问题和做事情的想法，秦嗣源等人是能看出来的，不过他们也只是往儒家的这个方面做推想。

在相府用膳后，众人议论的，仍旧是有关儒学的诸多想法。尧祖年、觉明、秦嗣源乃至成舟海都参与了讨论，偶尔问及宁毅，宁毅秉承“不说不错”的原则，主动藏拙，众人便觉得他对此仍旧有抗拒。当然，这么重要的理念，不可能刚刚认识就和盘托出，几人都已将宁毅视为志同道合之人，对他暂时的保留也都能够理解。

言谈之中也说及这次“怨军”的投诚，宁毅则说了对田虎、王庆等人四处造反的看法，还说了准备推广竹记。因为以说书人掌控舆论的计划还没有完全成形，所以他只是将排武林百大高手榜的想法当作玩笑提了一下，众人一开始哈哈大笑，随后却也察觉出其中的深意，秦嗣源笑道：“立恒若有心办这事，老夫一定支持。”

觉明和尚也觉得有趣，合十道：“贫僧也可以帮忙，毕竟那‘铁臂膀’周侗，贫僧当年也是见过的，哈哈——”

武林高手榜一旦出来，真要起作用，必须有一个庞大的宣传团队做推广，这时候埋个伏笔，到时候宁毅要推广竹记就是水到渠成。

至于详细的方略和作用，宁毅觉得还是先不和盘托出比较好，以私人身份来操办，可以算是一场生意，到了一定规模之后，再与密侦司合作。若一开始就交底，以密侦司如今受到压制的状态，先不说能不能得到支持，就算可以，一个如此庞大的体系也不可能掌握在自己手上——这点私心，宁毅还是有的，毕竟如今的武朝，没有人比他更懂利用和发挥宣传体系的作用。

随着交谈的深入，城市墨色渐深，行人往来，马车笃笃，船灯渺渺河间过。也是在这样的夜里，宁毅等人不久前提起的吕梁山青木寨中，一场变故正在发生。

血腥蔓延，厮杀的声音刺穿了夜色与火光，白杨木筑起的寨子间，一拨拨战斗正在进行，流矢偶尔飞过，夜空中不时传来嘶喊声。

不过，寨子中爆发的战事已经到达尾声了。人手较少的一方，活着的近百人都已经被围住，而在营寨深处的房舍间，一场决定性的战斗也正在火光中呈现一边倒的局面。

青木寨最近扩张迅速，房舍建得有些仓促，在那火光摇晃的小小巷道岔口，交战的是三男一女四道人影。三名男子看起来是一方，身上均披了甲胄。其中一人身材魁梧，手持重枪，看起来是头领，另外二人则各持朴刀。那身材高挑的女子却是空手，几下交手间，躲闪，擒拿，然后弹指将一人的朴刀挥上了天空。随着重枪呼啸而来，那女子信步前行的身影突进，刹那间形如魅影，跨到使重枪者的身前。那使重枪的魁梧汉子仓促间将枪一横，但巨大的力量排山倒海般袭来，他脚下不稳，踉跄间飞退出八九步才站住。

这一下他根本就没有看清楚，女子仿佛只是在他的枪身上用力推了一下，幸亏旁边持朴刀的另一人挥刀斩来，那名叫陆红提的女子才反方向避开了刀光。然而这样雄浑的力量，沛然如江海，并非猝然之间就达到巅峰，也并非蛮力，是他听过的那种登峰造极的内劲了，让人仿佛身处巨大的旋涡中央。这名叫陆红提的女子看起来不过二十来岁，一直以来给人的印象甚至有些仁善可欺，就算有说她武艺高强的，也没说过会高强到这个程度，她莫非是妖怪不成?

这种惊骇，他并非此时才感受到，可以说，从发难的那一刻开始，他就感觉到了。

这魁梧汉子的名字叫作曹洪，是田虎麾下驻守金乌岭的大将之一。田虎造反，吕梁山走私，以往两边也有些来往——吕梁的盗匪除非过不下去了，否则一般都会给田虎几分面子。青木寨以前其实发展得还可以，田虎那边曾经有将领派使者过来向陆红提提亲，打着两边联姻的算盘，陆红提虽然拒绝了，但这事也没多少人认真，双方还是保持了以往的关系。

直到前一年，青木寨似乎是得了高人指点，迅速发展壮大，还吞并了周围的一些村寨，油水看起来就大了。田虎那边还没怎么动心，就有青木寨的人想要内讧，联系了金乌岭，说是想要将如今的寨主陆红提推翻，希望对方能予以援助。

青木寨虽然最近发展得不错，但陆红提是女子，年前又出去了很长一段时间，寨子里按照规矩走，依然发展得很好，不少男子便有了权欲，认为不该将权力给这样一个女人把持。曹洪打听了这边的情况，认为青木寨虽然收编了周围的村寨，但本身的根基还不算稳，自己只要猝然发难，将陆红提与她身边的几名嫡系杀死，夺权就是很简单的事情。

于是这次曹洪领了二十余名兵将押运货物进山，装作要去辽境换物资。由于他是田虎的人，又带着大批货物，让青木寨收入不菲，陆红提对他颇为亲切。大家都是头领，又是在相隔不远的地方混饭吃，他先前见过陆红提一次，只觉得她虽然看起来英姿飒爽，但与混迹在这一片的女匪还是颇为不同的。这样的女子一般过不长久，以后若非受尽凌辱陈尸于某个乱葬岗，便是沦为某个大头领的房中禁脔，多数女子会主动选择后者。

其实，来的时候，他心中也想过这件事。

青木寨中想要夺权的这些人并不清楚陆红提武艺的高低，只说非常厉害，能在惨烈的战场上杀进杀出，轻伤重伤都受过，但这样的本领，一名老兵其实也能做到，因此曹洪一开始是不以为意的。但安全起见，青木寨中的这些人还是先偷走了陆红提的剑，而曹洪足足安排了八名亲兵与他一同发难。

没有多少武林高手能在空手的情况下抵御九个人一同出手，他也是希望能将这美丽的女子抓住，收入房中。然而，几乎是行动一开始，他就后悔了。

两名亲兵都扑在了自己同伴身上，那一瞬间，刀兵相交，“噼里啪啦”的声音响如急雨，却完全成了自己人打自己人。曹洪与身边的八名亲兵也算是身经百战，阵形和配合也经过了无数操练，但在那木屋当中，每一下攻击几乎都被对方在千钧一发间躲了过去。当曹洪意识到事情不简单的时候，对方的目光已经化为寒冰，当着他的面双手猛挥，将其中一名亲兵的喉管撕开，然后挥起那具尸体当挡箭牌，硬生生撞出了众人严密守着的窗口。

真是见鬼了！

曹洪设伏，是以客人的身份，特意在陆红提身边之人都有事情的时候提出邀请。山野之中规矩并不多，青木寨如今算是打开门做生意，对顾客的态度便更好一些。曹洪对陆红提说有事商谈，虽然身边一时间没有人，但陆红提还是过来了，而且未带武器。如此好骗，曹洪心中还暗笑她没多少江湖经验。

然而她从九人的攻击中生生冲出木屋的这份身手，委实将他吓了一大跳。此时山寨之中的其他人已经发难，火光与喊杀声蔓延。曹洪等人追将出去，陆红提的身影奔行迅速，他们仅能勉强追上。前方两名青木寨的夺权者冲出来攻击陆红提，女子仅仅是侧身避过，喝问无果后，便跨步迎上。双刀劈下时，她几乎是闪电般踢碎了其中一人的膝盖，又甩手将另一个人手中的长刀打飞出去，随后“啪啪”两记耳光挥在二人头上，将二人打得飙血左右飞出。

这时候，曹洪的一名亲兵赶到，挥刀劈出，却被陆红提反手拧住了手腕。陆红提在女子中算是高挑的，但对方毕竟是从精兵中选出来的亲卫，身材魁梧，比陆红提还要高出一头，当陆红提想要借着冲势将他甩出去的时候，他也往前跨了一步，想要反过来擒拿和摔飞对方。

那亲兵的冲势也猛烈，两道身影转眼间冲出两丈有余，你想摔我我想摔你换位三次，空气中传来“呼呼呼”的三下震响。在这三下旋转之后，二人都因为那冲势飞了起来。

“轰”的一声巨响，两道身影撞上后方的木屋，硬生生地将那白杨木筑起的坚硬墙壁给撞开了。

山林之中最不缺的就是木头，筑房用的木料坚硬无比，血肉之躯想要撞开几乎不可能。然而这一下，是那名亲兵的身体生生承受了下来。当二人的身体飞到空中时，那亲兵是后背撞上的木墙，而在他的前方，与他一同以奔雷之势撞过来的陆红提甚至改变了姿势，侧身撞入了他的怀里，分明就是一记“贴山靠”。

贴山靠，说白了是以全身的力量撞向敌人，练习者经常以身体撞树、撞墙壁，但这种以力量为主的招式，向来是男子使的多。那三次旋转之中聚集的力量已经够惊人了，陆红提又硬生生地撞进他怀里，让所有的力量都轰在他的身上，比原地使出的贴山靠不知刚猛了多少倍。

这一下让那亲兵口中喷出鲜血，皮甲下的身体几乎被撞碎，几处地方迸出血雾。他“轰隆”砸进屋里，房舍倾倒间，曹洪等人便看见陆红提自房舍另一边的门口走了出去。

那时候曹洪就反应过来，他遇上了最扎手的点子。

然而这时候他已经是骑虎难下了。陆红提不愿意与他们纠缠的主要原因还是担心寨中情况，曹洪等人却无法放弃，几人在追逃间几乎穿过了半个山寨，偶尔遇上打斗的，陆红提便冲过去厮杀一阵，顺手打倒几人，再奔向下一处。她有时空手，有时顺手夺来武器，只要未形成严密的阵势，不是六七个人同时向她挥刀，短短几下交手间，她便会扑杀数人，那根本是在战阵上千锤百炼的技法，招招致命，不留余地。

曹洪与几名亲兵仅仅能给她造成些许麻烦。当她杀得半身血红转过身来向他们动手时，寨中的叛乱基本被控制住了。事实上，曹洪与六名亲兵一齐出手，还是能对她造成威胁的，但也仅仅是威胁而已。她没料到这一天会动手，作为寨主，穿的是一身样式大方的黑色长裙，这时候裙子上鲜血斑斑点点，半红半黑，配上那张瓜子脸与蹙起的眉头，信步杀来时，带给人的，只有化不开的寒意。

七个人一起还能造成威胁，但混战之中突然被她杀掉一个后，曹洪一方溃败的速度就变快了。曹洪等人一路打一路退，终于明白过来，对方不带武器就去与他们谈事情，不是没有江湖经验，只是觉得没有必要。

“我……我们认栽，你住手——”

被那股大力推得连退八九步方才停下，曹洪终于忍不住喊了出来。然而话音未落，一道身影从他的身边飞了过去，是方才挥刀拦下陆红提的那名亲兵。也不知她是怎么将人打出这么远的。那身体“砰”地摔在地上，滚了好几圈方才停下来，吐了口血便死了。

“将军快走——”

另一名亲兵的武器已经被打飞，大喝一声便朝陆红提扑过去，想要将她抱住，只是身体还在半空，便被陆红提一掌拍在头顶，身体摔在了她的脚边。曹洪看得肝胆俱裂：“我……我乃晋王手下大将……”

陆红提朝他走过去，摇了摇头。她的脸上也有几点血迹，但看起来竟给人素净之感，没有通常杀人者的戾气，只是说道：“我不会放你走。”

足音轻灵，距离拉近，曹洪摆正枪身，“啊”的一声怒吼，刺出重枪。陆红提跨出一步，身体就像是与那重枪融在了一起。曹洪感到小腹上中了一击，第二下是在心坎处，衣袖卷起的破风声甚至形成了“砰”的一声巨响，陆红提两掌轰在他的胸口上，一触即收，连环三击几乎是在眨眼间就完成了。

鲜血“噗”地喷出，在空中飞扬，曹洪的身体飞出近两丈的距离，摔在地上，重枪掉落。陆红提继续往前走。

挣扎了几下，曹洪晃晃悠悠地站起来，开始往后退。他身上穿着甲胄，受的伤尚未致命：“你不敢杀我，你杀了我……晋王会把吕梁山……扫平……你不要杀我，咯咯……”

陆红提弯下腰，单手握住那重枪的一端，起身时，“唰”的一下掉转枪尖，点在地上，然后朝着曹洪走去：“谁也扫不平吕梁山。”曹洪看着她，不断后退，然后“啊”的一声拔出身上带着的长刀：“你不敢杀我……”

下一刻，陆红提手腕使力，枪尖跳了起来，曹洪“唰”地挥刀斩了出去，试图格开枪身，然而斩在了空处。陆红提仅握住长枪的尾端，枪尖在空中竟如灵蛇一般，甚至停留了一瞬，然后刺穿了对方的防御。

长刀掉在地上，曹洪用双手握住枪身，那长枪刺穿了他的小腹，从背后刺出。他已经说不出话来，只是用双手握着枪。陆红提也没有放开枪，只是单手提着往前走。陆红提前进一步，曹洪就颤抖着退一步，鲜血与秽物从他的衣服、裤子上渗出来。

不远处的小广场上，人群已经聚集起来，围绕着叛乱的众人，巷道旁的屋顶上也开始出现人影。黑暗之中，陆红提推着曹洪走了过来，到得小广场边缘时，她陡然间抬起枪身，曹洪发出了最后的惨叫声。陆红提双手握住重枪，将枪尖用力地插到土石里，将曹洪钉死在地上。

周围火光晃动，叛乱的与镇压的众人看着这一切。陆红提走到小广场的前方，先向人群前方一名须发皆白但精神矍铄的老者问了好，然后才望向叛乱的众人。这些人被分作两边，一边是先前参了战，此时伤势或轻或重的年轻人，另一边则是哭哭啼啼的女人和孩子。人群之中，一名半身染血的年轻人还抱着陆红提的剑。陆红提朝他走过去，周围的人几乎都下意识地后退，然后她将那古剑拿了过来。

“该还给我了。”她轻声说了一句，然后望向叛乱人群中带头的那些人，目光有些悲伤，“陆三叔，黎家哥哥，我一向待你们不错。”

抬头与她对望片刻，终于，那名还抱着镔铁长刀的中年汉子道：“你毕竟只是女子！”

“没人说女子不能当寨主。”陆红提沉默片刻后说道，“而且寨子是老寨主留给我的。”

“但你还是女子，说白了你就是不能服众！你今日没死，是他们低估了你的武艺，也是我们高估了那曹洪！”那汉子挥了挥手，指着周围的人，“你没死，他们才暂时站在那边；你若死了，他们立刻就会到我们这边来，一点儿也不会记得你！你是女子，你终究会嫁人，谁知道你将来的汉子是个什么样的人？！”

“我嫁了人也是这寨子的寨主。”陆红提闭上眼睛，随后睁开，“陆三叔，我知道你是为什么。劫六月的那趟镖时，我说了不能胡来，他们已经投降了，可你们要将人家镖局的姑娘抢回家当儿媳妇，人家爹爹不准，仁九弟就杀了他，为此我罚了仁九弟。你们不反思杀了人家父亲，逢人就说我放走了你家儿媳妇。是不是为这个？”

“大家在山里，谁没杀过人？谁不是这样过的？我家陆仁什么年纪了，凭什么不能娶媳妇？你为那种事情罚了他二十鞭，还跪在这里一天，知不知道他回去病了多大一场？你一个女人懂些什么？瞎讲你那套规矩，知不知道放开手咱们可以过得多好？”

“放开手你什么都没有！因为讲规矩，你们才能吃上饭！”

“放屁！”

“陆三叔，你们瞎了眼，只以为是行情好了起来！为什么以前的行情就不好？”

“金、辽在打仗，什么东西都缺，所以跑南北的人才会多起来！”

“你……你们是猪！”吵架、摆道理终究不是陆红提所长，她涨红了脸，骂了一句。倒是镇压的人见陆红提不太会说，便骂了起来，转眼间就是喧嚣一片。

“陆三，你会不会看事情？！”

“没有寨主定下的规矩，谁会专走我们这边，给我们送东西？！”

“宰了他啊！说那么多干吗？”

喧嚣声中，陆三道：“哼，反正你赢了，要怎样都行。我陆三也是刀口舔血，脑袋别在裤腰带上的人，早就忘了‘怕’字怎么写。但你别忘了，你是女子，反你的人不会只有我，终有一天，有人会杀了你，然后所有人都忘记你！还有，有些事情，你装作忘了，我可没忘。早几年你就说过，这寨主你会传与别人，因为你是女子。你还一直想要挑人出来。这事你做过吧？如今寨子大了，你恋栈不去，不就是为了那点儿权力吗？”

周围的人骂了起来，陆红提红着脸，摇了摇头：“我不会把寨子给你们的。”她神色复杂地笑了笑，看看所有人，仰起头，重复了一遍，“我不会把寨子给你们的。”

这样直白的说法倒是令得周围的人沉默了。片刻之后，陆红提才再度开口：“因为你们吃上饭了，我终于能让你们吃饱了。几年以前大家都吃不饱，呵，刀口舔血，脑袋别在裤腰带上，谁不是这样？那时候大家什么规矩都不讲，抢来抢去。我还小的时候，那年冬天下大雪，真的没东西吃了，陆三叔，我把我最后小半个饼给了仁九弟，结果他没吃饱，我也饿着，嚼树皮，寨子里的人都饿得一直哭……”声音有些哽咽，她抹了抹眼泪，却是笑了出来，“那时候，每年总有几天这样的日子吧？谁都过过！我当了寨主以后也没有办法，我武艺高，可以到处走，可以去杀人，可我去杀谁啊？杀了谁都不够大家吃的！我那时候是想过，我是女子，不适合当这个寨主，也许别人比我当得更好，可现在不同了，我总算让所有人都吃饱了。你想要这个寨主，那原本也没什么……”

她脸上还挂着眼泪，原本是笑着的，此时咬了咬牙关：“可你们想要大家再饿肚子，我不会让你们把情况变成那样。”这话语中有一份坚决。在她而言，这份坚决来自此时身在千里之外的那个男人。

生活在吕梁山这样的地方，人人心中都有一份过往的阴影。本身各方面的局势就不稳定，辽人与边军轮番来袭，资源又匮乏，想要踏踏实实种地的不是没有，然而粮食种出来，人被杀、东西被抢却是常态。这里的人并不是从一开始就选择拿着刀去抢别人的，可踏踏实实活不下去，幸存的人饿着肚子又没有走正途的可能，就只能拿着刀出门。

稍微有些力量的山村、寨子，可以守住自己的一亩三分地，种些粮食，养些牲口，但土地本就算不得肥沃，辽人、边军的阴影之中，还有当地人的觊觎——周围都是吃不饱的，某个村寨的情况好一点儿，觊觎的人就越发多；觊觎的人越多，被觊觎的需要的保护力量就越大，生存的成本也就越高；生存成本越高，人就只能越发凶狠，不留余地，最后只能形成每况愈下的死循环。肚子，每个人都是饿过的。

陆红提流下眼泪。大家都知道她对自己人温和，却并不会认为这是软弱。纵然没有撂下什么狠话，但从她的目光之中，周围人也能够看出她的坚决。不过，这样的话语是无法打动屁股已经坐到另一边的人的，陆三等人只迟疑了片刻，就咬了咬牙，说道："说什么漂亮话，你就是恋栈不去！老子也不是孬种，今日既然栽了，你要动手……"

"但我放你们一条生路。"陆红提打断了他的话，"你们记住我说的，这一次我放你们生路，也只有这一次。"

这话一出，周围一片哗然。陆红提闭上眼睛，再睁开时，声音随着内力发出，不疾不徐，片刻间几乎压下了所有的喧嚣："我不知道你们中间有多少人服我，不服我的，这一次我放你们活，不仅如此，我还放你们走！你们觉得陆三说得有道理的，带上你们的家人、行李，跟着陆三从这里出去。"

她仰着头，伸手指向远处的寨门："你们觉得行情好了，那就跟着他们出去打天下，遇上要抢要杀的，就杀得干干净净，按照你们的规矩来，不用理会我一个女子！今天走了的，我们的恩恩怨怨，从头再算。留下的，是我陆红提的家人，守这里的规矩，愿意听我一个女人说话的，我保你们……能活着，有一口饭吃，"她笑了笑，"能当个人。

"但过了今晚，留在这里的如果还有两面三刀的，我虽是个女人，能力有限，但若要杀人，你跑到天涯海角都逃不掉，到时候我一定杀了你，再杀尽你的家人，免得他们留在这世上受苦。我说到做到。"

夜风凛凛，吹响了广场上持剑女子的裙摆。周围先是鸦雀无声，然后微微骚动起来，众人交头接耳。眼前的事情在吕梁山这片地方太少见了，毕竟无论放在哪座寨子，陆三等人都死定了，现在陆红提竟然还给寨子里其他人一个选择的机会，这不是自己折自己的羽翼吗？

然而，不得不说，有一些人心动了。毕竟青木寨能统合周围的村寨，仅仅是因为简单的"能吃上饭"，人们加入时，对青木寨的情况未必清楚，在吃饱饭以后，心思就活了起来，开始考虑自己被一个女人管着是不是爽，这个寨主是不是太软了等等。

微微的骚乱中，原本以为自己必死的叛乱人群更加惊愕了，一边疑惑，一边议论起来。站在陆三身边的高大男子在确定不会被杀之后，看看周围的状况，一咬牙，站了出来："你说得倒是好听，但凭什么是我们从寨子离开？现在青木寨的势力是我们打下来的，凭什么不是你离开？"

"黎家哥哥！"陆红提冷然打断了他的话，"你今天再说半句话，我立刻杀了你，然后亲手送嫂子跟侄女上路，你信不信我？”

她的目光扫过那黎姓男子，然后扫向另一边人群中一名抱着婴儿的女人，默默地看了片刻，方才走向一边，挥了挥手：“就这样，打发他们走。其他要走的，今晚也走。收拾东西，带上干粮。”

人群先是惊疑，然后吵闹起来，有人跑过来，似乎想要改变陆红提的主意，也有人“叽里呱啦”开始说话。其实，有些安排是以前就做好的，陆红提最信任的几个手下已经开始送人。陆红提没有理会众人的喧闹，到小广场边一块石头上倚着坐了下来。夜风吹拂，火光与星光融在一起，她半身都是鲜血，但并不介意，只是并拢了双脚，拉拉裙摆罩住鞋子，偏着头，看着夜色中的寨子。

广场另一边，先前她去问过安的老人拄着拐杖，转身离开了。

这注定是个不太平的夜，寨子里的喧嚣声一直在持续，有些人准备走了，有些人还在商量，也有些参与了叛乱的开始悔过，跪在广场边说要留下。陆红提最终还是点了头。她离开小广场，去往半山腰的一座房子。房门外，老人正在夜风里看着寨子里的情况。陆红提过去扶着他：“梁爷爷，风大，进去吧。”

“天热啊。我也不知道你今天做得对不对，怕是有不少人会走。”

“留下来也麻烦。”

“倒也是，那位宁公子说的是有道理的。”

“嗯。”

“只是……让田虎的属下来做这件事，怕是会吓跑很多人，我在想，会不会吓跑太多了……”

“若真是不能共患难的，便随他们去吧。”

她扶老人进屋，老人点头笑笑，拍了拍她的手：“无论如何，你今日是真像个寨主了。黎力天生反骨，看着忠厚，实则狡猾，往日里就是他最会说，你一句话就吓到他，很好。”

“跟人学的。”

“哦？”

老人看了看她，陆红提笑着垂了垂眼帘。她跟随宁毅的那段时间，虽然话不多，但对于宁毅做事，是努力记忆和模仿了的，后来得出结论：“杀人全家”是最吓人的话。也是陆红提从小习武，识字不多，否则大概会忍不住拿个本子记下来。

这场变故，寨子里之前就已经有了准备，虽然并非算无遗策，但一出事，后续如何去做，不少人还是心里有数的。陆红提与曹洪打斗的时候，老人就已经掌控了全局。也因此，这时候二人才能在这里合计，谁会走，谁会留，往后会如何。说话之间，老人从床头拿出宁毅给的小册子，陆红提则坐在一边的凳子上，陪他说话。

小册子里预测到了这件事的发生。当然，宁毅只能通过人性推想个大概。陆红提在这山上，身为女子，没有嫁人，值得信任的班底不过是最核心的几个人。这样的状态可以维系一座小的山寨，却注定在壮大的过程里会遭遇各种事情。家庭企业难做大也是这样的原因——可供信任的人太少。这些东西固然可以在后期通过制度弥补，但前期山寨不能没有应对方法。

让有反心的人聚集在一起，让他们造反，更容易让那些两面三刀的人快速暴露，而单纯的杀戮只能泄愤，这时候，不妨给他们一个选择的机会，既然有带头的人，干脆就让寨子分裂一次，排除掉这些不可靠的因素，留下的才是真正的自己人。

当然，宁毅没料到陆红提会拿田虎的手下来实行计划。也是这曹洪撞在了枪口上。吕梁山到处都是山寨，众人天不怕地不怕，青木寨杀了田虎的人，这件事可大可小，往大了说，河北晋王毕竟势力庞大，青木寨的规模是无法比拟的；但往小了说，两边相隔远，虽然偶尔打打交道，做做生意，但征讨青木寨对田虎来说完全是吃力不讨好的事情，何况是曹洪主动跑到青木寨来搞事，虽然死了，但两边也不是不能谈。不过得罪田虎这件事毕竟会给寨子里的人造成心理压力，一些原本骑墙和犹豫的，此时就可能选择离开。这或许也是因为陆红提本身是女性，重感情，对于手下人可不可靠还是非常看重的。这次清洗过后，留下来的，绝大多数都不用担心忠诚问题，当青木寨再度扩大，这些人就都可以成为核心，陆红提不用再为找不到“政委”的人选而担心了。

二人说了一会儿善后事宜，陆红提忽然想起一件事，问道：“梁爷爷，‘那里’没被波及吧？”

“好像没有，不过还是去看看吧。”

“嗯。”

陆红提点头，点起火把，与拿着小册子的老人一道出了门，走过后方林间一条并不长的小道。林间的空地上有一栋看起来修建到一半的建筑，倒是没有被这场变乱波及。老人将小册子翻到最后几页，如同往日一般，对照图纸看了看。陆红提皱了皱眉头：“是我太急了，早知道该晚些建的，这些天里，未必没被有心人看了去。”

老人摇了摇头：“没事的，这么简单的东西，他们能知道是干什么用的？就是不知道这东西到底有没有用。”

“他说应该有用。”陆红提看着那建筑，伸手摸了摸上面的石块，“他说得也不清楚，而且现在我们这边的东西不够，但我想，还是先建起来吧。”

时间回到两个多月以前，她向宁毅告辞前的某一天，宁毅找她说了一件事：“我有一个东西，做出来是不难的，我也不清楚用处有多大，但你不妨试试看。你现在能找到的原料可能有些不足，但是可以先照着样子做一个，有机会了再试试效果。嗯，它是这个样子的。”

宁毅将几张图纸交给她看了：“这个要谨慎，尽量不要落到别人手上。”

晃动的火光忽明忽暗，照着小册子上的字迹与图案。由于纸不大，字写得是密密麻麻，只做陈述之用。在折起来的一角写着作为起头的四个字，那是“土法炼钢”。

微微的光芒朝前方延展开去，空地上黑乎乎的，只能看出建筑的轮廓，那是尚未完成的、以石块垒砌起来的——

半座高炉！

山风从空地间的老人与女子身边吹过，在群山间穿行，逐渐犹如雷吼……

风起时，光芒变得星星点点。

自青木寨出来的人群分成几拨，朝着群山之间散去。这边是陆三与黎力带着的最大的一拨，此时他们回头望去，青木寨的火把光芒掩映在那边的山林中，犹如另一个世界。

从寨子里出来以后，聚集在队伍前头的，就不只是陆三与黎力了。先前的叛乱本就不是两个人可以组织起来的，还有几人也参与了，或是武艺不错，或是脑子灵活，说得上话的，这时候便站了出来。此时他们望着青木寨的火光，心有不甘，但回是回不去了。

“现在怎么办？”

“这一带，青木寨的地势是最好的！若是今日拿下了……”

“现在说这些有什么用？！我准备去投奔陈大兴，那边大块吃肉大碗喝酒，不跟这女人一样婆婆妈妈。”

“这口气我咽不下！寨子大家都有份，如今我们被赶走，就这样算了？”

“还活着就不错了！你打得过陆家那女子？就算你打得过她，如今我们出来了，那边一夫当关万夫莫开，你打得过青木寨吗？”

“我原以为走的会更多。”

作为首领的几人各有意见，但终究是咽不下这口气的人居多。陆三的儿子已经在这场变故中被杀了，后面有人拖着他的尸体，陆三红了眼睛，神色有些恍惚：“我不会就此罢休的，我要去田虎那边，告诉他们曹将军被杀了。”

“告诉田虎又怎么样？陆三，田虎根本管不了这里的事，就算打下青木寨，他又能怎么样？损兵折将还拿不了多少好处！”

“你们当今天是我们运气不好吗？”黎力冷着脸看看周围，说道，“梁秉夫、陆红提这一老一小早有预谋，你们还没想到吗？我们一发难，他们就杀过来了，他们早就想要赶我们走！”

他的话让众人愣了愣，随后恍然：“梁秉夫计划的吧。这老东西，果真老谋深算。”

“不是梁秉夫，他没这么厉害。”黎力摇了摇头。

“陆红提？不可能。”

“哪里是陆红提，那女人除了武艺高点儿，还能干什么？当初老寨主传位给她，就是觉得她良善，扔不下这一寨的人。你们还没发现？寨子是什么时候开始变的？自从陆红提那次南下报仇，回来之后，就弄了那么多乱七八糟的事情：定规矩，跟人做生意……大家不早就在说了吗？”

“是啊，好像听说……她认识了什么高人。”

“带回来一本秘籍？听说了。”

“什么高人！读书人。”黎力说道，“我打听过，当初陆红提毕竟没有提防身边的人，口风一开始也不算严，有些东西还是能够查到的。是一个读书人给她谋划的这些东西。那个读书人，本领是有的，跟梁秉夫一样。陆红提就是凭着这些把寨子扩大的。那本秘籍，我几次三番想要找到，可梁秉夫精得跟鬼似的，我没法下手。”

“那你现在说这个，是想要怎么样？”

“呵，怎么样……知不知道，陆红提早几年是想要在山里随便找个人家嫁了的，若是有人说亲，她可能犹豫，但不会上来就拒绝，虽然最后都拒绝了。但自从从南边回来，若有人提亲，她都拒绝了。把心思扑在寨子上，又不嫁人，她想干吗？去年她第二次南下，我偷听到，梁秉夫希望陆红提干脆找到那个人嫁了，陆红提嘴上说不行，实际上……她临行前那几天的神情，我全看出来了。”黎力轻哼一声，“山里长大的，又是整天杀人，她虽然长得不错，但真会些什么？这样的女人，见了花花世界，便挪不开眼了。她喜欢上那个读书人了，可惜人家不愿意陪她来这种地方。嘿，我看哪，若是那男人肯娶她，估计她就待在江南当少奶奶，不回来了，咱们也少了这么多事。但书香门第，谁愿意娶个武艺这么高的不安分的女子进门？”

黎力的语气之中对陆红提极尽贬低之能事，众人忍不住点头：“那又如何？”

“如何？呵。”黎力笑了起来，脸上闪过一丝冷然，“陆红提重感情，只是现在没什么家人，所以牵挂就少，但那个男子，看起来她是喜欢得紧了。知道吗？年前那次南下，她又带回来一本小册子。你们是走去哪座寨子，还是去田虎那边告状，我都不拦着，但是我要去京城。”

“啊？”

“我知道那个人的名字，嘿，我听到了。宁毅，宁立恒，江宁第一才子，但他现在应该在京城。哈哈，我听到了。陆红提我是打不过，但那人是只会夸夸其谈的书生，还是什么第一才子，想也知道是个什么货色。不过我不否认，他的脑子里是有很多有用的东西的。做事要有方法，柿子要捏软的，我们干不过陆红提，但抓个书生手到擒来。我要让他生不如死，再把他带回吕梁，以陆红提的性格，到时候寨子是我们的，册子也是我们的。我现在只问，你们谁跟我一起干？嗯？”

风声之中一阵沉默，然后有人扛起了刀：“我参加。”

旁边有人道：“老子算一个！”

“干了！”

“哈哈，抓了她姘头，看她还怎么嚣张！”

淡淡的光芒里，一个又一个人举起手，片刻后，气氛热烈起来。从青木寨出来，虽然身边有这么多人，但路是不好走的，现在还好些，到了冬天，恐怕又会饿肚子。要新建一座寨子并不容易，最好的办法还是夺回青木寨。由于看到了可以走的路，众人的情绪犹如聚义一般沸腾起来。

夜还深，几人在夜风中望向南边，风声间，胸腔中涌动着似乎连群山都无法阻隔的决心与野望。黎力双手抱在胸前。他们这次朝陆红提发难确实是鲁莽了，应该先准备好人质的。这一刻，他们终于走对了方向。

远隔千里，汴梁城中的房间里，宁毅翻了个身，呼呼大睡。在他的怀中，小婵睁开眼睛，眨了眨，在微微的光芒间看着宁毅沉睡的脸，片刻后笑了起来，微微噘嘴，在宁毅的嘴上轻轻地啵了一下，然后继续眨着眼睛看着。过了一会儿，她小小地打了个哈欠，蜷缩在宁毅的怀里，幸福地睡着了……

京城居，大不易。无论哪朝哪代，一国首都的生态都是最为复杂的。宁毅这一次率众北上，首先是给苏檀儿打前站：买房，考察店铺的位置，调查京城布行、酒楼的生态。无论对苏家，还是对聂云竹，宁毅都得有个大概的安排，而留给他的时间只有十天，顶多半个月。

苏家以往在京城一带只有些小门路——苏家最好的两种布匹，每年会送一点儿到京城来寄卖，从而认识了一些掌柜，仅此而已。你如果过来旅游，人家自然欢迎，说不定还会倒履相迎，过来做生意抢饭碗那就是另外一回事了。原料怎么购入，工坊开在哪里，怎么请人……短期内想要理出个头绪来并不容易。如果不是因为分家势在必行，想必苏愈也是不愿意孙女与孙女婿面对这样一个一无所有的摊子的。

分家之后，苏家给予苏檀儿最多的，就是银子。苏家在长江以北原本有一些工坊、店铺、技术力量，无奈距离汴梁太远，而银子在汴梁这片地方，当情况发展到某种程度以后，意义就不大了。

这是这片大地上有史以来商业最为发达的一个年代，商人的地位有所提升，财富的囤积、贫富的差距已经到了一个极为惊人的地步，但在封建制度下，这一切并不会给社会造成太大的冲击，因为有财富不见得能拥有无限的资源。权力在这个年代才是最实在的东西，一个身价几万两的官员不会去羡慕一个身价几百万两的商人，因为从能够得到的资源、享受、尊重……任何方面来说，都是前者占优。

京城一地尤其如此，满身是钱也得不到尊重的情况并不罕见。当然，在商人有背景的情况下，事情可能会变得不一样。

“地方不算大，但是挺雅致的。院子只有四座，正厅算得上宽敞，只是时间紧没打扫，整理一下就好了。旁边是客房，后面是主居室，厨房、下人的住处都在那边。正厅外的这几棵树是不错的，我很喜欢，秋天里黄叶飘零，很有氛围。主居室的院子里有个荷花池，需要每年清一清淤泥，现在花已经开了……”

宁毅他们到汴梁的第三天，觉明和尚就帮忙找了一处地方，与汴梁城中商铺最多的大货行街相隔不远，但这一片儿位于过渡区的地方颇为安静，适合住家。这个居处一共四座院落，又临河，正厅外有几棵树，最大的一棵槐树怕已有上百年树龄，树冠青青，给人亲切之感，又没有打乱主厅的庄重。

每座院子里都有大小不一的园林，都经过了精心的布置，但突出的不是观赏性，而是生活气息。后院一个荷花池伴着亭台山石，莲叶田田，荷花已经开了，在夏日的光芒里有着令人心旷神怡的朗然气息。可以想见，到得秋天，院落中树叶渐黄，徐徐飘落时，又会有怎样的慵懒气氛。

这些园林想来是经过大师之手，在不同的季节、不同的天气都有不同的景色，而且很好地融入了整体建筑中，并不突兀。宁毅即便在这方面没有多少研究，也能看出它的好处来。

“外面就是河，周围有活水，夏天不会太热。隔壁那家在大理寺当差，听说人还可以。”

这位觉明和尚面容俊朗，一身白衣袍袖宽大。他站在屋檐下，向宁毅等人简单地介绍了一番。初次交谈之后，宁毅就大概弄清了他的背景。他原本叫作周长福，字少芹，皇室血统，郡王之后，年轻时才名动京华，结果剃度出家。他修的是入世禅，拜了师父但不入山门，在京城一地交游广阔，参与各种诗会，与各种人物往来，只是持戒甚严。

据说他年轻时便是有名的风流才子，当了和尚之后，仍旧有不少青楼女子恋慕。只是他当了和尚之后便不近女色，不饮酒肉。上层的聚会他会去参加，最下层的人他也来往过，冬日里放粮施粥，行医救人，据说有人亲眼见过他在紧急情况下为半死的乞丐吸出脓血。宁毅心想，他一开始或许是个理想主义者。不过，到得四十岁上，这和尚身上便没有丝毫尖锐的气质了，像颗被河水冲刷了许多年的石头，圆润透亮，属于那种最好相与也最不好相与的人，他那不高的声音里带着爽朗与洒脱的感觉。

这次过来看房的，宁毅这边除了小婵、聂云竹、元锦儿，还有苏文昱、苏燕平，秦府那边则是觉明、成舟海、秦绍俞、闻人不二以及齐家三兄弟。齐家三兄弟颇为赞叹地在周围走走逛逛。秦绍俞虽然是秦嗣源安排过来的，但成舟海与觉明和尚在，他能说的话也不多。小婵与元锦儿在院子里瞧来瞧去，聂云竹本来跟宁毅就有一段距离，不久后还被元锦儿拉走了——她与元锦儿是不会住在这里的。

买下这院子一事随即便敲定了。东西好，钱自然不是问题。从成舟海的话里，宁毅听出，这院子之前是郡王府的产业。觉明和尚是在父母过世后出家的，家中的产业一部分给了亲族，一部分由朝廷收回，一部分被他用来帮助穷人，这座院子该是为数不多剩下的财产之一，属于半卖半送，却也是身份和关系的象征，宁毅占了这个便宜，以后能少不少麻烦。

几人对于这点儿便宜都不在意，谈妥之后众人仍是走走看看。成舟海也问了宁毅其他事情可要帮忙，但宁毅并非一味占人便宜的性格，布行的相关事情还不至于劳烦密侦司的头目，不一会儿，几人便将话题转到风花雪月上去了，例如最近的各种诗会啊，风头最劲的于少元的《王道赋》啊。

“立恒终于来到京城，这类场所总得去看看吧。绍俞在这方面应该很会安排哦。”

毕竟秦家是东家，几人说话不好完全将秦绍俞撇开，只好找些话题将他拉进来。秦绍俞性格看起来还算单纯，闻言有些赧然：“其实……我的诗文不太好，不过最近要开的诗会我倒是都打听好了，伯父说过，要我招待好宁公子。”

对这种刚刚接触复杂世界的年轻人，宁毅并无恶感，“哈哈”笑着表示了感谢：“不过，我对这些诗会兴趣不大，反倒是汴梁最著名的几座楼，这几天我都想要进去看看。”

“哦？”成舟海笑道，“立恒只是打算看看？”

“只是看看。嗯……成兄知道的，主要还是为酒楼的事情，云竹的竹记要在京城开，京城最好的地方是什么样子，我还是希望能够亲眼看看，有个概念。当然，不是打算跟他们抢生意。另外，矾楼那边，有个朋友要拜访一下。”

听他说起矾楼，觉明和尚笑道：“是那位师师姑娘吧，听闻人说，她与立恒早就认识，是得去见上一面。”

宁毅笑着点头。这种为着以往的交情而做的联络自然不好大张旗鼓，顶多是李师师有空的时候叫来其余几个人坐一坐罢了。宁毅只是答应了对方，又有心去矾楼看看，至于其他的“儿时伙伴”对他有没有什么深厚情谊，他是不抱想法的。

如此闲聊一阵，中午一道在外头吃过午饭，成舟海与闻人不二要回相府，觉明也就此告辞。下午，秦绍俞便领了宁毅等人去挑选家具、日常物品，一直选到日暮时分。

宅子已经挑好了，手里又不缺钱，宁毅就将这事当成陪伴众人逛街，见识一下汴梁的景状。几人一路逛去，元锦儿拉着聂云竹、小婵，在各种店铺钻进钻出。假如只有她与聂云竹，或是只带着一两名下人，作为姑娘家她是不会逛店铺逛得太夸张的，但今天宁毅等人跟着，在她而言，可以当作夫家陪着出来买东西，背后有靠山的感觉是不一样的。

其间有段小小的插曲——元锦儿兴高采烈地买了几件喜欢的衣物后，发现唯一一名手上空着的下人被支开去做其他事情了，宁毅与秦绍俞在旁边的店铺看东西，苏文昱过来替她付了钱，随后替她提了包裹，她不好拒绝，就同意了。

这类小事情以不同的方式“不经意”地发生了几次，让苏文昱的胆子大了些，还试探着与她说了几句话。元锦儿表现得不是很抗拒，回答、应对都相当有礼，相比与宁毅斗嘴时，样子大大不同，想来是此时真正有修养的仕女该有的样子。

购物的街道距离文汇楼本不远，众人散步返回的途中，从一条相对偏僻的巷道走过时，听得前方传来一阵笑声。

“小——咪——咪！姑娘，有没有看见我的小——咪——咪啊？哈哈哈哈，它是一只金丝猴，我在找我的小金丝猴。它这么高，这么大，很可爱的。可是现在它不见了，姑娘你穿着裙子，可不可以给我看一看？”

伴随着笑声的，还有女子的尖叫。

夕阳掩映在树木后，金黄色的光从树隙间落下。声音是从旁边的巷道中传来的。那笑声下作，宁毅等人走了几步，自路口的树下好奇地望过去。

道路那头相隔二十余米的地方，上演的果然是恶少欺凌良家女子的戏码。衣着华丽、恶形恶状的公子哥与几名家丁正在追逐一名戴着头巾、提着篮子、衣着寒酸的妇人。几名家丁伸手将想要逃跑的妇人拦在一个范围内，让那公子哥追着玩，只是表情却有几分犹豫——大抵是因为旁边一名穿虞候官服的带刀男子的劝阻。

那身着虞候官服的带刀男子应该也是这位公子的下人，只是职位高些，此时拱着手在旁边稍做劝阻。但是那公子哥并不将对方的劝阻当一回事，“哈哈”笑着继续追逐：“不要跑啊，我没有恶意的。我的小咪咪没有我会很可怜的，他会饿死在外面的嘻嘻嘻嘻——”

那公子哥推开劝阻的男子，将妇人的衣袖抓住，然后撕了一片下来，那妇人尖叫着将篮子朝他砸过去，转身想跑，却又被挡回来，神色已经焦急无比。

宁毅等人看了几眼，小婵、聂云竹、元锦儿都皱起了眉头，元锦儿低声道：“怎么会有这种人，不是在天子脚下吗？”

秦绍俞也看了几眼，道：“是高沐恩，太尉府的衙内，高俅高太尉的螟蛉之子，京城人都叫他‘花花太岁’。”

宁毅皱了皱眉：“认识的？”

秦绍俞摇头：“不，不算认识。”

太尉的义子与宰相的侄子，在一般人眼中可能没什么高下之分，但秦绍俞根本没在京城混开，算不得什么很有底气的人。元锦儿等人听说了那公子哥的身份，便闭了嘴不再说什么。无论是小婵，还是聂云竹、元锦儿，都明白权势身份蕴含的力量。京城之地，随便扔块砖都能砸到几个天家贵胄，如果她们遇上任何事情都强出头，最后麻烦都肯定是落在立恒身上。

那边高衙内似乎是被劝说要玩不如去青楼，不耐烦地跳起来挥了挥手。

“陆谦——你给我滚开！不要再烦我！我才不要去青楼！那里根本就不好玩！我腻了！我要良家妇女！陆谦，你们平时也说良家妇女最好了，你看所有人娶老婆都娶良家妇女，大家爱好一致，英雄所见略同，对不对？我已经忍了很久了，从林冲那件事以后你们就一直婆婆妈妈，我才玩了几次。陆谦，我知道是我爹让你跟着我，可你再这样我就死给你看！姑娘，我的小咪咪……”

那陆谦劝阻了几次，见对方真的生气了，只得退下。高衙内继续冲过去调戏那女子。负责拦人的家丁发现了路口的宁毅等人，当即按着刀柄，挥手喝道：“看什么看看什么看，滚！”高衙内回头看了一眼，随后继续朝那女子跑过去，过得片刻，又回过头，手指划着脸颊朝宁毅这边望了过来。

宁毅正在考虑该离开还是该干吗，见状皱起眉头，伸了伸手：“走。”元锦儿已经拉了聂云竹与小婵的手朝一边退去。秦绍俞还想说话，宁毅看了他一眼：“秦兄弟，麻烦你送他们回去。”那一眼之下，秦绍俞鬼使神差地点了点头：“哦。”

高衙内张开嘴，几乎是下意识地朝这边走来：“美……”

话还没出口，一阵哈哈大笑就打断了他的话。高衙内见路口那名书生一边鼓掌一边大步走过来：“知——己！哈哈哈哈，这位兄台说得真是太好了，相见恨晚！”

高衙内往前走了好几步才意识到这人是朝着他来的，他本来是下意识地想要说“小咪咪”，那书生已经走近了。两名家丁想要阻止书生靠近，但不知道为什么，书生一步就从二人中间跨了过去，高衙内眼前一花，手掌便被对方热情地握住了。书生的笑容诚恳热烈，相见恨晚之情溢于言表，而且隐约带着与高衙内方才调戏女子时类似的气质，让人一看就觉得是同道中人。或许也是因此，陆谦按刀逼近，却没有斩出去。

“说得实——在是太好了，青楼女子有什么好玩的？正所谓‘一曲肝肠断，天涯何处觅知音’，小弟方才在那边看见两名女子，觉得真是不错，想要上去结识一下，但陡然间听得兄台的话，实在忍不住，一定要过来与兄台见一见。兄台的话实在是令人拍案叫绝，当然是良家妇女最好玩啦，对不对？

“哈哈哈哈对不起，忘了自我介绍，在下呼延雷峰，刚刚从青州过来……小地方，兄台不知道也没关系。小弟走遍四方，看到的都是俗气到极点的人，就像你旁边这位拿刀瞪着我的兄弟。干吗？你看着我干吗？说你错你还不承认！他叫什么名字？是不是叫陆谦？就会劝人去青楼。青楼，那有什么好玩的？给点儿钱就能玩啦，我写两首诗她们就软得跟什么一样。千依百顺有什么意思，当然是会哭会尖叫才爽嘛，对不对？

“老实说，你们京城还不错！不像我们乡下小地方，女人没气质又主动！兄台我跟你说，老子去青楼招妓，给她说个荤段子，那边的女人连脸都不会红一下！我说姑娘，我给你讲个荤段子是想让你害羞脸红，我是在调戏你，不是要你给我讲一个更过分的啊！我跟别人说青楼没意思他们还不信。不行了不行了，千里迢迢过来，终于遇上兄台这样有远见卓识的人，不行了，我们斩鸡头烧黄纸，我要跟你做兄弟，以后你的妞就是我的妞，我的妞还是我的妞……”

对方热情无比语速极快，高衙内一开始愣住了，然后才挣扎起来：“你是什么人啊？滚开！滚开滚开！谁要跟你做兄弟？！我爹是高俅！”

他挣脱对方手上的钳制，用力一脚朝对方踢过去，对方退开，这一脚踢在了空处，但他也当作踢到了，只听书生说道：“兄台你不要这样，你的妞跑了啊——”

先前被调戏的那妇人趁着几名家丁注意这边，终于得空冲了出去。高衙内回头看看：“那妞给你啦，谁喜欢谁要。你们看什么看！这边啊！神经病！恶心！去死吧你！小咪咪——”

他骂了那书生几句，带着家丁朝着路口那边跑过去。陆谦按着刀柄退着走了几步，似乎想要将书生的样子给记住，然后跟着高衙内跑了。

众人一路跑到路口，哪里还见得到美女的踪影？高衙内呼喝着让大家到处找，又回头看看，只见书生已经走到道路那头，然后消失了。

由于遇上高衙内，众人回到客栈，都有些担心宁毅，秦绍俞则后悔没有留在那里看到底发生了什么事。好在不久，宁毅平安回来，说起那高沐恩也是轻描淡写。聂云竹、元锦儿等人询问了一下，知道那妇人已经脱困，虽然宁毅说不是自己的功劳，只是阴错阳差搅了局，但秦绍俞觉得这宁毅不愧是伯父看重的人，委实高深莫测。

宁毅随后向秦绍俞询问了高沐恩的事情。虽然在京城一地仗势欺人，但与包道乙类似，高衙内也有忌讳。他在外面恶名昭彰，但是遇到真有身份的，他也不敢碰。京城之地旁人可能遇上高衙内，高衙内也可能没事撞上几个诰命夫人。说权势，高俅深受恩宠，是皇帝的心腹之人，对皇帝的影响力比起秦嗣源也不见得逊色，但若是高衙内真得罪几个诰命夫人，京城官员群情激愤下，高俅也未必保得了他。

因此，虽然欺男霸女，劣迹斑斑，但高衙内也不是一味乱来。今天众人就算不走，只要报出秦府的名号，对方也不见得敢乱来。禁军教头林冲的案子在京城闹得沸沸扬扬，高太尉也要求高衙内收敛一点儿，还派了心腹陆谦跟着。当然，高俅这么做更多的是在告诉他：做这种事时“招子要放亮一点儿”。高衙内的眼力或有不足，那陆虞候却是很厉害的，也是因此，他才会顶着对方的脾气劝高衙内去青楼，不要跑到大街上调戏良家女子。

这些事情本也可以想见，但事关聂云竹等人，宁毅总要打听清楚才能放下心来。

入夜后，聂云竹与元锦儿回到房间，又说了说傍晚的事情。平心而论，她们作为女子，看见这种事情，都想替那妇人出头，但毕竟不能给宁毅添麻烦。谁知道宁毅虽然没说，但等她们走后还是顺手替人解了围。事实上，这等于救了那妇人一条命。

“不过，宁毅今天到底是怎么回事啊？”元锦儿问道。

二人都已经洗过澡，聂云竹在整理衣物，元锦儿则穿着轻薄宽大的睡衣睡裤，趴在大床上，双手从后方握住赤裸小巧的双足，几乎将自己绷成一个圆形。她长于舞蹈，把身体绷成匪夷所思的样子也不费力。

聂云竹闻言愣了愣：“嗯？”

“就是，我总觉得他别有用心，不知道为什么。”

她仰着头，白皙的足尖几乎点到额头上，明显正在思考，说得也有几分犹豫，然后一只手在床上推了一下，几乎变成圆形的身体朝着后方滚了出去。

聂云竹低着头：“他可能，想要撮合你跟苏文昱。”

元锦儿朝着后方荡了一下，下一刻又压了回来，足尖也离开了头顶，双腿在空中晃过，然后“啪”的一下砸在床上，像是美女蛇一样摊直了。看她趴在那儿一直沉默，聂云竹有些担心：“锦儿？”

没有听到回答，聂云竹道：“其实，你如果……”

“他凭什么啊？！”聂云竹话没说完，元锦儿陡然抬起头喊了一句，满脸都是愤懑的神色。这句说完，她低下头，不再说话，片刻后，身体左右滚来滚去，有时候捏起拳头，大概颇为生气，终于有一次滚到墙角，将自己嵌在墙角里，生着闷气，不再动了。如此一直到聂云竹也上了床，伸手将她翻过来，抱到怀里，她才终于咕哝出声：“云竹姐，你是不是担心我喜欢……他啊？”

“你喜欢吗？”

“我当然……不喜欢苏文昱。”

聂云竹笑了笑，伸手缓缓地抚着元锦儿的后背，元锦儿抱着她，脑袋在她的怀里拱了拱。

“我要睡觉了。”元锦儿嘟囔道，然后努力睡了过去。

夜深了，河道上灯点绵延，大半座城市已经睡去。

矾楼中，李师师持着灯，看夜归的客人们从不同的方向离去。这样的时间里，离去的人们没有了先前的喧嚣，人数也不多，或是只身自侧门而出，或是三三两两拱手谈笑，仆人们牵来车驾，大家一拨一拨，朝不同的方向离去。

这并非矾楼一天的尾声，仍有许多得意的才子、失意的官员在矾楼之中一间间房里待着，陪着相好的姑娘们直到第二天清晨，但这个夜确实已经深了。

夜归的行人提着灯笼穿过小巷，值夜的更夫在路边停下，与独行的马车擦身而过。她从这里望出去，灯光还在逐渐熄灭，远远地传来狗吠声，还有人在说话，但话语声听不清楚。大学士的车驾回了大学士的府邸，有太尉府标志的马车驶了过去。

她一边看，一边喝了一口茶。客人走了好久，茶早已凉透。她自小便是受最好的教养长大的，对这样的茶水并不喜欢——入口是茶叶的苦涩，又分明夹着属于水的寡淡，但她常常会习惯性地尝一口，然后以衣袖遮住嘴唇，低头将它吐掉。她走出门去，丫鬟便跟了上来，与她一同回她的院子。

矾楼的姑娘，有卖艺的，有卖身的，大多是两者皆占。时间已经晚了，在这里留宿的，固然有花钱找乐子的富户，但也有不少是某某才女的入幕之宾。若不深究，这其中倒也不乏感情真挚、相敬如宾的例子，钱固然是不会少花，但彼此之间大抵还是觉得值得。此时才子佳人的故事众多，不少女子愿意为了某个男子守身。矾楼之中，这类事情并不被禁止，因为卖艺的大多其实比卖身的身价更高。虽说真正凑成一对，脱籍嫁人大团圆的事情并不多，但也不至于没有，总能给人留下希望。

李师师走过院落时，有几个姐妹向她打了招呼。她们有的是没有客人，于是回房或是在外面休息；有的则是在服侍客人，过来关门时与她打了个照面。一盏盏灯笼下的气氛，竟与家人有些类似了。只是祥和的表象下未必便真是一团和睦。出了这边的大院落，快要回到花魁居住的独门小院时，她迎头遇上了两名女子。这二人也是矾楼中的当红姑娘，一位名叫唐月，一位名叫符秋霜，跟她打过招呼，便冷嘲热讽起来，大抵是羡慕她可以出门访友，回来之后，徐东墨等人又屁颠屁颠地过来找她。

李师师端庄大方地笑着，随意地应付过去。说话时，夜风吹过来，传来一阵哭声。李师师皱了皱眉，唐月与符秋霜则冷笑了一下。这哭声来自楼中一位叫凌雪梅的姑娘，她以往与李师师有些交情，最近据说喜欢上了一名男子，要为对方守身。这原本也没什么，但那男子并非什么富户，才学也不出众，赎身的钱不够，凌雪梅对于卖艺也抗拒起来，据说被人碰了一下手便泼了客人茶水，这便犯了大忌，这两天便被关在黑房里打，这已经是要逼着她接客了。

“已经到了这等地步，还弄不清自己的身份，装什么清高，真是……”唐月与符秋霜说着这话，看着李师师，大抵也有些含沙射影的意思在内，“师师姐不会是同情她吧？”

李师师笑了笑，摇了摇头：“倒是想起妈妈说过的一句话了。那时我刚来矾楼，听见有人哭，妈妈跟我说：‘听不惯这样的声音，那是很好的。若是有一日听得习惯了，幸灾乐祸了，怕是一辈子也出不去了。’两位妹妹，我先回房了。”

她点头示意，转身离开。对于那边发生的事情，她不喜欢，但那也不是她可以干涉的。哪里都有这样的事，哪里都有自己的生态。

结束了白日的喧嚣，城市渐渐陷入黑夜的沉睡当中，就算偶有动静，也只传开不远便淹没在暗黑里。皇宫之中，皇帝周喆随手翻了块牌子，打着哈欠开始思考明日早朝时要说的话。不少官员府邸的书房还亮着灯光，灯火下的人揉了揉鼻梁与额头，继续着手上的工作。偶尔有院落中传来“窸窸窣窣”的动静。知府在新娶的小妾的房间里哼着淫秽的曲子。马车从后门进了太尉府，府中一侧，有人在喊：“陆谦——我受不了了，我一定要杀了你！你给我出来！”

拿了一把小刀名叫高沐恩的男子在太尉府的院落里乱窜，誓要杀掉身边武艺高强的碍事者，语言与样子都颇为滑稽。再度跑回自己居住的院子，看见静立在门口的陆谦，他要冲上去的时候，对方推开了旁边的房门，房间的地上躺着一个麻袋，里面的人还在挣扎。他的眼睛立刻亮了：“陆谦，还是你爱我！是谁？这是谁？”

他冲进去，用小刀割开了麻袋上的绳索，里面被放出来的，是一个被绳索绑住的妇人。高沐恩愣了愣：“陆谦，我要的不是她啊！我要的是……啊啊啊啊啊——算了，暂时就是她吧。小咪咪，姑娘，我说过我会找到小咪咪的。”

陆谦关上门，里面传来笑声、衣物被撕破的声音与妇人因为嘴被堵住而从喉间发出的绝望的哭喊声……

夜晚还在继续，星辰、月亮跟层层薄云在天空中转着，时间的推移不会遗落任何地方。天还未亮，城市便渐渐醒过来——起床的声音，掌灯的声音，狗吠的声音……薄雾流转，露水从叶片上滴下。宁毅起床后，在院子里做了一套广播体操，进到另一座院子时，却见元锦儿罕见地早起了。她穿着单薄的衣裙，坐在屋檐下发呆，不知道在想些什么。看见宁毅之后，她陡然站了起来，脸色冷冰冰地回房了。宁毅举起手，本想打个招呼，这时候只能撇撇嘴作罢。

“神经病。”他摸着鼻子咕哝了一句。

吃过早餐休息了一下，宁毅便去秦府拜访了。秦嗣源去上早朝了，他主要是与成舟海等人商议有关梁山的事情。虽说宁毅对于这趟山东之行的突破口已经有了初步的想法，但毕竟成舟海这些人整日里与情报为伍，与他们多交流，对于发现更多自己行动中需要查漏补缺之处很有好处。

由于昨天受到的礼遇，加上秦嗣源跟管家们打了招呼，这一次一来到相府，宁毅便被迎了进去。在进入成舟海等人所在的院落时，他听见里面传来说话声。

“出了这种事情又能怎么样？只是小事……”

“可他们已经无法无天了！再这样下去……太尉府……”

“你有证人、证据吗？光靠猜有什么用？何况这种事情……”

说话声比较大也比较愤慨的是成舟海，尧祖年与纪坤像是在劝说，但也有几分不平之意。宁毅摇了摇头，并不感到奇怪，像他们这类与各种秘密打交道的人，见到的不平不公之事要远远多于一般人。宁毅听他们话语中的意思，虽然也知道事情不公，成舟海甚至会骂出来，但并不是想要出头或是干什么，就是抒发愤懑之情。

宁毅敲门进去时，三人才停了下来，随后向他打招呼。成舟海脸色有些阴沉，向他点头，随后将手上一份已经完成的卷宗扔到旁边。大家稍稍寒暄之后，成舟海首先抬头说道：“听说立恒昨日遇上了那‘花花太岁’。”

“嗯，倒是没发生什么事情。十六少回来说过了？”

这件事，成舟海等人之所以知道，多半还是因为秦绍俞。尧祖年道：“那‘花花太岁’恶名昭著，京师之中多有看不过去的。只是他义父高俅圣宠正隆，大家都动不了他，这也是没办法的事。”

“嗯，我明白。”

成舟海点了点头：“那便行了。那高沐恩虽然劣迹斑斑，但真正有身份背景之人，他是不敢动的。虽然太尉在外盛传只是以蹴鞠得闻天听，但其实……不是无能之辈。立恒不必担心身边人的安全，我们这边也会有所安排。”

宁毅点头，笑了起来，事实上，有关高衙内的事情，昨天与秦绍俞聊过，宁毅就已经抛诸脑后了。汴梁一地，来往商客加上住户有近百万之众，此时的建筑技艺又没有后世那般发达，整个城市足有后世数百万人的城市那样大，就算剔除周围的农村，城墙内的城市范围也相当可观。遇上高衙内这样的名人算是“有缘”，但要再遇上未必容易。退一步说，秦绍俞、成舟海等人说的都是在理的，如果高沐恩真敢肆无忌惮地对所有人下手，就算太尉高俅圣眷正隆，可与左、右二相比肩，也是保不住这个义子的。何况在江宁、杭州，这类登徒子何尝少了？

“调戏女子算是这些人的恶事当中最不入流的事情了，这高衙内其实还挺有趣的。”

明白成舟海等人是为了让自己宽心，宁毅心中领情，想要活跃下气氛，便笑着打趣了一番。不过这个说法只得到了脸上带着苦笑的应和，尧祖年摇了摇头，虽然不是反驳，但显然有几分不以为然：“立恒说得倒也不错，不过……日后便知道了。”

他这番苦笑并非针对宁毅，不久便抛开这事，聊起其他问题来。宁毅并非全知，傍晚回去之后，才大概猜到那苦笑为何，而在这之前，他倒是颇有名士风范地答应了秦绍俞、成舟海、尧祖年等人提出的结伴逛各种青楼的邀约。

宁毅从江宁来京城，原本是为了阻止可能发生的靖康之变，但计划不及变化，大致了解密侦司的情况之后，原本预备好的计划主体无法交出去，剩下的事情都是旁枝末节，交代与否也就无所谓了。

初临武朝之时，对于后世的物理、化学能起到的作用，宁毅并没有寄望太深，纵然他山之石可以攻玉，但一来在这个缺乏工业基础的世界，改革一时间难以见到决定性的成效，若让士兵对武器产生了依赖心理，反倒更加磨损其斗志；二来儒家体系严重忌讳改革与技术革命。这个忌讳并非表现在口头上，而是改革一旦损及上层的利益，排斥会以各种形式到来。杭州的事情结束之后，宁毅开始思考可以做些什么，在技术上首先选择的，不是火药，而是土法炼钢。

中国五千年文化博大精深——说是这样说，但若论及技术，譬如冶金，发展到一定程度，让人民觉得“够用了”之后，在漫长的千年甚至两千年的时光里，虽有小范围的变革，但从无真正意义上的技术革命，而这小范围的技术变革，还常常因为铁匠们敝帚自珍，就算真有什么厉害的技法，也不会广泛流传，以致最终湮没在时光的洪流中，新的匠人只好去研究新的技艺。

纯以技术革新而言，这片自给自足的富饶土地并没有吐故纳新的度量，更多的还是画地为牢与故步自封，以致在西方的工业革命后，我们迎来了一记巨大的耳光。从后往前看时，不少人会言及宋朝、明朝的技术革新已经有了工业革命的萌芽，实际上这不过是自我感觉良好的梦话。这片大地的统治格局与统治文化初步形成之后，再从头发展一千次，都难以在十八、十九世纪出现工业革命，若不是外族入侵，内部分裂与虚耗就会持续。没有危机感的民族不会求变，只会畏惧变化，因此十八世纪不会有变革，八十世纪或许有可能。

当然，对宁毅来说，这只是思考之中顺带的题外话。不过因为这些，他思考过诸多简单的能够短时间到位的技术创新，首先想到的，就是土法炼钢。在二十世纪五十年代末的几年时间里，中国大地上遍布的土高炉没有太多严格而深奥的技术要求，那场运动在后世曾饱受诟病，因为经过大量浪费之后，产出的一千一百多万吨钢材仅有八百多万吨达到工业标准。但即便是没达到工业标准的三百多万吨废钢，许多指标也远超此时的水准。

这里不需要什么高的工业水准，也并不害怕浪费，只要能打开思路，找到合适的碳含量，至少能够批量生产出此时的铁匠们花几个月甚至花半年才能制成一把的好刀，用于武装精英部队是没有多少问题的。不过，由于目前武朝军队欠缺的不是好刀，而是军队素养，宁毅还是将初步的试验交给了陆红提。

另一方面，虽然还没有东厂、西厂这般惨痛的前车之鉴，但此时的上层对建立大规模的密探系统是持谨慎态度的，从密侦司在诸多事情中受到的制约就可以看出来。若非事态紧急，又有诸多皇亲国戚参与制衡，恐怕密侦司连行动的权力都不会有。也是因此，以竹记为依托发展大规模的舆论导向体系的计划，从一开始就不可能得到支持。

首先，上层根本不理解发动下层民众有多大意义，从他们的角度来说，这反而更像是邪教的端倪。一旦挂在密侦司名下，这个体系的扩大也会导致密侦司不可控。出于这些理由，宁毅还是决定单干。这一次来京城，布行的事情还在其次——他即便不插手，苏檀儿过来以后也有足够的能力做好所有的事情。宁毅真正要做的，还是在离开之前，对竹记未来的发展方向和方式做出足够的思考。

这一次北上，聂云竹与元锦儿并没有带随行人员，因为第一批人员培训还在江宁进行。这是宁毅自杭州回江宁后就着手进行的事情，类似后世的上岗培训，可以在两三个月内培养出在此时看来足以使用的专业人员。等到聂云竹与元锦儿在这边定下，一两个月后，第一批新老员工参半的人手就会抵达京城，准备参与新店的工作。

在这之后，有关识字、工作技巧、企业文化之类的培训也不会结束，宁毅还会制定足够稳固的考评、升迁、监督机制，让所有的事情即便没有聂云竹、元锦儿这些老板的照看、参与也能照常进行。这些东西此时就可以开始构建雏形。另一方面，要将这些东西本土化，自然得参考京城的各种酒楼、青楼。

宁毅虽然白日里看起来悠闲，整日与成舟海等人闲谈，还向秦绍俞提出了从明天开始每天逛一家店的计划，并邀请尧祖年、成舟海等人同行，实际上许多东西都在他的脑海中转着，借助尧祖年、成舟海这些见多识广者的话完善构思。晚上回去，他还得将一份份类似现代公司章程的东西写出来，分析哪些可以用，哪些需要变化，哪些干脆删除。从某种意义上来说，他简直回到了当初创业时。当然，重来一次，烦琐的事情虽然不少，但一切算是驾轻就熟了。

这天下午，秦嗣源与觉明和尚回到府中，向宁毅说起了周佩的事情。最近几天，这位小郡主忙着走亲访友，据说还在准备觐见太后，没什么空闲过来找宁毅，但是见到了秦嗣源两次。早前一次，她问清了宁毅住的地方，这一次又托秦嗣源帮忙问问，两天后青阳县主府上有一次盛会，他去不去看看。

“青阳县主？那是谁？”宁毅却是不知道这个名字。

“汴梁一地最出名的才女之一，谭郡王的女儿。她的夫婿刘轻舟也好诗文，夫妻俩相敬如宾，常在家中以文会友。久而久之，她家的采木园便成了最出名的文会盛地之一，过去的也都是有才学的。立恒若有兴趣，不妨过去看看。”秦嗣源笑着做解释。觉明和尚也笑着补充了几句。青阳县主是他堂妹，刘轻舟与他也是熟识。

“若有兴趣，后天可与贫僧一同过去逛逛。”

“怕是没有时间。”宁毅对于这类诗词文会向来是兴趣缺乏，特别是最近，他准备了好些诗词打算用在竹记的分店上，不想浪费了，“不过，小佩最近如何？”

“不过两三天时间便折服多人了。”秦嗣源笑了起来，“听说昨天下午在崇王府里，大学士严令中考校学问，周佩对答如流，举座叹服，就是诗词有些匠气，但这也是大家最喜欢的。虽说可能是那位王爷的特意安排，不过这两天就该有人动心提亲了，哈哈。”

周佩样貌姣好，以“美女”来形容是没人能够否认的，又学问过人，兼具了才女的身份，加上家世，谁不想高攀一下？诗文匠气，反倒显得这女子的性格并不跳脱出格，正是娶妻的好对象。周佩这次来京城，康贤那边便是想让她找个中意的才子当对象。为了这件事康贤肯定也跟秦嗣源、崇王周骥打了招呼，让他们帮忙盯着，免得周佩玩得太开心，反而没有了紧迫感。

“如此说来，青阳县主召开诗会，也是想让她多些选择吧？”宁毅笑着说道，秦嗣源点头：“小丫头最近是脱不开身了，除了青阳县主这边，还有一大堆推不掉的诗会文会。立恒你也算是她的师长，为她把把关也是分内之事嘛。”

“要说君武是弟子，我还是认的，但要说周佩，这丫头古灵精怪，当日只是随便教她些算术，她整日里挑我的刺儿，跟我斗嘴，还觉得我把她的弟弟给带坏了。我与她年纪相差不多，便不参与她的婚事了，免得她将来恨我一辈子。要我说，这些事情还是老人家来把关才好。”

“一日为师，终身为父，哪有年龄之说？而且周佩一向是崇拜立恒你的。”秦嗣源笑着挥了挥手，“何况本相日理万机，哈哈，哪有时间去掺和这些小辈之事？和尚到时候若有空，便帮忙照看一下吧。”

毕竟是小事，秦嗣源也就没有围绕青阳县主的诗会再说太多。在场几人不会知道，周佩已经在京师的一帮朋友中宣扬了一番自己这位“江宁第一才子”师父的厉害，与秦嗣源说起时虽然轻描淡写，实际上心中则在忐忑师父会不会去诗会给她撑撑场子。

仍有大量事情要做的宁毅自然没有时间在无聊的诗词文会上浪费。离开秦府时已经是傍晚，回到文汇楼中，宁毅注意到聂云竹等人的神色都有些不对，情绪像是有些低落，元锦儿不再是早晨那种冷冰冰给他脸色看但仍旧很有活力的样子，阴沉着脸，看见他，便无精打采地走掉了。宁毅问小婵发生了什么事，她只说下午大家出去逛街逛累了，然后露出一个笑容。

小婵的情绪瞒不过宁毅，晚上吃过饭，宁毅将苏文昱叫过来，问及白天众人出门的事情，苏文昱不敢瞒他，将见到的事情说了出来。

时间回到上午，宁毅去秦府，聂云竹等人则出门买东西，家里人一路跟着，他们在经过昨天行经的街道附近时见到了一具尸体。

当时的情形看起来是官府正在办案，差役正将一具由麻袋装着的尸体从小河里捞上来。麻袋袋口本已松了，捞上来之后甚至有污血流出来，显然袋中人死去不久。那是一具全身赤裸的妇人尸体，据说抛尸时间是天亮以前。

走在街上，见到一具女尸，并不是让人整日没有精神的理由，但在苏文昱吞吞吐吐的语气里，宁毅大概弄清了真相。那装了尸体的袋子里还有碎布、头巾之类的东西，尸体的样貌也是完好的，显然抛尸之人并不在乎家属会认出死者。苏文昱当时看了，心中便在想：这女人很像昨天被高衙内拦在巷子里调戏的那名妇人。当时虽然只是远远地看过去，但那妇人的脸型、头巾的颜色他大致记住了。

“当时聂姑娘、元姑娘还有小婵她们虽然没有说，但……我估计她们也是这样猜的。”苏文昱皱着眉头，“那女子死前……受了很多虐待与折磨。我们没有多看，过了没多久……我们就回来了。”

宁毅张了张嘴，但终究没能说出什么。至此，他终于明白了上午在秦府成舟海等人说的话是何意。秦绍俞回去之后，将遇上高沐恩的事情跟尧祖年等人说了，尧祖年等人恐怕还通过密侦司做了调查，若是晚上下的命令，第一份情报应该在第二天早上就能回来。成舟海骂太尉府无法无天，就是针对那个妇人的事情而来，密侦司可能是在太尉府抛尸时便查到了真相。还有一种可能，就是太尉府当晚下手的时候密侦司就查到了这件事，但就算查到了，密侦司也不能插手，这才是最让人憋屈的。

从这个意义上来说，宁毅不将舆论宣传体系交给密侦司，是正确的。

宁毅甚至可以推测出更多的内幕。以高沐恩的心性，应该不会将那个妇人放在心上。太尉高俅不在乎儿子玩女人，但肯定要加上一道保险，避免他碰了不该碰的人。这道保险，应该就是被安排在他身边的那些人。在那条巷子里的时候，陆谦阻止高衙内当街堵人，但这样子回到家里，高衙内将脾气发在他的身上，他也受不了，所以真正负责将那女人抓走的该是陆谦。高衙内不是不能玩，只是不能玩出问题来。这个人有分寸、有能力、有手段，难怪能将林冲整得那么惨。

他坐在那儿想着这些事，苏文昱坐在一旁，大气也不敢喘，因为忽然间，眼前的二姐夫好像变得很阴沉。不过片刻之后，这阴沉散去了，宁毅望向他：“话说回来，你算是陪着锦儿过去的，路上献献殷勤……呃，你们有聊天吗？”

料不到宁毅忽然说起这个，苏文昱愣了半晌才回答：“这个……因为发生了那件事情，而且元姑娘好像不愿意说话……她……她有点儿避开我的感觉，不过可能……”

“好吧，不说这个，她们心里为了这事有些不舒服，你也知道。”

“嗯。”

“那你还等什么？锦儿情绪不高，你去安慰一下嘛。”

“呃……但是……”

“抓住机会，没有但是。没话题就找话题，她不安慰你你就安慰她嘛。”宁毅拍拍他的肩膀，“泡妞就是这个样子，不要这么爱面子，听我的没错的。”

“哦。”

苏文昱欲言又止，表情有些犹豫，但还是过去了。

宁毅坐在那儿又想了想。事实上，聂云竹也好，元锦儿也罢，不是没见过社会黑暗的人，就算是金风楼那样的青楼，哪一年没有几个死掉的女子被偷偷抬出去？可这样的事情发生在眼前，就算是宁毅也无法做到若无其事，心中总会有种被什么东西堵住的感觉，但见到一件这样的事情便要替天行道，甚至与太尉府杠上，宁毅自认暂时没这个本事。聂云竹与元锦儿自然也不会做这样的期待，更多的，恐怕还是因为昨天那女人被盯上后她俩也被盯上，难免有几分物伤其类的恐惧与悲痛。

这样的感觉很不好，但宁毅也不清楚该如何去安慰。如果自己厉害得像陆红提，或许今天晚上就会去干掉陆谦和高衙内，再顺手摘下高俅的人头，可惜这样的事情暂时也只能想想。

如果能把高俅弄到政治斗争里碾死就好了……他撇了撇嘴，天马行空地想着，然后去往客栈后方的院落，准备去找聂云竹聊天。然而院落里没有找到聂云竹，随后宁毅又遇上苏文昱，他道锦儿也没有找到。

“可能是去附近散步了，再逛逛吧。”

这文汇楼占地颇大，后方的院落专供有身份的人居住，还配有池塘、园林。宁毅散步到花园，却见前方园林间的一张圆桌旁，一名女子正托着下巴坐着，不知道在想些什么。这稍显落寞的神情却是来自元锦儿，委实让人意外。她在宁毅进来的时候就看见他了，但仍旧托着下巴，目光淡然地望着前方。宁毅原本就是随意地散步，这时候背着双手往前走，然后在元锦儿的注视中绕过一座假山，从来的方向离开了。

路上宁毅又遇上苏文昱，他兴冲冲地与宁毅交换情报：“刚才遇上了小婵和聂姑娘，她们回房去了。”

“锦儿在花园，好好安慰她哦。”

“呃，好的。”

说到元锦儿，苏文昱还是有些赧然，宁毅摇了摇头，暗骂“菜鸟”。虽然自己上辈子的泡妞经验匮乏，方式也大多简单直接，但拿到这个时候来，肯定是很厉害的，有很厉害的自己在一边指导，苏文昱这家伙居然还这样畏首畏尾，实在有点儿孺子不可教的感觉。

他回到聂云竹住的院落时，她正在檐下坐着，冲他温柔一笑，看起来已经解决了心中的问题，正在等待他的到来。

“我听苏文昱说过上午的事情了。”宁毅搂着她的肩膀，在旁边坐下来。

“没什么，只是想起昨天我们也遇上了，有些后怕。”聂云竹勉强笑了笑，将头靠在他的肩上，“立恒，你说那个女的，就是我们昨天遇上的那个吗？虽然看起来很像……但其实也没法肯定，对吧？”

“嗯。但如果是真的，下手的人，就是高衙内身边那个虞候陆谦。”

“嗯？”

“就是在巷子里劝说高衙内的那个家伙。他作为太尉府的家仆，不能让这件坏事传得太广，但是阻止高衙内做事，回去以后被责难的就是他，所以最好的做法，是在晚上抓人……”

宁毅的声音有些轻，平静地、一五一十地将自己的推理说了一遍。这个时候，他就算说“放宽心”之类的话也不能改变已经发生的事情。他是聂云竹的男人，固然可以用二人之间的感情将聂云竹心中所想暂时压下，但这样终究无法阻止聂云竹此后再想起来，于是他干脆用客观的态度将整件事乃至更深的幕后说出来，将气氛变得冷一点儿，或许反而能淡化悲伤的情绪。

他冷漠地说了许久，谁是主谋，谁是从犯，谁是因由，谁是手段，谁恬不知耻，谁又觉得自己无辜……说完，他拥着身边的女人坐了一会儿。

同一时刻，相隔不远的花园里，有一幕正在上演。

一盏盏灯笼在走廊上投下橘黄色的光芒，园林之中，稀疏的萤火在水上飞舞。石桌旁边，一男一女不知道在说些什么。苏文昱站了起来，退后两步，低着头，轻声说着话。桌子对面，女子托着下巴，手指捂在唇上，她没有望向苏文昱，神情有些傲慢，目光冷冰冰的。在一向活泼的元锦儿身上，这样的神情并不多见，但作为当事人的苏文昱并没有因此感到生气或是被伤害，因为在她那高仰着显得傲慢又有些冰冷的脸上，眼泪流下来了。

“锦儿怎么了？像是对我很有意见。”

许久之后，这边的院落里，宁毅转开了话题。

聂云竹笑了起来：“你不知道啊？当然会对你有意见。”

“我也没做什么啊。”对于为什么会被讨厌，宁毅觉得自己能够猜到，媒人被误解并不出奇，反正到最后，对方应该会理解自己的。

宁毅咕哝完，聂云竹沉默了片刻，随后露出认真的眼神，对他道：“立恒，锦儿的事情，我想跟你说一下。”

“嗯。”

宁毅点了点头，聂云竹正要开口，后方陡然传来说话声：“宁立恒，你出来。”

那声音有些生硬，带着决然的味道。宁毅回过头去，一身鹅黄色衣裙的元锦儿正站在那边的院门口，朝这边望过来，姿态像是战斗一般，高傲地仰着下巴，语气不善。

灯火橘黄，将入夜后院落檐下的光景变得柔软而暧昧，夏夜的风从门洞里吹过去，摇动着一盏盏灯笼。

“什么啊？”宁毅很清楚，陪在聂云竹身边的这名女子，性格中或有天真活泼、浪漫达观的一面，但若以人际交往的水平而言，她并不是一个可以轻忽的对象。

归根结底，元锦儿也是从金风楼出来的头牌。

以往的针锋相对也好，偶尔的拌嘴吵架也罢，元锦儿长久以来的咋咋呼呼与各种不着边际的行为绝不至于给人恶感或疏离感。这是她在那种环境里养成的本领，一如宁毅在与人钩心斗角时，就算不去认真思考，也能准确地看出大部分人的心事，并且能下意识地找出合适的应对方式来。当然，这或许要除去发生在他身边的、涉及他内心真正感情的事情。

宁毅的本领是在商场上长期的争斗中练成的，一切以利益为基准；而元锦儿还没有到这个程度。在这个年月，人们是愿意相信花魁与文豪、才子与佳人之间的故事的，能够在这个圈子里登顶的女子，心态不像后世那样纯粹为了金钱、利益，心性、人格、气质但凡有一项差一些，也不会真正被众人喜欢上。当然，也有许多青楼女子在被伤透了心之后自暴自弃，但她所能走的路也就快到尽头了。

因此，聂云竹也好，元锦儿也好，内心之中还是有着许多真诚。聂云竹对于过往的自卑也是源自内心深处高洁的那一部分。元锦儿受到感染，对聂云竹的生活方式颇为憧憬，因此离开金风楼，并非作伪。当然，她们也在那样的环境里学到了各种各样与人来往的方式。

离开金风楼时，她与杨妈妈吵架虽然激烈，但杨妈妈是不会因此恨她的；就算拒绝了苏文昱，她也能让苏文昱感受到其中的真诚。虽然元锦儿对宁毅与对其他人的态度不同，却从来不曾真正尖锐过。这一点，她自己都未必意识到了，那样的心性、气质已经成了她的一部分，只有宁毅这样功利的人才能将这些事情看明白。

眼前，那高傲冰冷的眼神，是宁毅没有见过的属于元锦儿的样子。

那其实是一种自我保护的方式。

什么事情不能好好谈，介绍个男朋友而已，我又不是逼你，有必要这样吗？他这样想着时，身边的聂云竹开了口："锦儿，我……"然而她的话没说完就被打断了。

"云竹姐，我自己跟他说。"

"嗯，我会好好跟她说清楚的。"宁毅拍了拍聂云竹的肩膀，以示安慰。以往再大的事情，他这样拍拍聂云竹的肩膀，聂云竹也相信他能摆平，这次她却是下意识地握了握他的手背，眼睛望过来，像是在祈求他不要搞砸了，不要跟锦儿谈崩了。

"放心吧。"宁毅笑了笑，对自己还是有几分自信的。而且他与锦儿也算是挺好的朋友了，一个苏文昱的事，谈不到伤人的份上，顶多她这么反感，自己不再从中撮合就是了。

"走吧，去哪儿？"

"随便……去前面。"

"好。我觉得不用弄得像是谈判吧。"宁毅挠了挠头发，开了个玩笑。往日里他与元锦儿谈笑斗嘴，对方多半会针锋相对，但这时候他明显讨了个没趣，元锦儿走在前面，一句话都不说。宁毅偏过头去，却见一张小脸藏在另一座院子的门后正朝这边望过来。那是小婵，虽然鬼鬼祟祟的，但眼神中竟有几分幸灾乐祸。宁毅抿了抿嘴，有些无奈。

元锦儿一路沉默，宁毅便也不说话了，跟随她来到文汇楼的主楼，要了间安静点儿的茶室姑且做谈判的地址。那茶室在一楼，临近河岸。进去之后，宁毅关上房门，打开窗户，让风吹进来。元锦儿站在那边，冷冷地看着他做这些事，待宁毅说"坐啊"，她才在房间中央的小圆桌边坐下。

"宝儿同学，我知道你的心情不好，但我也比较无辜。你在我的女人面前这样子把我叫出来，我很没面子的。不过没关系，大家都这么熟了，你现在想说什么，说吧。"

宁毅坐下，笑着摊了摊手。元锦儿在对面看着他，直到他将话说完，才生硬地说道："我也不知道自己想说什么。"

宁毅愣了愣，抿起嘴唇想了片刻才道："好。"他拿起桌上茶盘里的一个茶杯，杯口朝下摆在桌子中间，随后去拿第二个，“我就打开天窗说亮话。我不太明白，苏文昱有什么不好的。我知道你拒绝他了，可是大家一路同行，抬头不见低头见的，他给你献献殷勤，也是让你有个了解他的机会。他要是敢做什么出格的事情，我第一个饶不了他，可他没有，所以我也不太明白，你干吗这么受不了。嗯，我们江湖儿女就是这么谈判的。”

宁毅将三个茶杯摆在下面，然后将两个茶杯摆在上面，再在两个茶杯上面摆一个茶杯，做成一个小小的金字塔，笑着摊了摊手，表情颇为真诚讨喜。但他这样的表情没能持续多久，因为对方仍旧不肯捧场。桌对面的女子还是那样看着他，目光之中似乎有些许伤心。她看了看那个小金字塔，吸了吸鼻子：“谈判？”

“呃……开个玩笑……”大概明白过来对方的情绪不稳定，宁毅叹了口气，低声说了一句。

“你觉得我是来跟你谈判的啊，立恒？”

那称呼之中的语气有些窝心。宁毅感觉气氛有些不对劲，便也压低了声音，谨慎地思考着措辞。

“好吧，这件事情……确实有我在背后怂恿。老实说，你说你喜欢云竹，这件事情，我信不信都没关系，就算你真喜欢她，女人跟女人之间的那个什么，我一点儿都不介意，因为你是真心关心云竹的人。你要是个男的，我肯定没这么豁达。不过说是这么说，锦儿，我们都知道，那种事不过就是你在瞎掰。说点儿过分的，真把云竹脱光光了摆在你面前，你又能怎么样？抱着她睡一觉，你们以前又不是没有过。

“你们是好姐妹，我很羡慕，也很高兴。有些事情，是我可以跟云竹做的；有些事情，是你可以跟云竹做的。有些话她可以跟我说，但也有些事情，她只能跟你说。一个人一辈子有一个这样的姐妹和朋友是很好的事情。我很感谢你，但其实你不用我感谢。我们两个谁跟云竹更亲密恐怕没法比较。有些事情……虽然在我看来并不是非有不可，但如果有，也许会好一些……这些事情很俗气，但元锦儿，我把你当成朋友跟家人，所以……才说这些……”

宁毅的声音不高，口中所说的，也都是真心话，通常情况下，这种话应该是很能打动人的。茶室里安静下来，坐在对面的美丽女子望过来时，眼神也有波动，或许是因为被打动了，柔和了些许，但另一部分无法解释的东西倒像是让她变得更加伤心。这样的认知提醒了宁毅，他的这番话语并没有收到预期的成效。

面对问题，不同的人有不同的应对方式。有人会对真诚的语言表示感谢；有人则会因为问题被提出来而反应激烈，讳疾忌医，拒不接受，也是因此，接下来的话，宁毅说得更谨慎了。

“元锦儿，你的年纪毕竟已经不小了……当然，我不是真觉得有多大问题，你可以跟云竹待在一起一辈子，这个没什么，我很喜欢有你这样一个……妹妹、家人、朋友，你就算将来真嫁了人，也别想摆脱我们……我是觉得，虽然你以前说了要跟云竹在一起一辈子的话，或许心里也做了那样的打算，但如果有可能，有一个男人，你能喜欢上，能跟他有一个家庭，也许会有一些不一样的感觉……你不妨试试。就算这个世界上的男人大多数是烂人，或者一开始不错，后面变成了烂人，你还是可以相信总有部分好人。只要他对你不好，你就休了他，这些事情，我跟云竹都可以帮你……这边永远会有人等你。你要真觉得不行，我们就维持原状。如果你觉得有人值得嫁，我跟云竹就尽量让你嫁过去后不被人欺负，就是这个样子……”

这一大通话说完，宁毅都觉得有点儿词不达意了。对面的灯火中，正襟危坐、怎么看都充满了御姐气息的元锦儿的神情柔和了些许，似乎是暂时放下了防备，但下一刻，她抬了抬头，吸了一下鼻子：“你……就是觉得我嫁不出去了是吧？”她的声音微微沙哑。

“你别抬杠啊。”宁毅揉着额头，叹了口气。

“你和云竹姐，就是想把我嫁出去。”

“扯我就行了，不用扯上云竹啊，她……”

“反正就是觉得我年纪大了，过几年就没人要了，你们就算是为我好，说的也是这个意思，我又不是不知道。”元锦儿语气生硬。宁毅皱了皱眉：“再过几年是不太好谈这个了啊，你现在可以当正室，再过几年，就算遇到喜欢的，多半也只能是妾室了，当正室至少比当妾室好吧。苏文昱不错啊，你不喜欢那就算了，我也不是要逼你，你干吗发这么大脾气？”

“云竹姐也不是正室，她还是被你养在外面的呢。”

“你有点儿无理取闹。”

元锦儿从进来开始，话语一直冷冰冰的，也确实有赌气的感觉在其中。宁毅沉默片刻才说道：“我们希望你能当正室，你……不值当去当人家的小妾，但现在算了，你不喜欢，我不插手了好吧。”

元锦儿将脑袋偏向一边：“反正我也不是要来跟你说这个的。”

“那你要说什么？”

“我现在不想说了。”她咬着牙关，声音像是从心脏发出来的一样微小。

“那我说了这么多都白说了？”宁毅不禁有些气馁。

元锦儿吸了吸鼻子，看着他：“反正你说得很开心啊，长篇大论的。宁立恒，你觉得自己知道我为什么找你吧？你总是这副样子，好像谁心里想什么你都知道。”

“我说错了你可以说出来。”

“我为什么要说出来？你什么都知道，你那么厉害，我为什么要说出来？！我就是不说，我就是看你不顺眼，看到你就烦，就是过来找碴儿的，我干吗要说出来？！”

坐在那边并拢双腿，双手交叠放在腿上的女子陡然间说了这一通，声音不高，但语速极快。说完，她就那样盯着宁毅。宁毅愣了一下，元锦儿的神态看起来带着几分委屈，让他觉得可能是自己做错了什么但没有注意到。他一直都心平气和，这时候当然也不至于生气，只是有些气馁。

“你大姨妈来了吧。”

“什……什么姨妈？”

“月信、月事、癸水……大姨妈！”

宁毅语速极快地解释了一番。元锦儿有些不知所措，脸红了红，然后又白了：“不……不关你的事，你不要脸！”她顿了顿，又仰起头，“路上的时候，你还抱了我，你说了给我交代的，交代呢？”

“能怎么交代？那事是为什么你都知道，你面前的是梁山的燕青，我逼不得已，还能怎么样？我还能把手砍了给你吗？你要不要？”宁毅顶了回去，随后偏着头，舒了一口气。

“我不想跟你吵架，如果我真有什么做错了，就在这里跟你道歉。我知道你心情不好。家里人想要把你推销出去，我没完没了地在后面推波助澜。你离开了一直住的江宁，对现在这地方完全不熟悉，将来除了云竹也许就没什么认识的人了。今天上午出去还看到了那具尸体，你们又不好说不好问。烦心事堆在一起，你想发脾气，我能理解，但烦的到底是什么你说出来啊，你们女人的事情，我怎么可能什么都猜到？”

二人对视片刻，宁毅吸了口气：“还是说是为了那个死了的女人闹心？我也不舒服，那摆明就是太尉府干的，但人家位列三公，我不舒服又能怎么样？秦嗣源都动不了他。要不然，为了让你开心，我想个办法把那个高衙内弄死得了？是不是要……呃，你……”

“你根本不知道我干吗找你。”

“你别这副样子啊。”

浅黄色的光芒里，眼泪从女子的脸上滑了下来。宁毅讷讷无言，同时觉得自己有些无辜。那边，元锦儿吸了吸鼻子，然后推开凳子站了起来，流着眼泪，转身要走，宁毅也站了起来。

“你到底想怎么样？！”元锦儿走了两步，宁毅才低喝出声，她就站住了，“到底在发什么脾气，要说什么，你就痛痛快快地说啊！现在根本不像你，犹犹豫豫的！大家朋友一场，元锦儿，你看看你现在像什么样子！我话多？我瞎猜？要不是把你当朋友，我用得着像小丑一样在这里开玩笑活跃气氛？这种当知心姐姐的事情我根本不擅长！弄死别人全家的时候我也用不了两句话……”

“那你弄死我啊！”元锦儿回过头来，哭着吼了一句。

“我不敢。但什么事情不能坦坦白白地说？苏文昱到底有哪点不好，我就想不通了你抗拒成这样。你喜不喜欢他都可以先放下，不用发这种脾气啊，你找我到底想骂什么也可以坐下来慢慢骂清楚。你要是肯说，我就不开口，等你骂完，好不好？”

“我过来想跟你说，我喜欢你。”

“锦儿同学，沟通这种事情，呃……”

“……”

“呃……”

那句“我喜欢你”此时才传到宁毅的脑海里，他有些意外，嘴巴惯性般张了几下，却什么都没说出来，房间里安静下来。元锦儿说完这句话，回过头，背对着这边伸手抹眼泪，看起来就要朝门外走，但终究没有迈开脚步。宁毅深呼吸了两次，再次开口倒也没隔太久，声音有些低：“你……如果只是想看我难堪，这个玩笑就开过了……”

“我也希望只是跟你开玩笑。”她用手背捂着口鼻，吸了吸鼻子，“我根本就不想喜欢你，我讨厌你，最烦的就是你了。”

说完，过了好久，她才回过头来，眼泪还在流，声音哽咽：“谈判？我就是过来跟你谈判的……谈什么判啊？宁立恒，你不过是个入赘的男人，多事、讨厌、烦人……”

宁毅不知道该怎么表达，微微抬了抬头：“真麻烦。”

他的声音不大，但还是能被人听到的，那边元锦儿偏了偏头，哽咽着问道：“你说什么？”

“没说你。”

“你还骂我！”她哭着说了一句，迟疑了一下，终于往前走了一步，抓起一个被宁毅摆起来的茶杯，退后一步，朝他扔了过去。那茶杯扔得没什么力道，宁毅顺手挡了一下，茶杯摔在地上。

“我最烦的就是你了！我讨厌你的多事！你是什么人啊？你算我的什么人啊？我不成亲关你什么事？我为什么不喜欢苏文昱？你在背后说的我就是不喜欢，怎么样？！

“我讨厌你的赖皮，明明说好了我是喜欢云竹姐的！你混账，你连身份都给不了云竹姐……你还抱了我，你说了要给我交代的，交代呢？你以为你插科打诨一下就过去了？我又不是笨蛋，如果不是我让事情过去，你真以为我随随便便就忘记了？啊？

“我讨厌你的圆滑！你说的笑话一点儿都不好笑，叽叽歪歪的一大堆，你知道什么？是不是觉得我会被你说的感动啊？！

“我最讨厌你的自以为是！你不是很厉害吗？不是在别人面前很威风吗？动不动就杀人全家，梁山那些人也被你整得团团转，你不是总觉得自己知道别人心里在想什么，怎么现在就一点儿都猜不到了？我为什么不高兴，为什么要找你的碴儿，你就猜不到了。关苏文昱什么事啊？！你抢了云竹姐，还要把我推给别的男人，我才生气了，因为是你推的！我讨厌你！我讨厌我自己！

“我讨厌我自己喜欢你……”

她“嘤嘤”地哭着，哽咽着，将桌上的茶杯一个个地朝宁毅砸过去，砸完，站在那儿哭着看着宁毅，伸手抹眼泪，就这样过了好一阵，甚至还在哭泣中被口水呛到咳了两声。但这两声狼狈的咳嗽没有带来任何喜感，宁毅依旧讷讷无言。终于，女子转身出门，走出一步，却又抹着眼泪返回来。

“谈判……”她在桌子上踢了一脚，泣道，“我讨厌你骂我……”

那声音带着凄然与委屈。桌沿“砰”地撞在宁毅的大腿上，宁毅伸手按了一下，桌上的茶盘朝地下掉去，宁毅另一只手一抓，从上方抓住了茶壶，但那紫砂壶壶身光滑，下一刻还是掉了下去，宁毅手中只剩一个盖子，茶壶在地上摔碎了。

元锦儿“砰”地推开房门，哭着跑了出去。在房门外偷听的人群一阵骚动，宁毅看见聂云竹有些慌张也有些不好意思地从门口跑过，朝着元锦儿追了过去。至于余下的，这帮人里或许有小婵，或许还有苏文昱、苏燕平等人，但都在宁毅看不到的地方赶紧作鸟兽散了。

“这种事情……”

他叹了口气，将茶壶盖放在桌子上，看着那盖子发了一会儿呆，然后伸手将它挥离桌面，让它摔在地上碎成几瓣。

事情还不知道怎么解决，眼下自己肯定是糗大了。他从房间里出去，在回院子的路上看见苏文昱与苏燕平在门口说着什么。看见他过来，二人本想避开，但最后只是让到旁边，打了个招呼后，目光闪烁地偷看宁毅的神情。宁毅从二人身边走过去，然后指了指苏文昱。

“以后……自己的妞自己泡……”

他说完就走了。

待宁毅的身影不见了，苏文昱与苏燕平才敢继续说话。

“你不生气啊？”

“我早就看出来了。你知道的，二姐夫一直说什么泡妞……他做其他事情实在是厉害，让人不得不佩服，但说到泡妞嘛……”

“怎么？”

“嘿嘿，我觉得他根本就不擅长。”

“有道理，这下看二姐夫怎么办。”

**（第六册完）**